Steine im Bauch

Jon Bauer
Steine im Bauch

Roman

Aus dem Englischen von Bernhard Robben

Verlag Kiepenheuer & Witsch

Verlag Kiepenheuer & Witsch, FSC® N001512

1. Auflage 2014

Titel der Originalausgabe: *Rocks in the Belly*
© 2010 by Jon Bauer
Aus dem Englischen von Bernhard Robben
All rights reserved
© 2014, Verlag Kiepenheuer & Witsch, Köln
Alle Rechte vorbehalten. Kein Teil des Werkes darf in irgendeiner
Form (durch Fotografie, Mikrofilm oder ein anderes Verfahren)
ohne schriftliche Genehmigung des Verlages reproduziert
oder unter Verwendung elektronischer Systeme verarbeitet,
vervielfältigt oder verbreitet werden.
Umschlaggestaltung: Sabine Kwauka
Umschlagmotiv: © Jessica Drossin/Trevillion Images
Autorenfoto: © Natasha Blankfield
Satz: Buch-Werkstatt GmbH, Bad Aibling
Gesetzt aus der Garamond Premier Pro
Druck und Bindearbeiten: CPI books GmbH, Leck
ISBN 978-3-462-04652-6

Getragen, nicht gehalten.

Ich habe immer behauptet, ich sei ein Pflegekind. Als ich noch klein war, habe ich es jedem Fremden erzählt, bis es sich wie eine Gewissheit in mir festsetzte. Eine Gewissheit, die noch heute da ist und mich daran hindert dazuzugehören.

Ich habe immer erzählt, ich sei ein Pflegekind, dabei war ich bei uns zu Hause der Einzige, der keines war. Und jetzt, da ich angeblich erwachsen bin, sage ich gern, dass um mich herum immer noch alles ein Pflegefall ist – mein Land, aber auch die Geschichte, die ich erzähle.

Ich kann mich nicht mal dazu durchringen, zu meiner eigenen Kindheit zu gehören. Allerdings kann ich sie noch spüren, obwohl ich ins Ausland ging und mich von meiner Vergangenheit lossagte. Es kommt nicht darauf an, wohin man geht oder was man mit seinen Gefühlen macht, die Wahrheit lauert einem doch immer wieder auf. Meine Kindheit lauert in mir, wie geballte Fäuste in meinen Händen lauern.

Ich bin fortgezogen, aber meine Eltern konnte ich nicht zurücklassen. Ich trage sie als Erinnerungen mit mir herum, die sie mir aufgezwungen haben. Besonders Mum. Komisch, aber unter all dem tief Verschütteten sehe ich sie am deutlichsten an einem extrem grauen Tag vor mir. Das war der Tag, an dem wir Robert begruben. Alle hatten sich vor dem Fernseher versammelt, um sich das Video anzuschauen.

Nicht jener Robert, der Jahre zuvor auf unser Haus zukam und sich hinter der Sozialarbeiterin versteckte. Nicht der hellwache, clevere kleine Robert. Der *besondere* kleine Robert. Nein, *der* Robert, zu dem wir ihn gemacht haben.

Ich weiß noch, dass der Fernseher zu laut aufgedreht war und Robert mit breitem, schlaffem Grinsen in die Kamera glotzte, während seine Gurte festgezurrt wurden. Das gefilmte Gesicht sah mich direkt an. Irgendwer meinte, wie klasse er doch in der orangefarbenen Kluft aussah, und selbst Mum gelang ein Lächeln.

Dann flatterte Roberts Haar über den Bildschirm; er und der Mann hinter ihm, sie trugen beide Brillen. Robert ist ganz Zunge, Zähne, Bewegung, sein pulsierendes Hirn lässt ihn zappeln vor Begeisterung.

Dann ein grober Schnitt.

Sein Haar weht steil in die Höhe; er ist an den anderen Mann festgegurtet und kreischt vor Angst und Aufregung. Sie schieben ihn auf dem Hintern voran, und die Kamerabewegungen zeigen Robert, dann die Wände, dann Robert. Dann, durch die offene Tür, Wolken. Große, aufgebauschte Wolken am weiten Himmel. Robert von den Wolken, so hat Dad ihn immer genannt, Robert McCloud. Unser Wohnzimmer platzt aus den Nähten. Alle tragen Schwarz, tragen die Farbe, als wär sie schwer. Alle weinen über Roberts Glück, das aus dem Fernsehen zu uns schwappt. Aus der Vergangenheit. Sie weinen, denn das ist alles, was blieb von dem, was hätte sein können.

Die Kamera schwenkt zu Robert, wie er direkt an der Kante hockt.

»1«

Das Zittern hält an, die Augen lachen. Der Mann sagt, er solle den Kopf in den Nacken legen, und Roberts Begeisterung platzt aus ihm heraus, ein Giggeln, ein Quieken.

»2«

Er hält ganz still. Ich weiß noch, wie auch das ganze Zimmer erstarrte. Alle, die gekommen waren, ihn zu begraben, hielten den Atem an.

1

Ich gehe vom Bahnhof den Hügel hinab und ziehe meinen Koffer die vertraute Parade von Geschäften entlang. Die lange Zeit, während der ich im Ausland war, haben die Läden hier gestanden, bei Wind und Wetter. Drinnen hocken Leute, warten darauf, dass ihr Lebensunterhalt zu ihnen hereintröpfelt. All das schmerzlich vertraut, und doch hat es sich auf subtile, kaum wahrnehmbare Weise verändert, so als schöben sich die Geschäfte wie Gletscher langsam den Hügel hinunter.

Noch eine Million Jahre, und sie liegen zu einem Häuflein zusammengeschoben unten im Tal.

Ich sehe hinter der Bushaltestelle nach. Mein Graffito ist noch da; die mit Textmarker geschriebenen, verblassten Buchstaben ebenso ein Hinweis auf vergangene Zeiten wie die in einen Baum gravierten Initialen eines Liebespaars. Längst haben sich die Lover getrennt, so wie ich jeden Kontakt mit dem Ich verlor, das sich auf der Rückseite der Busse zwischen Papierkorb und Unkraut zwängte, um vom Blazerärmel Verdünner zu schniefen, statt in die Schule zu gehen.

Der Bus kommt; ich strecke den Arm aus.

Ich zahle beim Fahrer und frage mich, ob er auch schon vor sieben Jahren am Steuer saß, damals, als ich den Bus in umgekehrter Richtung nahm, und ob meine Rückkehr nun all das ungeschehen machen wird, was ich im Ausland tat – mein Streben danach, unbesiegbar zu werden.

Ich hieve das Gepäck auf die Ablage und torkle durch den anfahrenden Bus; vom Vordersitz starrt mich eine alte Frau an, hinten lümmeln sich zwei Schuljungen, Schule aus, Füße auf den Sitzen – ihre eigene kleine Version von unbesiegbar.

Hinter den dreckigen Scheiben gleitet meine Heimatstadt vorüber, der Bus beschleunigt, und die vibrierenden Scheiben versetzen die Bilder in Schwingungen, die nur kurz deutlich erkennbar werden, wenn der Fahrer in den nächsten Gang schaltet. Ich überlasse mich dem Blick nach draußen, spüre dem nach, was meine Anwesenheit mit meinen inneren Schwingungen anrichtet.

Als wir oben auf dem Hawke Street Hill ankommen, drücke ich den Halteknopf.

Da steht das Haus meiner Kindheit. Ich steige aus, aber der Fahrer weist mit einem Kopfnicken nach hinten, und ich werde rot, steige wieder ein, hole den Koffer.

Der Bus lässt mich in qualmiger Stille zurück, der Koffer rollt hinter mir her, kippelt seitwärts, reißt mein Handgelenk herum. Ich halte an, um ihn wieder aufzurichten, die Häuser still, nur das Geräusch der kleinen Kofferräder aus Plastik.

Ich komme zu unserem Gartentor, bleibe dann stehen. Ich kenne diesen Moment. Der Moment davor. Dies ist der Moment, in dem man Luft holt.

Von der Haustür im verwitternden Rahmen sehe ich zu den Wolken auf. Ich habe meine Kindheit unter diesem Stück Himmel mit seinen feenseidigen Athleten verbracht, den weißen Kaninchen und den vielen Knollenfiguren, die auf unsichtbaren Luftströmen vorüberschwebten. Einmal kam das Ungeheuer von Loch Ness.

Die meisten Niederschläge aber brachten die Pflegekinder. Verlorene Seelen, die es an diesen Hecken vorbei an die Schürze und in die Umarmung meiner Mutter trieb. Kinder mit Vergangenheiten, um deretwegen ich sie bemitleiden sollte.

Ich habe mit meinem kleinen Hintern auf dieser Türstufe da gehockt und versucht, mit Steinen irgendwelche Ziele zu treffen, während Dad einen Schritt zurücktrat und an seinem Becher Tee nippte, Ligusterblätter im Haar. Den Heckentrimmer durfte ich nie halten, aber er gab mir Geld für Zwillen und Süßigkeiten, wenn ich schwarze Säcke voll Heckenlaub fortschleppte.

Wie immer hebe ich beim Öffnen automatisch das Tor an. Die Hecke wuchert in den Weg, sodass ich mich durchwinden muss, den Koffer in der Hand, um mein Kommen noch ein wenig länger zu verheimlichen. Ich setze ihn vor der Tür ab und streiche die roten Kerben glatt, die er in meine Hand gedrückt hat.

Ich klopfe, dann ist es still.

Ich werfe einen Blick durchs Fenster auf den vornehmen Esstisch, den wir nie benutzt haben, der Staub darauf wie jene Schicht, die sich nach Robert über unser Leben legte. Damals gab es einfach keinen Anlass für diesen besonderen Tisch, wir saßen immer am schäbigen Tisch in der Küche.

Ich höre, dass jemand den Flur entlangschlurft, richte mich auf, fahre mir durchs Haar. Die Schritte verharren vor der anderen Türseite, und ich halte mich reglos vor dem kleinen Spion – die Eingeweide versteinert. Das Guckloch verdunkelt sich. Ich versuche es mit einem Lächeln; es fällt traurig aus.

Langsam wie in einem Horrorfilm geht die Tür auf. Als zeigte sich Igor auf der Schwelle und Blitze führen nieder, dabei ist es ein sonniger Tag, und da steht auch kein Igor, selbst wenn sie in ihrem Kleid wie Frankenstein aussieht. Dad hat das immer über hässliche Frauen gesagt. Ganz besonders über meine Tante Debbie. Tante Deadly hat er sie genannt, Tante Tödlich.

»Hallo, Mum.«

Sie sieht wie jemand aus, der sich als meine Mutter ausgibt. Mum in Verkleidung. Schaut mich aus denselben blauen Augen an, das Gesicht jedoch aufgequollen, der Blick fahrig. Sie meint zu wissen, wer ich bin, ist sich aber noch unsicher – irgendwas klebt ihr in den Mundwinkeln.

Wir stehen da, und ich versuche, nicht schockiert zu stöhnen, weil die Zeit so ungnädig zu ihr war – sie oder die Krankheit, der Grund für meine Rückkehr.

Ich überbrücke die Entfernung zwischen uns, übergehe den zittrigen Moment, indem ich auf sie zukomme, sie umarme, meine Hüften von ihren abgewandt.

Sie riecht nach Kleidern, die zu lange feucht waren und dann trockneten, der Körper aufgequollen, dennoch zerbrechlich wie ein Vogel. Aus der Umarmung starre ich in den Flur, von dem sich mir jede Einzelheit wie ein Bergpfad ins Hirn geprägt hat – die Vase mit Großvaters selbst geschnitzten Spazierstöcken; der ominöse Klumpen Glimmerstein; jemand wie ich, der mich aus alten Fotos an der Wand anstarrt – diese unbehagliche Miene.

Sie befreit sich aus der Umarmung, beugt sich seitwärts, die Hände auf meinen Oberarmen, um mich in der Nähe zu halten; der Blick wandert zwischen meinen Augen hin und her, saugt mich in sich auf.

»Hallo«, sage ich aufs Neue und schrumpfe. »Ich bin's.«

Der Mund geht auf, versucht Worte zu formen, doch entstehen nur Laute im Rachen, dann schließt sich die anstößige Öffnung, der Kopf wird geschüttelt. Man hat mich davor gewarnt.

Sie führt mich in die Küche und zu den altvertrauten Gerüchen; manchmal dreht sie den Kopf zu mir um, getrieben von dem Drang, beiläufige Grußworte vorzubringen, doch der Schrank in ihrem Hirn ist leer, auch wenn sie immer wieder zu ihm zurückkehrt.

Dann sind wir beide in der Küche; der verwilderte Garten schaut durchs Fenster herein; der Koffer steht da wie ein Hund, der rausgelassen werden möchte.

»Wie war die Arbeit?«, fragt sie, überrascht, doch noch Worte herauszubringen. Dann dreht sie mir den Rücken zu, da sie so etwas Simples wie Wasseraufsetzen vorausplanen muss.

Sieben kurze Jahre haben sie in eine der Unsicheren, der Alten verwandelt. Jetzt benimmt sie sich wie die greisen Leuten, die eine Straße überqueren oder eine Geschichte erzählen wollen und ewig warten, um dann alles falsch zu machen, die Hongkong sagen statt King Kong oder auch umgekehrt.

»Gut. Sie war gut, Mum – Arbeit eben.«

Sie schenkt mir ein Lächeln, das zum Stirnrunzeln wird, noch ehe sie sich ganz umgedreht hat, und ich starre auf ihren Hinterkopf, muss aber daran denken, wie ihr Gehirn bei meinem Blitzbesuch vor einigen Wochen vor dem Leuchtkasten ausgesehen hat. Damals lag sie aufgerichtet und ohne Bewusstsein im Bett, Krankenhauskanülen im Körper. Der Klinikarzt wies mit einem Kugelschreiber auf die CT-Scans, als erklärte er den Wetterbericht. Sein gleichbleibender Ton, mit dem er über das Leben meiner Mutter dort oben im Licht referierte. Seine Art, Realität auszuteilen, als wäre sie Gefängniskost. Ihr Verstand erleuchtet, die dunkle Walnuss ausgenommen, die in ihrem Kopf wächst. Mitten in dem, was sie ist.

Ich frage mich, welcher Teil sich jetzt in ihr vordrängelt, während sie darauf wartet, dass das Wasser kocht.

Ich muss auch daran denken, dass ich auf die CT-Scans mit der dunklen Walnuss blickte und dachte: Das bin ich. Das bin ich, der sich durch sie hindurchfrisst. Wenn diese wachsende Dunkelheit ein spezifischer Teil von Mum ist, dann ist es mein Teil. Der Sohn-Teil. Die Enttäuschung. Der, der das Eine gemacht hat, damals, vor all den Jahren.

Ich bin die schwarze Walnuss.

2

Die Regierung sagt, Kinder unter dreizehn dürfen nicht vorn sitzen, und wer vorn sitzt, muss den Sicherheitsgurt anlegen. Hinten brauche ich keinen Gurt, was so eine Art Trostpreis dafür ist, dass man nicht vorn sitzt, aber eigentlich will ich immer in der ersten Reihe sitzen.

Dad nennt das so, wenn ich nach vorn darf. Meist erst, wenn wir um die Ecke von Mum und ein Stück die Straße rauf sind. Ich muss mir den Erste-Hilfe-Kasten unterschieben, weil der Sitz zu niedrig ist.

Jedes Mal, wenn ich auf den Beifahrersitz klettere, lässt er mich sagen, wann ich Geburtstag habe, und als Antwort soll ich dann den heutigen Tag, aber den vor dreizehn Jahren nennen, so als wäre heute mein Geburtstag. Plus, ich soll mich freuen, wenn ich das dem Polizisten sage, falls man uns erwischt, und dann soll ich noch sagen, wir seien auf dem Weg zu McDonald's, um zu feiern.

Dad meint, es kommt nicht drauf an, was man sagt, solange man nur ein paar Fakten unter die Lügen mischt. Wenn man uns also an den Straßenrand winkt, brauche ich bloß das heutige Datum zu wissen, und das weiß ich immer, weil an meiner Wand ein Kalender hängt; außerdem hängt draußen vor dem Fenster ein Thermometer, und ich schreibe jeden Morgen die Tiefsttemperatur der Nacht auf und sehe am Niederschlagsmesser auf dem Fensterbrett nach, ob's geregnet hat.

Ich mag Wetter, und wenn ich groß bin, will ich Wetteransager werden, denn die sind berühmt und dürfen die Zukunft vorhersagen, und die Leute hören zu und tragen immer andere Sachen, je nachdem, was ich ihnen sage. Plus, wenn ich erst Wetteransager bin, ist die Technologie so irre weit, dass Wetteransager nur den Wettercomputer befragen müssen, den Nimbus, um vorhersagen zu können, wann eine Bombe hochgeht oder wann es Krieg gibt oder einen Autounfall.

Wir haben einen neuen Pflegejungen. Dad nennt ihn Robert McCloud, weil er Wolken liebt. Er ist schon vier Tage bei uns, schmollt aber nur und ist ganz artig und still, ein Langweiler. Ständig hockt er im Garten, stiert in die Wolken oder liest auf seinem Zimmer und macht nichts Geheimnisvolles oder Verdächtiges, weshalb es echt schnell echt langweilig wird, ihm nachzuspionieren.

»Kommt schon, Jungs«, ruft Mum und steckt den Kopf aus der Hintertür in den Garten, obwohl ich in der Küche bin. »Ich muss ein paar Sachen abholen, lad euch aber hinterher zu einem schicken Essen ein.« Sie redet mit der Pflegekindstimme, nicht mit ihrer Mum- oder Ehefrau-Stimme.

Robert ist zwölf, also sind's vielleicht nicht mehr viele Tage, bis er dreizehn wird. Und was seinen Geburtstag angeht, könnte er sogar lügen, könnte seinen echten gerade erst mit seinen bösen Eltern gefeiert haben und dann noch einen zweiten Geburtstag aus uns guten Leuten rausholen, die wir ihm aus reiner Herzensgüte helfen. Mum sagt, gute Leute sollten Kinder haben, aber sie hat nur eins, mich.

Weil es regnet, rennen wir zum Auto wie lauter bucklige Glöckner von Notre Dame. Robert fährt zum ersten Mal in unserem Auto mit, sieht man von damals ab, als wir zum Videoladen sind und Mum und Dad vorn saßen und versucht haben, sich ganz normal zu benehmen.

»Robert, du musst auch nach hinten«, sage ich im Laufen. Mum hält sich eine Hand übers Haar, rennt um den Wagen herum und ruft: »Nein, muss er nicht. Spring vorn rein, Robert.«

Ich bleib auf dem Rasen stehen und seh ihnen zu. Ich rühr mich nicht vom Fleck, aber statt dran zu denken, was Mum gerade gesagt hat, frage ich mich, warum alle Welt bei Regen so ein Theater macht. Ist doch bloß Wasser. Robert dreht sich zu mir um und runzelt die Stirn, als er die Beifahrertür öffnet. Er steigt ein, setzt sich ohne Erste-Hilfe-Kasten hin und schlägt die Tür zu.

Mum lässt den Motor an, kommt dann aber halb wieder aus dem Auto, Dampf steigt von ihrem Rücken auf, und Roberts rosiges Gesicht ist im Warmen. Regen rinnt über die Fensterscheibe, weshalb er noch trauriger aussieht.

Mum wird richtig ärgerlich und hat's eilig wegen dem Regenwasser. Ich frag mich, wie viele Millimeter schon in meinen Behälter gefallen sind.

In jedem Regentropfen steckt ein kleines Körnchen Dreck. Vielleicht wird deshalb so ein Theater drum gemacht. Gott hat Dreck ins Regenwasser gesteckt, weil sich die Wolken abregnen müssen, aber sie brauchen auch was, um den Regen anstellen zu können. Wie Dampf im Bad sich am Spiegel, an den Wänden oder am Fenster in Tropfen absetzen muss. Wolken brauchen Dreck in der Luft, damit Regen entstehen kann, weshalb Mums es nicht mögen, wenn's auf ihre Wäsche regnet.

»Du steigst jetzt sofort ins Auto, junger Mann, oder ich geb dir einen guten Grund zum Nachdenken.«

»WER vorn sitzt, muss dreizehn sein.«
Ich komm mir mitten auf dem Rasen ganz klein vor.
»Eins!«
»Das ist nicht FAIR.«
Ich komm mir schafsdämlich vor, wie Dad immer sagt. Da steh ich auf dem Rasen und hab plötzlich kleine Fellbeine, und mein Haar wird lockige Wolle.

Nur bin ich lammdämlich, weil ich noch keine dreizehn bin. Ist man dreizehn, fängt das Leben erst richtig an, und dann kann man bestimmt auch schafsdämlich sein. Ich bleib belämmert.

»Zwei!«
»Das ist gegen das Gesetz!«
Regen lässt Leute lauter reden. Muss am Dreck liegen.

Mum marschiert mit ihrer Grusellippe auf mich zu. Die kriegt sie, wenn sie wütend wird. Der Mund hängt dann auf einer Seite nach unten, die Zähne kommen raus und kauen auf einem Stück Lippe. Wie bei der Großmutter von meinem Freund Ralph, nachdem sie einen Schlaganfall hatte.

Ich renn zum Auto, aber sie erwischt mich am Handgelenk; der Regen macht Lärm auf dem Autodach, und ich kann nicht hören, was sie sagt, aber sie sagt es, sehr laut, und haut mir dabei mit der Hand auf Hintern und Beine.

Ich gebe jede Menge Schmerzgeräusche von mir, damit sie mich nicht so oft haut, wie wenn ich keinen Mucks machen würde.

Die Beifahrertür geht auf, und Robert ist völlig trocken, warm und blass. Er schließt sie sehr leise hinter sich, um Mum nicht aus dem Takt zu bringen. Dann setzt er sich nach hinten und schließt die Tür genauso leise. Mum zerrt jetzt an meinem Handgelenk, sagt mir Dinge direkt ins Gesicht, und Spucke ist auf ihrer Lippe, ihr Haar ist klitschnass. Sie sieht wie eine

Verrückte aus, und von so Nahem kann ich schwarze Punkte in ihrer Nase sehen.

»Du hast nicht bis drei gezählt«, sage ich, reiß mich aber ganz doll zusammen, um nicht zu weinen. Sie schubst mich ins Auto und knallt die Tür zu, fast noch ehe meine Beine aus dem Weg sind. Ich falle praktisch auf Robert. Er rückt beiseite.

Dann ist da dieser grässliche Wartemoment, in dem Robert und ich allein im Auto sitzen, während Mum um den Kofferraum herumstürmt; an meiner Nase hängt ein Regentropfen, und der hat drinnen ein unsichtbares Körnchen Dreck.

Mum redet durchs Autodach halb mit mir, halb mit sich selbst, schnaubt ums Auto zur Fahrertür, und ich werde rot wie Rote Bete, weil Robert mich so anglotzt, und vielleicht ist das der Grund, weshalb ich zur Tür hechte und abschließe. Dann verriegele ich Roberts Tür, noch ehe er was machen kann. Dann all die anderen Türen, lehne mich zurück und bin im größten Zwinger überhaupt.

Mum wird still. Da sind nur der Regen, mein Atem und der Motor. Ich kann ihr Gesicht nicht sehen, bloß ihre Bluse und den Regenmantel, der ein bisschen offen steht.

Einen kniffligen Moment lang tut sie gar nichts. Dann zerrt sie immer wieder am Türgriff und schreit.

Ich glaube, ich kichere, dabei hab ich das totale Herzflattern.

Ich grinse Robert an, aber der findet das überhaupt nicht lustig. Also höre ich auf zu grinsen und sehe den Autoschlüssel im Zündschloss wackeln, weil Mum so am Türgriff ruckelt. Der Motor läuft sehr leise, schnurrt wie ein Kätzchen, der reinste Traum. Ich tüftle, sagt Dad, wenn er den Kopf unter die Motorhaube steckt. Meist wenn Mum staubsaugt. Ich reiche ihm das Werkzeug an, und wir tun, als würden wir das Auto operieren.

»Schraubenschlüssel.«

Chirurgen haben keine Zeit, bitte oder danke zu sagen.

Robert ist genauso zappelig wie ich, und ich hab Angst, er könnte mein Herz hören oder meinen verhauenen Popo, denn der ist wie eine Glocke, die noch ein bisschen nachklingt, selbst eine Ewigkeit, nachdem sie geschlagen wurde, was man nicht wissen würde, wenn man nicht ganz nah rangeht oder die Glocke anfasst, dann aber stoppt man das kleine, winzige Nachklingen. Das gefällt mir.

Ich sehe ihren Bauch im Fenster und versuche, nicht zu weinen. Dann sagt sie in ganz anderem Ton, dass ich sofort die Tür aufmachen soll.

»Du solltest aufschließen«, sagt Robert, sieht mich aber nicht an. Er sieht nicht oft wen an, muss ein echt schlimmes Geheimnis haben.

»Man muss dreizehn sein«, antworte ich. »Er muss dreizehn sein.« Dann verschränke ich die Arme, damit sie nicht tun, was man ihnen sagt. Robert beugt sich vor und legt eine Hand auf den Türgriff.

»Nein, Robert«, sagt Mum, die zu uns hereinblickt. »Ich will, dass DER die Tür aufmacht.«

Ich sink in mich zusammen und blick auf meine Schuhe, an denen ein paar nasse Grashalme kleben. Und an meiner Nase hängt schon wieder ein Regentropfen, aber vielleicht ist es auch eine Träne, und in dem Fall wäre kein Dreck drin, sondern Salz. Als bräuchte der Körper Salz, um Traurigkeit machen zu können.

Aber vielleicht ist mit dem Salz auch Dreck in den Tränen, und deshalb weinen wir, um den Dreck rauszuspülen. Darum fühlt man sich nämlich besser, wenn man geweint hat. Sogar wenn man vor Robert weint.

Mums Stimme klingt jetzt ganz vorsichtig, so als wäre ich

ein Wildpferd auf der Weide und sie hält mich am Zaumzeug. Ich mag's gern, wenn sie in dem Ton spricht, auch wenn ich Angst hab. Wäre ich ein Held, würde ich jetzt losfahren und nie zurückkommen. Plus, Wegfahren ist keine schlechte Idee, denn wenn ich jetzt nicht fahre, bleib ich in meinem Schlafzimmer ziemlich lang hungrig.

Sie nennt meinen vollständigen Namen, weil ich in Schwierigkeiten stecke und Leute immer ganz höflich werden, wenn es Schwierigkeiten gibt. Dann sagt sie die Kurzform, als wäre ich ein lieber Junge. Ich will sie beide in den Regen aussperren, aber Robert versucht, mir was zu sagen, also stecke ich mir die Finger in die Ohren. »Lalalala, Gurken mit Soße, Gurken mit Soße!«

Seine Lippen bewegen sich nicht mehr, also nehme ich die Finger aus den Ohren, und Mum sagt: »Sei jetzt still, Robert. Ich werde schon mit ihm fertig. Danke für den Versuch, bist ein lieber Junge.« Sie hat so ein Zittern in der Stimme, genau wie wenn sie über Oma redet. Ich glaub, wenn sie mich erst mal zu fassen kriegt, bin ich auch tot.

»Du bekommst keinen Ärger«, sagt sie. Na klar doch. »Mach jetzt die Tür auf, und du bekommst keinen Ärger. Du hast heute ja schon eine ordentliche Tracht Prügel gehabt.« Während sie das sagt, redet sie mit verschiedenen Stimmen. »Tut mir leid, dass mir der Kragen geplatzt ist, aber es regnet und – na gut, sitzt er eben nicht vorn, bis er dreizehn ist, okay?«

»Wann hast du Geburtstag?«

»Am vierzehnten Mai«, sagt Robert und sieht mich an, als fragte er sich, ob der Geburtstag für mich in Ordnung geht.

»Stier«, antworte ich und denke nach. »Stiere sind stark und störrisch.«

Sobald ich wieder klar denken kann, will ich herausfinden,

wie lang es noch bis zum vierzehnten Mai ist, aber allzu lang kann es nicht mehr sein, denn wir haben Februar, was bedeutet, dass ich bald ständig hinten hocken muss, während Robert vorn bei Mum in der ersten Reihe sitzen darf.

Ich wisch mir die salzigen Tränen weg, klettere nach hinten auf den Rücksitz und igle mich gleich neben dem Erste-Hilfe-Kasten ein. Ich weine, es regnet, und ich roll mich fest in mich zusammen.

Ich hör das Knacken, mit dem die Verriegelung aufgeht; mein Bauch verschwindet und lässt bloß ein Loch übrig.

Die Tür geht auf, und der Motor geht aus, und Robert ist so leise, als wäre er im Zwinger und nicht ich, so nennt Dad das nämlich, wenn ich in Ungnade gefallen bin. Manchmal steckt Dad auch im Zwinger, dann macht er *nanana* und lächelt. »Dein Dad steckt wieder in der Hundehütte.«

Ich bin mir nicht sicher, ob Mum je im Zwinger gewesen ist. Sie würde darin sicher erst mal staubsaugen.

Die hintere Tür geht auf, und sie packt mich am Handgelenk, da, wo sie mir vorhin schon wehgetan hat, und sie zieht mich hinter sich her, sodass meine Beine irgendwie in der Luft strampeln, aber auch über den Boden rennen. Sie schlägt mich noch ein paarmal; ihre Ringe tun meinen Ohren weh. Ich heule aus hunderttrillionen Gründen, und ich heule, weil ich heule. Heulen macht mich traurig, so wie man vom Kotzen immer noch mehr kotzen will.

Mum versucht inzwischen, den Hausschlüssel aus ihrer Tasche zu fischen, und redet so schnell, dass nichts einen Sinn ergibt, und ich hasse alles, hasse es, wie unfair es ist, nicht erwachsen zu sein, und dass Robert zuguckt. Ihn hasse ich am meisten, sogar noch mehr als seine Eltern, weil die böse sind, denn wären sie gut wie Mum, müsste ich Mum nicht mit ihm teilen.

Mum behauptet immer, dass ich keine Pflegekinder mag, weil ich ein Einzelkind bin, aber ich fänd's irre, wenn ich echte Geschwister hätte. Manchmal tu ich so, als ob. Ich denk, ich hätte gern einen Bruder, bis ich dreizehn bin, dann soll er sich in ein Mädchen verwandeln, das Freundinnen mit nach Hause bringt, denn ab dann werde ich Mädchen mögen, und ich leg mir einen Harlem zu.

Dad sagt, er hätte gern einen Harlem. Wenn er einen hätte, könnte er damit herumtüfteln, solange Mum staubsaugt.

Jetzt bin ich auf meinem Zimmer und darf erst wieder raus, wenn sie es sagt, und sie sagt, ich bräuchte die Luft nicht anzuhalten, denn das könnte eine Weile dauern.

Ich halte die Luft trotzdem an und messe die Zeit.

Achtunddreißig Sekunden. Meine Lunge wächst noch.

Ich schreib es in die Liste. Dann ziehe ich meine Sachen aus, zieh trockne an und geh ans Fensterbrett, um nach dem Regensammler zu sehen. Vierunddreißig Millimeter. Das ist viel. Ich trag es in die Liste ein und stelle mir vierunddreißig Millimeter vor, verteilt über das ganze Gebiet, in dem es geregnet hat. Dann stelle ich es mir über die Wetterkarte verteilt vor und male mir aus, wie der Wetteransager den ganzen Regen mit den Armen von der Karte wischt und in den großen Regenmesser auf dem Fensterbrett vom offiziellen Wetterzentrum schüttet. Ich frag mich, wie groß der Behälter sein müsste, um über eine so weite Fläche vierunddreißig Millimeter aufnehmen zu können. Denn vierunddreißig Millimeter ist vielleicht nur so hoch, wie Roberts Dödel lang ist, aber nimmt man die vierunddreißig Millimeter, die im ganzen Land gefallen sind, wäre das ein ziemlich mächtiger Dödel. Ist schon beängstigend, wie groß die Welt ist.

Dann versuche ich mir vorzustellen, wie viel Dreck bei

vierunddreißig Millimeter vom Himmel gefallen ist, aber das macht mein Hirn juckig.

Als Dad nach Hause kommt, bin ich immer noch auf meinem Zimmer. Er steckt mir zum Abendessen heimlich ein Joghurt (Erdbeere) zu und einen Apfel (Apfel). Er sagt, er findet's ein bisschen übertrieben, dass ich pampig wurde, nur weil Robert auf den Beifahrersitz durfte, schließlich darf er es in ein paar Monaten auch laut Gesetz und ich sei doch eher noch ein Baby als gesetzlich alt genug, um nach vorn zu dürfen.

Bis auf die Babysache hat er wohl nicht ganz unrecht. Ich bitte ihn, mich ins Bett zu bringen und mir über die Stirn zu streicheln, bis ich einschlafe.

Er bringt mich ins Bett und streicht mir über die Stirn, was mich immer beruhigt, nur macht er es nie so lang, bis ich tatsächlich einschlafe. Ein bisschen, weil er sich schnell langweilt, und ein bisschen, weil ich mich mit dem Einschlafen so beeile, bevor er sich langweilt, dass ich nie richtig müde werde. Außerdem tut er aus Spaß immer, als wollte er in meiner Nase popeln, was mich jedes Mal richtig auf die Palme bringt oder dermaßen von den Socken haut, dass er nur noch lacht und mir einen Gutenachtkuss gibt. Wenn ich dann bettle, noch eine Minute, gibt er mir dreißig Sekunden.

Das ist unser übliches Ritual, und nach dem, was heute passiert ist, macht es, dass ich mich nicht mehr ganz so wund in meinem Bauch fühle.

»Wie spät muss Robert ins Bett?«, frage ich, als Dad gehen will, aber er sagt, ich soll mich nicht so viel um Robert kümmern, weil der doch älter ist als ich. Dann sagt er »Vergleiche tragen keine Früchte«, einer seiner Lieblingssprüche, der zwar nichts heißt, doch merkt man ihm irgendwie an, dass er »nein« bedeutet.

»Hat er denn keine feste Zeit, zu der er ins Bett muss?«

Er macht »psssst«, kommt zurück und streichelt mir noch ein bisschen die Stirn. Er riecht nach gekochten Karotten und Bier. Dann sagt er langsam, jedes Mal mit einem sanften Strich über meine Stirn und ohne mir in der Nase popeln zu wollen: »Du. Bist. Mein. Sohn.«

3

Es gibt diesen kurzen, glücklichen Moment zwischen Aufwachen und Begreifen, dass ich in meinem Kinderbett im Haus meiner Kindheit liege. Meine Füße verraten es mir, die übers Matratzenende hängen.

Ich schlage die Augen auf; es ist nach elf, noch ein Vormittag fast vorbei. Keine Nachricht auf dem Handy, der Kopf vernebelt von zu viel Alkohol, den ich gestern Abend in mich hineingeschüttet habe, während ich im Garten saß und die alte Dame auf dem Sofa schnarchte.

Tag drei meines Lebens im Pausenmodus.

Ich tappe in den Flur, ihre Schlafzimmertür steht offen. Kurz streift mich die flüchtige Sorge, sie könnte in der Nacht gestorben sein, aber das Bett ist leer.

So lang wie möglich bleibe ich unter der Dusche. Dann trockne ich mich ab und ziehe mich ganz gemächlich an, um den Gang nach unten möglichst hinauszuzögern, die Begegnung mit jener Frau, mit der ich auf meiner öden Kindheitsinsel gestrandet bin.

Als ich schließlich unten ankomme, läuft die Waschmaschine, das Pulverfach offen, darin ungelöstes Waschmittel, das meiste davon allerdings auf dem Boden. Auf den Fliesen liegt eine Unterhose, die viel zu klein für sie zu sein scheint, jetzt, da sie so aufgeschwemmt ist von den Medikamenten und dem Eis.

Die Steroide, die ihren Krebs schrumpfen lassen, steigern ihren Appetit, aber auf mich wirkt das, als müsste sie noch schnell alles essen, was sie essen würde, wenn sie nicht so jung sterben müsste. Zweiundsechzig. Schon um 1800 wurden die Menschen älter.

Ich gehe in die Küche, die Gefrierschranktür ist offen, davor eine Pfütze. Auf der Arbeitsfläche sehe ich eine leere Eisschachtel; Mum steht neben dem Spülbecken, sieht aus dem Fenster und kaut auf etwas herum. Sie kaut zu Ende, langt dann mit der Hand ins Becken, fischt irgendwelche Reste aus dem Abfluss, legt den Kopf in den Nacken und steckt sie sich in den Mund, manches fällt über ihre Schulter zu Boden.

Ich gehe näher heran. »Nicht, Mum, iss das Zeug nicht!«

Sie dreht den Kopf, streckt die Finger aus, alle schmierig. Ich wische sie mit dem Trockentuch ab, greife dann nach dem kleinen Metallsieb, das die Spülreste auffängt, und zeige es ihr. »Iss das nicht, Mum, davon wirst du krank.«

Sie sieht mich an, schluckt, gibt einen zufriedenen Laut von sich. Ich öffne den Kühlschrank – *höchste* Zeit einzukaufen. Ich lehne mich mit der Stirn an die Tür, meine Socken saugen sich mit dem aufgetauten Gefriereis voll.

Ich knalle beide Türen zu, und sie stürmt aus dem Zimmer, ich hinterher. »Wo sind deine Tabletten, Mum? Hast du sie genommen?«

Die Waschmaschine beginnt mit dem lauten Schleudergang, hüpft dabei auf und ab. Es ist noch dieselbe Maschine, die wir schon hatten, als ich auszog; der uralte Motor wummert, der Lärm prallt vom Boden ab und zieht durchs Haus – Mum läuft immer noch vor mir weg und hebt eine Hand, wehrt meine Frage ab.

Ich hole sie ein, fasse sie am Arm, und sie stößt einen unglaublich schrillen Schrei aus.

»Wenn du deine Tabletten nicht nimmst, wird es nur noch *schlimmer*.«

Die Waschmaschine hört sich an wie eine Alarmsirene, und die alte Dame schreit und weint und versucht, meine Hand von ihrem Arm abzuschälen. Der Krebs bewirkt, dass sie nichts zurückhält, die Gefühle sind roh und ungezügelt, ihr Mund ist offen, die Zunge von den Spülresten verfärbt.

Ich marschiere in die Küche und suche nach der kleinen weißen Schatulle mit Buchstaben und Kläppchen – ihr Tablettenregiment für jeden Tag der Woche.

»Bitte, Mum, nimm deine Tabletten. Die sind nicht nur gut für dich. Ich bin auch noch hier.«

Ich bin derjenige, dessen Leben auf Pause steht.

Sie stößt nebenan seltsam verbissene Grunzlaute aus, also gehe ich zurück und schlage dabei nach der Eisschachtel, die mit dumpfem Plastiklaut Richtung Gefriertruhe segelt und dann über den Boden gegen ein Tischbein schliddert, wobei aufgetautes Vanilleeis aufs Linoleum sickert. Noch eine Aufgabe.

Als ich bei ihr bin, zerrt sie an der Tür der Waschmaschine, obwohl die noch schleudert, zerrt daran, grunzt und weint, kämpft mit dem Griff.

»Die kann man nicht öffnen, solange sie noch läuft.«

Doch die Maschine setzt gerade zur Landung an, wirbelt schneller und schneller wie ein auf den Tisch gefallener Penny, der erst allmählich zur Ruhe kommt. Mum setzt sich auf den Boden, gibt sich geschlagen, stützt den Kopf in die Hände, holt tief Luft. Dann blickt sie zu mir auf, Tränen laufen ihr übers Gesicht, dabei weint sie eigentlich nicht, nein, weinen kann man das nicht nennen. Sie wickelt sich um meine Beine, presst den Kopf an meine Schenkel, klammert sich fest.

Das ist nicht, was ich mir die vielen Male vorgestellt hatte, als ich daran dachte, nach Hause zurückzukommen und sie zur Rede zu stellen. Ich hatte mir Konfrontationen mit der Frau ausgemalt, die sie einmal war, ebenso enttäuschend, aber hundertmal stärker.

»Mum, *bitte!*« Ich entziehe mich ihr und gehe zurück in die Küche, suche wieder nach den Medikamenten und finde die Box schließlich unterm Tischtuch – eine Wölbung, in meiner Trauer verdächtig, in meiner Wut war sie es nicht.

Ich öffne das Kläppchen für den heutigen Tag, und da sind sie, die kleinen Steroid-Tabletten, die dafür sorgen sollen, dass es ihr nicht noch schlechter geht. Das einzige Mittel, mit dem sie verhindern kann, dass der Druck in ihrem Schädel sich auf ihren Verstand auswirkt. Auf das, was davon noch übrig ist. Dieser Tumor, der ständig zulegt, wächst, sich in den begrenzten Raum ihres Kopfes vorschiebt. Sie aus ihrem eigenen Leben drängt.

Ich hole ein Glas Wasser, und da ich schon mal am Spülbecken stehe, werfe ich auch gleich das Abflusssieb weg.

Als ich zurückkomme, ist sie verschwunden, die Haustür schwingt in den Angeln. Ich gehe hinaus ins Sonnenlicht, die Tablettenbox und ein Glas Wasser in der Hand, einer ihrer Schuhe liegt auf dem Weg. Ich gehe zur Straße, und da ist sie, humpelt den Hügel hinauf, mit nur einem Schuh. Ich rufe ihr nach, und sie wird schneller, ohne sich umzuschauen.

Ich laufe ihr nach, Verzweiflung und Müdigkeit zerren mich in verschiedene Richtungen, lassen mich mit mir selbst reden, das Wasser aus dem Glas schwappt über, dann schütte ich es auf den Seitenstreifen – meine vom Eiswasser noch nassen Socken werden jetzt dreckig von der Straße.

Ich hole sie ein, und sie weint nicht, ist nur eine verlorene, entschlossene Frau. Ich baue mich vor ihr auf, und sie bleibt stehen, wartet, atemlos, weicht meinem Blick aus.

Als ich sie ansehe, merke ich, wie verängstigt sie ist. Dabei hat sie nicht unbedingt Angst vor mir, sondern sie hat einfach Angst. Alles in mir gibt nach, ich lasse die Hand mit den Tabletten sinken. Jetzt kann ich Mum in all dem Verfall erkennen. Da ist sie.

Wir stehen da, und ich schaue sie an, ein Lufthauch fährt ihr durchs Haar, durch das, was davon noch geblieben ist.

Vielleicht spürt sie ebenfalls die Veränderung in mir, oder sie weiß wieder, wer ich bin, denn sie dreht sich um, dreht sich in meine Richtung, und ich halte ihr den Arm hin, sie lächelt, die feuchten Wimpern halb mausblond und halb schwarz ab da, wo sie zuletzt gefärbt wurden. Sie hakt sich bei mir unter, lässt den Kopf für eine Sekunde sanft an meine Schulter sinken, und zusammen gehen wir über den Hawke Street Hill zurück zu unserem Haus, wo Dads hemmungslos wuchernde Hecke über den Nachbarzaun ragt.

»Du musst deine Tabletten nehmen, Mum. Bitte!« Sie blickt beim Gehen auf ihre Füße, plötzlich verwirrt von dem Unterschied zwischen beschuhtem und unbeschuhtem Fuß. Sie bleibt stehen und schaut auf die Straße.

»Dein Schuh liegt auf dem Weg, Mum. Warte, ich hole ihn dir.«

Wir gehen durchs Gartentor, aber sie bleibt stehen, als wir zu ihrem Schuh kommen, der genau da liegt, wo das mit Robert passiert ist. Sie starrt den Schuh an, seufzt einen Zehn-Zentner-Seufzer und dreht sich mit dieser vertrauten Miene im Gesicht zu mir um. Der Blick flackert unruhig zwischen meinen Augen hin und her. Sucht.

»Lass uns reingehen«, sage ich und versuche, sie weiterzuzerren.

»Nein.« Sie versteift sich, also lasse ich sie stehen und gehe weiter, bin mir meiner Schritte bewusst, dieser Augen bewusst, die mir nachsehen. Ihr abgestreifter Schuh markiert die Stelle. Ihr Gesicht markiert die Frage.

Diese Frage, die schon immer da war.

4

»Ellbogen vom Tisch. Und wir wollen nicht sehen, was du gerade kaust, besten Dank auch.« Mum ist ein Manieren-Nazi. Hat Dad gesagt. Sie legt Messer und Gabel hin, solange sie kaut. »Noch vom Braten, Robert? Anschließend ein Stück Obst? Oder lieber was Süßes, ja?« Sie redet heute Abend mit bester Pflegekindstimme und hat ihre Kriegsbemalung aufgetragen. »Wenn du magst, können wir uns hinterher auch ein Video ansehen.«

»Dumbo! Dumbo!«

»Robert ist schon zu groß für Dumbo, nicht wahr, Robert?«

Nach dem Abendessen schickt sie mich nach oben, als hätte ich was Schlimmes getan, aber ich darf im Zimmer spielen und zu Bett gehen, wann ich will, als wäre ich lieb gewesen.

Ich glaube, Dumbo ist einsam. Einmal habe ich für die Schule ein Gedicht geschrieben, das hieß *Alleinsames Einzelkind*. Miss Marshall sagte, es sei perfekt, vor allem, weil ich dafür ein brandneues Wort erfunden hatte. Aber als ich es Mum zeigte, war sie ganz komisch, hat es zerknüllt und in den Mülleimer geworfen. Ich lag schon im Bett, als Dad an jenem Abend nach Hause kam, aber am nächsten Morgen hing mein völlig zerknittertes Gedicht am Kühlschrankmagneten.

Ich will nicht ins Bett und Robert bei ihnen lassen, aber ich versuche, so lieb wie nur möglich zu sein, also sage ich nichts. Ich schleiche mich an der großen Vase vorbei, in der nie Blumen sind, weil Opas selbst geschnitzte Spazierstöcke daraus aufragen.

Oma ist an Krebs gestorben, und Dad musste im Bad all ihr Blut wegputzen, als sie mitten in der Nacht zusammengeklappt ist. Er hat es für Mum getan, ehe er sie aufgeweckt hat, damit sie nicht sehen musste, was aus ihr rauskam.

Sie wussten, dass Oma tot war, ehe sie auf dem Boden aufschlug, weil sie mit den Händen ihr Gesicht nicht geschützt hat. Und ich weiß das, weil ich mal ein Gespräch mit Dad belauscht habe. Er musste ihre Zähne aus dem Blut sammeln.

Keiner weiß, dass immer noch ein Spritzer Blut auf der Rückseite vom gebogenen Schlängelrohr hinter der Toilette klebt. Ich sehe mir den Klecks vom Blut der toten Oma fast immer an, wenn ich pinkeln oder kacken muss. Manchmal wird mein Dödel schon vom Angucken ganz hart.

Normalerweise sind die Pflegekinder richtig frech, aber Robert ist still und lieb, weshalb ich mich extra anstrengen muss. Ich halte meine Zahnbürste unter den Wasserstrahl, drück Zahnpasta in den Mund, zieh mir dann meinen Pölter an und kriech in die geheime Löwenhöhle, eigentlich mein Schlafsack, aber ich kriech mit dem Kopf zuerst rein. Ich mag's da drinnen, und ich hab meine Taschenlampe dabei und meinen Transformer, der sich aus einem grünblauen Monster in einen blaugrünen Roboter verwandelt. Nur sieht er eher ganz purpur aus, weil der Schlafsack von innen rot ist. Als wäre ich von einer Schlange verschluckt.

Es gab in meinem Leben zwei supergute Spitzenmomente. Nummer eins war, als denen die Pflegekinder ausgegangen sind und es nur Mum und Dad und mich gab. Das war wie Weihnachten und Geburtstag gleichzeitig und sämtliche Straßen gesperrt, alles zusammengerollt zu einem großen Schokoball. Ich mag Schokolade, bloß bringt die Ärger, weil ich davon ganz aufgedreht und elektrisch werde. Dad nennt mich dann Nutella, den Hunnen, was bloß lustig ist, so wie er das sagt, und wenn er das sagt, spüre ich, dass er mich mag. Nutella der Hunne war früher ein Bösewicht, in der alten Zeit.

Wenn Pflegekinder hier sind, verderben sie alles. Außerdem müssen Mum und Dad dann echt hart arbeiten, und die Neuen sind fast nie höflich und haben Mum und Dad auch nie lieb. Ich liebe Mum und Dad, und ich bin dankbar, weshalb ich nicht verstehe, wieso sie nicht einfach damit aufhören, blöde Kinder ins Haus zu holen.

Der letzte Junge hat mich überredet, auf einen Baum zu klettern, und mir dann nicht wieder runtergeholfen. Hat mich einfach sitzen lassen. Mum musste warten, bis Dad nach Hause kam, um mich vom Baum zu holen, und das hat zwei Stunden gedauert. Ich musste vom obersten Ast pinkeln.

Das war Marcus. Er gehört heute zur Regierung.

Der zweite supergute Spitzenmoment in meinem Leben war, als ich mich mal übergeben musste und Mum mich zu sich und Dad ins Bett gelassen hat, und der Fernseher war an, irgendwas über Delfine, und wir haben zusammen geknuddelt.

Zusammen ist mein Lieblingswort.

Ob sie Robert auch ins Bett lassen, wenn der sich mal übergibt? Ist hoffentlich gegen die Pflegekindregeln. Allerdings hat Mum gesagt, die seien sowieso meist bescheuert, diese Regeln, und wenn die Leute wollen, solle man sie doch verdammt noch mal ins Gefängnis stecken, nur weil sie sich anständig um ein Kind kümmern.

Es gibt immer irgendeinen Grund, warum ein Pflegejunge bei uns ist. Manchmal sitzt einer der Eltern im Gefängnis, deshalb nehmen wir das Kind eine Zeit lang auf. Manchmal sind auch seine Mum oder sein Dad krank, oder sie streiten sich vor Gericht.

Manche Mums und Dads sind besser als andere Mums und Dads. Meine Mum sagt, sie ist besonders gut, deshalb darf sie die Kinder bei sich aufnehmen, deren Mum und Dad nicht so gut sind oder die gerade in Schwierigkeiten stecken, im tiefsten Innern aber gut sind.

Normalerweise sagt Mum nicht, was mit der Mum und dem Dad nicht stimmt, bis das Kind wieder weg ist, falls es nicht was gibt, das ich wissen muss. So hatten wir mal einen Jungen, der hat gern Feuer gelegt, weshalb Mum zum Anmachen vom Herd einen elektrischen Anzünder kaufen und alle Streichhölzer wegwerfen musste.

Plus, ich darf nie an die Tür gehen, sie unverschlossen lassen oder meinen Namen oder meine Adresse sagen, wenn ich ans Telefon gehe, weil sonst eines Tages böse Eltern herausfinden könnten, wo wir wohnen, und dann kommen sie und holen sich ihr Kind zurück.

Wir haben nie Pflegemädchen. Niemals. Bestimmt, weil Mädchen besser behandelt werden als Jungen, das muss der Grund sein. Oder weil Mädchen sich besser benehmen. Oder weil Eltern Mädchen mehr lieben als Jungen. Oder weil nur gute Eltern Mädchen kriegen.

Ich kann Mum und Dad unten mit Robert reden hören, aber ich geh ins Bett und spiel Spiele mit dem Mond. Wenn ich zwinkere, gibt es zwei Monde; sie starren mich an wie ein Wolf, der auf mich runterguckt.

Ich frag mich, ob es nachts, wenn's regnet, einen Mondregenbogen gibt. Ich wüsste nicht, warum nicht, aber gesehen habe ich noch keinen. Ich denk mal, Mondregenbögen sind aus all den traurigen Farben wie Schwarz und Mitternachtsblau gemacht. Was bedeutet, dass es Mondregenbögen vielleicht gibt, bloß kann man sie nicht sehen, weil sie aus denselben Farben sind wie die Nacht.

Nur Eulen können sie sehen.

Am Morgen wache ich zufrieden auf, bis mir einfällt, dass Robert da ist. Denk ich an Robert, kriege ich dasselbe Gefühl wie vor einer Mathearbeit, vorm Zahnarzt oder am Sonntagabend. So ein schlangeliges Gefühl im Bauch. Plus, ich kann sie alle unten hören, als wären sie gar nicht im Bett gewesen, hätten eine Mitternachtsparty gefeiert und zusammen gespielt.

Ich prüfe die nächtliche Niederschlagsmenge, aber es ist nur winzig wenig, bestimmt vom Tau, also schreibe ich nichts auf. Dann kämme ich mich ordentlich und ziehe mir meine kratzigsten Sachen an. Ich putze mir sogar die Zähne. Dann habe ich Schiss, nach unten zu gehen, aber auch Schiss, oben zu bleiben und sie unten glückliche Familie ohne mich spielen zu lassen.

Als ich nach unten komme, ist Mum schick angezogen, und ihr Haar ist gemacht. »Wieso hast du dich denn so rausgeputzt, Dummerchen?«, fragt sie und lacht. Robert sitzt am Küchentisch und beobachtet, Dad gräbt draußen im Garten, aber nicht in seinen Grabesachen.

Alle haben sich für Robert fein gemacht, bloß Robert trägt dieselben Sachen wie jeden Tag, weil er so schnell von zu Hause wegmusste.

Heute ist sein insgesamt elftes Frühstück in unserem Haus, und ich frage Mum, wie viele Frühstücke er ihrer Meinung nach noch bei uns isst, aber sie antwortet bloß mit einer Nichts-Antwort und ihrem Laserstrahlblick. Robert ist hibbelig.

Ich esse so viel wie er, vielleicht noch mehr, plus, ich trinke seinen Rest Orangensaft, obwohl ich mich wie eine Boa-Constrictor fühle, die gerade eine Boa-Constrictor gefressen hat, die gerade eine Ziege gefressen hat. Dad sagt das fast nach jedem Essen.

Robert ist zwölf, also viel älter als ich. Ich wäre gern zwölf, aber wenn ich zwölf bin, dann ist er, dann ist Robert, na ja ...

Siebzehn.

Ich hole ihn nie ein.

An dem Tag, an dem er kam, bat Mum mich, ihm das Haus zu zeigen, solange sie sich mit den Sozialarbeitern unterhielt. Es gab jede Menge Papierkram zu erledigen.

»Warum machst du nicht die große Tour mit Mich... ich meine, mit Robert«, sagte sie. Dann wurde sie so knallrot wie Rote Bete. »Tut mir leid, Robert.«

Manchmal nennt sie mich aus Versehen auch Michael.

Die Sozialarbeiterin mit den großen Titten hat sie beobachtet, und ich hab rasch mein Alleinsames-Einzelkind-Gedicht vom Kühlschrank genommen und mir in die Tasche gesteckt, aber später hat Mum gewollt, dass es wieder an seinen alten Platz kommt. »Dir war es doch so ungeheuer wichtig, dein Gedicht aufzuhängen, junger Mann.«

Nach dem Mittagessen gibt sie Robert und mir einen Schokoladenkeks. Robert isst seinen echt schnell im Wohnzimmer auf. Er isst alles ganz schnell. Ich warte, bis er fertig ist, dann zeige ich ihm meinen, wovon nur ein kleines bisschen abgeknabbert ist.

»Na und?«, sagt er. »Mir hat meiner geschmeckt, du hast deinen noch nicht gegessen. Ist doch piepegal.« Er zuckt die Achseln und blickt an mir vorbei zum Fernseher. Er fängt an, ein bisschen aufsässiger zu werden.

Ich schalte den Fernseher aus und renne aus dem Zimmer, er nennt mich einen blöden Idioten, steht auf und stellt den Apparat wieder an.

Ich lege den Keks auf den Herd, da, wo er noch warm ist, und warte, bis die Schokolade sich verfärbt und anfängt zu schmelzen. Dann gehe ich zur Gefriertruhe, die breit und lang ist wie eine enorme Piratentruhe, mache sie auf und will den Keks klammheimlich auf eine Schachtel Hühnchen Kiew legen.

»Was spielst du an der Gefriertruhe rum!« Mum kann sich besser anschleichen als jeder Spion. »Willst du etwa was stehlen, Mister?«

»Ich wollte nur den Keks reinlegen.«

»Warum?«

Ich zucke mit den Achseln. Robert kommt, bleibt hinter ihr stehen und fragt sich, worum es hier geht.

»Mit der Gefriertruhe wird nicht gespielt, klar?«

»Warum nicht?«

»DARUM NICHT. Außerdem, wenn du reinfällst, kommst du allein nicht wieder raus.«

Ich erwidere Roberts Blick, starre ihn eine Sekunde lang scharf an. »Klar doch, ist pipileicht.«

»Der Deckel ist schwer und klebt manchmal fest. Sei ein braver Junge und mach den Deckel wieder zu.«

»Ich käme da schon raus. Männer sind stark, Frauen schwach.«

»Was du nicht sagst.« Sie hebt mich hoch und legt mich in die Gefriertruhe, oben auf die Lebensmittel, dann knallt der Deckel zu. Drinnen ist es ziemlich schwarz und kalt. Ich drücke gegen den Deckel, dann schlängele ich mich an eine bessere Stelle, wo ich mehr Platz habe, und drücke wieder und wieder, aber der Deckel geht nicht auf und mein Herz wird ganz prall, so wie beim Gartenschlauch, wenn man den umknickt.

Manchmal mache ich das, wenn Dad den Garten sprengt.

Anschließend renn ich weg und versteck mich, und er schnaubt und geht zum Schlauch, macht den Knick raus und schaut sich um für den Fall, dass ich das war. Nach einer Minute schleiche ich mich wieder hin und knick ihn erneut. Am Ende verpasst Dad mir dann immer eine ordentliche Dusche.

Ich kann mich überall in der Gefriertruhe atmen hören, echt laut und schnell, als hätten da hundert Jungs panische Angst. Ich muss aufs Klo.

Mums Stimme klingt total gedämpft. »Komm schon, starker Mann! Machst du den Deckel nun auf?« Sie kichert ein bisschen, als ob Robert sie kitzeln würde.

Ich schrei und schrei, bis es irgendwann wieder hell wird, sie mich hochhebt und sagt: »Jetzt siehst du, was mit kleinen Jungen passiert, die den Mund zu voll nehmen. Von jetzt an wird nicht mehr an der Gefriertruhe gespielt. Haben wir uns verstanden?«

An meinem Schulhemd klebt Schokolade und Keks, und Robert versucht, nicht zu lachen. Ich trockne die Tränen, geh nach oben und verkrieche mich in der Löwenhöhle. Ich fühle mich so schwer, wie wenn ich in der Wanne lieg und das Wasser läuft raus.

Irgendwann wird mir zu heiß, und ich krabble aus der Höhle, gehe zum Spiegel und sehe mir meine Muckis an. Ich wachse noch.

Ein bisschen später kommt Mum, setzt sich zu mir und streicht mir das Haar aus der Stirn. »Tut mir leid, was ich getan habe, aber manchmal forderst du es geradezu heraus. Du weißt doch, dass wir gerade ein Pflegekind haben, und du weißt, was das bedeutet.«

»Bestes Benehmen.«

»Ganz genau. Bist ja eifersüchtiger als dein Vater, kleiner Mann.« Sie wuschelt mir durchs Haar. »Robert ist was Besonderes und braucht im Moment viel Liebe. Zieh nicht so eine Schnute, ist schließlich nicht das Ende der Welt. Andere Kinder müssen ihre Mum und ihren Dad auch teilen. Und kommen zurecht.«

Sie nimmt mich ganz fest in den Arm und lässt mich das Mittagessen auf meinem Zimmer essen, aber ich höre sie alle reden und würde am liebsten wieder runtergehen. Entschuldigung soll angeblich wie Abrakadabra wirken oder wie »Hey presto«, dabei sind das bloß Worte. Echte Magie funktioniert so nicht.

Ich verstecke das Grün vom Mittagessen unter dem Papier im Papierkorb und schleiche mich dann nach unten, um zu hören, was sie am Tisch reden.

Sie haben ein Feuer gemacht!

Mum und Dad erklären Robert, dass ich mich bei neuen Pflegekindern immer so aufführe, aber er solle sich keine Sorgen machen. Mum sagt, ich bin harmlos und irgendwann krieg ich mich schon wieder ein.

Ich mag's nicht, wenn sie über mich reden, und meine Schlange im Bauch mag's auch nicht.

Plus, Dad hat Feuer gemacht, obwohl es gar nicht kalt ist, und ich habe Dad schon EWIG gefragt, ob wir nicht ein Feuer machen können, aber er hat immer gesagt, sei nicht blöd, ist doch schon beinahe Sommer. Nur sagt er das das ganze Jahr und findet das auch noch lustig, dabei will ich doch nur, dass wir alle knuddelig zusammensitzen. Wir alle drei.

Vielleicht hat Dad Feuer gemacht, um Roberts Laune aufzuhellen.

Das Licht vom Feuer macht die Vase mit den Spazierstöcken glitzerig. Ich darf sie nicht anfassen, weil sie Mums Ein und Alles sind, obwohl Mum sie gar nicht selbst gemacht hat, das war nämlich Opa.

Robert und Mum stehen vom Tisch auf und gehen nach draußen. Ich renne nach oben, stell mich mit Schuhen aufs Bett, beobachte sie und kann dabei hören, wie Dad unten das Geschirr abräumt.

Ich bücke mich, bespitzle sie aus der Fensterecke und sehe, wie Robert auf was Langweiliges am Himmel zeigt. Wenn Robert nicht hinguckt, sieht Mum ihn oft an, und wenn er guckt, dann lächelt sie. Oder sie sieht zum Haus, sicher durchs Küchenfenster zu Dad, und zieht dabei hinter Roberts Rücken ein ganz blöd glückliches Gesicht.

Robert legt sich ins Gras, die Sonne scheint, und Mum liegt jetzt ganz nah neben ihm, und sie sehen richtig bunt und sonnig aus wie in einer Waschpulverreklame. Dann streckt sie die Hand aus, findet Roberts Hand im Gras und nimmt sie. Und er lässt sie.

Was dann passiert ist, weiß ich nicht, denn ich hab mein Gesicht im Kissen vergraben, und ich schrei und zerknautsch das Bettlaken mit den Fäusten.

Als ich wieder hinguck, sind sie weg, und ich kann unterschiedlich gefärbte Flecken Grün auf dem Rasen sehen, da, wo sie gelegen haben.

Ich rieche, wie aus dem Kamin ein Hauch von Rauch kommt, und sehe auf dem Thermometer nach; draußen sind zweiundzwanzig Grad.

Ich renne nach unten, die Schlange groß und dick in meinem Bauch, und ich marschiere vor dem Kamin auf und ab. Ich nehme einen von Opas Spazierstöcken und will ihn zerbrechen, aber er ist für mich zu stark, genau wie der Gefriertruhendeckel. Also schlag ich damit aufs Sofa, werfe ihn dann hin und marschiere wieder auf und ab, auf und ab, während Mum, Robert und Dad zusammen in der Küche sind, und ich will reingehen, aber irgendwie macht mich das alles viel zu schwindlig. Dann sagt Mum was, und Robert LACHT. Sein erstes Lachen in unserem Haus überhaupt.

Dad hat mal erzählt, wenn Leute in wahnsinnig schlimmen Situationen sind, bei denen es um Leben und Tod geht, dann können sie unglaubliche Dinge tun, was vielleicht der Grund dafür ist, weshalb ich die Hand so ewig ins Feuer halten kann.

Hinterher gehe ich in die Küche, und Mum rennt mit mir ins Bad, aber ich bin kilometerweit weg, und die Hand fühlt sich superleuchtend an, als wäre sie die Sonne oder so. Mum steckt mich mit meinen Sachen in die Wanne, und Roberts weißes Gesicht ist da, aber Dad schickt ihn weg, nur rührt er sich nicht, und meine Hand wirft überall Blasen und ist so schwarz wie die von einem Monster. Kaltes Wasser läuft in die Wanne, und Mum sorgt dafür, dass ich die Hand unter Wasser halte, wobei sie Dad anschreit, dass er was aus der Gefriertruhe holen soll, und ich weine über das, was ich getan habe.

Mum weint auch, aber auf so eine verschreckte, wütende Art, und sie ist fast mit mir in der Wanne; meine Hand liegt unter Wasser und fühlt sich so heiß an, dass ich glaube, sie bringt die Wanne zum Kochen.

Dad kommt angerannt mit Eis und Tüten voller Erbsen und Hühnchen Kiew, mein Lieblingsessen, das kippt er ins Wasser, und Mum kreischt irgendwas und er schreit echt zurück, am Hals Baumwurzeln. Nur kann ich sie beide nicht richtig hören. Ich höre das Wasser nicht aus dem Hahn prasseln, auch nicht die gefrorenen Erbsen, die aus dem verschlierten Ende purzeln, da, wo das Plastik aufgerissen wurde, hellgrüne Pünktchen, die im Wasser schaukeln.

Aber Robert weint. Ich bin mir ziemlich sicher, dass er weint.

5

Wir sitzen am Familientisch, ich auf dem Platz, der schon immer meiner war, Mum auf ihrem. Alte Gewohnheiten. Zwei leere Stühle sind mit uns am Tisch, aber aus dem Weg gerückt. Und eine gewisse Stille.

Draußen verfärbt Abendlicht allmählich den Nachmittag, was mir durch den Jetlag unnatürlich vorkommt, beklemmend. Doch wir sitzen hier, wissen beide nicht, was wir miteinander anfangen sollen, und warten auf die Pflegerin. Das also ist die ereignislose Phase, vergleichbar mit der Eiszeit gleich nach dem Kometeneinschlag.

Tag vier meines Lebens im Pausenmodus.

Während wir dasitzen, wandert mein Blick zögerlich, doch neugierig zur OP-Narbe an ihrem Kopf, zu den Metallklammern, die ihre Haut zusammenhalten, zu der Stelle mit dem abrasierten Haar. Familienbilder breiten sich auf der Wand aus – diese ganze Vergangenheit. Schmutziges Geschirr stapelt sich in der Spüle. Die Gefrierschranktür steht wieder einen Spaltbreit offen, auf dem Boden eine Pfütze Schmelzwasser.

Ich stemme die Ellbogen auf den Tisch, vergrab die Hände im Haar und starre auf die vertrauten Konturen und Kratzer in der alten Holztischplatte und auf die geronnene, schlecht gewordene Milch, die sie mir in den Tee gießt.

»Kommt die Pflegerin immer so spät, Mum?«

Sie reagiert mit einem achselzuckenden Lächeln, und ich weiß nicht, ob die Antwort sie überfordert oder die Frage. Ich setze ein höfliches, lippenloses Lächeln auf, und beide blicken wir immer wieder zu den leeren Stühlen hin – selbst Mum scheint deutlich zu spüren, wie anders die Dinge einmal waren, vor dem Kometen. Trotzdem mustert sie mich wie einen Fremden.

»Arbeit?«, gelingt es ihr zu fragen, die Betonung ein bisschen so, als wäre sie taub, ihre Zunge betäubt.

»Das hast du mich schon gefragt. Arbeit ist Arbeit. Weißt du denn noch, wo ich arbeite?«

Sie sucht in meinem Gesicht nach der Antwort, und ich muss den Blick abwenden, schaue in den klumpigen Tee, dann wieder sie an, aber sie stiert längst leer vor sich hin.

Alfie II. liegt zusammengerollt auf dem sonnigen Fensterbrett – unsere Katze, benannt nach dem Kater Alfie. Als der erste Alfie starb, sind Mum und Dad los und haben eine neue Katze geholt und sie wieder Alfie genannt, obwohl es gar kein Kater war. Jetzt schnarcht sie laut durch den grindigen Wuchs, der unter ihrer Nase wuchert.

Sogar die Katze hat Krebs.

»Ich gebe dir einen Tipp«, sage ich, und es gelingt mir, etwas Sanftes in meine Stimme zu legen, so als wäre sie das Kind.

»Gefängnis!«, ruft sie.

»Sehr gut. Aber kannst du dich auch an meinen Namen erinnern?« Was sie zurück in ihre Verstandeslücke wirft, als wäre ich wirklich der Teil, den man aus ihr entfernt hat.

»Robert«, sagt sie und lächelt, dann blickt sie auf ihre Hände, als würde sie die auch nicht wiedererkennen.

Es klopft an der Tür, und wir fahren beide zusammen. Ich stehe auf und streiche mir das Haar glatt.

Früher durfte ich nie die Tür aufmachen. Vor dem Unfall hatten wir ständig Besucher. Danach kamen meist nur noch Pflegerinnen so wie diese. Sie muss zweimal hinsehen, als sie mich sieht.

Jetzt sitzen wir zu dritt am Tisch, Tee wurde angeboten und abgelehnt. Die Pflegerin hat auf dem Stuhl von meinem Dad Platz genommen, und etwas in mir möchte ihr lieber einen Stuhl aus dem Esszimmer holen. Mum ist nervös, ein Dauerlächeln übertüncht ihre Unfähigkeit, die simpelste Etikette einzuhalten, ein Hallo, bestens, danke, wie geht's? Sie kann nur nicken und Wortfragmente stammeln, dann den Kopf schütteln, lächeln und so tun, als wäre das alles bloß eine Verwechslung. Lachhaft ist allemal besser als unheilbar.

Ich nehme ihre Hand, und sie lächelt. Sie hat vergessen, dass sie sich von mir nicht anfassen lässt. Sie dreht die Handfläche um, weil sie wissen will, warum die sich so rau anfühlt, und scheint einen Moment lang von der Narbe verwirrt zu sein.

Sie sieht nicht schlecht aus, die Pflegerin, Anfang dreißig, griffig an den richtigen Stellen, südafrikanischer Akzent, sonnenverbrannt da, wo sich der Kittel zum Kragen öffnet. Ihr Busen ist bestimmt leuchtend weiß im Kontrast zum braunen Tupfer auf ihrem Dekolleté.

Sie erkundigt sich ein wenig nach mir, und ich sehe, wie Mums Blick an meinen Lippen hängt.

»Ich mach mich lieber an die Arbeit«, sagt die Pflegerin schließlich, »bin sowieso schon spät dran – wie immer.« Und sie beugt sich über ihren offenen Koffer. Großer Hintern. Nicht nur groß, groß und schön.

»Dann lass ich euch beide am besten allein«, sage ich. Mum hat mich dabei erwischt, wie ich der Pflegerin auf den Hintern gestarrt habe.

»Nein, bleiben Sie. Es ist besser, Sie wissen, worauf Sie achten müssen. *Macht dir doch nichts aus, wenn er bleibt, nicht, Mary?«*

Sie packt ein kompaktes Blutdruckmessgerät aus, rollt Mum den Ärmel auf, hält inne und seufzt theatralisch. »*Hab ich es dir nicht gesagt?«*, sagt sie und zupft Mum die Ringe von den Fingern.

Die Ringe waren mir gar nicht aufgefallen – nur halb übergestreift, dahinter jede Menge gestauchte, geschwollene Haut. Die Pflegerin hat Mühe, die Ringe abzubekommen, und Mum schüttelt den Kopf, ernst und traurig; sie will sie anbehalten.

»Ich weiß ja, wie wichtig sie dir sind, Mary, aber von Steroiden schwillt man an. Und du willst doch nicht, dass wir dir diese schönen Ringe von den Fingern schneiden müssen, oder?« Wie herablassend diese Fremde meine früher so unbeugsame, übermächtige Mutter behandelt.

Während das Blutdruckgerät brummt und Mum dasitzt und die Druckspuren der Ringe an ihren Fingern mustert, wirft die Pflegerin mir heimlich Blicke zu, prüft ihre Frisur oder rückt den Kittel zurecht, als versuchte sie, ihren Körper zu überzeugen, dass alles passt.

Sie leuchtet Mum in die Augen und macht auf einem Kurvenblatt eine Notiz.

Das Geräusch des Klettverschlusses reißt mich aus meinen Gedanken; Mum reibt sich den Arm und lächelt der Pflegerin zu, obwohl die den Kopf gesenkt hält, um sich eine weitere Notiz zu machen. Sie sagt: »… und wenn es etwas gibt, das Mary überhaupt nicht mag, dann ist das, ihre Medikamente zu nehmen. Stimmt doch, nicht, Mary?«

Die Pflegerin kramt in ihrer Tasche und bringt eine gebundene Broschüre zum Vorschein, auf dem Vorderblatt das Bild von einem Automotor. Mum entgleitet für einen Moment das bislang unerschütterliche Lächeln. Sie lehnt sich zurück, schaut auf ihre Hände.

»Ich weiß, du hasst das, Mary«, sagt sie und stellt die Broschüre auf den Tisch, »aber sag das Wort für mich, wenn du kannst.«

Sie lässt Mum die Broschüre anstarren, mein Stuhl knarrt in die kribbeligen Stille, Alfie schnarcht auf der Fensterbank gleich neben dem Brocken Glimmerstein, der jetzt in der Sonne funkelt. Mum starrt auf das Bild, die Stirn in Falten, der Mund offen.

»Lassen Sie sie das nächste versuchen«, sage ich, und die Pflegerin schaut zu mir herüber, ehe sie zum nächsten Bild umblättert – ein Korkenzieher. Mum ist wortleer, ihr Inneres brennt vor Verlangen, die richtige Vokabel zu sagen. Weiß sie vielleicht sogar. Ihr Mund schnappt wie das Maul von einem Fisch an Land.

Die Pflegerin ist dagegen in ihrem Element. Sie verbringt ihre Tage in der unbehaglichen Stille der Krankheit, so wie Kellner ihre Tage in jenen Gesprächspausen verbringen, die entstehen, wenn sie an den Tischen bedienen. Jeder Job hat seine eigene Stille. Wie die gleich nach Zellenschluss, wenn jeder Insasse einen weiteren Tag seines Gefangenenlebens Revue passieren lässt.

Wie die Stille eines deprimierten Liebespaares.

»Ist schon in Ordnung, Mary. Versuch's mit dem hier.«

Und mit jedem Umblättern werden die Bilder leichter und leichter, bis wir bei den einfachsten Cartoonfiguren sind. Das nächste Bild zeigt eine Katze, und Mum quiekt aufgeregt, deutet auf Alfie, presst dann aber eine Hand auf den Mund, als wollte sie diesen beschämenden Laut wieder zurücknehmen.

»Alfie«, versuche ich sie fröhlich zu ermuntern.

»Ach, *Alfie*, ja?«, sagt die Pflegerin. »Ich habe mich schon gewundert, wie der Kater heißt. Ich habe dich danach gefragt, nicht, Mary? Das hab ich doch.«

Es scheint, als seien alle Fragen an meine Mutter rhetorische Fragen geworden.

»Er ist eine Sie«, stoße ich mit zusammengebissenen Zähnen hervor.

»Das dachte ich mir schon«, erwidert sie ungerührt. *»Hab ich nicht gesagt, dass er wie eine Sie aussieht, Mary? Das hab ich doch, oder?«*

»Sie ist nicht blöd.«

»Wie bitte?«

»Vielleicht könnten Sie aufhören, in diesem Ton mit ihr zu reden.«

Wieder bleibt die Pflegerinnenmiene wie angeklebt, nur ein etwas längeres Blinzeln bricht unter der Maske vor.

»In der Zeit, die Sie gebraucht haben, sich hier blicken zu lassen, sind Ihre Mum und ich prima miteinander ausgekommen.«

Mein Stuhl ächzt, als ich ihn rasch zurückschiebe und nach draußen stürme, um im Garten auf und ab zu gehen und an Zigaretten zu denken. Seit drei Jahren habe ich nicht mehr geraucht und mich seit Monaten nicht mehr so danach gesehnt wie jetzt.

Als die Pflegerin aus dem Haus kommt, gehe ich vom Gartentor direkt auf sie zu und lächle übers ganze Gesicht. »Entschuldigen Sie, wie war noch mal Ihr Name?«

»Vicky.«

»Vicky, richtig. Tut mir leid, das da drinnen. War einfach ein ziemlicher Schock, dass Mum so krank ist und so.« Ich lege den Kopf schief, lächle wieder und registriere, wie meine Nähe auf sie wirkt.

»Natürlich. Für Sie muss das ja ziemlich befremdlich sein.

Ich verstehe schon. Man kann meinen Job schließlich nicht machen, ohne sich ein dickes Fell zuzulegen. Ist okay.« Sie will gehen, aber ich stehe vor dem Gartentor, und plötzlich scheint sie sich nicht mehr so wohl in ihrer Haut zu fühlen. Sie kann sich nicht länger hinter dem Pflegerinnenstatus verstecken. Hier draußen ist sie nur eine Frau.

Ich lege eine Hand auf ihren Arm, woraufhin sie den Kopf leicht zur Seite neigt und rot wird.

»Vicky, ich weiß das wirklich zu schätzen, was Sie für meine Mum tun.« Ich bin nah genug, um ihren Schweiß riechen zu können. »Vielleicht sollten Sie es so einrichten, dass wir beim nächsten Mal der letzte Termin sind. Dann könnten wir hinterher noch ein bisschen was zusammen unternehmen, wenn Sie mögen.« Und ich werfe ihr diesen gewissen Blick zu.

»Na ja, ich ...« Sie lacht ein wenig zu laut. Ich lasse sie frei, und sie greift nach dem Gartentor. »Das ist wirklich schrecklich ...« Stirnrunzelnd mustert sie den Riegel. »Aber ich habe einen vollen ...«

Ich komme ihr noch näher, als ich den Riegel anhebe und das Tor gerade so weit öffne, dass sie hindurchschlüpfen kann. »Auf Wiedersehen, Vicky!«, sage ich und grinse zum ersten Mal seit Tagen, während ich die sonst so besonnene Pflegerin unbesonnen davonhasten sehe.

Wenn ich hier schon festsitze, brauche ich wenigstens etwas Unterhaltung.

Eine Melodie pfeifend trete ich auf der Türmatte gründlich die Schuhe ab. Mum ist nicht im Haus, also gehe ich durch die Küche in den hinteren Garten; der Pflaumenbaum sieht so verzagt drein, als ob niemand seine Früchte wollte.

Drüben beim Schuppen liegt einer ihrer Schuhe, umgekippt. Der ungebührliche, wiederholt schuhlose linke Fuß eine Erinnerung daran, dass die rechte Hirnhälfte für die linke

Seite des Körpers zuständig ist – der Tumor nagt sich durch die rechte Hirnseite.

Da ist sie, der rechte Schuh noch an, von einer Stelle am linken Knöchel breitet sich ein blauer Fleck aus. Ich schließe die Augen bei dem Gedanken, dass sie allein und verwirrt hier hinausstolperte, sich den Knöchel verknackste und vor dem Schmerz davonhumpelte. Der Schuh auf dem Rasen wie ein Überbleibsel von dem, was sie einmal war.

Sie starrt in die Wolken, das Licht um uns nimmt rasch ab. Ich sehe sie an, halb wie eine Außerirdische, halb wie eine Berühmtheit und finde es immer noch seltsam, sie nach derart langer Zeit wiederzusehen. Nur ist sie jetzt so klein, wie sie dasteht, zum Himmel hinauflächelt und nach Wolkenformen sucht.

Die einfachsten, deutlichsten Wahrheiten sind für sie jetzt Ungewissheiten. Ihre Identität entgleitet ihr, als wäre sie auf hoher See in eine Kabine gesperrt, ihre Vergangenheit rutscht über polierte Tische und zerbricht auf dem Boden in Stücke. Alles um sie herum ist in Bewegung, und sie taumelt umher in dem Versuch, etwas festzuhalten – richtet die Erinnerungen, die in ihr an einer Wand hängen, während sie von einer anderen herabfallen und zerschellen. Fast vertraute Gesichter starren sie unter Scherben hervor an.

Ich stelle mich zu ihr, entblöße dem Haus meine Kehle und schaue hinauf in den Himmel; es ist der Himmel aus den *Simpsons* mit Herden von lauter Wolken in perfekter Größe auf dem Weg nach Osten, dahin, wohin das Wetter zieht. Eine sieht aus wie ein Schwein mit Stirnlocke, das langsam über uns davonhüpft. »Die Wolkenschau« wurde zum Familienspiel, nachdem es Roberts Spiel gewesen war.

Ich sehe zu Mum, um ihr das Schwein zu zeigen, aber ihre Miene lässt mich innehalten. »Was ist?«, frage ich, und sie sieht mich sekundenlang an, ohne mich zu erkennen, schnieft, wischt sich über die Augen, blickt von mir zum Himmel und dann wieder zurück. »Denkst du an Robert?«, frage ich, und sie bricht in Tränen aus.

Ich schlurfe zu ihr, halte sie, blicke über ihre bebenden Schultern, rieche ihr Haar, was mich an heiße Bäder, an Tee erinnert, daran, wie ich durch das Treppengeländer spioniert habe.

»Dabei hast du doch so viel vergessen.«

Ihn aber nicht.

Mein Blick wandert aus ihrer Umarmung zum vertrauten Garten. Diese altbekannte, familiäre Schwere. Familiär. Sie bringt jenen Teil von mir ins Gedächtnis, den ich so angestrengt versucht habe, hinter mir zu lassen.

Und das ist beängstigend, denn wenn dieser Teil in mir einen Achtjährigen so weit treiben konnte, wie er es getan hat, wozu bin ich dann erst mit achtundzwanzig fähig?

6

Ich erzähl's keinem in der Schule, und außer Mum, Dad und Robert weiß es niemand, aber ich muss zu einem Psychologen. Dad sagt, das wäre wie eine Vorsorgeuntersuchung, da müssen die meisten Jungen und Mädchen durch, und eigentlich ist das bloß so, wie wenn der Doktor dich an den Eiern packt und sagt, dass du husten sollst, nur ist es diesmal der Kopf.

Es ist mein erster Termin, und Dad fährt mich. Nächste Woche ist Mum dran, damit beide mich mal zur Reparatur bringen.

Robert sagt, bestimmt verpassen sie meinem Kopf Stromschläge. Ich frage Mum, was damit endet, dass Robert zum ersten Mal Ärger kriegt. Das gefällt mir.

Ich bin fertig angezogen, das Haar ist gekämmt, und ich habe meinen Roboter dabei, damit ich nichts fühlen muss. Ich gehe in Roberts Zimmer, wo er ohne was zu essen hockt, und er nennt mich eine Petze und sagt, ich sei bekloppt.

»Wer böse Eltern hat, sollte nicht mit Steinen werfen, Robert.«

»Guck dir doch deine verbundene Hand an, Blödie. Siehst wie eine irre Mumie aus.«

»Du, du ... DEINE MAMMI IST *BLÖD*.«

Dad wartet im Auto, und Mum geht nicht dazwischen, als Robert und ich uns prügeln; sie schreit nur, bis Robert mich loslässt. Ich trete nach ihm und renne raus zu Dad; meine Hand tut weh, und Mum kommt mir nach mit ihrer Grusellippe.

Sie fängt an, Dad anzubrüllen, der nur im Auto sitzt und sich vom Radio bequasseln lässt. Von hier klingt das wie Fürze in der Wanne.

»Wir leben in einer Irrenanstalt.«

Dad steigt aus, um mit ihr zu reden, aber sie drückt mir nur einen harten Kuss auf die Stirn, sagt »Tschüss« und knallt die Tür zu, sodass wir beide wie die Zeugen Jehovas vorm Haus stehen.

Wir fahren rückwärts aus der Ausfahrt, und wie immer bei Dad jault das Getriebe. Der Wagen fährt nicht gern rückwärts. Robert steckt den Kopf aus meinem Schlafzimmerfenster, um uns nachzusehen. Dabei darf er nicht in mein Zimmer! Beim Abfahren zieh ich ihm eine Fratze, und er macht Schielaugen und tut, als bekäme er Stromstöße oder hätte einen Schlaganfall.

Sarah Loe aus der Schule hatte mal morgens in der Aula einen Anfall, und dann gab's ein Malheur, und sie lag da in ihrer eigenen Pfütze. Mr Jones hat ihren Kopf genommen und alle auf Abstand gehalten, aber Mrs Halmer hat überhaupt nichts gemerkt und ewig weiter Klavier gespielt. Wir nennen sie nur Mrs Hammer. Am Klavier ist sie eine Katastrophe, aber sie ist die Einzige, die wir haben.

Um die Ecke hält Dad an, und ich habe den Erste-Hilfe-Kasten schon in der Hand und grinse so breit, dass meine Ohren wackeln.

»Na dann komm, Sonny Jim.« So heiß ich nicht, aber ich mag's, wie seine Stimme klingt, wenn er das sagt. Also klettere ich nach vorn und darf die Gänge einlegen, und wir singen zusammen mit dem Radio, und obwohl wir so laut sind, dass man den Motor nicht hört, kann ich trotzdem die Gänge rechtzeitig wechseln, weil ich Dads Fuß auf der Kupplung im Auge behalte. Ich bin echt klasse. Nur gut, dass ich mir nicht die Gangwechselhand verbrannt habe.

Manchmal tut er, als wollte er mit dem Fuß aufs Pedal drücken, damit ich den Gang wechsle, aber das ist bloß eine falsche Finte, und obwohl wir unterwegs zum Psychologen sind, krieg ich das große Giggeln.

Wenn ich mich konzentriere, stecke ich die Zunge zwischen die Lippen. Passiert das, nennt Dad mich Drei-Lippen-Macavoy. Ich glaub, dass sich Drei-Lippen-Macavoy total hart konzentrieren kann und Privatdetektiv ist. Und er spielt geil Saxofon.

Wir parken auf dem Parkplatz, und ich krieg die Gluckseschlange im Bauch, aber dann stellt sich raus, dass Mr Gale wohl ganz nett und gar nicht unheimlich ist.

Hinterher nennt Dad ihn »den Beißer«, nach dem Bösewicht im James-Bond-Film *Der Spion, der mich liebte*.

Dad nennt Mr Gale so, weil er wie der Beißer eine Zahnspange trägt, obwohl er schon ziemlich alt ist. Dad meint, er wäre sicher sehr eitel, aber vielleicht ist er auch ein Spätentwickler und trägt morgens noch die Zeitungen aus.

Dad geht erst zum Beißer rein, um mit ihm zu reden, und lässt mich im Wartezimmer sitzen. Ich kann sie reden hören, kann aber nicht verstehen, was sie sagen.

Als sie herauskommen, sagt Mr Gale noch einmal Hallo und fragt nach meiner verbrannten Hand. Um die ist ein dicker Verband mit Plastikschutz.

Der Beißer sieht zu, wie Dad mich in dieses große Zimmer bringt mit einem Tisch, piekfeine Arbeitssachen an einem Ende und Spielzeug und sonstiger Kram am anderen. Über den Teppich verläuft eine weiße Linie, die den Raum in zwei Hälften teilt, in die Spielhälfte und in die piekfeine Bürohälfte. Plus, auf einer Seite gibt es ein großes Glasfenster, aber man kann zu nichts durchsehen, und ein richtiger Spiegel ist es auch nicht.

Der Beißer beobachtet, während Dad mir erklärt, dass ich nur mit bestimmten Sachen spielen und die auf den Boden geklebte Linie zwischen der Spielhälfte und der Bürohälfte nicht übertreten darf. Dann lassen sie mich allein, aber ich soll mir keine Sorgen machen, weil sie gleich nebenan sind.

Allein habe ich Schiss, aber ich tu so, als wäre ich ein Roboter. Meist spiele ich mit meinem Monsterroboter und fasse die Spielsachen vom Psychologen nicht an, schon wegen der bekloppten Jungs nicht, die sie bestimmt alle angefasst haben, und Robert hat gesagt: »Bleib mir vom Hals, sonst steckst du mich noch mit deinen bekloppten Bazillen an.« Ich bin nicht bekloppt, glaub ich jedenfalls nicht, deshalb will ich auch die bekloppten Bazillen von den anderen Jungs nicht haben, die in dieses Zimmer kommen.

Mit einer Hand kann man nur schwer spielen, aber ich mag's, dass Mum sich jeden Tag zu mir setzt, um den Verband zu wechseln; plus, sie ist jetzt ein bisschen sanfter, so als hätte die Hitze von meiner Verbrennung sie geschmolzen.

Sie sagen, ich krieg Narben fürs Leben; Mum sagt, sie auch.

Irgendwann kommt Dad rein und spielt mit mir, aber er ist irgendwie komisch und guckt immer zum Halbspiegelfenster rüber.

Danach dürfen wir gehen. Wir holen uns Fish and Chips, und ich bin froh, dass mir das Hirn nicht verbrutzelt wurde.

Die Pommesbude ist innen immer zugedampft, und die Theke riecht nach Essig. Plus, normalerweise stibitzen wir eine Pommes, gleich nachdem der Mann sie gesalzen und mit Essig betunkt hat, aber bevor er sie einpackt. Und die Pommes ist immer so heiß, dass wir sie kauen, wie ein Hund Marshmallows kaut.

Ich mag die Pommesbude, bloß als ich heute da bin, so nahe bei all den heißen Flächen, krieg ich Angst, dass ich mir wieder die Hand verbrenne. Ich habe oft richtig fette Tagträume über schlimme Sachen, die passieren, und die sind so echt, dass es mich schüttelt.

Als das Essen eingepackt und bezahlt ist, nimmt Dad es vom Tresen, und die Tüte hinterlässt jedes Mal einen feuchten Fleck, und ich bleibe, bis der heiße Fleck wieder verschwindet, weil Mum und Dad sonst sterben.

Dann renne ich, um Dad einzuholen, und er tut, als hätte ich ihn mit dem Gesicht in unserem Essen dabei erwischt, wie er die Pommes futtert.

Wir essen im Auto auf dem Parkplatz, aber weil ich nur eine Hand habe, esse ich langsamer als sonst. Als Dad seine Portion aufhat, will er bei mir weiterfuttern und hält sogar meine gute Hand fest, damit ich ihn nicht daran hindern kann. Ich liebe es, wenn wir einen Kicheranfall kriegen.

Von da, wo wir parken, sehe ich die Lichter der Schornsteine von der Chemiefabrik durch die beschlagenen Autofenster blinzeln. Nachts sieht man immer Vögel um die Lichter fliegen; Dad sagt, die sind high vom Schornsteinqualm. Ich habe Angst vor dem Qualm, aber Mum sagt, es ist bloß Wasserdampf.

Auf dem ganzen Weg bis nach Hause lässt er mich die Gänge wechseln, und es knirscht nur einmal, aber bloß, weil er mir erzählt, dass Robert eine ganze Weile bei uns bleiben wird, »also versuchst du vielleicht besser, dich daran zu gewöhnen«.

Er schlägt meine Hand vom Ganghebel, weil ich in den Rückwärtsgang schalten will, statt in den dritten, was dem

Getriebe bestimmt ein paar Zähne aus dem Zahnrad haut. Sicher braucht es jetzt auch eine Klammer. Er schreit mich an. Ich klettere vom Beifahrersitz nach hinten und lege mich lang. Ich bin voll mit Essen, aber leer und halt mir die Augen zu mit beiden Händen, die nach Salz und Essig riechen und nach Bettnässen.

Als wir zu Hause ankommen, hat Dad mir schon verziehen. Er verzeiht mir immer ganz schnell und sagt, wenn es um mich gehe, sei er wie ein vergesslicher Goldfisch.

Wir kommen zur Haustür rein, und da ist dieser Essensduft vom Herd, der Tisch nett gedeckt, und Dad versteckt das zerknüllte Papier von der Pommesbude hinter seinem Rücken, und sie hat sich »all die Mühe umsonst gemacht«.

Sie und Dad gehen raus und setzen sich ins Auto, Mum ans Steuer, und Robert und ich spionieren oben aus dem Fenster und sehen, dass ihre Münder sich total schnell bewegen, fast wie in einem Stummfilm.

Es ist schon wieder Dienstag, und Mum ist an der Reihe, mich zum Beißer zu bringen. Seit letztem Mal reden sie und Dad nicht mehr miteinander. Dad sagt, das sei ein neuer Kalter Krieg.

Wir sind spät dran, und Mum muss unterwegs noch hundertmal schnell anhalten und was erledigen. Ich warte im Auto, und mein Bauch ist schlangeliger als letzte Woche.

Es wird immer später, und sie hat sich verfahren und erwartet, ich finde den Weg, weil ich letzte Woche schon da war, dabei habe ich gesungen und Gänge eingelegt, plus, Dad kennt sich in der Stadt aus von früher, als er noch ein kleiner Junge war und für ein bisschen Milch dem Milchmann geholfen hat.

Wenn wir durch die Stadt fahren, kann er mir immer sagen, was früher in den Gebäuden war, sogar, was da war, ehe die Gebäude überhaupt gebaut wurden. Oder er tut ganz verträumt und sagt: »Ich weiß noch, wie all das hier Felder waren.«

Das sagt er besonders gern, wenn wir weit aus der Stadt raus und rund um uns nur Felder sind.

Mum stammt aus einer großen Stadt im Norden, aber Dad hat immer schon hier gewohnt und sagt, er will hier auch immer bleiben. Mum zieht ein Gesicht, wenn er sentimental über diese Gegend redet. Sie nennt unsere Stadt Schnarchcity.

Es regnet, und ich sitze hinten; Mum sieht mich im Spiegel nicht an, aber ihre Miene ist starr. Leute sehen immer ernster oder trauriger aus, wenn sie denken, dass keiner hinguckt, aber viel taffer, wenn sie glauben, dass man sie anguckt, sie aber tun, als wüssten sie das nicht. Ein Spion weiß so was.

Mum redet, und ich sehe die Regentropfen waagerecht übers Fenster gleiten. Je schneller wir fahren, desto schneller und weiter nach hinten strömen die Tropfen, nur manchmal bläst der Wind, und sie werden ganz platt und schmiegen sich ans Glas und rühren sich nicht.

Ich schnüffle am Plastikschutz über meine fürs Leben gezeichnete Hand, und Mum fragt, was ich glaube, warum wir zum Psychologen fahren. Als ich kleiner war und noch ins Bett gemacht habe, hatte meine Matratze auch einen Plastikschutz.

Ich zucke mit den Achseln.

»Hat Dad denn letzte Woche auf dem Weg zu Mr Gale nicht mit dir geredet?«

»Nicht so richtig.«

Einen Augenblick lang ist sie still.

»Er hat nichts über mich und Robert gesagt?«

»Nö.«

Noch mehr Stille. Dann lässt sie sich darüber aus, was für ein ganz besonderer Mensch Mr Gale doch ist, der mir helfen kann, weil sie sich Sorgen machen, seit ich mich so verbrannt habe, und dass sie keinen Sohn haben können, der sich wehtut, bei all dem Schmerz, den es sowieso schon auf der Welt gibt. »Was soll denn bloß aus der Welt werden, wenn kleine Jungen hingehen und sich verletzen?«

»Und warum geht Robert nicht mit seinen Eltern zu diesem ganz besonderen Menschen?«

Sie holt tief Luft. »Robert hat sich schließlich auch nicht die Hand verbrannt, oder?«, und dann, bevor ich es sagen kann: »Ich weiß, ich weiß, es war ein Unfall, aber Robert braucht unsere Hilfe. Punktum. Und das heißt nicht, dass dein Dad und ich dich nicht wahnsinnig lieb haben.« Sie schaltet ziemlich hart und nicht besonders gut. »Ich freue mich schon auf die Zeit, wenn du dich endlich dran gewöhnt hast, dass wir Pflegekinder haben. Du lebst nun mal in einer guten Familie, was viel besser ist, als nur in einer normalen Familie zu leben, die bloß an sich selbst denkt. Wir sind keine normale Familie, Sonny Jim. Schätz dich glücklich, dass du da geboren wurdest, wo du nun mal geboren bist.«

Ich mag's nicht, wenn sie Sonny Jim sagt. Das darf nur Dad sagen. Aus seinem Mund klingt es ganz anders.

»Okay?«

Ich nicke. »Okay.« Ich halte meinen Roboter fest und schaue auf die Regentropfen, die von der Straße hochhüpfen wie richtig heißes Fett in der Pfanne.

Draußen auf den Straßen sind viele Leute, und ich stelle mir vor, ich sitze in einem großen Laster und fahre absichtlich durch die Pfützen, was gigantische Wellen macht, die alle Leute wegwaschen und die Häuser in Trümmer legen, weshalb der Strom drinnen Funken schlägt und Brände entfacht, und überall ist schwarzer Rauch.

Ich frage mich, wie voll mein Regensammler ist.

Viele von den Leuten draußen haben ihre Mäntel halb aus und über den Kopf gezogen, um sich vorm Regen zu schützen, wie wenn im Fernsehen Verbrecher aus dem Gericht kommen und nicht erkannt werden wollen.

Wir kommen zu Mr Gales Haus, und ich renne voraus, während Mum den Wagen abschließt und eine Plastiktüte übers Haar stülpt zum Schutz vor dem Regen. Ich drücke Mr Gales Türsummer, und man hört es schnarren, ein bisschen wie wenn die alten Männer, die beim Supermarkt immer Karten spielen, sich den Rotz aus der Nase schnauben. Mum muss dann jedes Mal würgen, dabei hat sie Angst vorm Kotzen. Ich brauche nur einen Finger tief in den Hals zu stecken, und schon flippt sie völlig aus. Das ist meine Geheimwaffe. Selbst wenn ich bloß so tu, als wäre mir schlecht, wird sie netter zu mir.

Wir warten; Mum kümmert sich um ihre Frisur, und ich kann in mir die Schlange fühlen, groß, dick und zischelig. Dann klickt die Tür, und Mum sagt schnell: »Ich hab dich lieb«, noch bevor der Beißer aufmacht, mit all dem Metall im Mund lächelt und mir die Hand schüttelt, wobei er Mum ansieht. Die Hand ist nicht warm und ziemlich klein für eine Männerhand. Ich mag keine Männer mit kleinen Händen.

»Wie geht's der Hand?«, fragt er. »Verheilt sie gut?«

Bestimmt kann er meine Gedanken lesen wie Gott und Oma. Ich nicke und versuche, an nichts zu denken, was er vielleicht nicht mag.

Er bittet mich, im Wartezimmer zu warten, und während er redet, kann ich nicht aufhören, auf seine Spange zu gucken. Wenn Leute mir was sagen, bewegen sich manchmal meine

Lippen, so als wären unsere Münder verbunden. Ich weiß das, weil Dad dann grinst und mir das Haar verwuschelt.

Mit einem Arm um ihre Taille führt der Beißer Mum fort, und ich sitze da mit meinem Roboter im Schoß, schließe die Augen und bilde mir ein, zu Hause zu sein. Dann muss ich an den Beißer denken, wie er seine Metallzähne in Mum schlägt und auf ihr herumkaut, als wäre sie einer dieser zähen Riegel, die ganz klebrig werden, aber er lässt nicht locker. Sie streichelt dabei sein Haar und mag es, gefressen zu werden.

Ich sitze still und versuche, nicht zu denken, genau wie mein Roboter. Ich muss aufs Klo.

Als sie zurückkommen, ist mit Mum alles okay und an Mr Gales Zähnen kein Blut, aber ich fühle mich immer noch, als müsste ich mir gleich in die Hose machen. Plus, Mum hat diese Miene im Gesicht, und Mr Gale beobachtet sie von hinten, als wüsste er genau, was sie gleich sagt und was passieren wird. Ich glaube, nebenan wartet diese große Sozialarbeiterin und will mich mitnehmen. Mr Gale frisst mich mit den Augen.

»Wo gehst du hin, Mum?«

Ich sitze da und fühl mich wie Alice, nachdem sie geschrumpft ist. Ich stehe auf, und meine Füße fallen eine Stunde lang, ehe sie den Boden berühren. Ich häng mich an Mum und lass sie nicht wieder los.

Sie blickt Mr Gale an, und er nickt, die beiden haben ein Geheimnis. Sie hält mich auf Abstand, sagt, was ich anfassen darf und was nicht, genau wie letzte Woche, aber ich schmieg mich an sie, drück mir den Roboter auf die Blase und will mit ihr zum Klo, damit wir vom Beißer wegkommen, nur für einen Augenblick, sodass ich mit ihr reden und sie mich umarmen kann, nur für einen Augenblick.

»Ich bin gleich nebenan«, sagt sie, und ihre Augen werden ein bisschen feucht, weil sie sich von mir verabschiedet. Ich sehe sie nie wieder. Ich bin zu böse, und jetzt, wo meine Hand fürs Leben gezeichnet ist, will sie mich nicht mehr. Sie will Robert.

Ich klammere mich an ihr fest, aber sie schiebt mich ins Zimmer und schließt die Tür.

»Ist nicht für lang«, sagt sie durch die große Holztür mit schlottriger Stimme. Ich probiere die Klinke, aber es ist abgeschlossen.

»Mum, mein Roboter! MUM!« Ich hör auf, meinem Dödel mit all dem Pipi zu helfen, damit ich an die Tür hämmern kann. Mein Roboter ist ganz allein da draußen, und ich bin hier drinnen mit dem Python. Der wird dicker in mir, als wollte er sich häuten. Spannt sich an. Bereit, sich aus meinem Bauch zu winden und mich von innen heraus zu verschlucken. Ich drehe mich um und sehe die Spielsachen am hübschen bunten Ende, dann das langweilige Zeug in der piekfeinen Bürohälfte.

Ich weiß nicht, wie lang es dauert, bis Mum und der Beißer schreiend hereinkommen. Ich hör auf mit dem, was ich tu, lauf weg und versteck mich im Spielhaus. Da kriegen sie mich nie. Ich schließ die Augen, damit es so dunkel ist wie in der Löwenhöhle, und keuche vom vielen Tun; meine Hose ist ganz warm und riecht wie der Tresen in der Pommesbude. Plus, meine fürs Leben gezeichnete Hand schmerzt, weil ich sie benutzt habe. Ich igle mich ganz fest ein im Spielhaus, und Mum schreit. Jetzt schicken sie mich bestimmt weg.

Dann werde ich in ein Handtuch aus dem Bad vom Beißer gewickelt. In ein großes Handtuch. Mum sitzt im Wartezimmer, bestimmt kommt Qualm aus ihren Ohren. Sie hat meine nassen Sachen, aber auf dem Schreibtisch schwimmt noch Pipi, und dann sind da all die zerrissenen Seiten und Bücher.

Ich mag das. Das ist wie mit dem Blutklecks zu Hause auf dem bogigen Schlängelrohr. Den mag ich auch. Manche Dinge, die nicht schön sein sollten, sind schön. Und manche, die es sein sollten, sind es nicht. Ich gebe der Schlange die Schuld.

Mr Gale hält die Hände wie ein Nachrichtensprecher, sitzt aber nicht am Tisch. Er denkt so angestrengt, dass es aussieht, als müsste er kacken. Seine Lippen sind verschwunden.

»Was glaubst du, wie sollen wir damit umgehen, dass du mein Büro so beschädigt hast?«, fragt er.

»Schicken Sie mich jetzt zu einer anderen Familie?«

Die Augenbrauen wandern in die Höhe, sodass seine Stirn aussieht wie der Strandsand, nachdem sich die Welle zurückgezogen hat. Ich winde mich auf meinem Stuhl.

Er macht den Mund auf, um zu sprechen; in seiner Spange hängt ein bisschen Mittagessen. »Wieso glaubst du, dass das passiert? Was bringt dich auf diese Idee?«

Ich zucke mit den Achseln und schaue auf seine Schuhe. »Ihre Schuhe glänzen.«

»Ja«, sagt er und sieht nach unten, als hätte er seine Füße völlig vergessen. »Ist tatsächlich eine meiner Lieblingsbeschäftigungen, ich ...«

»Dann sollten Sie das vielleicht machen, statt diesen Job hier.«

»Was denn? Schuhe putzen?« Er lacht ein bisschen, dann hält er inne, als hätte er es mit dem Lachen gar nicht ernst gemeint. »Ich fürchte, die Bezahlung wäre nicht so gut. Aber wenn ich sie putze, werde ich ganz ruhig. Gibt es irgendwas, was dich ganz ruhig macht?«

Ich zucke die Achseln. Drei-Lippen-Macavoy hätte ihm sonst was erzählt. »Meine Löwenhöhle.«

»Wo ist deine Löwenhöhle?«

»Man kommt durch meinen Schlafsack rein.«

Er lächelt. »Erzähl mir, wie dein Dad es findet, dass Robert bei euch wohnt.«

Ich sehe in seinen blitzenden Schuhen, wie sich der Deckenventilator dreht und dreht. Er hat ihn angestellt, um den Essiggeruch zu vertreiben, gibt aber vor, es sei bloß zu warm.

»Weiß nicht. Bestimmt gefällt's Dad. Aber nicht so wie Mum.«

»Ach?«

Ich schau ihn an.

»Deiner Mum gefällt's also, dass Robert bei euch wohnt?«

»Sie liebt es.«

»Wie sehr auf einer Punkteskala von zehn?«, fragt er, und sein Mund bleibt offen, als wäre meine Antwort ein Keks.

»Mehr als neun.«

»Mehr als neun?«

»Kann ich meinen Roboter wiederhaben?«

»Gleich. Du darfst bald nach Hause. Aber warum nicht zehn, wenn es doch mehr als neun ist? Warum nicht zehn? Was fehlt, damit du zehn Punkte dafür gibst, wie sehr es deiner Mum gefällt, Robert bei euch zu haben?«

Ich seufze und beobachte den Deckenventilator. Wenn man genau hinsieht, erkennt man manchmal sogar die Ventilatorenblätter statt bloß so ein verschwommenes Geschwirr. Das gefällt mir.

»Es gefällt ihr 9,9999567.«

»Das ist sehr präzise.« Er leckt sich die Lippen, beugt sich unruhig vor. »Und was ist dieser kleine Teil, der fehlt? Ist das der Teil, mit dem sie auch ein bisschen leidet? So wie du?«

»Kann ich jetzt bitte gehen?« Ich denke an das, was ich tun werde, während ich mich für die nächsten dreihundert Jahre in meinem Zimmer einschließe.

»Nur noch ein paar Minuten. Das ist jetzt wichtig. Du

weißt doch, du bist hier, weil deine Mum und dein Dad sich um dich sorgen, richtig? Du machst gerade eine schlimme Zeit durch. Deshalb hast du dir die Hand verbrannt und mein Büro so zugerichtet. Aber du brauchst nicht zu kämpfen. Es ist nicht fair, dass kleine Jungen so kämpfen müssen.«

Ich zucke die Achseln.

»Also warum nicht zehn Punkte von zehn? Was fehlt deiner Mum?«

Ich zeige ihm meinen Verband.

»Du glaubst, das fehlende Stück ist die Wunde, die du dir selbst zugefügt hast? Stimmt's? Okay. Noch etwas?«

Er beugt sich ganz, ganz dicht über mich, der Mund wieder offen, irgendeine gelbliche, pelzige Pampe auf der Zunge, und in einem Auge ragt was deutlich Gelbes ins Weiß; in der Spange hängen immer noch Essensreste. Von Weitem sehen Leute besser aus.

»Nichts sonst? Du glaubst nicht, dass es ihr schwerfällt, Pflegejungen aufzuziehen *und* einen Sohn *und* einen Mann zu haben, und all diese vielen Dinge gleichzeitig zu machen?«

»Daran ist Michael schuld.«

»Wer ist Michael?«

»Ich möchte jetzt bitte gehen, Mr Gale. Das mit Ihrem Büro tut mir leid.«

Er seufzt, und ich kann seinen Zungenpelz riechen. Er notiert sich was auf einem Block. »Weiß ich doch, aber schön, dass du dich entschuldigst. Ist nicht weiter schlimm, sind ja nur Sachen. Willst du mir sagen, dass du tief in dir drin glaubst, dieses fehlende bisschen, weshalb es für deine Mum nur neun Komma viele Zahlen von zehn ist, dass du das bist, dieses Fehlende? Dass du schuld bist? Du bist nicht schuld, merk dir das. Ich frage mich bloß, ob du für dich beschlossen hast, dass es deine Schuld ist.«

»Warum haben Sie so viel Metall im Mund?«

»Damit es schöner aussieht. Hast du gehört, was ich gesagt habe?«

Ich nicke, denke aber, dass seine Zähne mit dem Metall viel hässlicher aussehen als Zähne ohne Metall. Er seufzt, und mich überkommt Panik. Vielleicht kann er ja in echt meine Gedanken lesen.

»Und was die Dinge zu Hause angeht, wie fühlst du dich da? Denn das ist doch wichtig, nicht? – Also, wie fühlst du dich?«

Ich zucke mit den Achseln.

Er leckt sich total schnell über die Lippen. »Weißt du, was ich glaube?«

Er stellt eine Menge blöder Fragen. Ich zucke mit den Achseln.

»Ich glaube, so ein besonderer kleiner Junge wie du, der sich die Hand verbrannt und mein Büro so zugerichtet hat, der will damit etwas schrecklich Trauriges zum Ausdruck bringen. Ich glaube, kleine Jungen, die das machen, was du getan hast, die haben jede Menge Gefühle, für die sie nichts können. Dabei brauchen sie bloß ein bisschen Fürsorge. Gefühle sind nicht leicht. Was du mit meinem Büro angestellt hast, das ist in meinen Augen nicht deine Schuld. Versteh mich nicht falsch, ich finde es überhaupt nicht in Ordnung, so was zu tun. Ich finde, was du getan hast, ist schlecht, jedenfalls ein bisschen, aber das bedeutet auf keinen Fall, dass du ein schlechter Junge bist. Das musst du dir unbedingt merken. Meinst du, du kannst dir das merken? Gut. Und weißt du noch was?«

Ich sehe auf den Teppich, zucke mit den Achseln.

»Ich finde es sehr traurig, aber manchmal sind Kinder die Einzigen, die den Mut haben, jene Gefühle zu zeigen, die verraten, wie es tatsächlich bei ihnen zu Hause zugeht. Fast wie ein Barometer. Du weißt, was das ist? Kluges Bürschchen, *natürlich weißt du das*. Du bist sehr tapfer, verstehst du? Und nicht böse. *Sieh* mich an! *Du bist nicht böse.* Kann sein, dass du manchmal was Böses tust so wie alle Kinder – und alle Erwachsenen. Aber deine Mum und dein Dad, die haben dich immer noch sehr, sehr lieb.«

Ich nicke, den Blick immer noch auf dieselbe Stelle im Teppich gerichtet, so als wäre er da festgeklebt und sie müssten das Stück rausschneiden, wenn sie mich nach Hause bringen wollen.

»Sicher, sie haben Robert gern«, sagte er, »aber sie lieben dich viel, viel mehr als ihn – was? Was hat dieser Gesichtsausdruck zu bedeuten?«

Ich zucke die Achseln.

7

»Ja, ist er«, sage ich und sehe aus dem Fenster auf den Himmel, auf den Mum gezeigt hat. Sie versucht, Butter auf einen Toast zu schmieren, aber er ist nicht richtig geröstet, ihr Messer zerreißt das Brot.

»Hier, nimm diese Scheibe, die ist schon fertig.«

Sie schaut mich an, streicht weiter mit dem Messer, verteilt Butter auf dem Venushügel ihrer Hand, auf jene Stelle, die angeblich das eigene Maß an Libido, an Zärtlichkeit verrät. Sie blickt auf ihre gebutterte Hand, als hätte ihr dies jemand Fremdes angetan, hebt dann die Hand an den Mund und leckt sie ab, während sie sich mit dem Messer durchs Haar fährt.

Ich mustere meinen eigenen Venushügel, die quer darüber verlaufende Narbe – und schiebe den Stuhl an den Tisch. Sie sieht zu, wie ich ans Spülbecken gehe und den feuchten Lappen auswringe. Ich komme zurück, wische ihr die Butter von der Hand, und sie lässt mich, die Miene besorgt. Jetzt klebt die Butter im Lappen und zwischen meinen Fingern; der Lappen stinkt dermaßen, dass wir uns die Hände waschen müssen.

Ihre Miene ist ausdruckslos, doch verraten ihre Augen eine gewisse Wachsamkeit. Sie ist noch da, immer noch, irgendwo unter dem nahenden Tod. Ich kann es sehen. Fühlen. Und da will ich ran. Um zu helfen. Auch wenn das alles ist, was von der Frau übrig blieb, der ich die Schuld gebe.

»Ich will …«, sagt sie. »Wir …« Sie steht auf.

Wenn diese schwarze Walnuss in einem leicht erkennbaren Teil ihres Kopfes steckt, dann in jenem Teil, der fürs Sprechen zuständig ist. Immer fehlen ihr im Satz die Schlüsselwörter, nie das Nebensächliche. Nicht die Grammatik kommt ihr abhanden, sondern die Dinge im Leben. Die wichtigen Wörter, die Namen von Leuten, die sie angeblich geliebt hat, das, was sie braucht.

»Die …« Sie öffnet den Mund, ein Finger zeigt auf die Schranktür. »Muss …« Sie hält inne, sinkt zurück auf den Stuhl, sackt resigniert noch etwas weiter in sich zusammen und schüttelt ihren Tumor.

»Versuche, es zu umschreiben, Mum. Wenn du das richtige Wort nicht finden kannst, umschreibe es.« Sie runzelt die Stirn über sich, zeigt aber auf den Lappen. »Putzen? Willst du die Speisekammer aufräumen?«

Wäre dies eine Quizshow, hätte ich gerade das Messerset gewonnen.

Ich sehe zur Tür und seufze, weil ich keine Lust habe, den heutigen Tag meines Lebens mit dem Aufräumen einer Speisekammer zu verbringen. In nicht allzu ferner Zukunft werde ich sie allerdings sowieso ausräumen müssen. Allein. Ausverkauf meiner Kindheit. Flug zurück in mein kleines, sicheres Leben. Einfaches Ticket. Nur Hinflug.

»Okay, Mum.«

Als ich den Abwasch mache, kommt sie zurück in die Küche, ein bisschen Zahnpasta am Kinn und eine Miene im Gesicht, als hätte sie sich im Bad eine kleine, aufmunternde Ansprache gehalten und sei jetzt zur Tat bereit. Sie grinst mich an und öffnet dann das heutige Kläppchen ihrer Tablettenbox, Buchstaben markieren den jeweiligen Tag. Ich schenke ihr ein Glas Wasser ein und mit viel Theater nimmt sie ihre Medizin.

»Okay«, sagt sie. »Putzen!« Und sie marschiert in die Speisekammer, kommt mit eingelegten Kirschen wieder heraus und mit Gläsern getrockneter Linsen, mit angerosteten Dosen; die Pantoffeln schluffen über den Boden; was sie trägt, schwankt in ihren Armen. Sie stellt die Sachen auf den Tisch und lächelt mich an, blinzelt.

»Was wird das, Mum?« Sie holt noch einen Armvoll. »*Musst* du das unbedingt da abstellen?«

Sie schaut mich an, lädt die Sachen auf den Tisch, und eine Dose irgendwas rollt runter, fällt auf den Boden und rührt sich nicht von der Stelle, die Delle hindert sie. Mum grinst, verschwindet wieder in der Speisekammer und versucht zu singen, nur wollen ihr die Worte nicht einfallen.

»Mum.« Tief Luft holen. »Wenn du mir nicht sagst, was du vorhast, kann ich dir auch nicht helfen. Oder?«

Sie zeigt auf den buttrigen Lappen neben dem tropfenden Wasserhahn, und ich hole ihn.

»Du willst die Regale abwischen?«

Sie schüttelt den Kopf und verschwindet wieder. Ich rücke näher heran, knipse das Licht an, lehne mich an die Wand und verschränke die Arme. Sie kommt mit Cornflakes in Tupperware-Schüsseln und alten Keksdosen heraus.

Ich versuche es mit Nonchalance. Geduld. Versuche es mit: Was soll's?

»Du kannst das Zeug noch nicht wegwerfen. Was willst du sonst jeden Tag essen? *Eiscreme?*«

»Nein ...« Sie hat einen längeren Satz im Sinn, lässt ihn aber in der Luft schweben, drüben, bei all den übrigen unbeendeten Sätzen, bei alldem, was sie außerdem nicht gesagt hat. Der Satz könnte jetzt als Ruß im großen Schornstein des Krankenhauses aufsteigen, als Staub in der Luft – eine Vorstellung, die mich an Regentropfen denken lässt.

Sie zieht mich zum Tisch, auf dem die vielen Packungen mit Mehl und Gewürzen, die Dosen mit Hülsenfrüchten liegen.

Ich greife nach einem kleinen Topf mit Rosmarin, »Rosmarin. Was hast du plötzlich gegen Rosmarin? Willst du es wegwerfen?«

Gerade habe ich das Auto gewonnen. Sie kommt mit einem leeren schwarzen Plastikmüllsack zurückgeflattert.

Heute geht es ihr schlechter. Der unerbittliche Krebs wächst und wächst in der winzigen Lücke zwischen Schädel und Hirn, fast, als säße sie mit einer sich aufblasenden Hüpfburg in einer Gefängniszelle fest. Ständig läuft der Kompressor, presst mehr Luft hinein. Ihr Körper wird gegen die Wand gedrückt, der Brustkorb zusammengequetscht, bis sie nicht mehr richtig atmen kann. Nicht mehr richtig reden kann. Langsam wird sie so aus ihrer inneren Welt herausgedrängt, die Steroide sind alles, was sie gegen diesen Angriff hat, leider lässt sich ihre Dosierung bloß begrenzt steigern.

Drinnen fehlt es an Platz, und wir räumen die Speisekammer aus.

Liegestühle – Titanic.

»Haltbar bis ... meine Güte!«, sage ich und sehe erneut auf den Rosmarin. »Der ist ja *uralt!*«

Jetzt habe ich den Urlaub gewonnen. Mum grinst mich an. Ich greife nach dem Kümmel. »Wahnsinn, Mum! Auf dem hier ist das Haltbarkeitsdatum gar nicht mehr zu erkennen.«

Sie kichert, aber ohne einen Ton von sich zu geben, hält den Mund teilweise bedeckt, die Strickjacke rutscht ihr von der Schulter.

»Und diese Kirschen sind *acht Jahre* drüber! Die sehen wie rote Rosinen aus!«

Sie bebt vor Lachen, und ich lasse mich ein wenig von ihr

anstecken, nehme das Mehl zur Hand. »Hat Mehl überhaupt ein Haltbarkeitsdatum?« Sie presst die Beine zusammen, hält die wie zum Beten gefalteten Hände dazwischengeklemmt, als müsste sie auf die Toilette, aber ich glaube, sie lacht nur, der ganze Körper schüttelt sich stumm, wartet auf mein Urteil. »Vor fünf Jahren! Mehl! Wie kann denn Mehl nicht länger haltbar sein?«

Ich greife nach der Packung mit dem Falafel-Mix, nenne aber gar nicht mehr das Datum, lache bloß. Lache lauthals, also muss es wohl eine Art Ventil sein; sie lässt allerdings nichts heraus, obwohl ihr die Tränen übers Gesicht laufen. Wieder hüpft sie in die Speisekammer, bringt Arme voll mit irgendwelchen Sachen heraus, bestäubt dabei den Boden mit Puderzucker. Unterdessen gehe ich die Daten durch, verkünde sie wie alte Weinjahrgänge, wie Zugabfahrtszeiten oder Wettkampfstände beim Sport. Wir lachen beide, eine Blase der Erleichterung steigt von uns auf; vielleicht bleibt doch noch Zeit für Mum und mich.

»Gibt es so etwas wie ein Lebensmittelantiquariat?«, frage ich, und aus der Speisekammer ertönt ein Schnauben.

Ich stelle das Radio an. Es läuft eine halbstündige Sendung mit Musik von ABBA, was mich daran erinnert, wie ich an diesem Tisch saß, während Mum für mich kochte. Die Stunden, die wir für uns hatten, während irgendein aufmüpfiger Pflegejunge in der Schule saß und Dad für seine Kunden Zahlenkolonnen addierte, Bilanzen zusammenstellte.

Melodisch summt sie vor sich hin, einige Verse kommen ihr merkwürdigerweise leicht in den Sinn, ich stimme unmelodisch mit ein, leise.

Wir tüten das Zeug ein, werfen Sachen fort, die bestimmt schon die Regale füllten, als Dad noch hier war. Dinge, die dort bereits gelegen und ihn angesehen haben, als er in die

Speisekammer ging und seine Dad-Show abzog – sich mit glasigem Blick hinstellte und rief: ›Wo, Schatz? Was sagst du, wo hast du es versteckt?‹ Und sie geht rein und findet das Gesuchte, ohne hinzusehen, so wie er es ohne hinzusehen gesucht hat.

Ich lache mit ihr, aber dann kommt Trauer darüber auf, dass wir all das Vergangene wegwerfen, es in einer schlichten schwarzen Plastiktüte aus dem Haus schaffen. Ein Gedanke, der mich innehalten, der mich Mum und ihrem hektischen Gewusel zusehen lässt. Die Art, wie sie in die Speisekammer schlüpft und wieder herauskommt, lachend, lächelnd, singend, wie sie auf dem Tisch alte, verblichene, längst nicht mehr genießbare Lebensmittel stapelt. Mum, die aufhört, einen Kommentar abgeben zu wollen, aber wieder losziehen muss.

Letzten Endes läuft alles auf eine schwarze Plastiktüte hinaus.

Der Moderator beginnt zu brabbeln, die Stimme mit falschem Lächeln belegt. Ich drehe das Radio leiser, und Mum lädt noch mehr Zeug ab, in ihrem Schritt ein feuchter Fleck, der mich jenes bisschen in die Tiefe zieht, die Trauer einen sinken lässt.

Ich frage mich, was der Rest der Welt gerade treibt. Autos brausen die Straßen auf und ab, und mir ist, als könnte niemand dort draußen begreifen, wie es um Mum und mich steht, als würde kein Mensch so leben wie wir. So jedenfalls kommt es mir vor, als wären gerade jetzt, in diesem Augenblick, nur diese Mum-artige, fragile Frau und ich wirklich lebendig. Wir sind es, in denen das Leben voll zur Geltung kommt, denn dies ist einer der Augenblicke, in denen man spüren kann, wie in der oberen linken Ecke des Lebens die Aufnahmeleuchte blinkt.

Sie schlurft aus der Speisekammer, diesmal mit Haferflocken.

»Komm her«, sage ich und ziehe sie an mich, die Haferflocken zwischen uns. Ich nehme sie in die Arme, und einen Moment lang stehen wir so da, aber sie lacht, entzieht sich, geht, setzt sich auf einen Stuhl und ist, einfach so, plötzlich traurig und still.

Einfach so ist sie mit Lachen fertig und im Traurigen gestrandet, legt einen anderen emotionalen Gang ein. Genau wie Robert nach dem Unfall. Wie er grinsen konnte, obwohl an den Wimpern noch Tränen hingen.

Jetzt schluchzt sie, presst die Haferflocken wie eine Wärmflasche an sich, und ich frage, was los sei, bleibe aber wie angewurzelt stehen, statt zu ihr zu gehen, um sie zu trösten. Ihre Miene fragt mich, wie das geschehen konnte, und ihre Tränen verraten mir, dass sie nun doch begreift, was die verstrichenen Haltbarkeitsdaten bedeuten. Dass sie die Kontrolle verloren hat. Dass sie zurückbleibt. Sie rennt, um mitzuhalten, aber das Leben zieht ohne sie weiter.

Alles wird ohne sie weitergehen. Selbst ich werde ohne sie weitermachen müssen.

»Keine Sorge, Mum, wir kriegen das schon hin.« Ich drehe mich zum beladenen Tisch, will ihr in die Augen sehen, schaffe es aber nicht. »Guck«, sage ich und greife nach einer Schachtel mit Instant-Kartoffelpüree, »erst drei Monate drüber, die können wir frühestens in zehn Jahren wegwerfen.«

Kurz taucht ein Lächeln auf, doch lassen Tränen es verlaufen. Sie leckt sich die Lippen und verschluckt eine Träne. Puderzucker und Mehl auf der Strickjacke. Ich stehe da, unruhig inmitten des chaotischen Durcheinanders.

Sie ist nicht der einzige Mensch, der von ihrer Krankheit an die Wand gedrängt wird.

Es klingelt, und ich stolpere durchs Haus, fahre mit einer Hand an der Flurwand entlang und schiele durch den Türspion. Draußen steht Mandy, die Sozialarbeiterin – älter, aber sie ist es. Sie ging in unserem Haus ein und aus, Mittlerin zwischen unserer Familie und dem Pflegekindsystem. Hinter ihr sehe ich einen Mann, etwa mein Alter, vielleicht älter, einen großen Strauß Blumen in der Hand.

Ich blicke an mir hinab, hebe eine Hand, um uralte Lebensmittelreste abzuwischen, vergebene Liebesmüh. Ich öffne die Tür, und sie stürzen herein mit ihren fröhlichen Phrasen.

»Hallo, wie geht es dir, das hier ist Marcus. Du erinnerst dich doch an Marcus.«

Ich erinnere mich an Marcus. Wegen Marcus habe ich zwei Stunden auf einem Baum gesessen. Der zornige Marcus, der so gern Stecknadeln mit der Spitze nach oben in meinen Schlafzimmerteppich steckte.

»Wie geht's Mum?«, fragt sie ganz ernst und eifrig.

Statt mich anstarren zu lassen, führe ich sie durchs Haus. »Ehrlich gesagt, wir räumen gerade die Speisekammer auf. Das meiste Zeug stammt noch aus der Kreidezeit.«

»Ach was, das kann man noch in Jahren essen!«, sagt Mandy, und Marcus klopft irgendeinen Spruch, den ich aber nicht verstehe.

Als wir in die Küche kommen, sitzt Mum noch auf ihrem Stuhl und klammert sich an die Haferflocken, den Blick an etwas jenseits des Fensters verloren, weit fort.

»Ihr habt euch sicher viel zu erzählen«, sage ich und ertrage den Anblick nicht, wie Mum daran scheitert, die Kluft zwischen dem zu überbrücken, was sie war, und dem, was sie jetzt noch vermag. Diese Leute kennen sie noch als starke, freimütige Frau. Und nun das, fast zu nichts zusammengestutzt. Fadenscheinig.

Ich ziehe die Tür hinter mir zu und laufe den Hügel hinauf, wild entschlossen, mir Zigaretten zu besorgen. Genug ist genug, dies ist wohl kaum der passende Moment für Märtyrertum. Selbst den zum Tode Verurteilten stehen eine Zigarette und ein Anruf zu.

Die Wolken hängen niedrig, doch bricht hin und wieder die Sonne durch; das Licht ändert sich alle paar Sekunden, und die Temperatur lässt mich bedauern, dass ich meinen Mantel vergessen habe. Nur ein T-Shirt, mehlbestäubt. Ich sehe wie ein Kokainsüchtiger aus, der kräftig geniest hat.

Als ich aus dem Laden gehe, stecke ich das Wechselgeld in die Tasche, eine Zigarette in den Mund und fische ein Streichholz aus der Schachtel. Aber jetzt, da ich nachgeben will, mir im Mund das Wasser bereits erwartungsvoll zusammenläuft, brauche ich sie nicht mehr so dringend. Wie so oft geht es bei der Versuchung ums Nachgeben, gar nicht ums Rauchen selbst, nachdem man erst einmal schwach geworden ist. Wir schwächeln eben gern.

»Feuerzeug vergessen?«, fragt Marcus und strahlt mich an.

»Hab ich wohl oben im Baum gelassen«, antworte ich und sehe, während ich mich zu Mandy umdrehe, dass Marcus' Gesichtszüge entgleiten.

»Was«, fragt Mandy, »haben denn die Ärzte gesagt? Welche Behandlung bekommt Mary?«

»Ich fürchte, mit den Behandlungen ist sie durch. Jetzt geht es nur noch ...«

»Die *Arme*. Einfach *schrecklich*.« Sie saugt Luft zwischen den Zähnen ein. »Hör mal, ich schau wieder vorbei. Und bis dahin passt du gut auf euch *beide* auf, ja?« Damit stapft sie durch den Garten davon, die ausgeschlagene Hecke drängt sie vom Weg ab. Sie kann gar nicht schnell genug verschwinden.

Ich ignoriere Marcus' entgleitendes Gesicht, bleibe auf der

Türstufe stehen; das Licht verblasst, die Wolken gewinnen das Gerangel – Marcus schließt hinter sich das Gartentor und wirft mir einen letzten, leidvollen Blick zu, als wäre ich für ihn sein lang verloren geglaubter Bruder und nicht das Kind einer Pflegefamilie, die er terrorisiert hat.

So viele Menschen haben Kinder, mit denen sie nicht zurechtkommen. Kinder, die dann in anderer Leute Familie abgeschoben werden. Manchmal sind die Eltern gar nicht schuld. Manchmal ist einfach das Leben zu viel, manchmal aber auch nicht. So wie Roberts Eltern, die schlimmsten aller Kuckucke, die ihre Nachkommen in fremden Nestern großziehen lassen. Und wir wissen, was mit den Kleinen passiert, wenn ein Kuckuckskind im Nest landet.

Ich stecke mir die Zigarette zurück in den Mund und frische meine Bekanntschaft mit diesem grimmigen, alten Freund wieder auf, ein Streichholz in der Hand. Erstaunlich, was ein Zusammenhang bewirken kann, wie er mühelos alte Gefühle heraufbeschwört, alte Ichs. Dieser frühe Ärger, die Verbitterung, die alte Rauchgewohnheit. Ich mustere das Streichholz, stehe auf der Schwelle zwischen dem, was mich drinnen erwartet, und dem Regen, der hier draußen droht. Ein Auto kommt den Hügel hoch, Scheinwerfer schon an. Tagesdunkelheit.

Ein Unwetter zieht auf. Das kann ich spüren. Regen im Anmarsch und nichts als alte Gewohnheiten zur Gesellschaft.

8

Ich dachte, ich hocke im größten Zwinger, aber Mum und Dad haben stundenlang das Auto zugedampft, und am nächsten Tag kriege ich einen Fernseher für mich allein und muss nie wieder zu diesem Mr Beißer.

Einen eigenen Fernseher! In meinem Zimmer! Robert hat keinen, und er darf auch nicht in mein Zimmer, unter gar keinen Umständen, es sei denn, ich lass ihn rein, und wenn ich das täte, wäre es nett. Hat Dad gesagt.

»Bei dir zu Hause gibt's Probleme, Robert, deshalb bist du hier und hast keinen Fernseher in deinem Zimmer. Ist zu Hause erst alles wieder in Ordnung, bekommst du vielleicht auch einen eigenen Fernseher.«

Manchmal sitze ich da und glotze, obwohl ich lieber draußen oder unten oder sonst wo wäre, nur weil es toll ist, dass ich einen Fernseher hab und Robert keinen.

Ich höre ihn, wenn ich in meinem Zimmer bin, der Fernseher an, der Ton aber leise gestellt, höre ihre Stimmen nach oben perlen. Bin ich in der Nähe, tut Robert immer ganz still, aber wenn ich's nicht bin, höre ich ihn ohne Ende. Dann klingen Mum und Dad so froh, als würde das beweisen, dass sie was Besonderes sind. Als wäre es ihr Verdienst, dass er redet.

Dafür habe ich einen Fernseher.

Seit er sich meine Eltern ausleiht, bekommt er in seiner neuen Schule gute Zensuren. Mum sagt, seine Zensuren werden besser, und ich soll mir von ihm helfen lassen, schließlich sei er ja nicht ewig da, und es wäre gut, sein Wissen anzuzapfen, solange ich kann. Das sagt sie ständig: »Er ist ja nicht ewig da.« Manchmal tröstet mich das ein bisschen. Bloß kommt es mir jetzt schon wie ewig vor.

Außerdem ist Robert immer gut, nicht wie sonst die Pflegejungs. Dass er zu schnell isst, ist seine einzige Macke. Dad hasst diesen Fresswettbewerb, sagt er. Allerdings hat er mir mal erzählt, dass Robert so isst, weil er früher nie gewusst hat, wann er wieder was zu essen kriegt.

Und sie stauchen ihn wegen seiner Manieren auch nicht zusammen; er darf sich wie ein Schwein aufführen. Mich dagegen beharken sie von früh bis spät: »Ellbogen vom Tisch. Fuchtel nicht so mit der Gabel rum. Mund zu, kau anständig. Schneiden, nicht hacken!«

Sie sagen, Robert muss es ausleben, sonst wird er's nie los, aber wenn ich das sage, komme ich damit nicht durch.

Robert kriegt nur Ärger, wenn Mum und Dad Sachen finden, die er in seinem Zimmer versteckt. Meist Essen, aber auch so Ekelkram wie Müll, Bananenschalen, leere Chipstüten und haufenweise Wattebällchen von Mum, mit denen sie sich das Make-up aus dem Gesicht wischt. Sogar ihr Parfüm und ihre dreckige Wäsche. Unterhosen!

Jede Menge Mum-Dinge, vor allem aber Essen. Mum durchsucht alle paar Tage sein Zimmer, und wenn er nichts versteckt hat, gibt sie ihm eine Belohnung. Ich verstecke nichts, und sie gibt mir auch keine Belohnung, nur manchmal, da bekomme ich auch eine. Ganz ehrlich.

Robert ist heute aus irgendeinem Grund länger in der Schule geblieben, weshalb ich allein hinten im Auto sitze, als wir ihn abholen. Ich bau meinen Roboter in ein Monster um und überleg, was mich erwartet, denn heute musste ich im Klassenzimmer bleiben, während Miss Marshall mit Mum geredet hat, ohne mich – also über mich.

Mum spricht meinen Namen in einem Ton aus, der sich anhört, als würde da was auf mich zukommen. Ich starre aus dem Fenster, dann beeile ich mich, das Monster wieder umzubauen. Roboter fühlen nichts. Vielleicht wie Roberts.

»Ja«, sage ich, während ich einem Mann zusehe, der an der Ampel seinen Hund haut, und der Hund kann nicht zurückhauen. Er duckt sich bloß immer tiefer, leckt sich so ganz langsam vorn über die Lippen und kauert am Boden.

»Miss Marshall hatte heute ein Wörtchen mit mir zu reden, Sonny Jim.«

Ein Roboter fühlt nichts, er ist übermenschlich; Monster dagegen fühlen was, so wie King Kong, der sich in eine Frau verliebt hat, obwohl die viel zu klein für ihn war.

»Wann hast du Geburtstag?«, fragt sie.

Ich höre kurz auf, den Transformer umzubauen, weil mir die fürs Leben gezeichnete Hand wehtut. Der Verband ist gerade erst ab, und der Arzt hat gesagt, jetzt käme es ganz drauf an, wie die Narbe darauf reagiert, dass meine Hand noch wächst. Plus, ich glaube, es geht jetzt um das, was ich Simon in Englisch angetan habe.

Ich antworte und halte den Roboter fest, klapp bloß die Beine um. Von grün und blau zu blau und grün. Fast geschafft, jetzt noch schneller. Ich habe mal die Zeit gestoppt beim Umbau vom Roboter zum Monster; der Rekord liegt bei zweiundvierzig Sekunden, aber damals hatte ich die Grippe und war erst sieben. Jetzt bin ich bestimmt langsamer, so wie die Hand wehtut.

»Und wo war ich, als du geboren wurdest, hm?«

Ich setze mir den Roboter in den Schoß und halte ihn fest. Die Brandwunde summt einen ätzend scharfen Chili-Song.

»Kannst du dich bitte aufrecht hinsetzen?«, sagt sie. »Noch besser, du rückst auf den anderen Platz, damit ich dich sehen kann.«

Ich tu so, als täte ich ihr den Gefallen, aber bloß ein bisschen, weshalb sie nur den oberen Rand meiner Schulmütze sehen kann, die ich mir dann ins Gesicht ziehe. Sie langt nach hinten, berührt mein Knie, dann greift sie wieder nach vorn, um zu schalten. Kein schlechter Gangwechsel – für eine Frau.

»Wo war deine Mummy, als du geboren wurdest?«

»Im Krankenhaus.«

»In demselben Krankenhaus, in dem du geboren wurdest?«

Jetzt ist sie offenbar völlig abgedreht. Ich nicke.

»Ja, also bist du aus mir herausgekommen?«

»Jaaaa.«

»Und dein Daddy hat mich schwanger gemacht?«

Ich kichere; sie dreht sich um und grinst mich an. Als sie sich erneut nach vorn umdreht, wird ihre Miene wieder ernst.

»Also warum hast du dann heute in der Klasse behauptet, du seist ein Pflegekind?«

Ich zucke die Achseln, grinse den Roboter an, laufe so knallrot an, dass sich mein Gesicht ein bisschen wie meine Hand anfühlt.

»Robert ist das Pflegekind, mein Lieber. Er kam in einer anderen Familie zur Welt und wir ...«

»Ich weiß.«

»Er bleibt bei uns, bis seine Eltern wieder mit ihrem Leben zurechtkommen. Manche Leute haben eben mehr Probleme als ...«

»Ich weiß, ich weiß, ich weiß, ich weiß.«

Ich atme hektisch; in mir drinnen wird die Schlange dick.

»Schon gut, schon gut. Du kannst also kein Pflegekind sein, solange Mummy und Daddy nichts passiert und du nicht bei anderen Leuten leben musst. Sollte es dazu kommen, haben wir natürlich vorgesorgt, wie du weißt, allerdings dürfte das ziemlich unwahrscheinlich sein.«

Eher würde ich beim echten Beißer wohnen, als bei Tante Deadly aufwachsen. Wenn die mich umarmt, begräbt sie mein Gesicht zwischen ihren riesigen Spaßtüten. Dad ist ein echter Fan von Spaßtüten, aber er meint, wenn Tante Deadly ihre zeigen will, müsste sie schon den Rock hochheben.

Sie ist jetzt alt und eigentlich Mums Tante, meine Großtante. Bloß ist sie nicht groß, sie ist kacke.

Sie ist mal schwer gestürzt, und Dad sagt, bestimmt ist sie über ihre Titten gestolpert.

Mums sind ziemlich klein, aber das macht nichts, denn unten drunter sind wir alle gleich. Nur ich nicht. Sie redet wieder endlos über Pflegeeltern, und dass es unsere Pflicht ist, eine Rolle in der großen weiten Welt zu spielen, nicht bloß in unseren eigenen kleinen Welt, und ich hab's so oft gehört so oft gehört so oft gehört so oft gehört, dass ich mit meinem Roboter aus dem Fenster starre und wir vergessen zu antworten, nicken bloß, weshalb sie uns unser Genicke mit Worten wiederholen lässt. Der Roboter antwortet für mich. Ich bin gar nicht da.

»Begreifst du denn nicht, wie sehr es unsere Gefühle verletzt, wenn du so etwas in der Klasse sagst? Merkst du nicht, welche Sorgen ich mir um dich mache, wenn du das behauptest?« Und dann sagt sie: »Weißt du, Dummerchen, ich habe dich nämlich lieb.« Was sie bloß sagt, damit ich aufhöre, sie in der Schule in Verlegenheit zu bringen.

Meinetwegen kommen wir zu spät zu Robert, aber das

kümmert mich nicht. Jedes Mal, wenn wir zu seiner Schule fahren, versuche ich, ihn zu entdecken, bevor er uns sieht oder Mum ihn, was ziemlich einfach ist, weil er keine Schuluniform trägt, alle anderen aber schon. Das hier ist seine neue Schule, auf die er geht, seit er bei uns ist, und die vom Sozialamt haben noch kein Geld für eine Uniform rausgerückt. Mum hasst es, beim Amt Geld lockerzumachen. Und solange kein Geld für eine Uniform da ist, trägt Robert dunkle Hose mit weißem Hemd. Ohne Erlaubnis können wir ihm nicht mal einen Haarschnitt verpassen lassen.

Heute sehe ich Robert als Erster. Er sitzt nicht am gewohnten Platz und liest, sondern steht auf dem Platz, die Arme um sich geschlungen, und zittert.

»Robert ist total nass, Mum.«

Als er uns entdeckt, bückt er sich, hebt seine Tasche auf und kommt langsam auf uns zu.

»Was ist denn mit dir passiert, du Armer?«, fragt sie, öffnet den Sicherheitsgurt, zieht die Handbremse an und reißt die Tür auf, alles zugleich. Dann stürzt sie ihm entgegen, und ich beobachte ihre Gesichter, ihre Münder, als sähe ich einen Film im Kino oder am Fernsehen, aber mit leise gestelltem Ton. Wie in der Pommesbude. Oder bei meinem Fernseher.

Robert sagt kaum ein Wort; sein Haar sieht schwärzer aus, ganz angeklatscht, genauso Hose und Hemd. Ich kann seine Brustwarzen sehen!

Mum nimmt die Tasche und legt eine Hand auf seine Schulter, aber er wirft sich in ihre Arme.

»Du machst sie ja nass, Robert! Robert!« Sie können mich nicht hören, weil die Fenster alle hochgekurbelt sind.

Zusammen kommen sie näher, und er steigt ein, sieht mich bloß an, sagt aber nicht mal Hallo. Normalerweise sagt er leise Hallo. Ganz leise. Und Mum sagt jedes Mal: ›Nun sag

Hallo zu Robert‹, bevor ich auch nur den Mund aufmachen kann.

Sie setzt sich ans Steuer, behält über den Spiegel aber ein Auge auf ihn, während sie sich anschnallt, einen Gang einlegt, den Blinker setzt und in den fließenden Verkehr rollt. Ich sehe zu, wie Robert auf die Straße stiert.

Wenn wir an was Dunklem vorbeifahren, sehe ich im Fenster manchmal sekundenlang sein Spiegelbild auftauchen, ein trauriger Geist, der mit uns durch die Straßen schwebt, gleich außerhalb des Autos.

»Sag mir bitte, warum du so nass bist, Robert.« Sie redet mit ihrer Extraspezial-Robert-Stimme, Erdnussbutter und Honig. Er blickt auf seine Hose, die Hände geballt.

»Warum bist du so nass?«, wiederhole ich. »Bist du ins Schwimmbecken gefallen? Es hat seit Dienstag nicht mehr geregnet. Neun Millimeter.«

Er schüttelt den Kopf, sieht niemanden an. »Einfach so.« Wir fahren an einem dunklen parkenden Auto vorbei, der Geist weint.

»Hacken sie wieder auf dir rum?«, fragt Mum und fährt langsamer, als würde selbst das Auto auf seine Antwort warten.

Er wischt sich mit nassem Ärmel über die Augen.

»Bringen wir dich erst mal nach Hause, Schätzchen, okay? Zum Abendessen darfst du dir aussuchen, was du magst. Egal was. Eiscremesuppe, wenn du willst!« Und sie beugt sich über den Rückspiegel, um ihn anzulächeln, obwohl sie dadurch weiter von ihm abrückt. In ihren Augen schimmert es feucht.

»Wieso darf er sich was zum Abendessen aussuchen, bloß weil er weint?«

»Klappe, Mister, oder du kriegst überhaupt kein Abendbrot. Robert hat einen schlimmen Tag hinter sich.«

Wieder wischt er sich mit dem nassen Ärmel über die Augen.

»Hier, Robert, nimm meinen Ärmel; der ist trocken.« Und ich halt ihm meinen Arm hin, aber er wirft mir nur ein feuchtes Lächeln zu und wendet sich ab, um wieder den traurigen Geist anzuschniefen.

9

Ich stecke das Heckengrün in einen Sack. Einiges bleibt noch zu tun, aber das kann warten. Schließlich kann man nicht endlos Hecke schneiden. Kann nicht endlos Dad eintüten und abends verbrennen – Rauch schwebt in die kühlende Luft, zerteilt das Sonnenlicht in Strahlen.

Während Mum oben irgendeine schrille Kleiderkombi auswählt, mache ich mich auf die Suche nach ihrer Plastikpillenbox und finde sie neben der Mikrowelle versteckt unter alten Fastfoodbestellungen – wie Dad umkringelte, was sie ihm sonntagabends zurief, während sie Robert badete oder Mühe hatte, ihn ins Bett zu bringen. Ich derweil in frühreifem Blues vor mich hinbrütend.

Ich öffne das heutige Kläppchen, und da liegen die Tabletten, unverschluckt, also marschiere ich damit zur Treppe, bleib dann aber stehen. Warum sie nehmen? Und warum sich das Haar frisieren lassen, Punkt eins auf unserer ach so faszinierenden Agenda? Warum sich nicht einfach zum Sterben hinlegen? Bedenkt man, was uns erwartet, ist es schon erstaunlich, dass auch nur einer von uns mit seinem Leben weitermacht.

Sie kommt nach unten und sieht halbwegs präsentabel aus in ihrem Blümchenkleid mit blauer Strickjacke, die Bauchmuskeln längst vergessen, der Gummizug bestrebt, ihren Umfang zu halten.

Natürlich macht sie auch im Angesicht des Todes weiter. So wie sie mit den Pflegekindern im Angesicht dessen weitergemacht hat, was sie mir damit antat.

Ich schließe ab, und wir steigen in den rostroten ausgeblichenen Volvo, dann fahre ich rückwärts aus der blauen ausgeblichenen Garage, bereit, sie zu ihren hochwichtigen Erledigungen zu kutschieren, dabei sollten wir Grabsteine und Kirchenlieder aussuchen und uns sagen, was noch gesagt werden musste.

Ich mache aber den Mund nicht auf und sitze jetzt im geparkten Wagen, warte vor dem Schönheitssalon, während sie sich entfrankensteinisieren lässt.

Die Uhr im Armaturenbrett summt leise vor sich hin, der Sekundenzeiger gleitet sanft vorwärts. Ich weiß noch, wie ich darüber gestaunt habe – kein Ticken, sondern ein Gleiten.

Ich steige aus dem Auto, gehe auf und ab, rauche eine Zigarette, trete gegen einen Reifen. Hände in den Taschen. Hände raus aus den Taschen. Scharre mit den Schuhen über Kies. Genervt, weil ich wieder rauche, als wäre dies ein Zeichen dafür, dass ich auch den Kampf gegen die alten Schwächen verliere.

Ich setze mich wieder ins Auto – es ist das Nachfolgemodell von dem Volvo, aus dem ich Mum ausgesperrt hatte. Am Innendach kann man noch Roberts Filzstiftgekritzel erkennen. Auf diesem Sitz da wurde er festgeschnallt, damals, nachdem es passiert war. Festgeschnallt, um ihn zum Schwimmen oder zur Physiotherapie zu bringen. Zum Arzt. Nicht den stillen, aufmerksamen Robert, sondern den kaputten Robert.

Einige alte Frauen kommen aus dem Schönheitssalon mit traurigem, mitleidigem Blick im Gesicht, und ich weiß, es ist wegen Mum. Sie wackeln mir über den Bürgersteig entgegen, reden fraglos über das Schlimme, was sie im Schönheitssalon erlebt haben, in ihren Mienen eine Art zwanghaftes Mitgefühl. Es sind keine guten Menschen, nur Menschen, die vorgeben, gut zu sein. So etwas wie einen guten oder schlechten Menschen gibt es nicht; es gibt nur Menschen, die Gutes oder Schlechtes tun. Und wir können vom einen zum anderen wechseln, einfach so.

Ich grinse spöttisch, als sie kopfschüttelnd näherkommen, die Mienen ernst. Sie denken bloß an sich. So was wie echtes Mitgefühl gibt es nicht. Höchstens ein gewisses Einfühlungsvermögen. Nur mit einem Körnchen unserer selbst können wir für andere Mitgefühl empfinden. Man sehe sich doch bloß an, wie ein Mann reagiert, wenn einem anderen Mann in die Eier getreten wird.

Ist das Mitgefühl?

Die Arbeit im Gefängnis hat mir den letzten Glauben genommen. Zu sehen, was mit Menschen und ihrer vermeintlichen Tugendhaftigkeit passiert, wenn sie mit dem Rücken zur Wand stehen, selbst Insassen mit niedriger Sicherheitsstufe. Bezeichnender aber ist, was mit den Wachen passiert. Sogar mit den guten, freundlichen Männern, die zu uns kommen. Wie präzise Macht korrumpiert. Man weiß nie, wie jemand ist, solange man ihn nicht mächtig oder machtlos erlebt hat.

Ich steige aus dem Auto, knalle die Tür zu und mustere die Greisinnen mit fiesem Grinsen, bis sie abrupt schneller werden, sich unterhaken und gleich darauf zu mir umdrehen, weil sie sehen wollen, was ich als Nächstes tue.

»Guten Morgen, die *Damen!*«

Mit einem Mal sind sie gar nicht mehr so langsam zu Fuß. Ich starre ihnen nach, auch noch, als sie längst aufgehört haben, sich nach mir umzudrehen.

Noch eine Zigarette.

Einige Jahre nach dem Unfall sah ich Robert in der Stadt, unterwegs mit den Sonnenscheinern, jener Organisation, die ihn jeden zweiten Samstag abholte, um Robert mit ihrem Mitgefühl auch noch etwas Religion ins Fell zu wienern.

Jene Samstage sollten für uns eine Erholung sein, dabei wirkte das Haus ohne ihn stets traurig und mürb. Wir hatten alle ein schlechtes Gewissen, weil wir uns erleichtert fühlten, irgendwie aber auch nicht wussten, was wir ohne ihn anfangen sollten. Als gäben wir uns einem lasterhaften Vergnügen hin. So war das Leben mit Robert, seine Abwesenheit glich dem Dröhnen in den Ohren nach einem Rockkonzert. Seine Art, noch stärker präsent zu sein, wenn er überhaupt nicht da war.

Ich war damals vielleicht vierzehn und lief mit einem gerade gekauften Album unterm Arm durch die Stadt, als ich die Sonnenscheiner auf der anderen Straßenseite sah. Und da war Robert, unterwegs im Rollstuhl, umringt von seinen verrückten Freunden, die alle die Straße mit ihrem glücklichen Irrsinn belebten. Ich stand da, sah von Weitem zu und mir war, als erblickte ich Robert in einem anderen Licht, vielleicht so, wie ihn andere sahen. Irgendwie genoss ich dieses Gefühl, weil er ausnahmsweise mal nicht tragisch aussah oder so, als wäre ihm Unrecht geschehen. Er wirkte zufrieden.

Dann kam dieser Typ von ihrer Straßenseite zu mir rüber, und unsere Blicke trafen sich, verrieten, dass wir beide die Kinderschar gesehen hatten. »Nie hat man eine Knarre zur Hand, wenn man sie braucht«, sagte er und grinste mich an, als wären wir einer Meinung.

Ich blicke auf meine Zigarette. An diesen Typen und seinen Kommentar musste ich noch oft denken und habe mir jedes Mal gewünscht, ich hätte mich für Robert eingesetzt, statt zu-

zulassen, dass sich die Bemerkung für immer gegen mich richtet.

Ich musste zusehen, wie Robert in diesem Zustand seine Pubertät durchlebte, Stoppeln im Gesicht – unser kleiner Vulkan Humanität, so verzerrt und dafür doch irgendwie umso menschlicher. All die Gefühle, das Leben, immer noch in ihm drin, aber zu unverständlicher Konfusion vermengt.

Konfus, wie er war, konnte er mich doch rühren, wie es kein anderer Mensch vermochte. Stets diese Offenheit, mit der er einem übers Gesicht strich, die Augen voller Tränen. Dieselbe Offenheit, mit der Mum nun ihre Gefühle auslebt, sodass man nicht anders kann, als davon mitgerissen zu werden.

Ich schlendre vom Wagen fort, komme zurück, hebe den Fuß, stemme ihn gegen den Außenspiegel und drücke gegen das Kabelgelenk, durch das sich der Spiegel bei einem Aufprall nur verbiegt, statt zu zerbrechen. Ich tariere mein Gleichgewicht aus, kippe den Spiegel bis zum Äußersten an – und dann noch ein bisschen mehr. Das Kabel knirscht. Ich drücke fester zu, fordere mich selbst heraus.

Dann lass ich los, der Spiegel schnappt zurück.

Ich lehne mich ans Auto und spüre, wie der Kotflügel unter meinem Gesicht nachgibt. Der Wagen muss verkauft werden, wenn sie nicht mehr ist. Alles aus ihrem Alltag wird verschwinden müssen.

Ich drücke die Zigarette aus, verschränke die Arme. Bald werden all die Talismane meiner Kindheit verkauft und fort sein, und ich weiß nicht, was danach kommt. Was bindet denn noch ans Leben, wenn einem Heim und Familie genommen wurden?

Robert musste sich dem mit dreizehn stellen.

Ein Zug kommt, das vertraute Geräusch von kreischendem Stahl. Jetzt kann ich ihn sehen, vereinzelte Passagiere, massenhaft Graffiti. Er donnert über die Eisenbrücke mit ihren kleinen braunen Flecken dort, wo die Nieten vom Regenwasser rosten; hinter einer Wolke bricht die Sonne vor und blendet; der Schönheitssalon fällt auf, die vor den Fenstern herabgelassenen rosafarbenen Markisen sehen wie geschminkte Augenlider aus. Der Zug rast vorbei; die Vorortstille verschlingt den Lärm.

Da kommt sie, eine blondierte Friseurin hilft ihr aus dem Laden und blickt suchend die Straße auf und ab, bis sie mich entdeckt, sich entspannt und mir zuwinkt. Ich winke nicht zurück, schiebe mich aber ein wenig näher heran, während Mum zur Straße geht, sich umdreht und der Blondine zum Abschied zuwinkt, die ihre Hand schnell sinken lässt, lag sie doch besorgt auf ihrem Mund. Sicher hatte sich die Friseurin gerade gefragt, ob sie meine Mum zum letzten Mal sieht.

Mum muss eine Nebenstraße überqueren, ehe sie weiter hügelauf zu der Stelle gehen kann, wo der Wagen parkt. Am Bordstein stolpert sie kurz, richtet sich aber gleich wieder auf, als fände sich Würde nur in den höheren Gefilden. Vor allem nun, da das wenige Haar, das ihr noch bleibt, gefärbt, frisiert und geföhnt worden ist. Sie wirkt insgesamt etwas aufgelockerter, reichhaltiger. Mit ihrem schiefen Lächeln geht eine selbstzufriedene Aura von ihr aus, fast, als hätte sie gerade einen Schlag gegen das Monster geführt, das sie verschlingt.

Meine Fäuste öffnen sich, von den Fingernägeln bleiben kleine rote Halbmonde auf den Handballen zurück. Mitten auf der Straße sieht sie winzig aus, und doch ist dies die Kontur meiner Kindheit.

Ich gehe zur Beifahrertür, schließe sie auf. Hier kommt meine Mum, weich und zerbrechlich, nun, da sie krank ist. Ich richte mich auf, halte die Tür auf und stehe für sie stramm, als wäre ich ein Soldat in der Armee. Hier kommt der General, nimmt es sogar mit dem Krebs auf – ein Auto rast in die Kreuzung, die sie gerade überquert. Ich lasse die offene Tür los, laufe in ihre Richtung, sehe vom nahenden Auto zu meiner strahlenden Mum – eine Porzellanfrau, inmitten von Metall und Asphalt.

Der nahende Wagen bremst nur zögerlich für meine Mum, und sie bleibt stehen, verwirrt, sieht ihm entgegen. Das Auto stoppt nur wenige Zentimeter vor ihr und hupt, hart, herrisch, ein Trompetenstoß, der sie taumeln lässt, während ein weiterer Zug über die Brücke rasselt und ich den Hügel hinabmarschiere, die Autotür noch offen.

Jetzt laufe ich.

Renne.

Mum auf Händen und Knien mitten auf der Straße, die Handtasche verspritzt ihren Inhalt, ein verknülltes Taschentuch weht davon. Die Quittung vom Schönheitssalon hält sie noch in der Hand, blickt mit rotem Gesicht auf, reckt mir einen Arm entgegen. Die Straße schneidet ihr in die nackten Knie. Ich sprinte, den Blick fest auf den Türgriff des schuldigen Autos, das immer noch schimmernd und mit knurrendem Motor vor ihr steht. Den Kopf voller Atemlärm. Ich hechte über Mum hinweg, die Hand des Fahrers verschließt die Tür, nur begreift er zu spät, dass das Fenster noch offen ist, und sein Gesicht wird kalkweiß, während ich ebenso unverständliches Zeug wie Mum dort unten auf dem Asphalt brülle. Der Fahrer knallt den Rückwärtsgang rein, der Motor heult auf, und ich renne neben dem fahrenden Wagen her, zerre an der Tür, in vollem Tempo, bis der Wagen zu schnell wird, sich entfernt, und meine Hände in die Taschen tauchen, um nach Münzen zu suchen, die ich ihm hinterherwerfen könnte, als –

Krach.

Ich hole ihn bei dem geparkten Wagen ein, in den er gefahren ist; die Blondine kommt aus dem Salon und schreit; der Fahrer hält sich die Hände vors Gesicht, denn ich lange durchs Fenster, und er ist erbärmlich, jetzt, da ich in seine kleine, sichere Autowelt eingedrungen bin. Das Gefühl meiner Fingerkuppen in seinem Gesicht. Das Geräusch, das Knochen machen. Dieser dumpfe Schlag. Das Gefühl des Pythons. Der Fahrer fällt auf den Beifahrersitz, über die Handbremse gekrümmt, im Gurt verheddert, die Hände weiter vorm Gesicht, Musik dröhnt aus der Anlage; vom Rückspiegel baumelt ein Rosenkranz. Mit dem Oberkörper zwänge ich mich durch das Fenster wie ein Löwe im Safaripark. Mein Schwinger fährt durch den Rosenkranz, zerreißt ihn, der Rückspiegel löst sich von der Windschutzscheibe, klirrt auf den Ganghebel. Ich werfe mit den Rosenkranzperlen nach ihm, brülle, sammle sie vom Sitz auf und versuche, sie ihm in den verdammten Mund zu stopfen. Er beißt mich, feucht und schmerzhaft. Ich halte das Gesicht, den zubeißenden Mund, knalle seinen Kopf gegen die Beifahrertür, Blut in seiner Visage, und ich hole wieder aus – schlechte Hiebe, der Ellbogen streift das Innendach, nimmt meinem Schlag die Kraft. Ich ziele noch mal in sein Gesicht, erwische ihn aber nur am Ohr, und er fummelt an der Gurtschnalle herum, würgt den Motor ab, das Armaturenbrett piept, er schreit.

Irgendwas in mir normalisiert sich. Mit einem Mal ist die Wut verpufft, einfach so, der gesamte Treibstoff verbrannt. Sein Schlüssel schwingt im Zündschloss; ich drehe ihn, Musik und Piepen hören auf. Stille. Wir beide keuchen, dicht beieinander in hautnaher Enge. Ich reiß ihm den Schlüssel aus den bebenden Händen, irgendwas Metallisches scheppert zu Boden. Jetzt wimmert er, die Haare wild, Angst in den Augen, das Gesicht aufgeschürft und rot, als käme er gerade aus einem Gedränge beim Rugby oder aus einem Schwitzkasten.

Nach all dem Lärm, all der Gewalt vibriert die Luft vor Stille. Kein Zug rattert über die Brücke, nur ein zartes Flehen ist zu hören, von Mum, die draußen steht und mich durch die Windschutzscheibe anstarrt, wie ich immer noch halb in diesem Auto stecke. All die sich gegönnten Wohltaten und das Make-up rinnen ihr übers Gesicht. Sie taumelt näher heran, schluchzt, eine Hand ausgestreckt, die Blondine vom Salon hastet zurück in ihren Laden, so wie man zu einem läutenden Telefon rennt.

Der Fahrer ist unmittelbar neben mir, beugt sich weitmöglichst von mir fort. Atmet. Angespannt, hält die Hände hoch, hinten hängt seine Jacke. Ich umklammere die Schlüssel, kann sein Aftershave riechen. Diese ungewollte Intimität. Meine Wut hat mich hier hineinkatapultiert und sich dann verflüchtigt, hat mich mit Nähe und Nachspiel zurückgelassen. Die Leidenschaft ist fort, die Intimität noch da. Genau wie nach dem Sex.

Ich rücke von ihm ab, sacke in mich zusammen, zittre am ganzen Leib und kann nicht glauben, dass ich es bin, der für diesen Blick verantwortlich ist. Ich habe diesen Blick schon mal gesehen.

Mums Wimmern wird doppelt so laut, als ich den Kopf aus dem Wagen ziehe und, schwer atmend, wieder im Freien bin. All das Flehen im Ton, nichts in Worten. Nur ein sanftes Gurren, eine Hand ausgestreckt, die andere schwebend vor ihrem Mund, das Make-up ruiniert. Am Ellbogen baumelt die Handtasche.

Mir schlottern die Knie in der Hose, Sonnenlicht überfällt mich. Ich sehe die Autoschlüssel in meiner Hand, der Zündschlüssel mittendurch gebrochen, Blut schlängelt sich um meine Finger und tröpfelt auf die Straße. Ich scharre mit dem Schuh drüber, verschmiere es auf die weißen Streifen.

Ich beuge mich vor, mustere ihn und mit einer eisigen Kälte, die mich selbst überrascht – nur mein Herz pulst ins Timbre meiner Stimme –, sage ich: »Du konntest keine paar Sekunden warten, um eine sterbende Frau über die Straße zu lassen? Du hast wirklich *so* dringende Termine? Nun, fick dich, du Arsch. Fick dich.« Bloß klingt es seltsamerweise so, als wollte ich mich bei ihm bedanken. Die Knie vibrieren. Mum ist erstarrt, der Fahrer von mir abgewandt; sie warten darauf, was ich als Nächstes tu.

Ich weiß nicht, was ich tun soll, also werfe ich die Schlüssel in einen Garten, und er entspannt sich etwas, jetzt, da er spürt, dass ich ihn in Ruhe lasse.

Ich bin selbst erleichtert, gehen zu können, mein Gang gehemmt, weil ich weiß, dass er mir nachsieht. Die Blondine aus dem Schönheitssalon ist wieder draußen und starrt mich ebenfalls an. Unter rosigen Augenlidern hervor glotzt eine Frau aus dem Salonfenster mir nach, Alustreifen im Haar, den Frisierkittel falsch herum übergehängt. In meinen Ohren dröhnt es wie nach Roberts Unfall.

Ich gehe langsam zu Mum, nehme sie am Arm, will sie beschwichtigen, aber sie reißt sich von mir los, schreit und bleibt trotzig mitten auf der Straße stehen. Ein Wagen hält hinter dem Unfallauto. Alle sehen mich an, warten ab, was ich tun werde, sehen Mums Tränen, während sie nach mir schlägt, kurz das Gleichgewicht verliert und sich von mir helfen lässt, um mich dann erneut von sich zu stoßen. Alle sehen den Mann an, der sie zum Weinen gebracht hat.

»Jetzt komm doch, Mum, bitte.« Ich kann es aber nur zu einem Teil ihrer Stirn sagen, kann ihr nicht in die Augen blicken, denn sie sieht mich an, als wäre sie sich jetzt sicher. Endlich weiß sie Bescheid.

»Wenn wir jetzt nicht gehen, krieg ich großen Ärger. *Mum!*«

Der Fahrer öffnet die Tür und richtet sich auf, bleibt aber größtenteils noch im Auto. »Haben Sie das gesehen? Sie sind *alle* Zeugen! Wie der auf mich losgegangen ist? Sie haben es alle gesehen! Rühr dich ja nicht vom Fleck, Freundchen! Ruf doch endlich jemand die Polizei!«

»Ist okay, Mister, schon erledigt. Alles in Ordnung?«, ruft die Blondine.

Ich sehe zu ihr hinüber, und sie huscht zurück in den Laden, ihr Gesicht gesellt sich zu dem anderen Gesicht, lässt die Scheibe beschlagen.

»Mum, wir *müssen* hier weg«, sage ich leise. »Hey, wer soll sich denn um dich kümmern, wenn man mich einsperrt? Dann bist du ganz allein.«

Sie weint noch heftiger, lässt sich aber von mir fortführen; ein Zug kommt, kreischt über die Gleise, rattert über die Brücke. Ich zittere so sehr, dass ich kaum laufen kann, und bin mir der Blicke im Rücken bewusst. Unser Auto steht noch da, die Tür offen.

»Lauf ruhig nach Hause mit deiner *Mummy*, Freundchen. Nun lauf! Und keine Sorge, wir kennen dein Nummernschild!«

Sobald die alte Dame im Wagen sitzt, haste ich hinten um den Kofferraum herum und lasse mich auf den Sitz fallen. Der Motor springt an, und wir rollen gemächlich davon. Hier drinnen, nach der Gewalt, wirkt alles gedämpft, wie mit einem bläulichen Schimmer überzogen, lauter blaue Flecke. Die Fingerknöchel bluten, meine ums Lenkrad gespannte Hand schmerzt, und die Stelle, wo er mich gebissen hat, ist blutverschmiert. Der Autopilot schaltet sich ein, und mit halbem Blick prüfe ich den Rückspiegel, aber es ist kein Mensch zu sehen – der Mann nicht und nicht die Polizei, noch nicht.

Nach einer Weile sagt Mum: »Du!« Sie sieht mich an, ruft mit bebenden Lippen ein Wort auf, zerrt es, zwingt es herbei.

Dann bricht es aus ihr heraus: »Robert!« Und sie bricht in ein leises, irres Gelächter aus, als sie sieht, was dieses Wort mit meinem Gesicht anstellt.

»Kein guter Zeitpunkt, Mum.«

»Robert! Robert! Robert!« Sie rückt näher mit ihrem Gesicht, wiederholt den Namen, wiederholt ihn immer wieder. Ich lenke zurück in die Spur, ein entgegenkommendes Auto blendet auf. »ROBERT!« Und sie hämmert mir gegen den Kopf, die Quittung vom Schönheitssalon noch in der Hand.

»*Nicht*, Mum! Ich *warne* dich.«

»Du!«

Die Hände am Lenker sind klebrig vom Blut. Ich versuche, mich auf meine Atmung oder meine Füße zu konzentrieren, auf irgendwas, was mich nicht abheben lässt, während sich die blauen Flecken über meinen Körper ausbreiten, sich unter der Haut festsaugen, sich über mich verbreiten, zum T-Shirt-Kragen und meinem Hals hinaufwandern – blaue, grüne, purpurfarbene Dunkelheit infiltriert mich aus dem Innern, sodass mich jedermann erkennen kann. Ein purpurnes und grünes Monster. Überall fahren Autos, viel zu viele, wechseln die Spur – von hinten nähert sich ein weißer Lieferwagen, und ich denk, es ist die Polizei, eine Zivilstreife. Auf den Straßen sprechen die Leute in ihre Handys, sprechen über mich. Köpfe drehen sich nach uns um, weil wir nur so langsam vorankommen. Die neben mir ins Auto gepferchte Irre beginnt zu kreischen. Make-up überall im Gesicht.

Um ebensolche blaugrünen Prellungen zu vermeiden, ging ich ins Ausland.

»Robert.« Und wieder rammt sie meinen Kopf, drischt mit Händen auf mich ein, zerrt an meinem Haar.

»Lass los! HÖR AUF!«

Sie trifft den Rückspiegel, und der zeigt mir mein Gesicht. Ich stelle ihn neu ein, und die Straße taucht wieder auf.

»Schub's mich nicht, Mum.« Aber das Zittern in meiner Stimme verrät mich. Sie langt nach dem Griff und reißt die Tür auf, das Geräusch vorbeirauschenden Asphalts, der Reifen, der Straße dringt zu uns herein. Ich beuge mich vor, um die Tür zuzuschlagen, doch hängt ihr Fuß im Spalt und ich erwische sie am Knöchel, woraufhin sie den Kopf in den Nacken wirft und ein so gewaltiges Geheul ausstößt, als wäre sie durchbohrt worden und ein Stück ihrer Seele entweiche durch das Loch.

Ich lasse die Tür los, um gegenzusteuern, und bremse ab. Mum umklammert ihren bereits wiederholt verstauchten Knöchel; die Tür knallt in ein geparktes Auto und wird so heftig zugeschlagen, dass die Scheibe birst, das Glas über uns regnet.

Jetzt weinen wir beide; ich drücke das Gaspedal durch, der Wagen zieht an, mehr und mehr Lärm und Wind dringen durch die zerschlagene Scheibe.

Ich nehme eine Seitenstraße, biege einige Male links und rechts ab. Der weiße Lieferwagen ist nicht mehr zu sehen; Mum schluchzt und ist mit kleinen, vollkommen quadratischen Glassplittern zugedeckt, die sie nun von sich absammelt. Gelegentlich langt sie nach unten, liebkost ihren Knöchel. Noch mehr blaue Flecken.

»Es tut mir leid, Mum. Es tut mir leid, okay? Bitte, hör auf zu weinen.« Sie hört nicht zu, unter dem Stoff bewegt sich ihr

Bauch auf und ab. »Das bekommt deiner schicken neuen Frisur aber gar nicht gut, Mum. Also bitte, hör auf!«

Ich biege wieder ab, nähere mich unserem Zuhause, werde langsamer, atme unter Tränen, wische sie mit dem Ärmel fort, weil mir die Hand noch vom Zuschlagen wehtut.

»Robert«, sagt sie mit wundem Klagelaut.

Es reicht. Ich fahre an den Straßenrand, komme mit quietschenden Reifen zum Stehen, ihr Kopf schleudert nach vorn, kein Gurt, der sie hält, die Hände fliegen ans Armaturenbrett, die Quittung noch fest umklammert. Ruckartig ziehe ich die Handbremse.

»Leg den Sicherheitsgurt an und halt die Klappe!«

Sie schaut mich nicht an, fummelt hysterisch am Türgriff, aber ich schlage ihre Hände fort, halt sie an den Gelenken fest, und mein Griff wölbt ihr die Lippen vor.

Dann hört sie auf zu weinen, einfach so. Irgendwas in ihr richtet sich neu aus. Ich lasse sie los; sie wischt sich über das Gesicht und holt tief Luft.

Ich auch. »Du musst dich beruhigen«, sage ich und fange an, einige Scherben von ihr abzusammeln, aber sie stößt meine Hand fort.

»Nein.« Wieder drohen Tränen, aber sie hält sie zurück. »NEIN!« Sie brüllt es heraus, mir direkt ins Ohr; ihr Gesicht diese wütende Form.

Mir fällt auf, dass ich an meiner Unterlippe nage; Empörung flammt auf; wir spiegeln in unseren Gesichtern dieselbe Wut.

»Wir fahren nach Hause, und wir werden darüber reden. Und dann sagst du *kein Wort mehr* über Robert. Er hätte sie eh nicht benutzen dürfen.«

Ich sitze hier drinnen neben ihr, Hände am Steuer, der Motor läuft, der Blick ist geradeaus in die Ferne gerichtet, und ich frage mich, ob sich, wenn ich nur schnell genug führe, der Fluxkompensator einschaltete, um uns beide zurück in die Zukunft zu katapultieren. Oder würden wir bloß in die Geschäfte rasen, woraufhin die Zeit für immer stehen bliebe.

Alles besser als die Gegenwart.

10

Robert möchte zu seinem Geburtstag zum Essen ausgehen. Seine Eltern dürfen kommen; seit er sich in unserem Haus breitmacht, haben sie anlässlich dieser Gelegenheit zum ersten Mal Besuchskontakt. Weil man denen aber nicht trauen kann, müssen sie von einem Sozialarbeiter begleitet werden.

Ich und Robert beim Frühstück. Ich esse langsamer, deshalb wäscht er schon seine Schüssel ab und räumt die Sachen weg. Ich behalte ihn im Auge.

»Warum gehen wir nicht Schlittschuh laufen, Robert?« Er zuckt mit den Achseln und räumt den Zucker ab. »Den Zucker brauche ich noch.«

Er bringt ihn zurück, rollt aber mit den Augen, als fände er mich ermüdend.

»Hab eben meine Meinung geändert«, sagt er, »was das Schlittschuhlaufen angeht.« Wieder zuckt er mit den Achseln, steht da, hält sich an der Lehne von Mums Stuhl fest und wartet ab, ob ich noch was sagen will. Er schluckt. »Willst du nicht mit uns essen gehen?«

»Laaangweilig!«

»Wird bestimmt lustig.«

Nachdem er das gesagt hat, ist er so hibbelig, als hätte er Ameisen in der Hose. Ich glaube, Geburtstage machen ihn nervös, vielleicht, weil er, was seinen Geburtstag angeht, gelogen hat, damit er und seine Leute von uns guten Leuten ein paar Geschenke umsonst einsacken können.

»Dann holen dich deine richtigen Eltern ab, Robert?«

Er hört auf rumzuzappeln. Ich schaufle einen Eimer voll Zucker auf meine Krispies. Ich mag's, wenn man auf den Grund löffelt und noch Milch drin ist, die ganz knirschig ist vom Zucker, weil der sich bloß halb aufgelöst hat. Dann braucht man eigentlich auch gar keine Krispies mehr.

»Wenn du deine Eltern siehst, Robert, musst du dich total anstrengen und immer lächeln. Und vielleicht nimmst du dir auch mal vor, nicht so'n Spinner zu sein, denn dann haben sie dich bestimmt wieder lieb und nehmen dich auch zurück. Sei einfach ein braver Junge, okay?« Ich komme mir vor wie Drei-Lippen-Macavoy. Als könnte ich Tacheles mit ihm reden. Robert sieht aus, als wollte er sich eine Kackwurst seitwärts rausquetschen.

»Freust du dich darauf, deine bösen Eltern wiederzusehen, Roboter?«

»Nenn mich nicht so.«

»Wie denn, Roboter? Wie?«

Statt Hände hat er jetzt weiße Fäuste. Plus, sein Gesicht ist rot. Rot und weißer Roboter. Weiß und rotes Monster. Er steht da wie's Chemiewerk und dampft vor sich hin. »Ist doch dein Geburtstag, Roboter, sei glücklich.«

»Ich wäre glücklicher, wenn du tot wärst, Blödbirne.«

»Das sage ich Mum.«

»Die glaubt dir doch nicht, die glaubt immer mir.«

»Sie liebt dich nicht, sie liebt nur mich. Kein Mensch liebt dich!«

Gefühle verfolgen einen wie Gespenster. Angeblich gehören einem die Gefühle, tun sie aber nicht, und ich hab's zu laut gesagt, weshalb Mum hinter mir reinkommt, mich von meinem Zuckerpott wegzerrt und mir ihren Finger ins Gesicht hält, bloß kann ich nicht hören, was sie sagt, weil ich mich so anstrenge, nicht zu heulen, soll heißen, ich denke an meine Füße und wackle mit den Zehen, wie Dad es mir gesagt hat. Roboter sieht zu, dieser Blick in seinem Gesicht.

»Sag Robert, dass es dir leidtut.«

Ich blicke auf seine Schuhe. Die Spitzen sind aufeinanderzugebogen, als würden sie ein Schwätzchen halten.

»*Eins.*«

»Er hat aber auch was Schlimmes gesagt!«

Robert zieht eine Unschuldsmiene.

»*Zwei.*«

Ich sag's.

»So, dass er es hören kann.«

»Tut mir leid.« Roboter.

»So ist es besser. Jetzt ab nach oben mit dir.«

Ich geh, Mum direkt hinter mir, und Robert grinst, räumt meine Zuckermilch vom Tisch.

Sie folgt mir bis nach oben, und ich rechne mit einer Tracht Prügel, aber sie bleibt vor meiner Tür stehen, ich dahinter; vom Fenster starrt mich das Thermometer an.

»Keine fiesen Bemerkungen mehr zu Robert; das hat er nicht verdient. Er bleibt hier, solange er uns braucht, genau wie du. Gewöhn dich lieber dran.«

»Er sagt auch immer was, nur LEISER!«

»Dann knöpfe ich ihn mir auch noch vor.«

Sie schließt die Tür, und ich weiß nicht, was ich mit der Schlange in mir anfangen soll, die will, dass ich was Schlimmes mit meinem Zimmer anstelle. Und mit Robert. Dabei ist heute sein dreizehnter Geburtstag, also kann er im Auto vorn sitzen, wenn wir zu irgendeinem blöden Krabbencocktail-Ellbogen-vom-Tisch-Abend fahren, statt zum Schlittschuhlaufen und hinterher zum Burger. Und ich wette, seine Eltern sind auch nicht besser und genauso scharf auf den Fraß.

Ich wette, Robert werde ich nicht mehr los, bis ich neunundneunzig bin.

Ich schleiche zurück, um zu hören, was Mum vielleicht über mich sagt. Alfie liegt zusammengerollt vor dem leeren Kamin, als warte er darauf, dass jemand ein Feuer macht. Er weiß nicht, dass wir den Kamin nie mehr anzünden. Die Vase mit den Spazierstöcken bewacht ihn jetzt.

Robert liest ihr seine Hausarbeit vor. Eine Projektarbeit über Wolken. Schnarch. Wenn ich ein Projekt mache, dann eines über Spione, Privatdetektive oder Blut. Ich höre ein bisschen zu, und Mum ermuntert ihn mit Hmms und Jas und Sehr Guts.

Wenn Mum zu Hause der Leithund ist, dann ist Alfie der letzte Kläffer im Glied, auch wenn er ein Kater ist. Normalerweise kommt er mir nicht zu nah, aber er schläft, rechnet also nicht damit, dass ich ihn aufhebe und die Treppe hinauftrage.

Katzen landen immer auf den Beinen. Das ist eine erstaunliche Fähigkeit. Alle Tiere haben eine. Flöhe zum Beispiel können viele Male weiter springt als ihr Körper lang ist, und Hunde haben antiseptische Zungen. Alle Tiere besitzen irgendwelche Superkräfte. Fliegen können an Zimmerdecken laufen, Elefanten können sich erinnern; der Fuchs ist schlau, die Ziege störrisch.

Die Treppe hat zwölf Stufen, aber meist teste ich Alfies Superkraft von der sechsten. Ich halte ihn über den Abgrund, mache einen Countdown wie in Cape Canaveral, und dann lass ich los. Er schafft es immer, auf den Füßen zu landen.

Heute ist Roberts Geburtstag, und heute Morgen standen Blumen für ihn auf dem Tisch. Plus, Mum war Geschenke einkaufen. Deshalb kam sie gestern zu spät, als sie mich von der Schule abgeholt hat.

Alfie hat es gestern von der neunten Stufe geschafft, aber heute ist sein großer Tag, genau wie für Robert. Ich trag ihn bis zur zwölften Stufe, quetsche ihn durchs Geländer und lasse ihn baumeln. Ich mag's, wie er sich mit seinen Klauen an meinen Armen festklammert und wie weh das tut. Er landet mit einem lauten Rumms. Seine Superkraft hat funktioniert, aber er tigert ein bisschen wacklig davon, weil er nämlich eins seiner Leben verbraucht hat.

Ich renne nach unten, fang ihn wieder ein und streichle ihn, weil ich ihn doch lieb hab. Ich mag's, wie warm und dick er sich anfühlt. Wenn ich ihn überreden kann, schläft er manchmal auf meinem Bett, und wenn ich ihn streichle, wird mir immer ganz weich ums Herz.

Mum kommt und fragt, wieso ich nicht auf meinem Zimmer und ob ich abmarschbereit bin; ich sag ja, obwohl ich meine Schultasche noch gar nicht gepackt hab, dabei ist heute Schwimmen (ich sauf ab). Als sie sich umdreht, tu ich, als würde ich ihr in den Hintern treten.

Sie geht in die Küche und sagt was Fröhliches zu Robert, und er schaltet seine Superlieb-Stimme ein und sagt zu ihr ganz lange Sätze, so kenn ich ihn gar nicht. Wenn er mit Mum redet, braucht er gar keine Luft zu holen.

Ich vergrab mein Gesicht in Alfies Fell, aber das riecht ein bisschen muffig, und er ist ganz verkrampft, genau wie ich in mir drinnen. Ich trag ihn ins Bad und schließ ab.

»Du stinkst, Alfie. Du brauchst eine Dusche.« Ich setz ihn in die Duschwanne, die von vornhin immer noch ein bisschen nass ist, und zieh die Glastür zu. Alfie versucht, nicht in Pfützen zu treten. Katzen hassen Wasser. Das ist ihr Kryptonit.

Ich drehe den Wasserhahn auf, aber erst kommt kaltes Wasser, und mein Arm wird nass. Ich hasse das, mache die Tür wieder zu und sehe durchs Glas. Katzen können Wasser echt nicht ausstehen.

Bevor warmes Wasser kommt, muss genau so viel kaltes Wasser kommen, wie im Schlauch zwischen Dusche und Boiler ist. Ich liebe das. Die Art, wie die Welt nie vergisst, das zu tun, was sie tut. Wie ein Fahrrad nie zu rosten oder ein Ball nie zu fallen vergisst. Alfie versucht, nicht nass zu werden, und das macht mich traurig, aber auch irgendwie froh. Außerdem ist er eine Katze, und Katzen landen immer auf den Füßen.

Ich stelle das Wasser ab, bevor es heiß wird, und er gibt ein Geräusch von sich.

»Du bist jetzt sauber, Alfie, du kleiner Dreckspatz. Keiner liebt dich, nicht, mein Kleiner? Warum läufst du nicht nach draußen und kommst mir eine Weile nicht in die Quere?«

Er schüttelt das Wasser ab; ich wusste gar nicht, dass Katzen das können, dachte, das könnten nur Hunde, Biber und Tiger. Ich mache die Duschtür für ihn auf und trag ihn nach draußen vor die Tür, damit er in Ruhe trocknen kann. Dann geh ich zurück und wasch seine Haare von den Fliesen, damit Mum sich keine Sorgen macht.

Ich pfeife beim Schultaschepacken. Letzte Weihnachten habe ich Pfeifen gelernt. Bald kann ich auch eine Augenbraue hochziehen, so wie Dad. Ich habs vorm Spiegel geübt. Drei-Lippen-Macavoy könnte noch bei einer Prügelei pfeifen und eine Braue heben.

Jetzt fühle ich mich etwas besser. Auch etwas schlechter. So als hätte ich Aufzüge in meiner Brust, die in entgegengesetzter Richtung aneinander vorbeifahren.

Ich komme nach unten, und Mum rührt einen Kuchen für Roberts Geburtstag. Sie schaut mich an, als versuchte sie, mich einzuschätzen. Ich verzieh keine Miene. Robert hört auf zu lesen, klappt sein Projekt zu und steht vom Tisch auf.

»Warum machst du Schluss, Robert?«, fragt sie, aber er zuckt nur mit den Achseln, sieht mich an und geht nach oben. Mum rührt weiter ihren Liebeskuchen. Ich wackle mit den Fingern, damit er nichts wird, im Ofen in sich zusammenfällt oder verbrennt oder damit Robert dran erstickt.

Zeit für die Schule, und wir gehen zum Auto, aber erst muss Mum noch ein Foto von Robert machen, weil er heute eine richtige Uniform trägt, nicht bloß Hemd und Hose, die er bislang immer zur Schule anhatte. Die Uniform ist eines der Geburtstagsgeschenke, die er von uns kriegt, damit man nicht länger auf ihm rumhackt. Mum sagt, er wäre im Altersheim, wenn wir warten wollten, bis das Sozialamt das Geld rausrückt.

Dann gibt sie mir die Kamera und bittet mich, ein Bild von ihr und Robert zu machen. Sie stehen vor Dads Hecke und legen die Arme umeinander; Robert sieht Mum an, als wäre sie der Himmel.

Ich schneide die Köpfe ab, aber das finden sie erst raus, wenn der Film entwickelt wurde. Dad bekommt das günstiger, weil einem der Kunden, denen er die Bücher frisiert, ein Fotogeschäft gehört.

Jetzt bittet Mum Robert, von mir und ihr eine Aufnahme zu machen, und während er mit dem Apparat hantiert, legt sie einen Arm um mich, schaut mir mit allersanftestem Blick ins Gesicht und sagt: »Du bringt mich noch ins Grab, Sonny Jim. Aber nur, weil ich dich so lieb hab.« Sie dreht sich zu Robert um. »Nun knips schon und glotz nicht so.«

Danach steckt sich Robert Mums Kamera in die Schultasche, aber ich sag nichts, weil sie versucht, Alfie zu erwischen, um herauszufinden, was mit ihm los ist, also halte ich die Luft an.

Robert geht nach vorn. Er behält mich im Auge und beißt sich auf die Lippe, während er sich auf den Beifahrersitz setzt. Mum kommt zu mir und sagt: »Hier, was Süßes, weil heute doch ein besonderer Tag ist. Steck's in deine Brotdose.« Drei Schokokekse, in Plastik eingewickelt, dazu eine Notiz. »Kannst sie auch im Auto essen, wenn du magst«, sagt sie.

Drei-Lippen-Macavoy lässt sich nicht kaufen.

Im Auto schaue ich aus dem Fenster oder spiele mit meinem Roboter und sehe kein einziges Mal zu Robert im Beifahrersitz rüber, nur einmal kurz, da kann ich nicht anders und muss einen Blick riskieren. Sein Hinterkopf ragt kaum über den Sitz. Der Gurt hängt ziemlich weit oben, gleich unterm Hals, weshalb er eigentlich auf dem Erste-Hilfe-Kasten sitzen müsste. Ich sag aber nichts, guck auch nicht wieder hin, bloß einmal noch, als ich von einem Unfall träume, bei dem es kracht und ihm der Gurt den Kopf abrasiert.

Es ist nur ein kleiner Unfall, aber Robert hat keinen Kopf mehr, und seine bösen Eltern weinen bei der Beerdigung, weil das alles ihre Schuld ist. Geschieht ihnen recht.

Wir fahren an einem »Hund gesucht«-Zettel an einem hölzernen Strommast vorbei. Man sieht nie einen »Tier gefunden«-Zettel. All diese verschwundenen Tiere machen mir Sorgen. In unserer Stadt kleben echt viele Zettel an Laternenpfosten und Mauern, und die sind für Bandauftritte, gesuchte Hunde und Trödelmärkte, aber die Leute kommen einfach und heften ihre Trödelmärkte über anderer Leute gesuchte Hunde. Das ist todtraurig. Manchmal frage ich mich, ob ganz unten unter dem Haufen Papier nicht eine Suchanzeige nach einem verschwundenen Dinosaurier hängt.

Die Schlange in mir ist den ganzen Tag dick, und dann ist es Dad, der mich abholt.

»Warum bist du nicht auf Arbeit, Dad?«

»Gefällt's dir nicht, wenn dein Dad dich abholt?« Er hält den Erste-Hilfe-Kasten in der Hand und öffnet die Beifahrertür wie ein Chauffeur, erst recht, weil er noch den Anzug anhat.

»Will Mum mich nicht mehr abholen?«

»Sei nicht blöd. Hüpf rein.«

Ich renne nach vorn und hoffe, dass alle mich sehen mit meinem Dad und dass ich auf dem Beifahrersitz sitzen darf.

Als wir nach Hause kommen, hat Robert eine aufgeschlagene Lippe und Tempofetzen hängen ihm aus der Nase. Plus, seine brandneue Uniform ist an der Tasche und an der Schulter gerissen, und Mum sieht aus, als hätte sie keine Haare mehr, sondern eine Gewitterwolke auf dem Kopf.

Jetzt hängt das ganze Auto voller Gewitterwolken, und wir sind unterwegs zum Restaurant. Mums Parfüm kabbelt sich mit Dads Aftershave, und Robert darf nicht vorn sitzen, weil er sich geprügelt hat.

Klasse!!!

»Hast du wenigstens gewonnen, Robert?«

»Kein Wort darüber, hörst du?«, sagt Dad und blickt Mum an. Sie hält den Kopf in die Hand gestützt, das Gesicht nah am Fenster, und sieht Schnarchcity vorüberziehen.

»Kriegt Robert jetzt Ärger in der Schule, Dad?«

»Schon eine Ahnung, was du essen willst, Kiddo?«, fragt er. Wahrscheinlich einen Krabbencocktail, dann Hühnchen Kiew, aber das weiß Dad. Er nimmt ein Steak, vornweg Sprotten. Mum hat meist ein Glas Weißwein, während wir unsere Vorspeise essen, und dann irgendwas als Hauptspeise, aber niemals ganz das Gleiche. Normalerweise lässt sie auch was übrig, und dann langt Dad zu, weshalb ich ihn Alfie nenne, denn Alfie ist ein dicker Kater. Allerdings hat er heute zum ersten Mal seit ewig kein Futter gewollt. Vielleicht, weil wir ihm früher als sonst was hingestellt haben.

Es kommt mir komisch vor, so früh zu Abend zu essen. Eigentlich ist jetzt Hausarbeitszeit. Plus, alle sind so ernst, dabei soll dies doch eine Geburtstagsfeier sein. Ich find's jedenfalls toll, dass Robert im Zwinger hockt, dadurch wird der Abend so gut, als wären wir wirklich Schlittschuh laufen gegangen. Jedenfalls bis zu dem Moment, als ich meinen Krabbencocktail umkippe und die Soße mir über den Teller läuft. Ich schlecke sie auf, und Mum kommt mir heute Abend nicht mit Manieren. Normalerweise hätte Robert seine Portion längst verschlungen, aber er mümmelt nur vor sich hin. Vielleicht, weil seine Eltern kommen.

Als die Kellnerin meinen Teller abräumt, fasst sie mit dem Daumen in meine Cocktailsoße, und ich find's voll eklig, dass sie meine Essensreste begrabscht. Vielleicht stellt sie mir ja als Nächstes einen Teller hin, nachdem sie die Reste von wem anders angefasst hat. Was bedeutet, dass wir anderer Leute Gesabber und ungegessenes Essen in unserem Essen und auf unseren Tellern haben, und bestimmt habe ich mit dem Krabbencocktail alle möglichen Restebazillen gefuttert, vor allem, weil ich die Soße vom Teller geschleckt habe, den sie jetzt mit ihrem dreckigen Daumen hält.

Vielleicht kommt AIDS ja von Kellnerinnendaumen. AIDS ist der letzte Schrei, und manchmal glaub ich, ich hab's, auch wenn Dad behauptet, es sei nur was für Schwulis.

Ich sehe zu, wie die Kellnerin bei Dad abräumt und nicht ins Fett und in den Zitronensaft auf seinem Teller fasst, was heißt, dass es Zufall ist, was man in seinem Essen drinhat.

Ich will nur hoffen, dass keiner im Restaurant Brokkoli auf dem Teller hatte.

Robert schmollt. Mum und Dad geben sich Mühe, ihn aufzuheitern, dann lassen sie ihn in Ruhe. Im Auto liegt eine Tüte mit Geschenken und Glückwunschkarten, und sie sieht größer aus, als eine Geschenktüte für jemanden aussehen sollte, der nicht mal ihr Sohn ist.

Ich habe auf meiner Seite die Tür extra nicht abgeschlossen, weshalb der heutige Abend die perfekte Gelegenheit bietet, unser Auto zu klauen.

Dad lässt mich am Bier nippen und reibt sich die Hände, als ihm die Kellnerin mit dreckigem Daumen sein Stück Kuh vorlegt, aus dem das Blut noch läuft, denn als sie ihn gefragt hat, wie er sein Steak mag, hat er gesagt: »Am liebsten so, als würd es noch muhen.«

Sie fragt, ob es blutig genug sei, und Dad ist ganz Feuer und Flamme, als käme sie aus Baywatch. Mum dagegen mustert sie, als käme sie vom Mars.

Als die Kellnerin geht, um das restliche Essen zu holen, frage ich Dad, ob sie aus Schweden sei. Mum blickt beiseite und nippt an ihrem Wein. Dad sagt immer, in Schweden, da hätte man »hübsch« erfunden.

Kiew liegt in Russland. Das Beste am Hühnchen Kiew ist, wenn die ganze Knoblauchbutter noch drinsteckt. Manchmal läuft sie allerdings aus, und wenn das zu Hause passiert, lässt mich Mum meist mit ihrem tauschen. Und dann muss man mit dem Messer das Kiew anschneiden, total langsam, damit es diesen Spritzer gibt, so als hätte man das Huhn gekillt und es hätte Butter und Kräuter drinnen statt Blut.

Als die Kellnerin mir mein Kiew bringt, sieht Mum meinen Teller an, dann mich und sagt: »O je.«

Dies ist der schlimmste Tag meines Lebens.

Robert hat seine Lasagne kaum angerührt, und Mum isst auch kaum von ihrem Risotto. Ich wette, Alfie wäre jetzt gern hier. Wenn Dad nicht alles verputzen kann, bittet er bestimmt darum, die Reste für den Hund einpacken zu lassen, dabei wissen wir alle, dass sie für die Katze sind. Oft kommen wir allerdings nach Hause, und dann sind sie doch für Dad.

Nach dem Hauptgang wird der Kuchen gebracht, den Mum extra für Robert gemacht hat, ein Kuchen mit jeder Menge Kerzen, und das Licht wird runtergedreht, weshalb die Leute an den anderen Tischen aufhören zu essen. Der Kuchen ist kein bisschen angebrannt, und Mum und Dad und ein paar von den Leuten, sogar die Kellnerin, singen Happy Birthday. Robert senkt den Blick und lächelt in seinen Schoß, als hätte er gerade ein tolles Geheimnis erfahren. Ich bewege die Lippen, singe aber nicht.

Gerade als Robert die Augen schließt, um die Kerzen auszupusten, wünsche ich mir etwas ganz, ganz fest. Wenn man sich nämlich was fest genug wünscht, kann man dem Geburtstagskind den Geburtstagswunsch klauen. Ich wünsche mir, dass Robert stirbt.

»Was hast du dir gewünscht, Robert?«, frage ich.

»Wenn er es dir sagt, geht's doch nicht mehr in Erfüllung, Dummerchen«, sagt Dad.

Mum betrachtet Robert mit angewinkeltem Kopf; ihr Gesicht strahlt wie eine Kerze.

Robert erhält zum Geburtstag bloß langweilige Bücher. Dazu ein Geometrie-Set und eine Stiftmappe. In den Büchern geht's um Wolken und Himmel, und Mum und Dad rücken enger zusammen, als sie zusehen, wie er die Geschenke öffnet, fast, als wären die Geschenke für sie. Er reißt das Papier nicht auf, er knibbelt das Klebeband ab.

»Das sind ja langweilige Geschenke«, sage ich, aber keiner beachtet mich.

Robert steht auf und küsst Dad auf die Wange, dann küsst er Mum und umarmt sie total lange, und ich weiß nicht, wo ich hinsehen soll, also nehme ich die zerknüllte Serviette vom Schoß und versuch, sie glatt zu streichen. Das mach ich mit Servietten immer so. Sie sieht wie ein Papierball aus.

»Deine richtigen Eltern geben dir doch auch Geschenke, oder?«

Mum mag es nicht, wenn ich »richtige Eltern« sage, aber weil wir in der Öffentlichkeit sind und sie das sonst übliche Feuerwerk nicht abfackeln will, wirft sie mir diesmal bloß einen dieser Blicke zu.

»Beeil dich und iss dein Stück Kuchen, Robert McCloud«, sagt Dad. »Deine Eltern werden jeden Moment hier sein. Bist du schon aufgeregt?«

Robert lächelt ein schmales Lächeln, beugt sich über seinen Kuchen und schubst ihn mit der Gabel an. Dann schaut er zu Mum auf, aber die starrt gedankenverloren vor sich hin. Sie ist traurig. Dad sieht auch kurz zu ihr hinüber, dann rückt er ein Stückchen vor und schneidet noch mehr Geburtstagskuchen. »Deine Eltern sollten was davon mitnehmen, Rob. Sonst esse ich ihn noch ganz allein auf, und das können wir doch nicht zulassen, oder?«

Wir sind fertig mit dem Essen, und alle Gläser sind ausgetrunken, doch sitzen wir hier fest und warten. Ich langweile mich, finde es aber auch aufregend, gleich Roberts Eltern zu sehen. Sie sind spät dran. Sicher, weil sie noch Geschenke kaufen.

Die Kellnerin kommt zurück und fragt Mum, ob sie Mary heißt. Ich mag Mums richtigen Namen nicht hören. Mum ist Mum. Die Kellnerin sagt, da sei ein Anruf für sie, und zeigt zur Bar, wo die Bardame mit dem Hörer in der Hand zu uns herübersieht. BH-Dame, nennt Dad sie.

Mum steht auf, lässt ihre unzerknitterte Serviette auf den Stuhl fallen und streicht sich das Kleid glatt, als habe sie vor, eine Ansprache zu halten. Sie wirft Dad einen Blick zu, Dad gibt ihn weiter an Robert, und Robert gibt ihn weiter an seinen halb gegessenen Kuchen.

Unterdessen räumt die Kellnerin unsere Teller ab und tunkt dabei den Daumen in Sahne. Robert weiß nicht, wo er hinsehen soll. Mum ist am Telefon, und wir sitzen da, als hätte wer gefurzt und wir warteten darauf, dass sich der Gestank verzieht.

Dad schlägt das Buch über Wolken auf, dreht es um und zeigt uns ein großes Bild mit jeder Menge fetter, wütender Wolken, dazwischen ein paar Lücken, durch die Gottes Strahlen fallen. Er dreht das Buch wieder zu sich und beugt sich über die Seiten. »Scheiße nee, jetzt ratet mal, wie diese irren Sonnenstrahlen heißen.« Er schließt das Buch, behält aber einen Finger zwischen den Seiten.

»Krepuskular- oder Dämmerungsstrahlen«, sagt Robert, ohne von den Krümeln auf seinem Stückchen Tischdecke aufzublicken.

»Hundert Punkte, Kiddo!« Dad schaut wieder ins Buch. »Das begreife, wer will. So schöne Strahlen und dann so ein hässliches Wort wie krepuskular.«

Mum knallt den Hörer auf die Gabel und sagt was zu der BH-Dame, die nach einem Glas greift und den Korken aus einer Weinflasche zieht. Mum kommt, und ihre Lippen sind schmal, schmaler, am schmalsten. Wir sehen sie an, Dads Finger ist immer noch zwischen den Seiten gefangen.

Sie bleibt stehen, nimmt ihre Serviette, faltet sie und legt sie auf den Tisch. Sie knüllt sie nie so zusammen, wie ich das tue. Dann setzt sie sich, und die Kellnerin bringt ihr einen großen Weißwein, das Glas von außen so beschlagen wie der Spiegel nach dem Duschen.

»Du fährst«, sagt sie zu Dad, und er wirft einen Blick auf

sein Bier, nimmt einen kleinen Schluck und schiebt es dann beiseite. Mum starrt Roberts Kopf an. »Tut mir leid, Robert, aber deine Eltern müssen absagen.«

Eine Weile macht er gar nichts, dann wischt er sich mit der Serviette übers Gesicht. Auf dem Papier sind Blutflecken.

»Autsch«, sage ich, »deine Nase blutet wieder, Robert!«

Er steht auf, und Dad hält Mum zurück, die zu ihm gehen will. Robert sagt, er müsse auf die Toilette, und hält sich die ganz glatte, überhaupt nicht zerknitterte Serviette ans Gesicht.

Er geht echt langsam über den Teppich, der freie Arm baumelt nicht mal. Wir sitzen einfach bloß da, Mum hat ihren Wein schon halb auf, und Dad sieht sie an, als bräuchte sie jeden Moment einen Krankenwagen.

Auf dem Weg nach Hause ist es im Auto total still, und Dad fährt langsam. Das Radio ist an, aber so leise, dass es ebenso gut aus sein könnte.

Beim Insbettgehen höre ich aus Roberts Zimmer Gemurmel. Mum ist bei ihm. Ich schleiche mich an die Tür und höre, wie Robert zu ihr sagt: »Du bist meine beste Freundin«, und sie: »Ach, das ist ja so lieb von dir, Robert. Aber warum suchst du dir nicht jemanden in deinem Alter? Wer ist dein bester Freund in deinem Alter?«

»Du warst das, als du noch jünger warst.«

Ich gehe wieder ins Bett, ganz langsam, so als würde ich über den Grund des Meeres laufen.

Ich glaube, Ralph ist mein bester Freund. Nur ist Simon Ralphs bester Freund, und Ralph ist Simons bester Freund. Und ich habe keine Ahnung, wie die Regeln lauten, ob man jemandes bester Freund sein kann, der schon der beste Freund von wem anders ist.

Plus, es ist einer dieser Abende, an denen der Mond nicht

scheint, und ich bin traurig und fang an zu weinen, weil Mum und Dad sterben müssen. Seit Robert bei uns ist, muss ich deshalb oft weinen, aber ich erzähle keinem davon, damit es nicht wahr wird. Ich will nicht, dass Mum und Dad sterben.

11

Ich sitze auf einem Barhocker zusammengesackt am Tresen, als würde der Alkohol schwer auf mir lasten. Ich sitze immer am Tresen, wenn ich allein bin, was ich meist bin, jedenfalls zu Anfang.

Heute Nachmittag sollte die Krankenpflegerin kommen, aber ich habe ihr abgesagt angesichts von Mums Zustand. Und meinem. Ich könnte selbst ein bisschen Pflege gebrauchen.

Ich bin an einem jener Orte, die nicht wissen, was sie sind. Eine Art Bistro Schrägstrich Weinbar Schrägstrich keine Ahnung. Ein Ort, der nicht die Traute besitzt, sich zu entscheiden, weshalb er versucht, alles zu sein. Und deshalb kann ich auch allein an den diversen Mienen und Servierstilen nicht erkennen, wer der Besitzer ist und wer zum Personal gehört.

Überall hängen Spiegel, lassen den Raum größer wirken, und ich entdecke mein Konterfei in jener alternativen Dimension, sehe mich drüben am anderen Tresen sitzen – Schorf bildet sich an den Knöcheln, über einer Bisswunde klebt ein Heftpflaster.

Ich bestelle noch einen Drink, und die Tresenfrau zieht eine Schnute, als wäre sie sich nicht sicher, ob sie mir noch einen geben soll. Letztlich stellt sie mir dann doch ein frisches Glas auf neuem Bierdeckel hin, und ich hocke da wie im Auge eines Orkans. Überall um mich herum leben Menschen ihr normales Leben, Paare werfen den Kopf in den Nacken, zeigen sich ihre Plomben und lachen gemeinsam. Das Lachen ist besser als die Witze. Wie Paare sich doch das Getriebe schmieren, wie sie ihr Gegenüber attraktiver, interessanter, lustiger wirken lassen. Bis sie gehen.

Der Tresen selbst ist ein langer, niedriger, polierter Tisch, der gleichsam eine unerhebliche Barriere zwischen dem Tresenpersonal und mir errichtet. Freunde geben sich ein Bier aus, Schaum verbrämt die Gläser. Andere schauen ins Leuchten ihrer Handybildschirme und scheuchen mit den Daumen Menschen aus der Deckung. Ich, ein Fremder, beobachte all dies, und sie weichen meinen Blicken aus, starren mich aber an, wenn sie glauben, ich würde es nicht merken.

Zwei Frauen kommen herein und setzen sich ans andere Tresenende. Links von mir nähert sich ein Mann dem Tresen, und ich tue so, als machte ich ihm Platz, und rücke näher an die beiden Frauen heran.

Die eine zeigt der anderen offenbar Urlaubsbilder. Sie ist noch sonnengebräunt. Ich denke mir, dass die Frau, die sich die Bilder ansieht, ziemlich gelangweilt ist.

Der Tresenfrau geht auf, dass die Musik schon vor einer Weile verstummt ist und sie stellt sie wieder an. Der Besitzer sieht mit einem Stirnrunzeln herüber, weshalb sie den Apparat ein wenig leiser dreht, nur um wieder aufzudrehen, sobald ihr Boss sich zu einer Brieftasche umdreht, die einen Blick in die Speisekarte wirft.

Stimmen übertönen die Musik, die, wie ihre Unterhaltungen, zwar herzlich, aber seicht und stumpfsinnig zu nahezu nichts verwässert wird. Sie selbst aber sprechen dieses Nichts lauter aus, die Musik zwingt die Münder näher an die Ohren, Lippen bewegen sich zwischen Haar und Ohrringen. Als flüsterte die ganze Bar über mich. Als wüsste man Bescheid.

Ich kaure auf meinem Hocker, rülpse etwas bieriges Kohlendioxid ins Glas und linse zu diesen beiden Frauen rüber, als wären sie die letzten Stückchen Torte auf einem Teller. So ganz anders, als die alte Frau mich heute angesehen hat. Ein Gedanke, der mich mein Glas so heftig abstellen lässt, dass sich Köpfe zu mir umdrehen.

Seht bloß diesen Typen, der da ganz allein hockt.

Ich sacke noch mehr in mich zusammen, so, als würde Mum mich jetzt anschreien, als stünde sie drüben zwischen all den Leuten und jammerte lauthals drauflos. Zeigte mit dem Finger auf mich. Alle starren herüber, und sie steht da, kahlköpfig, weint und schreit und zeigt mit dem Finger. Auf mich. Hier, in dieser Bar.

Es ist dieses vertraute Leid, das mich zu vertrautem Trost greifen lässt. Und nur Frauen können mich trösten. Immer mehr verführe ich, bis sie mich unschuldig gestreichelt, geseufzt haben. Ihre Beachtung, die Gnade ihrer Anerkennung gleicht der strahlenden Umarmung des Bestätigens. Des Vergebens.

So sitze ich hier in diesem Bar-Bistro-Restaurant und strecke meine Fühler nach den Frauen im Raum aus. Registriere jeden Blick in meine Richtung. Registriere deutlich jeden Moment, in dem sie nicht zu mir hinübersehen. Sitze da und spiele Kuckuck mit Frauen, die gar nicht wissen, dass wir spielen.

Die Frauen rechts von mir sind in ein Gespräch vertieft, aber die, die mir den Rücken zukehrt, schielt manchmal aus den Augenwinkeln zu mir rüber. Sie hat einen schlanken Rücken, und der rote Pullover liegt eng an, über den sie einen breiten Gürtel geschnallt hat, der zwar nichts hält, trotzdem aber ein Gürtel ist. Unter dem Pullover dürfte sie nackt sein bis auf den BH, den ich sehen kann. Ich mag es, wie er ihr ins Fleisch schneidet, und stelle mir vor, wie ich ihn aufhake, wie ihr Brustkorb sich weitet. Die Haut rot vom BH, ein wenig Schweiß unter den Bügeln, die Brüste sinken um jenes einzigartige Etwas, und ich halte sie in der gewölbten Hand, dabei ist es mein Bier, das ich mit festem Griff halte, und ich starre vor mich hin.

Ich senke den Blick, meine Faust drückt fest zu, doch sehe ich den Knöchel meiner alten Dame, eingeklemmt in der Autotür, sehe ihren in den Nacken geworfenen Kopf. Sie sagte kein Wort, als wir nach Hause kamen und ich sie verband. Als hätte sie bereits vergessen, wie es passiert ist. Ich habe ihr was Leckeres zu essen gemacht und bin geflohen, sobald sie auf dem Sofa eingeschlafen war.

Das Pullovergirl trägt Kordrock und Strumpfhose. Mit den Zähnen knabbere ich am Zwickel, lecke ihre Schenkel, bis sie sich öffnen, und sie sieht nicht länger die Fotos an, sondern auf meine Stirn – im Gesicht ein Mix aus Angst, Bestürzung und Erregung. Gerötet vor Verlangen und vom pikanten Nervenkitzel meiner Unberechenbarkeit – denn ich zeige ihr, dass ich genau weiß, was ich tue. Meine Hände berühren sie, ohne zu zögern, ohne das leiseste Zittern, ohne Zurückhaltung. Aus ihrem Mund tröpfeln lahme Worte, die bitten, doch aufzuhören. Ihre Finger vergraben sich in das Haar auf meinem Hinterkopf.

Und doch bin ich immer noch allein. Bei jeder sexuellen Begegnung stehe ich irgendwo in meiner Kindheit. Nur ich allein auf den leeren Korridoren des Vergangenen. Die Wirkung, die der Sex hat: mich verschwinden zu lassen. Mich meine eigene Kindheit heimsuchen zu lassen – so stehe ich da, allein in den Erinnerungen der Einsamkeit. Alleinsamkeit.

Wieder nehme ich einen Schluck Bier, bestelle noch eins. Pullovergirl sieht aus den Augenwinkeln rüber, und ihre Freundin runzelt kurz die Stirn.

Sex ist so für mich und beschwört immer Kindheitsbilder herauf. Als würde eine Muskelfaser, eine Sehne von der Anstrengung minimal einreißen und verraten, wo ich war, als sie sich zum ersten Mal bildete – jede Zelle in mir eine Zeitkapsel randvoll mit Vergangenheit. Weshalb ich beim Sex in Gedanken beim Gartenschuppen oder im Bastwäschekorb vor Mums und Dads Schlafzimmer liegen kann, in dem ich mich so gern verkroch, bis sie dahinterkamen und ihn ins Bad räumten.

Oder ich stehe an der Stelle, an der Robert sich verändert hat.

Pullovergirls Freundin fragt, ob alles in Ordnung sei, und erntet ein begeistertes Nicken. Bestimmt hat sie die meisten Bilder nur aufgenommen, um sie zu Hause zeigen zu können. Als Beweis. Die meisten Menschen können ihren Urlaub nicht genießen, weil sie immer neben sich stehen und sich fragen, was für eine Art Urlaub sie eigentlich erleben, wie ihn die Daheimgebliebenen finden und wie sie die Tage so festhalten können, dass es aussieht, als hätten sie *die* Erfahrung gemacht. Sie schießen die Fotos nicht für sich selbst zur Erinnerung, sie machen sie, um sie vorzeigen zu können. Klingt nicht gerade nach einem tollen Urlaub.

Die Freundin geht zur Toilette; Pullovergirl dreht sich zu ihrem Drink um und wirft mir dabei einen Blick zu. Ich rücke mit dem Barhocker näher heran, proste ihr zu, lächle. Sie erwidert das Lächeln, senkt den Blick und stützt sich mit einem Ellbogen auf den unteren Tresenrand, die andere Hand spielt mit einer schwarzen Haarsträhne, die sich aus ihrem Pferdeschwanz gelöst hat, der Nacken sanft, weiß, das Haar gelockt.

In diesem Augenblick sieht sie einfach perfekt aus.

Sie windet sich, und ihr Kordrock rutscht ein wenig in die Höhe, ihre Strumpfhose hat eine kleine Laufmasche. Ich habe sie hineingerissen.

»Urlaubsfotos?«, frage ich. Sie wird rot und beugt sich kurz vor, da sie mich wegen der lauten Musik nicht verstanden hat; ich muss ganz bewusst den Griff um mein Glas Bier lockern.

»Urlaubsfotos?«, wiederhole ich und zeige auf die Bilder, die neben einer Pfütze Irgendwas auf dem Tresen liegen.

»O ja«, antwortet sie, berührt die Fotos. »Gambia. Sieht nett aus.«

Ich ziehe die Brauen hoch, nippe am Bier. »Beeindruckend. Bleib auf ein Glas, wenn du magst, sobald die kühne Forschungsreisende nach Hause gegangen ist.« Ich sage das, als würde mich ihre Antwort nicht weiter interessieren.

Sie beugt sich weiter vor, wird erneut rot, und ich beobachte, wie sie mit dem Hintern an den Stuhlrand rückt. Sie hat wieder nicht gehört, was ich gesagt habe; ihre Freundin schlängelt sich zwischen den Tischen hindurch zu uns zurück.

»Ich sagte, wie wär's mit einem Bier, wenn ihr beide fertig seid mit eurem Urlaubsschwatz?«

»Ein Bier mit uns beiden?«, fragt sie, weil sie wohl sichergehen will, dass ich nicht an ihrer Freundin interessiert bin. Ihre Freundin, die jetzt hinter uns steht und sich nicht hinsetzt, sondern unser Gespräch verfolgt, als trüge sie ein Hochzeitskleid und niemand wartete auf sie am Altar.

Ich weiß, zu welcher Sorte Frau Pullovergirl gehört. Sie ist eine von denen, die anderen zuhört, die sauer ist, weil die Typen die ganze Zeit auf Sendung sind, sie sich selbst aber nicht zu Wort melden will. Sie findet sich langweilig, weshalb sie sich Details von allen Leuten, die sie kennenlernt, sehr gut merken kann. Bestimmt weiß sie längst, was für eine Sorte Bier ich trinke. Sie ist eine Meisterin der Kleinigkeiten, weshalb sie, trifft sie jemanden in jener Wüstenei wieder, die sich gesellschaftliches Ereignis nennt – öde, gnadenlos, einsam, endlos –, sagen kann: »O, wie ist es mit x, y, z gelaufen?« Oder »Haben Sie es noch rechtzeitig zu blablabla geschafft?« Und sie gehört zu der Sorte, die einen in diesem Augenblick leicht berührt, um ihre reine Nettigkeit noch zu betonen. Und sie ist wirklich nett. Sie gibt Blowjobs, muss im Bett nicht im Mittelpunkt sein und ist egoistische Lover gewohnt. Sie war mit einer Reihe schwacher Männer zusammen, die sich bedroht fühlten. Mit Männern, die Frauen mögen, die nicht allzu viel reden. Sie mag Männer, die sich nehmen, was sie wollen. Nicht Männer, die eine Rechtfertigung brauchen, die selbst auch geben müssen.

Pullovergirl hat egoistische Liebhaber, also dürfte ihr Gesicht beim Orgasmus Überraschung zeigen.

Das Bier kommt, und ich lasse die Kellnerin ein wenig mit mir flirten, beobachte, wie PG darauf reagiert, wie sie wartet und ihre Freundin nötigt, ebenfalls zu warten – vom Alkohol wird mir ein bisschen schlecht.

Das Problem ist nur, dass das Leben nach diesem Orgasmus alles wieder schrumpfen lässt und ich mich erneut mit meiner Selbsteinschätzung als einem – im besten Fall – Zweitbesten abfinde. Im Moment ist mein Leben wie eine dieser Neonröhren, die nicht richtig angehen will. Ich flackere aufs Leuchten zu. Aber gilt das nicht für uns alle? Um die Kluft zu überbrücken, brauchen wir einen weiteren Funken, jemanden, der uns auf halbem Weg entgegenkommt, damit wir eine Weile in heller Glut ruhen können.

Nachdem wir uns aber miteinander verlustiert haben, liegen unsere Leiber für eine Weile summend da, und ich fühle mich, als hätte ein Chiropraktiker mein Hirn gerade in die rechte Form gerückt, auf dass es für den Rest der Nacht im weißen Knochenthron meines Schädels hausen, auf sein Reich hinabblicken und zufrieden sein möge. Pullovergirl und ich, wir werden beide dort sein, Händchen haltend, Brustkörbe gedehnt. Und einen kurzen Moment lang kann ich dann jenes so flüchtige Gefühl der Vollständigkeit erleben.

Pullovergirl übertönt die laute Musik und sagt »vielleicht«, ehe sie ihr Erröten der Freundin zudreht, die es nicht gewohnt ist, dass Pullovergirl im Zentrum der Aufmerksamkeit steht. Ihre Freundin, mit der sie zusammen ist, *gerade weil* Pullovergirl immer die zweite Geige spielt.

Für mich aber nicht. In meinen Augen sieht sie wie eine der Verführerinnen aus den Filmen der Fünfzigerjahre aus, wie sie stets weichgezeichnet auf der Leinwand auftauchten, wie durch einen Tränenschleier.

Und ich sitze hier wie eine Glocke, die gerade angeschlagen wurde. Wenn die anderen Leute mal für eine Sekunde Ruhe geben würden, könnten sie meinen kaum wahrnehmbaren Nachhall hören. Die Aussicht auf ein Entkommen mit Pullovergirl lässt mich vibrieren. Zweisamkeit. Denn sie wird noch bleiben, nachdem ihre Gambia-Freundin den Abschied so lang wie möglich hinausgezögert hat. Gerade durch Gambias Empörung, durch ihre Weigerung, mit Pullovergirl nicht mithalten zu können, unterstreicht sie ihre völlige Bedeutungslosigkeit. Gambia ist überflüssig.

Und das Schönste an dieser Situation? Das Pullovergirl, mein Mädchen, wird sich nun jeden Augenblick gegen ihre Freundin wenden. Angesichts dieser Gelegenheit zum Ruhm richtet sie sich gegen Gambia und betont das volle Ausmaß ihrer neuen Unbedeutendheit. Versagt ihr alle Aufmerksamkeit, verzichtet auf jedes vorgetäuschte Interesse, sodass ihre Nichtfreundin demoralisiert nach Hause gehen wird. Sich vielleicht sogar verraten fühlt. Betrogen um ihren Platz in der üblichen Hierarchie der Aufmerksamkeit.

Ich will los, mir noch ein Bier bestellen, um auf PG einen zu heben, aber die Kellnerin wirft bloß einen Blick auf das Frischgezapfte, das schäumend vor mir steht.

Ich bin die trunkene Glocke, vibriere an der Bar, denn Pullovergirl und ich, wir gehen zusammen hinaus, und zumindest heute werde ich mich liebenswert fühlen.

12

Wie immer werde ich von Dads Gangeinlegen wach, spring aber nicht sofort aus dem Bett. Ich denke an letzte Woche, dass Roberts Eltern ihren Sohn vergessen haben. Ich darf nicht darüber reden, und Mum ist nett zu ihm wie nie, obwohl sie rausgefunden hat, dass er wieder Sachen hortet. Absolut ekliges Zeugs.

Ich gehe nach unten. Mum ist normalerweise schon auf, aber nur Robert ist da. Er putzt unsere Schuhe.

»Was glaubst du, Roboter, was war letzte Woche mit deinen Eltern los?«

Er sieht mich an. »Deine Mum sagt, ich brauch nicht darüber zu reden.«

»*Deine Mum sagt, ich brauch nicht darüber zu reden.*«

»Schnauze, Blödbirne«, sagt er, wirft mit einem meiner Schuhe nach mir und geht.

»Selber Schnauze; Robert.« Er denkt immer dran, leise zu sein, wenn er unverschämt wird.

Sobald ich mich angezogen habe, esse ich eine Handvoll Krispies. Ich weiß, dass Robert Krispies mag, aber Mum gegenüber tut er immer so, als würde er Gemüse und Obst vorziehen und lieber Wasser als Limonade trinken.

Er kommt zurück. »Wo ist *deine* Mum?«

So nennt er sie immer. Nur einmal, da hat er sie Mum genannt, und alle wurden knallrot.

Ich zucke mit den Achseln.

»Ich sehe mal nach«, sagt er. »Seltsam, dass sie noch nicht auf ist.«

Da spricht der Fachmann.

Ich häufe noch etwas Zucker ins Frühstück und höre, wie er durchs Haus läuft, dann die Treppe herabdonnert. Schreckensbleich stürzt er herein.

»Sie wacht nicht auf!« Er greift zum Telefon und wählt die Notrufnummer.

Dafür gibt's großen Ärger, das weiß ich.

»Vielleicht ist sie ja nur müde, Roboter.«

»Vielleicht stirbt sie auch.«

»Ist ja gut, Schreihals«, antworte ich, aber mein Herz wummert. Er weint ein bisschen.

»Einen Krankenwagen, bitte.«

Ich schieb meine Zuckermilch beiseite. Schon bei ihrem Anblick würde ich am liebsten kotzen. Mit einem lauten, furzenden Geräusch rück ich den Stuhl vom Tisch.

»Wie bitte?«, sagt Robert ins Telefon und wischt sich über die Augen. »Keine Ahnung«, fährt er fort. Dann dreht er sich zu mir um. »Schnell, sie wollen, dass wir nachsehen, ob sie noch atmet.«

In einem Krankenwagen zu sitzen, sollte aufregend sein. Robert hält Mums Hand, aber sie hält seine nicht. Der Krankenwagenmann misst ihre Temperatur, und die Schläuche, die Sauerstoffdinger und die Spritzentüten wackeln bei jedem Straßenhuckel. Manchmal stellt der Fahrer kurz die Sirene an, wahrscheinlich, wenn er über Kreuzungen fährt. Das heißt, Mum liegt nicht im Sterben, sonst wäre die Sirene nämlich ständig an. Oder sie wäre aus, dann wäre sie tot.

»Ruf am besten deinen Dad an«, hat der Krankenwagenmann zu Robert gesagt, als sie zu Hause auf eine Trage gelegt wurde; und ich habe bloß zugesehen, wie Robert zum Sohn wurde.

Jetzt bin ich das Pflegekind.

Als wir zum Krankenhaus kommen, ist Dad schon da, und sein Gesicht ist ganz rot und aufgequollen, aber seine Umarmung ist spitzenmäßig. Robert umarmt er auch. Dann halten wir Hand an Mums Bett, aber sie liegt unter so einem Plastikding, genau wie Michael Jackson, weil sie nämlich diese echt fiese Krankheit haben könnte, von der einem das Gehirn aufquillt.

Dad weint. Jede Menge. Ich sag ihm, es wird schon wieder, und versuche, ihn zum Lachen zu bringen.

Tante Deadly kommt und macht gleich einen Riesenaufstand. Ich soll mit zu ihr nach Hause, aber Robert darf nirgendwohin ohne die Erlaubnis vom Sozialamt, und Dad ist zu denen noch nicht durchgekommen. Was heißt, dass Robert vielleicht bei Mum und Dad im Krankenhaus bleibt, während ich zu Deadly muss.

Jetzt weine ich, und Dad küsst mich viele Male aufs Gesicht, und seine Stoppeln kitzeln, aber lachen muss ich trotzdem nicht. Das Leben ist so ungerecht. Tante Deadly fängt an, mich mit sich fortzuziehen, und sagt, ich soll mich ausnahmsweise mal wie ein großer Junge benehmen, woraufhin ihr Dad scharf in die Parade fährt, und ich sehe, wie Mum unter ihrem Zeltding die Stirn runzelt, denn selbst mit geschlossenen Augen kann sie die Stirn runzeln.

Zu guter Letzt gibt Dad Tante D die Schlüssel und sagt, sie solle Robert und mich zu uns nach Hause fahren.

Ich hasse es, Mum und Dad alleinzulassen, aber vor allem will ich, dass Dad sich nicht ansteckt, denn dann verliere ich sie beide und muss bei Tante Deadly wohnen.

Es verstößt gegen die Regeln, dass Robert allein mit mir

und Tante Deadly im Haus wohnt, weil sie nämlich nicht überprüft wurde, aber als ich Dad das sage, umarmt er mich bloß. Vielleicht wird Robert ja jetzt abgeholt.

Als ich nach Hause komme, gehe ich gleich nach oben in meine Löwenhöhle, denn jetzt bin ich allein mit meinen beiden größten Feinden.

Dad ruft später noch an, und ich nehme oben den Hörer ab, leg die Hand über die Sprechmuschel und höre mit. Er sagt, Mum habe Männigittis, und Tante Deadly antwortet: »Na klasse, dann haben wir die ja bald alle.« Dann meint Dad noch, wir sollen im Haus bleiben und nicht an die Tür gehen, wenn die Sozialarbeiterin klingelt; außerdem müssten wir uns auch im Krankenhaus untersuchen lassen. Keine Schule. Dann sagt er: »Pass auf den Kleinen auf; er macht wegen Robert noch immer Ärger, aber sei deshalb nicht zu hart zu ihm.«

Das ist jetzt zwei Tage her, und Dad ist seitdem im Krankenhaus und Robert hockt auf seinem Zimmer. Er will nichts essen. Heute mussten wir wieder hin, und ein Arzt hat uns erklärt, dass wir vorsichtshalber ein paar Riesenpillen nehmen müssen. Plus, die Symptome, auf die wir achten müssen, Hautausschlag zum Beispiel und wenn wir mit dem Kinn nicht mehr die Brust berühren können. Seit er uns das gesagt hat, übe ich. Man kann unmöglich mit dem Kinn die Brust berühren, ohne dabei ein dämliches Gesicht zu machen.

Tante Deadly sagt, wir dürfen tagsüber nicht vorm Fernseher sitzen, und gestern Abend hat sie uns einen Eintopf gekocht, der war so was von selbst gemacht, dass der Löffel nicht drin untertauchen wollte. Plus, ich durfte nicht vom Tisch aufstehen, bis ich alles aufgegessen hatte. Stundenlang hab ich dagesessen. Sie musste die Suppe ständig wieder aufwärmen, und nach jedem Schluck habe ich ausgesehen wie Alfie, wenn er Fellknäuel auswürgt.

Tante Debbie sagt, beim Essen geht es um gesunde Ernährung, aber Dad sagt, beim Essen geht es darum, was Leckeres zu essen, auf das sich der Magen freut.

Gestern hat sie uns ROTE-BETE-BROTE gemacht! Sogar Robert musste zugeben, dass er keine Rote Bete mag. Er hat seins trotzdem gegessen, während ich mir meine Rote Bete in die Unterhose gestopft und bloß das rotfleckige Brot gegessen habe. Ich habe Robert angeboten, auch was von seiner Roten Bete loszuwerden, aber dafür ist er einfach zu anständig.

Dann bin ich zur Toilette und hab alles weggespült. Pupeinfach. Drei-Lippen-Macavoy lässt sich nicht vergiften.

Heute hat Tante Deadly allerdings Wäsche gewaschen und mich zur Waschmaschine gerufen. Sie sah selbst ein bisschen wie Rote Bete aus, als sie mich gefragt hat, ob mit mir, ich wisse schon, »da unten rum« alles in Ordnung sei.

Nächste Mal zieh ich eine schwarze Unterhose an.

13

Die Musik ist zu Ende, mein Glas aber noch voll. Das Personal sammelt sich am Tresenende und genießt die Ruhe nach dem Sturm, Drinks in Griffweite, jetzt, da der Besitzer gegangen ist. Sie unterhalten sich, behalten aber die wenigen letzten Gäste und deren Getränke im Auge, den Feierabend fest im Blick.

Viel wichtiger jedoch ist, dass Gambia gerade das Gebäude verlassen hat. Pullovergirl sinniert in ihr Glas, einsam jetzt, durchs Warten bloßgestellt.

Da kommt sie auch schon, schlendert unsicher herüber, bringt ihren Barhocker mit. Sie stellt ihn ab.

»Hallo«, sagt sie aufgedreht und beugt sich dann zu ihrer Handtasche hinüber, gibt den Gesichtszügen Zeit, wieder ins Gleis zu finden.

»Wie schön«, sage ich, sobald sie sitzt, und lächle sie an. Sie streicht sich übers Haar, mustert mich, horcht vielleicht in sich hinein und versucht zu ergründen, wie ich auf ihr Inneres wirke. Ich bestelle, und während wir warten, breitet sich Stille aus, als könnten wir ohne Getränke nicht anfangen.

Ich lasse sie auf meine Rechnung schreiben, gebiete dem halbherzigen Durchwühlen ihrer Handtasche Einhalt.

»Und? Wie war der Gambia-Vortrag?«, frage ich, und sie zieht schmunzelnd ihre Augenbrauen in die Höhe.

Unser erster Insiderwitz.

»Man könnte glauben, sie wäre ein Jahr lang und nicht bloß in den Ferien dort gewesen.«

»Dann stimmt es also, dass man sich in Gambia nicht nur Dünnpfiff holt?«

Ich lächle erneut und stelle mich vor. Nicht mit meinem richtigen Namen. Ich hasse meinen richtigen Namen.

»Patricia«, antwortet sie. »Schön, Sie kennenzulernen« – und sie hält mir die Hand hin, doch brauche ich diesmal keine meiner Standardausflüchte vorzubringen, um ein Händeschütteln zu vermeiden, ich zeige ihr einfach die aufgeplatzten Knöchel und das Pflaster auf der Hand.

»Habe heute Morgen einen Strauß mit der Hecke ausgefochten«, sage ich. »Wurde zu lange sich selbst überlassen. Sie war *gigantisch*.«

Sie lacht lauter, als es meine Bemerkung verdient, und berührt dabei meinen Arm.

Meist haben Frauen kühle Hände. Schlechte Blutzirkulation. Erst recht, wenn sie auf Pille sind, was hoffentlich für sie zutrifft.

Patricia, kein schlechter Name, allerdings würde ich ihn für kein Geld der Welt abkürzen.

»Höre ich da die Andeutung eines Akzents in Ihrer Stimme?«, fragt sie.

»Sie nicht auch noch. Ich lebe in Kanada. Bin ungefähr vor sechs Jahren hingezogen – ich hasse es, meinen heimischen Akzent zu verlieren.«

»Wow, Kanada«, sagt sie, aber ich sehe, wie etwas in ihr zusammensinkt. Vielleicht enttäuscht es sie, dass ich nicht in der Gegend wohne.

»Yeah, es gefällt mir da.« Lügner. »Zivilisiert. Die Weite.«

»Vermissen Sie denn nicht Ihre Familie? Leben Sie auf Dauer da?«

»Ich habe so das Gefühl«, sage ich und spüre, wie der Fahrstuhl in meinem Innern angesichts dieses vorhersehbaren Gesprächs in die Tiefe stürzt, »dass ich mehr über mich erfahre, seit ich nicht mehr dort wohne, wo ich aufgewachsen bin.«

Sie nippt an ihrem Drink. »Ich war auch eine Weile im Ausland. Meist in Asien.« Sie schaut auf ihre Hand am Weißweinglas, der Blick ein wenig verschwommen. »Aber für mich war es anders. Ich bin einfach nur weggelaufen. Reisen, wissen Sie, das bedeutet keine Bindungen. Keine Familie, keine alten Freunde. Eine neue Vergangenheit, wann immer ich sie wollte. Ich war mit der Freundin unterwegs, die gerade gegangen ist«; sie sieht mich an und zieht die Nase kraus, die Andeutung eines Lächelns. »Und wir haben dieses blöde Spiel gespielt, Namen und Jobs für uns erfunden, von denen wir dann neuen Bekanntschaften erzählten. Was war ich ...?« An ihrer Hand zählt sie ab: »Ich war Delfintrainerin, das war gut; Herstellerin von Zehprothesen. Ach ja, und mein Ur-Ur-Großvater hat das Fragezeichen erfunden.«

Darüber müssen wir beide eine Sekunde lang lachen, doch verklingt das Gelächter rasch wieder, und wir starren erneut in unsere Gläser.

»Letzten Endes aber sind Reisen nur eine Ablenkung«, fährt sie fort und unterbricht die Stille. »Eine Art Betrug. Womit ich keineswegs sagen will, dass das auch auf Sie zutrifft. Im Ausland *leben* ist was anderes. Nur wenn man reist, kommt man irgendwann immer zu denselben Problemen zurück – und hat noch Schulden obendrein.«

Ich will noch einen Schluck nehmen, aber mein Glas ist leer. Sie schaut sich an, was mit meinem Gesicht geschieht, und sagt egal – zwingt Stimme, Haltung und Miene ein wenig fröhlicher zu wirken, doch ist es damit gleich wieder vorbei. Sie macht nicht nur mich depressiv.

»Mir gefällt es im Ausland, Patricia, weil ich mich da gut fühle. Mir gefällt das Leben in Kanada – mein Job in der Haftanstalt.« Ich mache der Kellnerin ein Zeichen. »Tiefer muss ich nicht unbedingt graben, verstehen Sie? Wenn ich es allerdings täte, käme im Wesentlichen wohl etwas Ähnliches wie das heraus, was Sie gerade gesagt haben.«

Ich mag sie nicht anlügen, aber was habe ich für eine Wahl? Meine Wahrheit ist nicht so, dass man sie mit nach Hause nehmen und vögeln möchte.

Die Kellnerin kommt, und ich verbiete mir jeden Flirt – flirte mit Patricia, indem ich dieser attraktiven Kellnerin die kalte Schulter zeige.

»Noch ein Glas?«, frage ich Patricia, die in irgendeinen Abgrund versunken ist, einen Moment abwesend. Sie kommt zurück und nickt; die Kellnerin zieht wieder los und über ihrem Kopf schwebt eine schrumpfende Wolke mit ihrem Bett.

Die Getränke werden gebracht, und ich lasse Patricia zahlen; statt in Patricias ausgestreckte Hand, legt die Kellnerin das Wechselgeld auf den Tresen und zieht sich dann wieder zurück in ihre Schmollecke. Ich schätze, mir bleiben noch knapp zehn Minuten, bis man uns rauswirft. Dann ist alles vorbei, und es heißt: allein nach Hause.

Ich beuge mich vor, meine Hand landet auf Patricias Knie und ruht ein wenig auf dem Landeplatz, wandert dann die Kordrillen hinauf. So hocke ich betrunken da, und mein Unterleib pocht, weil ich das Risiko eingehe, sie zu berühren.

Ich könnte der Dummheit widerstehen, auf Anerkennung durch eine völlig Fremde zu bauen, doch entscheide ich mich dafür, meiner dümmlichen Schlichtheit freien Lauf zu lassen. Dem eigenen genetischen Fingerabdruck kann man eben nicht entkommen, drückt man einen Knopf, gibt es was Süßes. Und egal wie simpel, etwas Süßes bleibt etwas Süßes. Und egal wie versklavt – kein Knopf, kein Süßes. Das Leben ist zu hart, um nicht auf diese Knöpfe zu drücken. Warum ein schlechtes Gewissen haben, nur weil man so schlicht gestrickt ist? Mit dem schlechten Gewissen, dem Unangenehmen gebe ich mich hinterher ab. Im Augenblick fühle ich mich jedenfalls lebendig, das sagt mir das heftige Hämmern in meiner Brust, die Beule in meinem Schoß. Patricia blickt auf ihr Knie, auf meine verletzte Hand, und ich starre auf ihren Kopf. Selbst das Tresenpersonal scheint zu warten – die Gespräche sind verstummt. Wir warten alle darauf, wie sie sich entscheidet.

Und sie lässt sich verdammt lange Zeit.

»Haftanstalt, wie?«, sagt sie und langt mit unsicherer Hand nach ihrem Glas, streicht sich dann übers Haar, lächelt. »Nicht so gut wie Delfintrainerin, aber auch nicht schlecht.«

»Ha, ha«, erwidere ich. »Seine Zeit an einem Ort zu verbringen, an dem böse Menschen ihre Strafe absitzen, ist nicht gerade besonders exotisch.«

»Hätten Sie mir gesagt, dass Sie ein Model sind, hätte ich Ihnen geglaubt«, gibt sie zurück und ringt sich ein Lachen ab, während ihr Blick über meine Lippen huscht.

Bingo. Mich erstaunt immer wieder, wie sehr sich das Bild, das andere Leute von mir haben, von jenem unterscheidet, das ich sehe, wenn ich in den Spiegel blicke. Und egal, wie oft es passiert, mich überrascht es immer wieder, fast als würde ich Geld finden, von dem ich nicht mehr wusste, dass es mir gehört.

»Sind Sie hier zur Schule gegangen?«, fragt sie.

»Bin ich«, antworte ich und nehme mich wie durch einen Schleier wahr – all der Alkohol und jetzt die Endorphine im Blut.

»Zu welcher?«

»Ach, mehrere. War ein ziemlicher Rebell.« Sie will wissen, auf welche Schule ich ging, um mich besser einordnen zu können, und das gefällt mir nicht.

»Auf die Wilson's?«

»Eine Zeit lang, ja. Warum?«

Sie zuckt die Achseln. »Was führt Sie hierher zurück? Sind Sie nur zu Besuch?«

Mit einer Fingerspitze streicht sie über meinen Handrücken, umkreist die aufgeschürften Knöchel, nimmt dann meine Hand, dreht sie um und zuckt nur kurz zusammen, als sie den fahlen Fleck verbrannter Haut auf dem Handballen entdeckt, der aussieht wie eine Schicht geschmolzenes, dann wieder abgekühltes Wachs. Sie schaut mir ins Gesicht, senkt darauf erneut den Blick, umfährt mit dem Finger die Konturen. Sie beschließt, keine Fragen zu stellen, und lässt nur höflich einen Moment verstreichen, ehe sie mir sanft und lächelnd meine Hand wieder aufs eigene Bein legt. Ich tröste die Narbe mit einem Schluck Bier, mit einem großen Schluck bernsteingelber Flüssigkeit.

»Ich bin zurückgekommen, weil meine Mum stirbt.« Mir gefällt es, sie mit diesen Worten zu treffen, nachdem sie gerade meine Hand zurückgewiesen hat.

»Ach«, sagt sie. »Mein Gott, das tut mir leid.«

»Ist okay. War nicht als Gesprächskiller gemeint.« Ich spüre, wie Patsy und ich am Rand des Kommunikationshighways entlangrumpeln.

»Warum? Was hat sie ...?«

»Krebs.« Ich tippe mir an die Stirn. »Hirntumor.«

»Oh, wie schrecklich.« Was du nicht sagst. »Wie werden Sie nur damit fertig?« Und bei dem »Sie« berührt sie wieder meinen Arm.

Habe ich doch gesagt, dass sie eine von denen ist. Allerdings ist es nur ihre Art, ihren Weg durch die Welt zu gehen, nichts weiter. Drück einen Knopf.

»Ich wüsste nicht, was ich machen würde, wenn ...«

»Nicht«, rate ich ihr und berühre sie erneut am Knie, etwas höher diesmal und mit meiner gesunden Hand. »Jeder fragt sich, wie er damit zurechtkäme oder sagt, er würde es nicht schaffen. Aber was will man machen? Sich zusammenrollen und sterben? Wäre ich meine Mum, würde ich genau das machen wollen. Wäre ich *sie*, käme ich bestimmt nicht damit zurecht.«

Ihre Augen werden feucht, meine auch, diese Drecksäcke.

»Tut mir leid«, sagt sie, senkt wieder den Blick und greift nach meiner Hand. Ich will ihr Mitgefühl nicht, überlasse ihr aber meine Hand. Was immer bei ihr am besten wirkt. Alles, nur nicht allein in dieser Traurigkeit bleiben. Heute nicht, nein danke.

»Was ist mit Ihnen? Was machen Sie so?«

»Habe ich doch gesagt«, erwidert sie, »Del...«

»Ja, ja, Delfintrainerin. Jetzt kommen Sie schon.«

Doch eben jetzt, als ich so angestrengt versuche, uns vom Bankett des Kommunikationshighways wieder auf die Spur zu bringen, kommt die Kellnerin und sagt, es werde Zeit, man wolle schließen.

»Ach«, sagt Patricia und richtet sich auf. Sie schaut mich an, während ich überlege, was ich sagen könnte, aber die Kellnerin steht noch da und schaut uns zu. Ich drehe mich zu ihr um und bedanke mich, soll heißen: Verpiss dich. Was sie auch tut, um ihren Kollegen dann einen Witz zu erzählen. Als ich mich erneut Patricia zuwende, hält sie einen Stift in der Hand und sucht nach einem Stück Papier.

Nein, bloß das nicht. »Warum gehen wir nicht noch woandershin, Patricia? Auf einen Absacker?«

Sie schaut aus den Innereien ihrer Handtasche auf, und einen Moment lang verharren wir im Unentschieden, während sie eine unglaublich komplexe Gleichung aufstellt, in die vermutlich einfließt, welche Körperwahrnehmung sie heute von sich hat, wann sie zuletzt unter der Dusche stand, was sie für morgen plant, dazu mein Aussehen, welcher Tag im Zyklus ist sowie der ganze Mist in ihrem Unbewussten und alldem in ihr, das auf mich reagiert – diese unsichtbare Strömung, die es zwischen Menschen gibt, die Verhaltensmuster entstehen lässt.

Während diese Gleichung an die Tafel in ihrem Kopf geschrieben wird, beuge ich mich rasch vor, um ihr ins Ohr zu flüstern, dass ich wirklich gern die Nacht mit ihr verbringen würde, nicht bloß wegen Sex, sondern weil ich sie einfach fantastisch finde. Dass ich ihren Körper vergöttere. Meine Worte wehen über ihr Ohr, und ich kann riechen, wie es wäre, nahe bei ihr zu liegen; mir gefällt's.

Ich lehne mich zurück, aber ich weiß nicht, vielleicht sieht sie die Not, die ich zu verbergen suche. Vielleicht sieht sie, wie verzweifelt ich bin, wie *irrsinnig* sanft ich den Knopf drücke, denn sie sucht wieder nach Papier, hält kurz inne, um mich zu berühren und sagt, das würde sie ja auch liebend gern, aber wir müssten das auf ein andermal verschieben.

Auf ein andermal? Scheiße, was soll das denn? Wenn man Worte nur erdolchen könnte.

Inzwischen schreibt sie ihre Nummer auf, und ich sitze da, stiere auf ihren gesenkten Kopf, und die Kellnerin, die vom Tresen die Kreditkartenmaschine holt, *grinst* mich an.

Pullovergirl gibt mir ihre Nummer und drückt auf den Kuli, um die Schreibspitze wieder einfahren zu lassen, während ich mir Mühe gebe, so zu lächeln, als wäre nichts weiter dabei. Als würde ich nicht so schnell von hier verschwinden wollen, dass meine fühlende Hälfte hinter mir zurückbliebe.

»Danke.«

Welchen Trost bietet ein Stück Papier? Man kann keine Telefonnummer umarmen.

»Cuthbertson? Teichmann? Oder Wilkinson?«, fragt die Kellnerin und liest die Namen der letzten drei Kreditkarteninhaber vor – Patricia sieht mich an, wartet darauf, meinen Nachnamen zu erfahren.

Während die Kreditkarte durchgezogen wird, sitze ich da und starre Patricias Knie an.

»Rufen Sie mich an«, sagt sie. »Das fände ich schön.« Dann beugt sie sich zu meiner Wange vor, aber ich drehe den Hals und erwische ihre Lippen, lege alles in diesen einen Kuss.

Als ich mich von ihr löse, senkt sie den Kopf, um ihr hochrotes Gesicht zu verbergen, und steckt den Stift zurück in die Tasche. Ich hasse es, diesen süßlichen Biergeruch, den die Bar verströmt, die Leute, die ihre Mäntel anziehen, um gemeinsam nach Hause zu gehen. Ich hasse das Tresenpersonal, hasse Mum und Robert – und Roberts Eltern.

»Vielleicht werde ich genau das tun, Patricia.«

Ich nehme den Zettel, stolpere davon und komme noch einmal zurück, um die Rechnung zu unterschreiben. Die Kellnerin mustert mich.

Ich nehme die Kreditkarte wieder an mich und umarme Patricia kurz, doch lang genug, um sie zurückzuhalten, falls sie noch ihre Meinung ändert.

Dann bin ich draußen, und sobald ich weit genug fort bin, fange ich an zu rennen, lasse aber nichts hinter mir und nichts passiert, nur der Alkohol zwingt mich innezuhalten, da er droht, sonst wieder hochzukommen. Vornübergebeugt hole ich einige Male tief Luft, dann jogge ich weiter, fort von der Enttäuschung, in mir entflammt die Wut.

Wenigstens liegt Kraft in der Wut.

Und ich glühe vor Wut, als ich einige Straßen weiter bin, trete an ein Schaufenster und betrachte mein Spiegelbild, versuche zu sehen, was Patricia sah, ob ich mein Gesicht bei ihr verlor oder es halbwegs gerettet habe.

Es ist das Geschäft eines Fotografen, Bilder selbstgefällig grinsender Gesichter und allzu stark geschminkter Frauen starren mich aus vergoldeten Rahmen an.

Ich werfe einen Blick auf ihre Telefonnummer, zerknülle dann den Zettel, werfe ihn auf die Straße und stampfe ihn in den Dreck, hebe ihn wieder auf, streiche ihn glatt, wische ihn ab und stecke ihn in die Tasche.

Ich sehe mir das Fotogeschäft an. *Don Vincenzo* steht über dem großen Schaufenster. Bestimmt heißt er bloß Mark oder Gary. Was für ein erbärmliches, mickriges Vorstadtstudio, voll mit gestellten Schnappschüssen von Hochzeiten und Familien. Ein gescheiterter Fotograf.

Wie an dem Tag, an dem wir alle zu einem dieser Studios gingen, auch Robert, und der Fotograf es geschafft hat, dass ich mich total klein fühle, weil er mich mit einer Puppe zum Lachen bringen wollte. Ich war acht Jahre alt, und er hat mir vor Robert die Puppe gezeigt, dabei habe ich mich nur gefragt: Was hat Robert auf unserem Familienfoto zu suchen? Robert hat er wie einen Erwachsenen behandelt, aber mir hielt er eine Puppe ins Gesicht.

Ich suche den Boden ab nach irgendwas, finde eine leere Bierflasche in der Gosse, trete einen Schritt zurück und lasse die Flasche fliegen. Das Schaufenster hört auf, mein Spiegelbild zu zeigen; blitzende Risse breiten sich aus, bilden Figuren, Spinnennetze, die orange im Straßenlicht glitzern – Flaschensplitter klirren auf den Bürgersteig, das Fenster hält noch.

Ich hebe den intakten Flaschenhals auf und trete an ein

noch unbeschädigtes Fensterstück; irgendeine Blondine lächelt aus großem Rahmen auf mich herab. Meine Augen passen sich an, und da ist mein Spiegelbild, also halte ich den Flaschenhals an mein Gesicht, berühre damit die Haut direkt unterm Auge, fordere mich heraus und denke an die Leute hinter dem Tresen, daran, wie sie gelacht haben, als Patricia mich abwies.

Ich drücke zu, spüre, wie die scharfe Scherbe meine Haut durchbohrt, und fühle mich gleich erleichtert. Dann ziehe ich sie wieder heraus und sehe einen winzigen Blutstropfen hervorquellen.

Ich möchte wetten, dass dieser Fotograf irgendwo echte Bilder versteckt hat – richtige Kunst, die ihm über alles geht. Er hat so ein riesiges Schaufenster, traut sich aber nur, diese abgeschmackten Bilder von faden Allerweltsmenschen hinzuhängen. Zielt aufs Außergewöhnliche, dabei ist alles nur außergewöhnlich gewöhnlich. Was sicher der Grund ist, warum er sich nicht bei seinem richtigen Namen Gary oder Paul nennt. Also muss er Don Vincenzo sein, ein Ersatz für seine wahre Persönlichkeit, die er nicht hervorzukehren wagt.

Wie ein Bär im Zoo laufe ich vor dem Schaufenster auf und ab. An der Hausecke liegt ein abgebrochener Ziegelstein, im Mauerwerk darüber klafft die entsprechende Lücke. Ich werfe den Brocken in die Höhe, fang ihn wieder auf, trete vom Fenster zurück, gehe mitten auf die Straße – und wiege den Stein in der Hand.

Dann die selige Wuteruption, das Fenster macht einen Heidenlärm – ich halte mir die Hände vors Gesicht, das Zersplittern und Geklirre dauert eine Ewigkeit.

Mich überkommt ein Lachen, doch ist mir der Lärm peinlich, den ich mitten in der Nacht veranstalte; die Alarmanlage an der Wand gibt einen leisen, drängenden Laut von sich.

Ich torkle ins Geschäft, der Fotograf ist an allem schuld. Schuhe knirschen über zerbrochenes Glas, und mich nervt das Fiepen des Alarms. Ich reiße die Blonde von der Staffel und stapfe durch ihr Gesicht. Dann sammle ich so viele Bilder wie nur möglich ein, hebe sie von ihren Ständen, den Wänden. Ich lache, stopfe mir die nutzlose Beute unters Hemd, klemme mir noch mehr Fotos unter die Arme und gröle trunken vor mich hin. Plötzlich ändert der Alarm die Tonhöhe, und ich merke, wie es hier drinnen riecht, nehme den Geruch dieses Potpourri-Fotografen-Feiglings wahr.

Der Alarm jault jetzt, und ich hätte mir am liebsten die Ohren zugehalten, als ich mit meiner Sammlung widernatürlich glücklicher Familien durchs Fenster zurück nach draußen taumle und übers Glas schlittere. Auf den Flaschenscherben sind meine Fingerabdrücke, und der Alarm lässt sein Blaulicht durch die Nachbarschaft kreiseln.

Ich renne davon, halte mit den Armen Kindheiten, Familien, Paare umschlungen. Ich renne und muss doch kichern; der Alarm wird leiser, je weiter ich mich entferne, die Wut legt sich. Ein Bild rutscht auf den Beton, und ich haste zurück und bücke mich, um es aufzuheben, fast, als wären meine Arme voller Wäsche und ich hätte eine Socke verloren.

Irgendwo höre ich eine Sirene, aber ich kann nicht mehr laufen und bleibe auf Nebenstraßen, bis ich unseren Hügel erreiche, überquere die Straße an der Stelle, an der sich der Asphalt senkt. So, wie ich es vor all den Jahren tat, als Robert im Garten war. Damals war Mum auch krank, befand sich aber auf dem Weg der Besserung. Sie hatte Glück, hat überlebt, diesmal hat sie weniger Glück.

Ich gehe durchs Gartentor, stolpere, doch fängt mich die Hecke auf, kitzelt mich im Gesicht. Ich schaffe es ins Haus, Bilder gleiten mir aus den Armen, lassen mich vornübergebeugt gehen, während ich mich bemühe, sie über den Flur ins Wohnzimmer zu bugsieren.

Da lasse ich sie fallen, mache Licht und lehne mich an die Wand, da mich Alkohol und Anstrengung eine Sekunde lang außer Gefecht setzen. Keine Spur von Mum, bloß Krümel auf dem Sofa. Die gestohlenen Bilder wirken in unserem gewöhnlichen Wohnzimmer fehl am Platz, diese überlebensgroßen, geschminkten, nachträglich geschönten Bilder vor sinnlosem, schmierigem Hintergrund. Die gestellt glücklichen Mienen gestellt glücklicher Familien.

Ich fische mein Telefon hervor und durchsuche die Brieftasche nach der Karte der Pflegerin, während Schweiß aus mir heraussuppt. Ich wähle; eine Tonbandaufnahme sagt mir, ich solle, wenn sich niemand melde, eine andere Nummer anrufen. Mit südafrikanischem Akzent nennt sie die Ziffern, und ich kann die Frau vor mir sehen. Wie ich mich nach ihr sehne! Dann der Piep.

»Hey, hi, ich bin's, eigentlich nichts Wichtiges ... Sollte wohl lieber gar nicht anrufen ...« Auf der Suche nach Alkohol bewege ich mich durchs Haus, das Licht in der Küche ist schon an, » ... ist sicher blöd, weil dies doch eine Notrufnummer ist und so, aber eigentlich ist es ja auch ein Notfall, in gewisser Weise und ...« Ich verstumme, denn überall auf dem Familientisch liegen Bilder von Robert. Robert im Garten; Robert, wie er in den Himmel starrt; Robert im Fotostudio, genauso angezogen wie ich; Robert, wie er von einem Buch aufsieht. Und Robert in seiner orangeroten Kluft, damals, am Tag aller Tage, lange, nachdem es passiert ist. Der Tag, an den wir ihn in den Himmel raufgeschickt haben.

Ich breche den Anruf ab, stehe da und starre die Bilder an, die meinen Blick erwidern. Das war keine Art Nostalgie, die sie diese Fotos vorkramen ließ. Madam Vergesslich ist sie offenbar nur, solange es ihr passt. Nein, das kann kein Zufall sein. Keine Frage, sie will mit mir spielen.

Aber spielen kann ich auch.

14

Dad kommt heute von seiner Wache im Krankenhaus zurück. Seit Mum krank wurde, ist er zum ersten Mal wieder zu Hause und total stachelig, stinkig und müde, sagt aber, Mum wäre über den Berg und bald wieder quietschfidel. Und wie gut es doch sei, dass sie so eine Mimose ist, denn sonst hätte man ihre Krankheit sicher nicht so schnell entdeckt. Wäre sie härter im Nehmen, wäre sie tot.

In meinem Bauch tut sich nichts, als er sagt, dass Mum wieder gesund wird. Robert flennt, geht auf sein Zimmer und schließt die Tür. Tante Deadly wischt sich die Hände am Geschirrtuch ab, schüttelt den Kopf und sagt: »Dieser Junge.«

Sie nennt ihn immer so.

Da Dad jetzt wieder da ist, kann Tante D. gehen. Vielleicht kommt Mum ja schon in ein paar Tagen wieder nach Hause, außerdem ist Dad die meiste Zeit bei uns und sogar ein bisschen fröhlicher. Plus, er ist ein guter Koch und macht keine Suppen, in die mein Löffel nicht untertauchen will.

Allerdings fühle ich mich ein bisschen schlecht. Ich will schon, dass Mum lebt, will aber die Gefühle nicht wieder, die ich habe, wenn sie mit Robert zusammen ist.

Plus, wir können heute zu ihr, wenn Dad sein Nickerchen gemacht und geduscht hat. Er ruft nach oben zu Robert, dass wir zu Mum fahren, und Robert juhut und poltert und kracht die Treppe runter.

Ich hasse Krankenhäuser. Sie riechen und sind voller Kotze, Flecken und Bazillen. Außerdem sitzen da Leute mit Spritzen in den Adern, durch die Blut fließt. Denen wird das scharfe Metall direkt in sie reingestochen, und dann sollen sie ruhig lieben bleiben, während das in ihnen rostet.

Als wir auf den Parkplatz biegen, ist er voll, und über dem Krankenhaus ragt ein Schornstein auf, den ich immer anstarren muss.

Dad schickt uns vor, während er versucht, den verdammten Wagen zu parken. Robert und ich gehen über die Flure zu ihrer Station.

»Langsam, Robert, sie stirbt schon nicht.«

Er sieht aus, als wäre Weihnachten.

Ihre Station heißt Nightingale, und wir folgen den Schildern. Fast hätte ich nach Roberts Hand gegriffen, aber ich konzentriere mich lieber darauf, die Absätze auf dem Linoleum zu drehen, bis es quietscht. Geht sicher nur, weil so ein Krankenhaus quietschesauber ist.

Ich versuche auch, nicht zu viel zu atmen, um mir nichts einzufangen.

Wir kommen in ihr Zimmer, und da ist Mum, buttergelb. Nebenan liegt wer unter der Bettdecke, die Zähne in einem Glas auf dem Nachtschränkchen, und oben an der Wand, außer Reichweite, hängt ein Fernseher, der zeigt einen Golfball mitten in der Luft. Man sieht den Golfer, wie er ihm hinterhersieht, die Hand salutierend am Kopf, den Schläger noch über der Schulter. Dann bückt er sich, hebt was auf, und der Ball ist immer noch in der Luft, mal dem Bild voraus, dann ein bisschen hinterher, dann mittendrin, Wolken rasen vorbei, und als der Ball landet, hüpft er nicht und rollt auch kaum.

Die Menge klatscht, während der Golfer versucht, nicht allzu zufrieden dreinzublicken.

Mum sagt Hi Hallo Hey, drückt Robert jede Menge Küsse auf die Stirn und hält mir ihre Hand hin, in der eine Nadel steckt, an der ein durchsichtiger Plastikschlauch hängt. Ich geh keinen Schritt weiter, dreh bloß meinen Absatz, bis es quietscht. Ich komme mir vor, als wäre ich aufgepumpt und irgendwer lässt die Luft ab.

»Ich bin nicht mehr ansteckend«, sagt sie.

Ich nicke, lächle. Mein Körper will, dass ich atme. Robert starrt sie unterdessen an mit diesem Blick, mit dem er sie so oft ansieht.

»Alles okay?«, fragt sie mich. »Du siehst ziemlich blass aus.«

Sie prüft meine Stirn und blickt zu Boden, weil sie dann besser meine Temperatur messen kann. Hinterher wische ich mir ihre Bazillen mit dem Ärmel ab.

Obwohl es Nachmittag ist, sieht Mum aus, als wäre sie gerade erst aufgestanden. Ich glaube, sie riecht auch so, wie Dad riecht, wenn er eben wach geworden ist. Morgens müffelt er nämlich ganz schön penetrant nach Schlaf, so ein brauner schlammiger Geruch. Ich versuch, ihn nicht zu umarmen, bis er sich geduscht hat.

»Was ist mit dir, Sonny Jim?«, fragt sie.

Ich zucke die Achseln. Vor Robert mag ich nicht nett zu ihr sein, also atme ich ein paarmal rasch durch die Nase und halte dann wieder die Luft an.

»Hast du deine Mum vermisst? Hat dich ein bisschen erschreckt, dass ich so krank geworden bin, stimmt's? Aber was ist denn? Du siehst aus, als hocktest du mit Verstopfung auf dem Klo!«

Robert lacht sich einen Ast und setzt sich zu ihr ans Bett,

weshalb sie sich kurz zu ihm umdreht, aber gleich sind ihre Suchscheinwerfer wieder auf mich gerichtet, und nebenan weint hinter einem Vorhang eine Frau. Mum zuckt die Achseln und flüstert: »Was will man machen? Mir war's lieber, als ich noch ansteckend war und mein eigenes Zimmer hatte. Hab lange nicht mehr solch friedliche Stille erlebt. Mal abgesehen von deinem Dad jedenfalls, der schnarchend auf seinem Stuhl zusammengesunken saß.«

Robert spielt mit ihrer Hand, aus der der Schlauch rauskommt, sieht sie an, als würde er sie lieben.

»Hör auf, mit dem Schuh auf dem Linoleum rumzuquietschen«, sagt sie. »Das geht mir durch und durch.«

»Kann ich fernsehgucken?«

»Golf? Du willst dir lieber Golf anschauen, als deine Mum besuchen? Wir haben uns eine Ewigkeit nicht mehr gesehen. Deine Mum ist *sehr krank* gewesen.«

Ich zucke mit den Schultern und werde knallrot.

»Na, dann lauf schon«, sagt sie. »Wenn es dir so wichtig ist ... Aber du bleibst bei mir, nicht, Robert?«

Er umarmt sie und reißt ihr dabei fast die Nadel raus. Vielleicht hat er sie in ihr drin zerbrochen, und ein Teil davon rast jetzt durch den Blutkreislauf und sticht ihr ins Herz. Tut er ihr weh, ist er tot.

Ich gehe rüber zum Fernseher und versuche, nicht zu den Betten mit all diesen Frauen zu blicken, die wie Handpuppen ohne eine Hand drin aussehen. Eine lächelt mir zu und winkt, aber ich halte den Atem nur noch fester an und konzentriere mich auf den Bildschirm, der einen Golfer zeigt, der auf einen Ball und ein Loch starrt. Neben ihm steht ein Mann mit Schlägern und hält einen Regenschirm über den Spieler, als wäre er der König von sonst wo.

Robert quasselt pausenlos, fuchtelt mit den Armen herum

und sitzt auf ihrem Bett, die Schuhe auf dem Boden, sodass die Socken zu sehen sind, und Mums Mund lächelt und bewegt sich ein winziges bisschen, während er redet.

Dad kommt, und es gibt jede Menge lautes Geknutsche, dann sieht er sich nach mir um und winkt mich näher heran, als wollten wir ein Picknick machen. Er setzt sich gleich neben Mum aufs Bett, und die drei sehen aus wie eine Reklame für irgendwas, das man unbedingt haben möchte.

Dann verfehlt der Golfer das Loch. Echt, er verfehlt es. Das Loch ist leer, der Ball liegt davor, und ich weiß nicht, warum, aber mir wird ganz traurig. Als wäre das Golfloch unglücklich. Dann wispert die unheimliche alte Frau »He, Söhnchen« und winkt mich wieder zu sich rüber. Ich bleibe total still sitzen und sehe zum Fernseher hoch, wobei ich den Hals so verbiegen muss, dass sich meine Tränen im Haar verstecken können.

Mum kommt bald nach Hause, und mir wird schissiger und schissiger. Gefühle sind blöd. Ich trockne mir die Augen, ohne dass wer was sieht, dann atme ich ein bisschen von meinem Bammel aus.

»He, Señor Ballesteros, komm her!«, ruft Dad.

Ich gehe langsam rüber, und während sie sich unterhalten, frage ich mich, wie viele Menschen auf der Welt in diesem Augenblick gerade sterben. Wie viele gerade auf dem Klo sitzen und kacken. Oder Bazillen ausniesen. Und wie viele Tiere genau jetzt sterben. Tiere müssen allein sterben. Niemand hält einem Tier die Pfote.

Es gibt so viele Menschen auf der Welt, dass einer bestimmt sogar jetzt in ebendiesem Krankenhaus stirbt oder schon tot ist und verbrannt wird.

Alle Krankenhäuser haben einen Schornstein, und der Rauch, der da rauskommt, der ist von Leuten, die verbrannt werden.

Dad fragt: »He, was meinste? Hört sich doch gut an, nicht?«

Ich nicke, obwohl ich keine Ahnung habe, wovon er redet.

Die Welt ist so groß, dass mein Hirn ganz juckig wird vom Drübernachdenken.

Dad und Robert sitzen mit Mum auf dem Bett, Dad redet davon, ihr ein Bettbad zu machen, und sie stößt ihn weg, und ich halte mich hinten am Metallgeländer fest, da, wo ihr Bazillenblatt hängt, und sie blubbern sich Worte zu, obwohl wir doch alle sterben müssen.

Dann sieht Mum mir ins Gesicht und sagt »Ach!«, als wäre ich der süßeste Junge auf der Welt. »Komm her!«, schmachtet sie, selbst ihre Augen sind ganz feucht, und Robert muss beiseiterücken, weil sie mich ganz fest an sich drückt. Sie riecht sogar nach Mum, obwohl sie doch jeden Augenblick sterben könnte.

Ich hasse es, wenn Robert sieht, wie ich weine.

Dad sagt, für Robert sei es okay, wieder in die Schule zu gehen, aber ich sollte wohl besser noch ein bisschen zu Hause bleiben.

Jaaa!

Er ruft in der Schule an, und bei dem Risiko, alle Welt könnte sich die Helden-in-Strumphosen-Krankheit einfangen, finden sie es gut, wenn ich noch eine Weile fortbleibe. Was bedeutet, dass Dad und ich die Herren im Haus sind. Nur mache ich mir Sorgen, weil ich von den fetten Antibiotika erst Dünnpfiff hatte, und jetzt, seit ich sie nicht mehr nehmen muss, schon seit Tagen nicht mehr auf dem Pott war.

Als ich Dad davon erzähle, jagt er meinen Hintern mit dem Klosauger durchs ganze Haus.

Heute trimmen wir die Hecke. Er gibt mir extra Taschengeld, wenn ich die schwarzen Säcke mit Hecke wegschleppe, und ich arbeite gern mit Dad zusammen, nur will er mich die elektrische Heckenschere nicht halten lassen. Die ist sein ganzer Stolz, für Kinder aber nicht sicher, weil sie so scharf ist und man das Kabel kappen könnte, das orange ist, um es idiotensicher zu machen.

»Es gibt keine orangefarbenen Hecken. Wäre das Kabel grün, hätten wir auf der Welt bald eine Menge Idioten weniger.«

Manchmal darf ich ihm die Schere anreichen, wenn er auf der Leiter steht und sie vergessen hat. Ich muss dazu beide Hände benutzen. Und manchmal gibt er sie mir auch, damit er die Leiter heruntersteigen kann. Es ist eine gute Leiter, aber der Boden ist uneben, weshalb Dad nicht will, dass ich raufklettere, höchstens die ersten drei Stufen, und nur, wenn er dabei ist.

Wir haben jede Menge Spaß, bis Robert nach Haus kommt; dann ist Schluss mit lustig. Er ist jetzt alt genug, um allein mit dem Bus zu fahren, geht ins Haus, kommt wieder, liest sein Buch über Wolken und erzählt manchmal was daraus. Heute zeigt er uns viele Wolken, die wie Hecken aussehen. Und dann ist da noch eine große, die wie ein Fuß aussieht.

Seit Mum krank wurde, sind dreiunddreißig Millimeter Regen gefallen.

Nach einer Weile hört Dad auf, die Hecke zu trimmen, obwohl ein Teil noch geschnitten werden muss. Ich will, dass er weitermacht, aber er behauptet, zu Abend zu essen sei wichtiger, und Mum werde vermutlich sowieso keinen Blick für die Hecke übrig haben. Besser sei es, die Küche zu putzen. Ich helfe beim Zusammenpacken, und Robert fasst mit an.

»Das ist mein Job, Robert. DAD!«

»Lass Robert sich ruhig seine Brötchen verdienen. Bist ein guter Junge.«

Heute Abend gehen wir Schlittschuh laufen, obwohl Mum noch im Krankenhaus ist. Ungefähr drei Sekunden lang habe ich deswegen ein schlechtes Gewissen.

Robert läuft beschissen. Dad auch, aber das ist zum Totlachen. Ich mag Schlittschuh laufen, nur kann ich nicht laufen oder auch bloß daran denken, ohne mir vorzustellen, dass ich hinfalle und mir wer über die Finger saust und sie abtrennt. Manches ist nie mehr wie vorher, wenn man erst was Schlimmes drüber weiß.

Robert fällt hin und schlägt sich das Kinn auf. Ich sehe ihm an, wie weh das tut, aber er liegt da und lächelt. Ich fahre zu ihm, und eine Sekunde lang würde ich ihm am liebsten über die Finger laufen. Ich will's wirklich. Manches will man eben, obwohl man es nicht wollen sollte. Manches aber will man nicht und sollte es doch.

Hinterher gibt's Huhn Kiew zum Abendessen, und aus keinem ist die Knoblauchbutter ausgelaufen; danach sehen wir uns Dumbo an, und ich darf so lange aufbleiben wie Robert, obwohl Mum morgen zurückkommt. Dad und Robert sind glücklich.

Fast Schlafenszeit, und Dad pfeift unten vor sich hin; während er die Küche sauber macht, brabbelt das Radio langweiliges Zeugs. Ich steige aus dem Bett und krabble in meinen Schlafsack. Dass Mum morgen nach Hause kommt, ist irgendwie aufregend, fühlt sich aber auch wie Sonntagabend, Mathearbeit, Lebertran, Porree und Zahnarzt an. Ich könnte wetten, dass Robert noch wach ist, er räumt bestimmt sein Zimmer auf oder übt sich im Nettsein.

Mum kommt morgen nach Hause, und alle sind glücklich, nur ich nicht. Ich glaube, ich bin böse.

15

Es ist Wochen her, seit ich von einem Wecker geweckt wurde, aber gestern Abend habe ich ihn gestellt, damit ich Mums Reaktion sehen kann. Ich dusche und ziehe mich möglichst rasch und leise an; der Kopf dröhnt vom Alkohol gestern Abend; und mein Bauch erinnert mich an das eingeschlagene Fenster sowie daran, dass ich wegen Patricia die Beherrschung verloren habe. Immerhin habe ich noch ihre Nummer.

Ich sehe mir erneut die Bilder von Robert an, die noch verstreut auf dem Tisch liegen, dann gehe ich die Straße hinauf zur Bäckerei. So viel zu ihrer Vergesslichkeit. Und dann ist sie gestern im Auto ja auch noch über mich hergefallen.

Als ich zurück ins Haus komme, ist keine Spur von ihr zu sehen, also bleibe ich im Wohnzimmer und bewundere mein Werk. Es ist gut, das muss ich zugeben. Es ist echt gut.

Ich schiebe die Croissants in den Herd, platziere Teller und Tassen zwischen den Fotos und decke für Mum so, dass sie meine Antwort gut sehen kann.

Dann höre ich sie oben auf ihre Zombie-Art herumschlurfen, hole das Gebäck, lege es auf ihren Teller, kühle die Fingerspitzen im Mund und ernte einige Butterflocken für meine Mühen. Dann trete ich prüfend einen Schritt zurück und rücke die Obstschale noch ein wenig näher an ihren Platz. Irgendwas scheppert oben. Ich gehe zur Treppe. »Alles in Ordnung?«

So etwas wie ein Ja ist von oben zu hören, allerdings ist es ein müder Laut, vielleicht mit einigen Tränen durchmischt.

In der Küche schnappe ich mir die Krispies, gieße Milch in ein Kännchen, trage beides auf den Tisch und decke Schalen und Teller auf – die Morgensonne wirft ein helles Trapez auf den Teppich, in der Straße ist alles ruhig.

Ich hocke auf einer Stuhllehne und betrachte die Bilder an der Wand, Bilder von Fremden, nicht von uns. Professionelle, kränkliche Aufnahmen mit geschminkten Gesichtern und erzwungenem Lächeln.

Es gefällt mir, wie ein Bild die Bruchlinien verrät. Trotz aller Professionalität lässt sich das subtile Gerangel erkennen, mit dem vor der Kamera versucht wird, anderen die Show zu stehlen – Eltern posieren mit ihren Kindern, doch hält die Mutter die beiden Kleinen, während der Vater sich nur von der Seite ins Bild schiebt, alle aber lächeln. Auch die Posen, die Menschen bei solch einer Aufnahme einnehmen, verraten viel über sie. Oder die Bilder, die wir uns aufhängen – der Platz, den wir normalerweise in einem Gruppenfoto einnehmen, ob wir uns für den Vordergrund entscheiden oder in den Schatten streben.

Ich gehe in die Küche, setze den Kessel auf und pfeife einen der Songs von gestern Abend aus der Bar. Und während das Wasser mit seinem tiefen Grollen beginnt, streiche ich das Blatt Papier mit Patricias Telefonnummer glatt und sehe mir ihre Handschrift an, als würde ich sie ansehen – ein Stück vom Absatz, meinem wütenden Fußtritt, quer über dem Papier.

Der Kessel schaltet sich ab, ich gieße ein, meine alte Dame knarrt über den Treppenabsatz. Ich stelle den Kessel ab, um sie zu begrüßen. Sie steht auf der zwölften Stufe, die Wampe vorgewölbt, feuchte Haut da, wo ihre Bluse hochgerutscht ist. Sie braucht einen Moment, mein Gesicht zu erkennen. Ich setze ein Lächeln auf.

Sie setzt einen Fuß auf die nächste Stufe, die Backen wabbeln, der Busen fast drall, so viel hat sie zugenommen, und sie hält sich an dem Geländer fest, durch das ich immer spioniert habe. Dann folgt vorsichtig der zweite Fuß mit dem bandagierten, riesig wirkenden Knöchel, an dem so gerade eben noch meine Erste-Hilfe-Versuche hängen. In der freien Hand hält sie den Tablettendosierer, fast alle Kläppchen offen, nur noch ein paar Pillen sind übrig. Dabei habe ich erst gestern wieder aufgefüllt.

Sie stolpert die Treppe hinunter, der theatralische Krebsauftritt einer Gebrechlichen, aber das kaufe ich ihr nicht länger ab. Ich weiß, ihr wahres Ich ist da noch irgendwo.

Ich hebe die Faust an den Mund, als hielte ich ein Mikrofon: »Ladies und Gentlemen, und hier kommt sieee! *Meine Mum!*« Hastig klatsche ich Beifall, und sie lächelt unter gerunzelter Stirn hervor. »Beachten Sie bitte, was für eine *entzückende* Kombination Mum uns heute präsentiert ...« Sie geht immer noch Stufe um Stufe die Treppe hinab, betrachtet mich missbilligend und ist von meinem Geplapper doch nicht überrascht, fast als führten wir uns jeden Tag so auf.

»Und nun, verehrtes Publikum, ein erster, exklusiver Blick auf ›Sommerchaos‹ von Krebs Klein, direkt von seiner europäischen Killer-Show ›Endstation‹.« Wieder Beifall. »Dies, meine Damen und Herren, ist der wahre Inbegriff einer Kombination von Sachen, die nicht zusammenpassen. Beachten Sie diesen Missklang diverser Rottöne. Das Männerhemd, ganz *working girl*, aber die Strickjacke aus Kaschmir verrät: ›Obwohl ich krepier, zieh ich mich locker an!‹

Und dann erst diese cremeweiße Jogginghose, die den Blick nach unten lenkt, über die Plauze hinweg (ein ganz besonderer Dank gilt unserem Sponsor MilkMade Eiscreme). Hier kehrt sich die Mode von hinten nach vorn, oft sogar von rechts nach links.«

Sie hat die letzte Stufe erreicht, und ich spendiere erneut frenetischen Beifall, den sie mit einem herzlichen Lächeln erwidert, während sie sich zugleich mit der Zunge über die Zähne fährt.

Mein Herz rast, während ich an ihr vorbei zum Tisch eile und fremde Familienporträts mich anstarren; die Fotos unserer echten Familie sind alle im undichten Schuppen. Die neuen Bilder passen nicht auf die dunkleren Wandflecken, wo die Farbe vor der bleichenden Sonne geschützt gewesen war.

Ich führe sie zum besten Platz am Tisch und beobachte, ob ihr etwas auffällt. Dann küsse ich sie elegant auf die Wange; sie riecht nach Zahnpasta, von ihrem Knöchel löst sich der Verband.

»Geschlafen?«, fragt sie fröhlich lächelnd und lässt sich mit ihrem halb kahlen Kopf, den blinzelnden Augen, auf den Stuhl sinken, wobei sie das Besteck anstarrt, als würde es ihr Unsinn erzählen.

»Croissants, Mum?« Ich halte ihr den Teller hin, eine Hand hinterm Rücken. Sie wirft einen Blick auf das Gebäck und schüttelt den Kopf. Also schütte ich Krispies in ihre Schale, gieße Milch darüber und streue einen Haufen Zucker drauf. Sie blickt mich an, das Gesicht dank Wassereinlagerungen und Fett unter der Haut nahezu frei von Falten, glatt wie ein geschwollenes Knie.

»Gut geschlafen?«, fragt sie und hebt die Stimme gegen Ende zu einem Singsang an.

»Ja«, erwidere ich und schaue sie einen Moment an. »Du hast deine Tabletten genommen.«

Die Pflegerin sagt, was sie verloren hat, kann jederzeit kurz wiederkehren. Oder auch nicht. Mum lächelt und wartet ab, was ich tue, um sie so daran zu erinnern, wie sie sich zu verhalten hat. Ich setze mich, schütte Krispies und Milch in die

Schale und tunke den Löffel ins raschelnde, knackende Geknister.

Den Tablettendosierer mit den Medikamenten für die Woche noch in der Hand verfolgt sie meine Bewegungen, senkt den Blick auf ihr Besteck, sieht wieder zu meinem Löffel, wählt ihren aus, sieht erneut zu mir hinüber. Ich esse einen Löffel voll, sie macht es mir nach. Kaut mit offenem Mund, Milch rinnt ihr über das Kinn.

»Wie ich sehe, Mum, hast du die Fotos von Robert vorgekramt.« Ruhiger Gesprächston. Cool.

Ein leerer Blick, also zeige ich mit dem Löffel auf die am Tischende ausgebreiteten Fotos. Sie sieht Robert an, dann wieder auf ihre Krispies, die Miene unverändert. Ich schüttle über sie den Kopf, obwohl sie nicht hersieht, beuge mich vor, wähle aus den Fotos das aus, auf dem Robert dort am Tisch sitzt, wo sie nun sitzt, angeschnallt, ein Geschirrtuch im Kragen, damit er sich nicht bekleckert, unter dem Stuhl eine Gummimatte. Ich werfe die Aufnahme zu ihr rüber, und sie landet richtig herum, mein Herz dröhnt, mein Gedärm erstarrt zu dickem, beängstigendem Geschlängel.

Ich zeige aufs Bild, schaue ihr in die Augen und versuche, mich ausgeglichen und unaufgeregt zu geben. »Dir geht's zum Ende genau wie ihm, Mum.« Ich lächle, und sie lächelt auch, verwirrt – will noch einmal Krispies nehmen, bekommt den Löffel aber nur halb voll, Zeigefinger in der Milch. Sie mümmelt geistesabwesend wie eine wiederkäuende Kuh, doch dann entdeckt sie die professionellen Fotos an der Wand; mir stehen sämtliche Haare zu Berge.

Sie sieht sich das Bild an, auf dem die Familie voreinander aufgereiht steht, Dad vor Mum, davor die Kinder wie die Orgelpfeifen.

Dann das von dem kleinen brünetten Jungen in gelber

Latzhose, sein Bruder neben ihm schon mit Brille, obwohl er kaum sieben oder acht Jahre alt ist. Die kleine Hand auf der Schulter des Bruders, Unsicherheit im Gesicht. Man kann fast die Kommandos hören, die aus dem Off gebrüllt werden.

Warum müssen wir auf Fotos eigentlich lächeln, als ob wir immer glücklich wären? Was wäre so schlimm daran, wenn Aufnahmen vom wahren Leben an unseren Wänden hingen?

Mit offenem Mund starrt die alte Dame diese Fremden an, Löffel und Zeigefingerspitze in der Milch. Ich beobachte jedes Zucken auf ihrem Gesicht, kaue jedoch langsam weiter und nehme am Tisch exakt jene Haltung ein, zu der sie mich früher immer genötigt hat – aufrecht, ordentlich. Ich beobachte sie, lasse mir aber nichts anmerken. Die Krispies erinnern mich an Robert nach dem Unfall, als alles in ihm knackte, knisterte und zerbrach. Erinnerungen an die vielen Abendessen, bei denen wir zusammensaßen, später dann, als er wieder zu Hause war. Robert schreiend am Tisch. Robert, der aus dem großen Stuhl befreit werden will, an den er geschnallt wurde. Der kein Lätzchen will. Mum, die versucht, ruhig zu bleiben, und ich, der ich still am Tisch esse und dessen Manieren kein Thema mehr sind. Unsichtbarer denn je, aber irgendwie ruhiger, besänftigt. Oder oben mit einem Tablett, der Fernseher laut genug, um Roberts Toben zu übertönen. Mums Hals wird rot vom Stressausschlag, der sich langsam an ihr heraufkrallt – Mum, die sich noch intensiver um Robert kümmert, nun, da er völlig auf sie angewiesen ist. Genau das, was sie immer wollte, eine Grube der Bedürftigkeit, in die sie sich werfen kann. Das und die kleine Schachtel Valium im Bad. Dann eine größere Schachtel ... Mum, die durchs Haus schwebt.

Jetzt entweicht ihrer Kehle ein Laut, als sie mit dem Löffel auf die Fotos zeigt und Milch in die Obstschale mitten auf dem Tisch tröpfelt, in der ein verhutzelter Apfel liegt.

»Was ist denn, Mum? Was ist los? Und nimm bitte die Ellbogen vom Tisch. Gerade du solltest doch wissen, was sich gehört.«

Sie schaut mich nicht an, schluckt nur und starrt mit gerunzelter Stirn auf all die Bilder. Dann dreht sie sich um, der Stuhl knarzt – noch mehr Fremde, die sie anblicken. Einige haben nicht einmal dieselbe Hautfarbe. Sie dreht sich zurück, und ihre Brust hebt und senkt sich erregt, als sie mit dem Löffel auf die Fotos zeigt, sich schwankend aufrichtet und fragt: »Wer?«

Ich nehme einen Löffel Krispies, kaue und liebe den Lärm in meinem Kopf. Ich schlucke. »Du kannst heute ja reden, Mum. Muss einer deiner guten Tage sein.« Noch einen Löffel, in den Mund damit, das Gesicht reglos; die Tablettenbox in ihrer Hand zittert leicht, da es sie anstrengt, halb aufgerichtet über dem Stuhl zu verharren. Sie nimmt kein Valium mehr, trotzdem ist da noch eine schwebende Leere in ihrem Gesicht.

Nicht aber im Moment, jetzt schwebt sie nicht.

»*Bitte*«, sagt sie und ist kurz davor zu weinen.

»Hast du eine Überdosis genommen? Lass mich die Box sehen.« Ich lege den Löffel hin, kaue mit geschlossenem Mund, tupfe mir die Lippen mit der Papierserviette ab – und lange nach dem Tablettendosierer, doch will sie den nicht hergeben, also stehe ich auf, gehe in die Küche, komme mit einem Geschirrtuch zurück, mit genauso einem, wie Robert es auf dem Foto trägt. Ich binde es ihr um.

»So«, sage ich mit meiner besten Pflegekindstimme, »hübsch, nicht? Und wer ist jetzt das Kleckerschwein?«

Ich nehme das Bild, auf dem Robert das Geschirrtuch trägt, und drehe es für sie richtig herum, aber Mum bleibt wie erstarrt, blickt auf die Wände und sucht in ihrer Erinnerung, während in ihrer Kehle ein Laut anschwillt. Da hockt sie nun in dieser kleinen Schiffskajüte auf hoher See in ihrem Kopf und versucht, Ordnung in ihren Erinnerungen an den Wänden zu schaffen. Sieht sie fallen und am Boden zerschellen.

Ich mag ihren Schmerz nicht sehen, aber etwas in mir muss den Laut hören, der in ihrer Kehle anschwillt.

»WER?«, fragt sie, die Unterlippe milchig, zittrig; der Löffel klirrt in die Schale, ihre Finger aber bleiben in der Luft, milchweiß, das Gesicht verliert die Fassung, und ihr laufen die Tränen; ich kämpfe gegen meine an, atme die Gefühle fort.

»Was ist denn, Mum?«, frage ich plötzlich, als hätte ich gerade erst etwas begriffen, als wäre dies ein sehr, sehr ernster Moment. Ich wende mich von ihr ab und den Fremden zu, die uns von den Wänden anstarren – dann sehe ich wieder in ihr Gesicht, das mich anfleht, ganz aufgebrochen und zweigeteilt.

Ich sehe entgeistert drein. »Was denn, Mum, du kennst diese Leute nicht?« Ich beuge mich vor, schüttle langsam den Kopf. »Du hast sie *vergessen*? Ach, Mum, du *armes, armes* Ding.«

Ihre Augen füllen sich mit dem, was mir im Gesicht steht; ihr Atmen beruhigt sich sekundenlang, ihr Weinen. Aus einem offenen Kläppchen fällt eine kleine weiße Tablette und landet auf dem Tisch; Mums Blick senkt sich, huscht dann wieder zu mir hoch, mordet mich, aber ich höre nicht auf, kommt nicht infrage.

Sie langt nach der herausgefallenen Tablette, doch haben ihre feuchten Finger Mühe, sie zu greifen, bis sie dann an der Nässe haften bleibt und Mum sie sich unbeholfen in den Mund steckt wie eine Riesin, die einen Menschen frisst. Der bittere Geschmack lässt sie zusammenzucken, und ihre Hand fasst nach dem Orangensaft, aber ich stürze vor, nehme ihn fort und nehme auch meinen an mich, ebenso das Milchkännchen.

Ich stelle alles Flüssige auf die Anrichte und drehe mich wieder um; ihre Zunge ist kreideweiß, die Hand am Mund, die Augen weit aufgerissen. Jetzt sieht sie aus, als wüsste sie wirklich nicht mehr, wer ich bin.

»Du kennst *deine eigene Familie* nicht.« Ich schüttle den Kopf und lasse sie meine Tränen sehen, als wäre ihre Vergesslichkeit der Grund, warum ich weine. Mums Brust hebt und senkt sich so heftig, dass ich fürchte, sie könnte sterben, dabei will ich doch nur ihre Verzweiflung hören; ich beiße mir auf die Lippen.

»Warum hast du das getan, Mum? Warum hat dich nie gekümmert, was mit *mir* war?« Ich kann jetzt spüren, wie dort der rote Fleck auf meiner Brust vergeht, wohin ich mir gerade mit dem Finger gebohrt habe. Mum reagiert mit derselben pathetischen, stotternden Verzweiflung, dazu noch ein Geräusch, das anschwillt, wächst, einer großen Explosion entgegenstrebt.

Und ich will dieses verfluchte Geräusch.

Ich stehe jetzt, vornübergebeugt, die Fäuste auf den Tisch gestemmt, und mein Zittern lässt das Frühstücksgeschirr klirren. »Dann sieh dich doch jetzt einmal an.«

Ich laufe um den Tisch herum, hinter mir fällt der Stuhl um, und ich greife nach dem Foto, das Robert im selben Stuhl zeigt, in gleicher Verfassung. Ich halte es ihr direkt unter die Nase. »Karma, Mum! Das ist *Karma*. Und du hast MICH gestern angeschrien!«

Ich schnappe mir die viele Jahre alte Aufnahme aus dem Fotogeschäft. »Ich war acht Jahre alt! *Sieh* dir den Jungen an. Was denn, war er nicht gut genug für dich? War ich nicht *kaputt* genug für dich?«

Ich lasse das Bild in ihre Krispies fallen und weiche schluchzend einen Schritt zurück. Mum sieht mir ins Gesicht, holt tief Luft und ...

Drück einen Knopf, krieg was Süßes.

Irgendwann ist kein Schrei mehr in ihren Lungen, und sie hört auf, Luft rauscht in die Röhren. Sie sieht an sich herab, das Geschirrtuch um den Hals – die Fremden an der Wand. Wieder bricht ein Schrei aus ihr heraus, und meine Poren schließen sich zur Gänsehaut, auch wenn ihre Laute mich zugleich zerreißen.

Nach diesem Schrei dreht sie sich zu mir um; Alfie huscht an uns vorbei und flüchtet durch die Katzenklappe. Mums Miene ändert sich, als sie sich auf Roberts Bilder wirft, über ihm zusammenbricht und schluchzt ohne Unterlass. Sie krallt ihn an sich, bis das Tischtuch verrutscht und sie fast zu Boden fällt; die Schale mit Krispies kippt um und ergießt sich über sie. Mum rafft sich alle Roberts in ihre Arme; und nun, da sie mit dem Kopf auf dem Tisch liegend die Bilder liebkost, klingt ihr Schluchzen sehr gedämpft.

»Es tut mir leid, Mum!« Ich versuche sie aufzurichten, aber sie stößt mich fort, und es klingelt an der Tür, als würde das Ende einer Runde im Boxkampf eingeläutet.

Ich erstarre; die alte Dame liegt immer noch Robert beschniefend auf dem Küchentisch. »Pssst, Mum!«

Ich gehe einen Schritt näher ans Fenster und trockne mir die Augen. Mum hört nicht auf, über den Tisch gebeugt zu wimmern; der Bauch hängt ihr aus der Bluse, überall Milch und Krispies.

Ich streiche mir das Hemd glatt und das Haar und spüre nun eine Art Ruhe, wie ich da in dieser Semi-Stille stehe und lausche, während mein Brustkorb sich hebt und senkt.

»Pssst! Ich glaube, da ist wer an der Tür.«

Sie verstummt, hält inne, um zu lauschen, und all das, was im Haus passiert ist, scheint es summen zu lassen. Oma, die auf dem Klo verblutet. Dad und Mum, die sich immer weiter auseinander leben, bis sein Herz eines Morgens aufgibt, während er auf dem Sofa liegt und der Wetterfrau im Frühstücksfernsehen mit Zwischenrufen über ihre Titten in die Rede fährt, als sie gerade auf die mit schwarzer Schraffur verstärkten Wolken im Norden zeigt. Regen vorhergesagt. Mum kommt mit einem Armvoll Wäsche herein, und Dad liegt da, lang ausgestreckt, weiß wie eine Wolke. Kein Wetter mehr für ihn.

Der vorhergesagte Schauer kam an dem Tag, an dem wir ihn unter die Erde brachten. So wie es auch all die vielen Jahre zuvor geregnet hatte, als wir Robert begruben.

Am Vorderfenster taucht eine Polizistin auf und schaut ins Haus, die Hände an den Augen, damit sie das Licht nicht blendet.

Ich zucke zusammen, bringe es dann aber fertig, ihr zuzuwinken. »Einen Moment bitte.«

Sie geht, sagt irgendwas zu irgendwem außerhalb meines Blickfeldes.

»Die *Polizei* ist da!« Meine Stimme bricht, und ich flattere in die Küche wie eine gefangene Amsel. »Jetzt *siehst* du mal, was du angerichtet hast, Mum!« Ich haste zurück und könnte heulen, als ich die vielen gestohlenen Bilder sehe, die mich von den Wänden anstarren.

Legt mir Handschellen an, ich habe Mist gebaut.

Auf dem Weg zur Haustür bleibe ich im Flur stehen, streiche mir das Haar glatt, hole tief Luft. Selbst wenn sie was sagt, werden sie kaum auf eine sterbende alte Frau hören. Bestimmt nicht.

Ich bin hier der Unschuldige.

Ich wische mir wieder über die Augen, schüttle ein paar Krispies ab und gehe weiter.

»Jemand ist an der Tür, Mum! Wer kann das nur sein, was

meinst du?« Durch den Spion sehen die Polizisten ganz verzerrt aus, fast wie Haie. Wie zwei Haie.

Ich öffne, das Licht schlägt mir ins Gesicht. »Guten Morgen. Was kann ich für Sie tun?«, doch meine bebende Stimme verrät mich.

Ich versuche, mir einzureden, dass sie nur eine Frau und ein Mann in Uniform sind, aber sie sehen nicht aus wie ein Mann und eine Frau, sie sehen wie ein Polizist und eine Polizistin aus, die mich beide mit ihren Polizistenaugen prüfend mustern.

Die Polizistin stellt ihr Funkgerät leiser, während der Polizist sich vorstellt, aber ich denke so angestrengt, dass ich kaum zuhöre, weshalb ich nur »Senior Constable« irgendwas und »Williamson« verstehe. Die Polizistin lächelt. Sie muss Williamson sein.

»Können wir für einen Moment hereinkommen?«, fragt sie.

»Natürlich.« Ich senke die Stimme. »Aber ich muss Sie warnen, meine Mutter hat Krebs«, als wäre es ansteckend. Eine kurze Pause, damit sie eine andere Miene aufsetzen und etwas vor sich hin murmeln können. »Im Endstadium. Hirntumor. Weit fortgeschritten. Sie ist ziemlich durcheinander.« Ich presse die Lippen zusammen, nicke ernst und lade sie ein, doch bitte zu verstehen. »Das Reden fällt ihr schwer ... Und ich fürchte, wenn sie denn redet, ergibt das oft keinen Sinn. Das reinste Kauderwelsch.«

»Tja, wir wollen Sie nicht länger aufhalten als unbedingt nötig«, sagt er, und ich trete zurück und lasse die beiden ein. Die Stampede in mir wird unerträglich, als sie die Schuhe abtreten und an mir vorbeigehen – der Geruch nach billigem Parfüm, Aftershave, das Gemurmel aus ihren Funkgeräten, all das blockiert meine Frequenzen.

Ich schließe die Tür zur Hecke und folge den Beamten ins Haus. Bleib einfach cool.

Wir versammeln uns im Wohnzimmer, und die Polizistin mustert mich, während der Polizist meiner Mum überlaut und herablassend einen guten Tag wünscht. »Nein, Mütterchen, bleiben Sie ruhig sitzen«, sagt er. »Kein Grund zur Sorge.«

Mütterchen?

»Möchten Sie vielleicht einen Tee? Kaffee? Krispies?«, frage ich lächelnd, doch ein wenig zu schrill – Mum hält die Hände vor der Brust, die Handgelenke einander zugewandt, fast wie die Pfoten bei einem wütenden Hund im Sprung. Als verkörpere die Polizei sämtliche schlechte Nachrichten, die sie über die Jahre bekommen hat. Und dieses Haus musste viele schlechte Nachrichten überdauern.

Meine nicht allzu ernst gemeinten Angebote werden von den Beamten mit einer Handbewegung abgetan, während sie das Zimmer mit ihren Uniformen füllen und Williamson mir den Hintern zudreht, um sich die Bilder anzuschauen und in ihren bequemen Schuhen im Wohnzimmer umherzugehen, wobei Mum sie anblickt, als wäre sie gekommen, ihr zu erklären, wer auf diesen Bildern zu sehen ist.

Ich behalte Mum im Auge, wünsche mit aller Willenskraft, dass die Worte in ihr bleiben. Sie greift nach dem Geschirrtuch, knetet es, das Gesicht mit frischen Tränen überströmt, die ihr die geschwollenen Wangen hinablaufen – Robert immer noch überm Tisch verstreut, Krispies und Milch über Mum und den Boden verschüttet. Das Tischtuch halb herabgezerrt. Ebenso gut könnte mein Dad tot auf dem Sofa liegen, Robert draußen im Garten einen Anfall haben und der Teppich in Omas Blut schwimmen.

Während ich Williamson beobachte, wie sie die gestohlenen Bilder anstarrt, betrachtet mich Senior Wie-heißt-er-noch. Ich kann seine Blicke spüren, als wäre er auch gestohlen und gerahmt.

»Alles in Ordnung, Mum, diese Beamten sehen nur mal vorbei, es geht um nichts Ernstes, glaube ich. Ist ja eigentlich auch keiner mehr übrig, der noch sterben könnte, oder?« Ich schaue sie an, versuche es mit einem Lächeln, aber sie schluchzt schon wieder. »Was also führt Sie zu uns?«, frage ich über das Geplärr der alten Dame an die Beamten gewandt. »Wie Sie sehen, ist gerade kein besonders guter Zeitpunkt.«

Meine Knie fangen an zu zittern. Wessen Körper ist das eigentlich?

Williamson kommt näher, Senior Wie-heißt-er-noch sieht mir in die Augen. »Wir haben eine Meldung erhalten ...«

Mum begrabbelt Williamson, zupft an der Uniform und murmelt vor sich hin, wirft aber immer wieder einen Blick zu mir herüber. Deutlich humpelnd führt sie die widerstrebende Beamtin zu den Bildern, und ich kann nicht anders, als an das auffällige Missverhältnis zwischen den Porträts und den staubigen, dunkleren Flecken auf der Tapete zu denken.

»Nun komm, Mum«, sage ich, da die Beamten ihr zuhören und offenbar nur darauf warten, dass ihre Worte einen Sinn ergeben, doch nehme ich sie bei der Hand, in der sie noch immer die Tablettenbox hält. Sie reißt sich los und schreit ihren stummen Schrei – ein wortloses Wort, das aber dennoch das Panikpapier in mir entzündet und so blendend hell wie lichterloh aufflammen lässt.

»Sie haben hier ja ein paar sehr unterschiedliche Porträts hängen. Das ist doch nicht nur Familie, oder?«, fragt Senior Wie-heißt-er-noch.

»Hach, doch. Sieht merkwürdig aus, nicht? Habe sie heute erst umgehängt. Um was zu tun zu haben, während ...« Ich zeige auf Mum und setze dann meine stoischste Miene auf. »Mum und Dad sind viele Jahre lang Pflegeeltern gewesen. Wir können die Jungen schon gar nicht mehr zählen, nicht, Mum? Tja, rettet die Welt. Das da sind die Pflegejungen. Und -mädchen. Mädchen auch. Außerdem ihre Familien, jetzt, da sie erwachsen sind. Eine ziemliche Dynastie. Marcus da drüben, und das da ist Patricia. Du erinnerst dich doch an Patricia, nicht, Mum?«

Sie wendet sich an die Polizisten, schüttelt den Kopf und stammelt Unverständliches. Der Verband hat sich noch weiter gelöst und schlängelt hinter ihr her. Meine Knie *schlottern*, die Beamten sehen sich an.

Ich nähere mich dem Constable, hauptsächlich, damit meine Knie aufhören, so zu zittern. »Vielleicht könnten wir ja nach draußen gehen; ich denke, das wäre besser, was meinen Sie?« Im beherrschten Achterbahnton stoße ich die Frage vor – die Fliehkraft der Angst – und warte ihre Einwilligung nicht ab, gehe nur einige Schritte durchs Zimmer. Williamson hat Mum eine Hand auf den Oberarm gelegt und hält sie zurück, tröstet sie aber auch. Der Senior Constable sieht zu Williamson hinüber; sie tauschen einen verstohlenen Partnerblick aus.

»Das wäre es vielleicht«, erwidert er.

Williamson will Mum freigeben, doch wird sie zu einem der Bilder an der Wand gezogen, ein Bild mit drei Kindern, das älteste hält ein Baby, als wäre es zu schwer. Mum zeigt darauf, dann wendet sie sich antwortsuchend an Williamson.

»Was ist denn, Mütterchen?«, sagt sie in ihrem herablassenden Polizistinnenton.

»Gehen Sie einfach nach draußen. *Bitte!* Ich komme gleich nach. Das arme Ding ist schrecklich durcheinander, das bist du doch, nicht wahr, Mum?« Und ich halte sie fest, während sie nach mir zu schlagen versucht und sich befreien will, lasse sie auch nicht los, als die Polizei geht, und bemühe mich, mir nicht auf die Lippe zu beißen, mir meine Wut nicht anmerken zu lassen.

Sobald die Tür ins Schloss fällt, zerre ich Mum durch die Küche in den Garten.

»*Hör zu*!« Ich stehe vor ihr, eine Hand auf jeder Schulter und beiße mir auf die Lippe, doch Mum verdreht die Augen und erstarrt, der ganze Körper, im offenen Mund eine Pfütze blasiger Spucke, die Augen nichts als weiß.

»Mum!«

Sie beginnt zu zittern, die Zähne fest zusammengebissen, ein Stück Lippe dazwischen. Starkstrom jagt durch ihren Körper.

Ebenso plötzlich sind ihre Augen wieder da, und Mum schnappt nach Luft, saugt einen Hurrikan in sich ein.

»Was zum Teufel war das denn! Mein Gott, Mum, du hast mich vielleicht erschreckt.« Und ich frage mich, wohin sich der Krebs nun vorgedrängt, welche Tür er diesmal eingetreten hat, um ihr Ich zu plündern. Der Blick ist noch unkonzentriert, dann aber kommt sie zu sich und ist wieder bei mir, der Mund voller Spucke.

»Geht's wieder? Hör mal, bleib hier draußen, nur für eine Sekunde. Setz dich am besten.« Ich drücke sie auf den Rasen runter. »Schau dir die Wolken oder sonst was an. Du bist heute wieder ziemlich durcheinander. Du weißt, dass es dir nicht gut geht, ja?«

Sie nickt und sackt auf dem Rasen zusammen, die Arme um sich geschlungen.

»Es kommt alles zurück, Mum. Morgen erkennst du die Gesichter wieder, das verspreche ich dir.« Falls ich nicht im Knast bin.

Diese Worte hellen ihre Miene auf, ihr Blick heischt nach Bestätigung. Ich nicke und schaue ihr ernst in die Augen.

Dann knie ich mich hin und nehme ihre Hand, die noch immer den Tablettendosierer umklammert, streiche mit dem Daumen ihre Haut, liebkose ihre Finger – ihr Griff kühl, distanziert, doch von meiner Hand umschlossen. Wir blinzeln beide hier draußen in dieser frischen Helligkeit; der Pflaumenbaum steht ganz verloren am Ende des Rasens. Ich umschlinge sie, doch reagiert sie kaum; sie bleibt steif, die Arme an sich gepresst. Ich stelle mir vor, dass ihre Augen offen sind und gelangweilt über meine Schulter blicken, meine aber sind fest geschlossen; ihr Geruch erinnert mich an heiße Bäder und Tee. An Robert. An Dad. Vor allem an Dad, dessen Verlust mich jetzt mit der Wucht einer Lokomotive trifft. Mum erwidert meine Umarmung nicht.

Ich lasse sie gestrandet in der Gartenhelligkeit zurück, aufgelöst und barfuß auf dem Rasen, den ich immer schon mähen wollte. Sie droht darin zu verschwinden. Ich eile zurück ins Haus, wappne mich einen Moment lang und halte mich kurz am Küchentresen mit all den Kerben von jenen Gelegenheiten fest, bei denen kein Schnittbrett benutzt wurde, um rasch etwas zu schneiden, zum Beispiel ein Stück Käse, damit man es bis zum Abendessen durchhält.

Ich fische ein Bild von Robert aus den Krispies auf dem Boden; es zeigt ihn im Krankenhausbett einige Jahre nach dem Unfall, erinnert mich aber an den Tag, als seine wahren Eltern über den Krankenhausflur zu uns kamen, die Gesichter angespannt.

Selbst mit acht Jahren konnte ich erkennen, dass sie zu Robert gehörten. Die Miene seiner Mum, die Gesichter der beiden, als gehörten sie nicht in die alltägliche Arena der Gesellschaft – nicht einmal in die des Krankenhauses. Sie gehörten an den Rand, Schattenmenschen, die auf dem Grenzstreifen leben. Unter aller Bitterkeit Entschuldigung ins Gesicht geschrieben. Der süßliche Geruch nach Alkohol, der von ihnen ausging.

Ich blieb auf dem desinfizierten Krankenhausflur, winzig, von einem Stuhl verschluckt, während sie auf die Intensivstation schlurften. Ich aber, ich hielt auf dem Flur den Atem an und wusste, dass ich böse war, böse, böse. Ich kam mir vor, als wäre ich ein Felsbrocken, und was geschehen war, stand mitten durch mich hindurch geschrieben. In roter Schrift. Es ist immer noch da, in meiner innersten Mitte.

Ich blicke auf die Bilder von Fremden, die an unseren Wohnzimmerwänden hängen, und würde am liebsten hingehen, sie abnehmen und über den Zaun werfen, aber die Polizistin steht schon wieder am Fenster. Ich lächle sie an, Kopf im Flur, verharre kurz, um mir übers Gesicht zu wischen, und schlendere dann zu den Beamten hinaus; meine Augen haben Mühe, sich an das Vorgartenlicht zu gewöhnen.

»Dies ist offensichtlich eine schwierige Zeit für Sie«, sagt der Polizist, und die Polizistin lächelt ein wenig, versucht zu zeigen, dass sie in Frieden kommen. »Meine Mum hat etwas Ähnliches durchgemacht«, sagt er. »Aber haben Sie bitte Verständnis dafür, dass wir unseren Job machen müssen. Wenn Sie uns also sagen könnten ...«

»Die Bilder.«

Seine Augenbrauen wandern nach oben.

»Tut mir leid.« Ich schüttle den Kopf, werde rot. Idiot! Robert auf dem Beton hinter mir, ein Bein seltsam verkrümmt. Der Lärm des Heckentrimmers. »Von der Radarfalle«, fahre ich fort, als wäre offensichtlich, was ich meine, während meine Hand in meiner Tasche zu Patricias Telefonnummer langt. »Ich habe die schlechte Angewohnheit, zu schnell zu fahren.«

Sie werfen sich wieder einen Blick zu. »Wir sind hier, weil uns ein Vorfall angezeigt wurde, bei dem ein auf diese Adresse zugelassenes Fahrzeug mit folgendem Kennzeichen beteiligt war ...« Er liest das Kennzeichen vor, und ich bin froh, dass der Volvo mit kaputtem Fenster, eingedellter Tür etc. in der Garage steht. »Handelt es sich dabei um das Fahrzeug Ihrer Mutter, Sir?«

Ich nicke.

»Und hat es sich in den letzten vierundzwanzig Stunden zeitweilig nicht in Ihrem Besitz befunden? Hatten Sie es etwa verliehen?«

»Nein, wieso? Was ist passiert?«

»Ich nehme an, Ihre Mutter fährt nicht mehr Auto?«

Ich sehe ihn bloß an.

»Wenn Sie uns vielleicht einfach erzählen würden, was gestern passiert ist«, sagt Williamson und rettet mich vor diesem Mr Agatha Christie.

»Gestern?«, frage ich, und meine Hand kann nicht anders, sie muss mir zittrig durchs Haar fahren, während Roberts Blut an den schwarzen bequemen Schuhen der Polizistin hochsteigt. Die Knie schlottern. »Na ja, ich habe meine Mutter zu diesem Schönheitssalon gefahren und dann ...«

»Welcher Schönheitssalon wäre das, bitte?« Er hält Block und Stift bereit. Ich sag es ihm, und er macht sich Notizen, dann lässt er die Hand mit dem Block sinken. »Ich schätze, Sie wissen, worum es geht. Uns liegt eine Meldung vor, der zufolge jemand, dessen Beschreibung auf Sie zutrifft, einen anderen Fahrer angegriffen hat. Wir haben die Aussage dieses Fahrers und einiger Zeugen. Waren Sie an der Auseinandersetzung vor dem Schönheitssalon beteiligt?«

Williamson schlendert zur Garage und wirft einen Blick durch das Fenster. Sie trägt eine Strumpfhose unter ihrem Rock.

»Ich bedaure den Vorfall außerordentlich, Constable. Ich habe auf meine Mutter gewartet und ...« Ich seufze. »Sie kam über die Straße, hübsch frisiert, glücklich, ein wirklich schöner Anblick.« Ich greife nach meinen Zigaretten, bedaure aber gleich, dass ich verrate, wie unsicher ich mich fühle. Wieder lächle ich; Williamson kommt von ihrer Inspektion zurück, die sie vermutlich schon gemacht hat, ehe sie ins Haus kam. Ich kenne ihre Tricks. Sechs Wochen Ausbildung, und sie halten sich für sonst wen.

Ich wende mich wieder dem Senior Constable und seiner kleinen Blutkruste zu, dünn wie eine Schneeflocke, am Kinn, dort, wo er sich beim Rasieren geschnitten hat. Sein Kinn hat eine Arschkimme.

»Mum ging über die Straße, als dieser Typ in seinem Auto angefahren kam, und meine Mutter hat wirklich nicht mehr lang. Ich kümmere mich ganz allein um sie, eine Pflegerin kommt einmal die Woche, um nach ihr zu sehen, das ist alles, und diese Woche ist sie sogar ausgefallen. Jedenfalls kann der Typ in seinem protzigen Auto keine Sekunde warten, bis Mum über die Straße gehumpelt ist.« Ich nehme einen Zug, blase den Rauch gleich wieder aus und mustere die Zigarette; der Geschmack jagt mir einen Schauder über den Rücken. »Sie ist nicht mehr so schnell wie früher. Der Typ hupt, aber nicht kurz, nein, er hält richtig drauf. Berührt sie fast mit der Stoßstange. Dann fällt sie hin. Ich glaube, er hat sie angefahren, wenn auch nicht schlimm.« Die Polizisten werfen sich einen Blick zu. »Sie hätte sich was brechen oder vor Schreck auf die Hauptstraße laufen können. Dabei sieht man ihr an, dass sie krank ist. Das stimmt doch, oder?« Noch einen Zug, allgemeines Kopfnicken. »Auf das, was dann passiert ist, bin ich nicht gerade stolz. Aber ich habe einfach rotgesehen, ehrlich. Er ist doch nicht verletzt, oder?«

»Doch, das ist er. Mit Schrammen und blauen Flecken ziemlich übersät. Völlig durcheinander. Der Schlüssel wurde im Zündschloss abgebrochen.«

»Tatsächlich?« Ich lasse die Zigarette fallen und trete sie aus, damit sie mein Gesicht nicht sehen.

»Ja, tatsächlich. Außerdem bleibt festzuhalten, dass er rückwärts in einen Wagen gefahren ist. Dazu die Schäden am Wagen des Fahrers selbst. Da kommt einiges zusammen. Warum sind Sie eigentlich verschwunden, wenn es doch einen Unfall gegeben hatte?«

»Warum ich verschwunden bin?« Denk nach, denk nach. »Ich bin doch nicht verpflichtet, an einem Unfallort zu bleiben, wenn ich nicht direkt in den Unfall verwickelt bin, oder? Außerdem wollte ich Mum nach Hause bringen. Sie hat sich über diesen Mann ziemlich aufgeregt und ...«

»Und über Ihr Verhalten, würde ich meinen«, sagt die Polizistin.

»Schätze schon, ja. Ich war eben ziemlich aufgebracht. Hab letzte Nacht kein Auge zugemacht. Was soll ich sagen? Er hat eine sterbende Frau zu Tode erschreckt. Hat es im Straßenverkehr an der nötigen Aufmerksamkeit und Sorgfalt fehlen lassen. Ein Stoppschild missachtet. Sie ging über die Straße. Ich bin aber durchaus bereit, mich beim Fahrer zu entschuldigen. Es tut mir wirklich leid.«

»Hier geht es nicht um eine Entschuldigung, es geht um Körperverletzung.«

Da liegt Robert auf dem Boden, hat einen Anfall. Da liegt er, den Himmel in den Augen.

Der Polizist schaut wieder zu Williamson hinüber, und sie sagt: »Der Fahrer hat noch keine Anzeige gegen Sie erstattet. Er weiß um den schlechten Gesundheitszustand Ihrer Mutter. Es liegt an uns, wieweit wir die Sache verfolgen.«

Jippee!
Ich nicke ihr zu, sehe sie einen Moment lang richtig an, dann senke ich den Blick auf meine Füße.

»Auch wenn sich der Fahrer nicht dazu entschließt, können wir immer noch Anzeige erstatten«, sagt der Constable.

Ich fühle mich mit jeder Sekunde besser. Exponentiell. Erleichterung ist zweifellos das beste aller Gefühle. Was ist Glück denn anderes? Erleichterung darüber, dass man nicht mehr traurig ist.

»Ich verstehe.«

Jetzt warten die Polizeibeamten ab, wie das Gesagte auf mich wirkt, wenn es erst zu mir durchdringt. Ich gebe mir Mühe, meine Miene des Bedauerns beizubehalten, mein Glück zu verbergen. Sie wollen sehen, wie mir klar wird, welche Macht sie haben. Dabei sind sie bloß öffentliche Angestellte, auch wenn die meisten von ihnen ihre berufliche Laufbahn damit verbringen, etwas anderes zu glauben. Deshalb hassen sie es, offizielle Dokumente beglaubigen zu müssen, Runden im Revier zu drehen, hassen Fototermine und Leute, die nach dem Weg fragen. Dabei *sind* sie wirklich nichts weiter als öffentliche Angestellte. Ich sollte sie damit beauftragen, meinen Rasen zu mähen.

»Ich verstehe«, sage ich und sehe zu Boden, als wäre ich neun Jahre alt und stünde im Büro des Direktors einer jener Schulen, in die ich damals gerade ging. Nach Roberts Unfall war ich auf vielen Schulen. Und nach Robert gingen wir auch viel zur Kirche, Mum und ich. Dad hat nach Robert nicht mehr viel getan, hat sich nur gehen lassen und gefuttert, hat sich mit den eigenen Zähnen das Grab geschaufelt.

»Angesichts der Umstände aber werden wir diesmal davon absehen«, sagt er und lechzt nach meiner Dankbarkeit. »Ich habe beschlossen, Sie zu verwarnen.« Wie unter der Last der

Aufrechterhaltung des Gesetzes ändern sich Stimme und Körperhaltung, als er mit der offiziellen Leier beginnt, mich ermahnt und auf das Kleingedruckte hinweist, demzufolge dieser Fall erneut in Betracht gezogen werden könnte, sollte es zu einer weiteren Straftat kommen.

Als er damit durch ist, fragt er: »Haben Sie das verstanden?«

»Das habe ich. Danke. Sie sind sehr fair zu mir.«

Er nickt, zufrieden, geht zu seinem Auto, und Williamson tritt einige Schritte beiseite, stellt ihr Funkgerät wieder lauter, hält es sich ans Ohr und wirft mir gelegentlich einen Blick zu. Ich schenke ihr mein bestes Grinsen.

Senior Arschgesicht kommt mit einem Notizblock zurück, von dem er ein vorgedrucktes Blatt Papier mit dem Text der Verwarnung abreißt, die er mir gerade gegeben hat, sowie mit Telefonnummern für Rat und Hilfe sowie beispielsweise folgender Überschrift: *Was tun, wenn ich meine, ungerecht behandelt worden zu sein?*

Ich nehme das Blatt, bin aber schon nicht mehr ganz hier, sondern nur erleichtert, und will jetzt essen und eine rauchen und – na ja, eben all das tun, was man so macht, wenn man Schiss gehabt hat. Ich rufe Patricia an, sobald sich auch nur die geringste Gelegenheit dafür bietet.

»Es könnte noch sein, dass der Fahrer Zivilklage erhebt, um an sein Geld zu kommen.« Er zuckt mit den Achseln. »Ich persönlich wünsche Ihnen und Ihrer Mutter jedenfalls alles Gute.« Dabei schaut er mir in die Augen, und zum ersten Mal trägt er keine Polizistenmaske im Gesicht. Williamson gibt sich ebenfalls mitfühlend. Plötzlich sind sie Menschen, keine Beamte, so als hätte gerade eine offizielle Zeremonie stattgefunden, weshalb wir uns nun alle entspannen können.

Sie verabschieden sich und gehen an der Hecke vorbei.

»Die hier schießt ja ganz schön ins Kraut«, sagt er, zeigt darauf und macht eine »zu guter Letzt«-Geste, als verläse er das Ende der Abendnachrichten.

»Tja«, sage ich und halte mich bereit, um Williamson ein Zeichen zu geben, sobald ihr Partner nicht hersieht. »Wollen Sie die Hecke nicht für mich schneiden?«

Er lächelt, dreht sich um und schließt den Wagen auf; Williamson sieht übers Autodach zu mir herüber. Ich tue, als hielte ich mir einen Hörer ans Ohr, dann, als schriebe ich, die Augenbrauen hochgezogen, der Blick fragend. Ein Grinsen huscht über mein Gesicht, und einen Moment lang ist sie verwirrt, dann aber fällt der Groschen, und sie schaut sich nach ihrem Kollegen um, der ins Auto steigt und nichts mitbekommen hat.

Darauf könnte ich mir was zugutehalten, von einer Beamtin im Dienst die Telefonnummer zu erhalten – sie flachzulegen, wenn sie noch die Uniform trägt.

Ich habe so viele dieser Augenblicke erlebt, auf den Segen der Zustimmung gewartet, doch ist sie in meiner Vorstellung bereits halb aus der Uniform, wölbt sich ihr Rücken. Ich möchte den langen Arm des Gesetzes küssen.

Er sitzt im Wagen, und sie macht langsam die Tür auf; ich vermute, die schwarzen Buchstaben auf dem Dach sind für Hubschrauber. Oder für Vögel, damit sie wissen, auf welche Autos sie kacken sollen.

Sie schüttelt über mich den Kopf, aber ich glaube, eigentlich hätte sie schon Lust, was wohl genug ist. Ihr Funkgerät meldet sich, und sie legt den Kopf schief, dann sitzt sie auch im Wagen; ihr Kollege sieht mich an, dieser seltsame Blick in seinem beim Rasieren geschnittenen Arschgesicht.

Sie lassen mich bei der Hecke stehen; ich hebe die Hand, um zu winken, als der kräftige Motor anspringt.

Dann die Stille, sobald sie fort sind; ein Luftzug raschelt durch den Garten. Noch ein bisschen Leere erwacht in meinem Innern. Ich blicke zum Himmel auf, zu unserem Himmelsabschnitt; die Wolken sehen wie fantastische französische Brotlaibe aus.

Ich gehe ins Haus und schließe die Tür, das gleißende Licht draußen hat mir alle Farbe aus den Augen geätzt; drinnen ist es düster und still, klamm vor Schwere. Ich sehe die Bilder mit den fremden Leuten; Alfie hockt auf dem Tisch und schleckt Milch, aus ihrer Krebsnase dringen gierige Schweinslaute.

Ich fische Patricias Nummer aus der Tasche, streiche den Zettel auf dem kleinen Telefontisch glatt, wische mir die Hände an der Hose ab und greife nach dem Hörer. Ich wähle; wenn ich die gestohlenen Bilder an der Wand sehe, wummert mein Herz, und ich muss daran denken, wie Williamson sie endlos angestarrt hat, als sie hier war.

Vielleicht kann ich sie ja doch noch hierherlocken.

Die Leute haben Anrufbeantworterstimmen, so wie sie Telefonnummernaufsagestimmen haben. Ich lausche Patricias Ansage, höre die Mühe, die sie sich gibt, die vielen Aufnahmen, die sie gemacht haben wird, bis sie zufrieden war. Ich hinterlasse eine Nachricht, was ich normalerweise nicht tue, gebe ihr meine Nummer und bitte sie, mich zurückzurufen.

Es ist eine gute Nachricht, ruhig, freundlich und beherrscht, zumindest angesichts der Umstände.

Beim Gang durchs Wohnzimmer streiche ich Alfie, überlasse sie dann aber ihrer Extraportion. Der Pflaumenbaum hinten im Garten steht im Sommerlook – mit Wespenfrisur. Weitere Insekten bearbeiten fleißig das auf dem Boden verrottende Fallobst.

Als Junge habe ich es geliebt, Pflaumen zu werfen, in denen

noch Wespen steckten, nur um zu sehen, ob sie den Aufprall an der Schuppenwand überlebten. Manchmal flog die Wespe taumelnd aus dem Matsch davon, manchmal aber krabbelte sie auch träge im Pflaumenbrei herum und starb – Dad hat mich ausgeschimpft wegen der Flecken am Schuppen. Man kann sie immer noch sehen.

Mum ist nicht im Garten, im Gras liegt allerdings eine ihrer Socken, und der abgefallene Verband schlängelt sich wie ein Wurmfortsatz über den Rasen. Seufzend lasse ich mich ins Grün sinken.

Da ist sie, die alte Dame. »Was machst du da, Mum? Ich kann dich sehen.« Ihr Gesicht weicht vom schmutzigen Fenster zurück in den Schatten. »Warum versteckst du dich im Schuppen?«

Ich lege mich zurück ins Gras, entspanne mich und spüre ein langes, atemberaubendes Ziehen in der unteren Wirbelsäule.

Seit ich zuletzt hingesehen habe, hat ein unsichtbarer Wind die Gleichförmigkeit aus den Wolken getrieben. Sie sind jetzt länglicher, manche aufgebauscht, viele Hundert Meter dick. Das da sind Gewitterwolken – Kumulonimbus. Die hohen, fedrigen sind Zirruswolken. Es gibt Namen für jede Form von Wolke, so wie Eskimos Namen für jede Art von Schnee haben. Ich drehe den Kopf, versuche, in den Schuppen zu sehen; Mum beobachtet mich.

»Komm raus, Mum.« Ich zeige nach oben auf eine Wolke, als hätte ich darin etwas erkannt. »Sieh mal!«, und sie beugt sich vor, stößt mit dem Gesicht ans Fenster, weicht erneut zurück, auf dem Glas ein Fleck frei von Spinnweben und Staub. Ich kann Mum immer noch undeutlich ausmachen, wie sie sich die Stirn reibt.

Ich stehe auf, warte, bis die Sterne aus meinen Augen verschwinden, und gehe dann durchs Sonnenlicht zum Schuppen. Sie ist jetzt weiter hinten, in den Armen einige Bilder ihrer echten Familie.

»Prima, Mum. *Die* Leute erkennst du doch, oder?«

Sie nickt langsam und weicht noch weiter zurück zwischen die Gartengeräte ganz hinten im Schuppen.

»Hast du vor, hier den ganzen Tag zu bleiben?«

»Nein.«

Sie sieht den elektrischen Schock, der diese simple Bemerkung über mein Gesicht zucken lässt.

»Nein.« Sie sagte es wieder, drückt noch einmal auf den Knopf, schockiert mich aufs Neue. Sie scheint ebenso überrascht wie ich, dass dieser Knopf funktioniert. »Nein!« Sie reckt ihr Kinn vor.

Und los geht's. »Hast du heute Morgen einen ganzen Eimer Steroide geschluckt?«

»Nein!«, sagt sie ohne erkennbaren Bezug zu meiner Frage; sie liebt einfach das Wort. Nein – was für ein bedeutendes Wort für unsere Sicherheit. Für ein Kind das schwerste Wort der Welt. Eigentlich sogar das unmöglichste Wort, wenn man so machtlos ist wie ein Kind. Wohingegen heutzutage Ja für mich zum schwierigsten Wort wurde. Mein Erwachsenendasein eine Überkompensation meiner Kindheit.

»Die Polizei«, sagt sie.

»Weg.«

Sie schüttelt den Kopf. »Die Polizei, was.«

»Wow, diese zusätzlichen Steroide, die ...«

»Was wollte sie?«

Die Frage lässt uns beide zusammenzucken.

»Du bist heute ja eine richtige kleine Plaudertasche.« Dann muss ich unwillkürlich schlucken. Sie lächelt, rückt zentimeterweise vor und streckt den Rücken; auf dem staubigen Betonboden ihr klebriges Knöchelblut; durch das und durch die faulenden Pflaumen matschen ihre Zehen.

Mein Blick wandert über die alten Gartengeräte aus Metall, das Werkzeug um uns herum, Dads roten Rasierspiegel, der an der Wand neben mir hängt. Ich wünschte, ich könnte ihn jetzt im Spiegel sehen, könnte ein wenig mehr von ihm sehen, wenn ich in den Spiegel blicke.

Hier steht ein sonnengebleichtes Weinfass, auf dem er bestimmt oft gesessen und getrunken hat, um sich wehmütig an vergangene Zeiten zu erinnern. Als ich ein wenig älter war, haben wir beide dies seine Wichsbude genannt. Die letzten Tage hat er hier verbracht, einsam und immer dicker werdend – der Tod eines notorischen Schönfärbers. Er hatte stets solche Angst vor Konflikten und Schmerz, huschte und segelte auf dünnsten Vorwänden dahin, solange er nur fröhlich sein konnte. Nutzte jede Ausflucht, bloß um nicht in den wahren Schlamassel zu fallen.

Was geschah, ist also auch seine Schuld. An ihm lag es, dass ich es all die Jahre allein tragen musste.

»Sie haben wegen gestern nachgefragt, wegen dem, was vor Lizzys Schönheitssalon passiert ist«, sage ich, sie aber verzieht das Gesicht. »Weißt du doch? Als ich mich so über diesen bescheuerten Fahrer aufgeregt habe, der dir solche Angst eingejagt hat?«

Sie nickt. Dann fällt ihr etwas ein, und ihre Miene wird traurig.

»Und wegen vorhin, Mum, das tut mir leid.« Ich blicke zu Boden, Blut rötet ihren schuppigen Fuß. »Es ist nicht leicht für mich, weißt du, dass du so krank bist.«

Sie kommt weiter vor, nahe heran, in den Armen auch ein Foto von uns vieren, die Aufnahme vom Morgen beim Fotografen. Auf dem Bild sieht Mum in die Kamera, als wäre sie eine Königin und wir ihre Corgis. Hinter ihr verschwindet Dads Schulter. Diese subtilen Kämpfe, die ein Foto verrät – die Art, wie die Kameralinse unsere Selbstzweifel verstärkt. Dad breitet seine allgegenwärtige tapfere Miene über all die Angst und Enttäuschung aus, klammert sich verzweifelt an diese mächtige, tyrannische Frau.

Man sehe sie sich jetzt an, welch deutlicher Kontrast zu der auf dem Foto – und beide Frauen sehen mich direkt an, angeblich dieselbe Frau. Fast muss ich den Blick abwenden. Wie sich die Welt verändert.

Sie streichelt meine Schulter, unbeholfen, unsicher, das Bild rutscht ihr aus den Armen. Diese heutige, kaum wiederzuerkennende Version von Mum, die mich tröstet, wie ein Gorilla einen anderen Gorilla tröstet.

Ihre Freundlichkeit entwaffnet mich jedes Mal. Ich blicke zum Schuppendach auf, wo mein Fahrrad quer über den Dachsparren liegt. Dad muss hier gesessen und es angesehen haben, wenn er seinen Trostwein süffelte. Und so werde ich daran erinnert, wie unwahrscheinlich es ist, dass mein Geheimnis ein Geheimnis bleibt.

Sie legt die Bilder ab und kommt näher, streichelt mich wieder, beobachtet, was das in meinem Innern auslöst – kommt immer näher, weil ich vor ihrer Nähe zurückweiche.

Dann wird mir schlagartig klar, dass ich, spräche ich es endlich laut aus, mich eigentlich nicht meiner Mum anvertraute, sondern dieser alten Frau. Man bedenke den Unterschied zwischen ihrer Version auf den Bildern und dem, was davon noch übrig ist.

Und dies, nachdem ich mir all die Jahre vorgestellt hatte, es laut zu bekennen, wenn ich mich während langer Fahrten auf der Rückbank wand, weil ich es endlich aussprechen wollte, Robert in seinem Spezialsitz, der ihn daran hinderte, nach vorn zu krabbeln, nach hinten, die Handbremse zu ziehen oder aus dem Fenster zu klettern. Später dann: Robert mit dem Körper eines Neunzehnjährigen. Der Kraft eines Erwachsenen, aber dem Verstand eines Babys und keinerlei Hemmungen. Ich habe ihn gleichermaßen gefürchtet und bemitleidet. Ebenso, wie ich ihn einst gehasst habe. Robert, der für mich zum lebenden Ausdruck meiner Hässlichkeit wurde. Wie böse musste ich gewesen sein, dass ich es verdient hatte, derart von meiner Mutter vernachlässigt zu werden – dieser unübersehbare Widerwille meiner Mutter vor dem, was da aus ihr herausgekommen war. Falls ich denn aus ihr herausgekommen war. Meist habe ich den Leuten ja sowieso erzählt, ich sei ein Pflegekind. Das war für mich die naheliegende Schlussfolgerung. Das – oder eine Verwechslung im Krankenhaus.

Wie oft habe ich mir vorgestellt, mein Geheimnis laut auszusprechen, es in einem Brief niederzuschreiben oder in der Grabrede bei Roberts Beerdigung zu verkünden – und jetzt bin ich kurz davor, es dieser seltsamen Kopie meiner Mutter in der Wichsbude meines toten Vaters zu offenbaren. Nach all den tagträumerischen Szenen der Erlösung und Absolution soll es nun hier passieren, an diesem Ort? Ist dies der berühmte Moment?

Sie sind nie so wie in unseren Tagträumen.

»Ich habe es getan, Mum. Ich habe Robert so zugerichtet.«

Ihre Gorillapranken hören auf, mich zu streicheln; meine Beine zwingen mich, mich hinzusetzen.

»Ich gäbe alles, wenn ich es ändern könnte, aber ... ich habe Robert so zugerichtet.« Ich lasse den Kopf hängen, kann aber immer noch ihren Blick spüren. »Ich war erst acht Jahre alt. Noch ein Junge.« Tief Luft holen, mit dem Ärmel über die Augen fahren, auf den Boden starren. »Warum war ich nicht gut genug für dich?«

Ich nähere mich den Antworten, die ich brauche, aber sie weichen einen Schritt zurück, stoßen ans rückwärtige Regal, ein alte, rostige Dose Düngemittel fällt zu Boden. Sie blickt sich um, dann wieder auf die Fragen, mit denen sie in diesem Schuppen eingesperrt ist.

Ich lege ihr eine Hand auf die Schulter, hoffe, dass noch genug von ihr übrig ist, weiß es aber nicht. Sie schaut mich einfach nur an, ihre Brust hebt und senkt sich. Ich halte meine Hand hoch, zeige ihr die Narbe, und es ärgert mich, dass ich nicht früher heimgekehrt bin, um diesen Strauß mit ihr auszufechten, als es noch nicht zu spät war. Denn ihrem Blick nach zu urteilen, komme ich zu spät.

»Bis ich *dreizehn* war, habe ich ins Bett gemacht!« Ich schlage auf den Werktisch, alles hüpft in die Höhe, Staub wogt ins schwache Licht, das durch die dreckigen Fenster sickert – mein Unterlippe zittert. »Ich habe ins Bett gemacht, und du hast mich trotzdem ins Ferienlager geschickt! Hast du eine Ahnung, wie das für mich war? In einem Schlafsaal voller Jungen zu liegen und zu wissen, was passiert, wenn ich jeden Morgen in einem nassen Bett aufwache?«

Sie will gehen, aber ich blockiere die Tür. Sie muss jetzt auch weinen, die alte Dame, doch ist es ein verhaltenes Weinen, ein Weinen wie vor dem Kometen.

»*Sag* etwas. Du kennst die Antwort. Und jetzt hast du sogar einen *Grund*. Ich sage dir, dass ich es getan habe. Ich habe Robert so zugerichtet. Jetzt weißt du Bescheid. Aber du hast es ja immer gewusst, nicht?« Ihr Gesicht ändert sich, doch habe ich keine Ahnung, was es bedeutet.

Ich folge ihrem Blick zu Dads Rasierspiegel an der Wand, ganz verstaubt, die Spiegelfläche vernarbt, der rote Rahmen dort, wo die Sonne drauf scheint, stellenweise verblichen.

»Du musst deinen Teil der Bürde tragen, Mum. Heilige

Maria – zu eifrig damit beschäftigt, sich um *anderer Leute Söhne* zu kümmern.« Ich unterdrücke eine frische Tränenwoge aus meinem Innern. »*Du* hast Robert so zugerichtet.«

Da fangen ihre Zähne an, knabbern an der Unterlippe. Instinktiv weiche ich zurück, aber sie stürmt auf mich los, im Gesicht ein angsteinflößender Blick. Sie schnappt sich den Spiegel von der Wand, dreht ihn um und hält ihn mir hin.

Da bin ich – mein Gesicht, das ich zu meiden suche. Ihre Hand zittert, das Bild wackelt. Da ist die Schuld, die ich unter Wut und Vorwürfen begrabe.

»Du«, sagt sie. »*Du* warst das!« Ihre Zähne beknabbern die Unterlippe, und ich bin wieder acht Jahre alt, als der Spiegel mir entgegenkommt und mich am Kopf trifft. Nicht hart, aber es muss nicht wehtun, damit es wehtut.

Ihr Gesicht taucht wieder vor meinem auf, der Spiegel fliegt auf den Boden, zerbricht und verstreut Taglichtfragmente über den Boden. Ich taumle nach draußen, taumle mit zusammengekniffenen Augen durch den überwucherten Garten und breche auf dem Rasen zusammen, die Wolken weiß, friedlich und harmlos. Ich schaue ihnen nach, Mum stolpert auf mich zu, murmelt vor sich hin.

Sie gibt einen Laut von sich, als sie sich zu mir hinunterhockt, und ich lege mich flach auf den Rasen, spüre seinen Halt.

Sie sitzt neben mir, die rissigen, dreckigen Füße zeigen zum Haus, die Hände spielen mit einem Gänseblümchen zwischen ihren Beinen, die Augen wirken größer mit dem Wasser, das nun darin herumlungert – an ihrem Hinterkopf der Ansatz von Rastalocken dort, wo sie Nacht für Nacht aufliegt, um im Dunkel zu schnarchen. Welch zarte Grenze zwischen ihr und der endgültigen Dunkelheit.

Ich sehe ihr zu, wie sie sich langsam neben mir ausstreckt,

die Füße stöhnend ein wenig anhebt, der Bauch bemüht, sie unten zu halten. Dann liegt sie da und dreht mir das Gesicht zu, sodass ich fortblicken muss.

Sie sucht und findet meine Hand, das Gefühl ihrer hostiendünnen Haut weich an meiner vernarbten Hand. Ich presse die Augen fest zu, meine Finger um ihre Finger, und irgendwas Tektonisches in mir gerät ins Rutschen. Wir halten uns, wir uns beide, liegen da, schauen zu den Wolken auf und denken an unsere Hände.

Und auch wenn sie die Wahrheit morgen wieder vergessen hat, mich erneut mit ihr alleinlässt, es wieder mir überlässt, sie zu tragen, ist sie im Moment doch hier bei uns. Die ganze Wahrheit.

Mum hält mich und rollt sich auf die Seite, sodass sie mich ansieht. Ich lege mir einen Arm über die Augen, verstecke mich; ihre Hand aber fährt über meine Brust, sie schmiegt das Gesicht an mein Ohr, ihr Mund brabbelt Unverständliches, und dann höre ich ein »is okay«. Sanft redet sie auf mich ein, »is okay, is alles okay!«

Am liebsten öffnete ich meine Brust und steckte sie hinein, täte so vieles, sagte so vieles, aber was aus mir herausströmt, lässt das nicht zu. Und ich frage mich unwillkürlich: wie viele Millimeter?

16

Ich muss jetzt oft im Bett weinen, und ich habe drüber nachgedacht und herausgefunden, dass ich aus zwei Gründen weine.

1. Ich weiß nicht, warum wir hier sind. Wir Menschen. Das macht mich total traurig. Ich habe Mum und Dad gefragt, aber die zucken bloß mit den Achseln und geben so kurze Antworten wie »Sind wir einfach« oder »räum dein Zimmer auf«.

Das nicht zu wissen, macht mich fast wahnsinnig. Es muss einen Grund geben, nur kann ich ihn nirgendwo finden; ich habe sogar den Weihnachtsmann gefragt, als ich auf seinem Schoß saß, obwohl ich gewusst habe, dass er nur irgendein Typ ist.

Plus, Dad hat gesagt, ich soll warten, bis ich auf dem Schoß vom Weihnachtsmann sitze und dann rufen: »He, Weihnachtsmann, wieso hast du eine Beule in deiner Hose?«

Ich habe den Weihnachtsmann gefragt, warum wir auf der Welt sind, und er wurde ganz nervös und sagte: »Um uns zu lieben.« Aber das machen wir, wenn wir *schon da* sind, und es erklärt kein bisschen, warum wir überhaupt erst gekommen sind.

2. Der zweite Grund, wegen dem ich noch viel mehr weine als wegen dem, warum wir hier sind, ist der, dass Mum und Dad eines Tages sterben werden.

Mum kommt morgen aus dem Krankenhaus, und ich kann nicht schlafen. Robert ist auch wach, ich höre seine Bodendielen. Bloß ist er wegen anderer Gefühle wach. Robert hat die Gefühle, die man haben sollte.

Mein Fernseher läuft, obwohl er nach neun Uhr nicht an sein soll, weil dann Nachrichten kommen und Filme, in denen Menschen sterben. Tagsüber gibt's Schule und Musik, Arbeit und Talkshows.

Alfie soll mich trösten, nur muss ich ihn festhalten, damit er bei mir im Bett bleibt. Irgendwann wird er schließlich müde, und dann ist es, als ob er hierbleiben will.

Überall auf der Welt sterben Menschen. Sogar jetzt. Ich versuche, an was Gutes auf der Welt zu denken, zum Beispiel daran, wie viele Menschen gerade auf dem Klo sitzen, niesen oder in der Nase bohren, aber nachts und wenn Mum nach Hause kommt, muss ich einfach immer wieder an sterbende oder weinende Menschen denken. Als wäre die Traurigkeit nachtaktiv. So wie Füchse, Eulen oder Einbrecher.

Alle Menschen sterben, und das heißt, Mum und Dad müssen auch sterben, weshalb ich nicht aufhören kann zu weinen, obwohl Weinen schlimmer ist, wenn ich allein weine. Und obwohl ich versuche, nicht zu weinen, damit ich schlafen kann und morgen nicht mies gelaunt bin, sondern glücklich und liebenswert, wenn Mum nach Hause kommt, liege ich zusammengerollt im Bett und weine und kann auch Dad nicht rufen, weil ich mit ihm nicht drüber reden will, denn wenn ich mit irgendwem drüber rede, dann passiert's, und ich will nicht, dass Mum und Dad sterben, und ich selbst will auch nicht sterben; ich finde, es sollte überhaupt niemand sterben müssen. Denn wenn man stirbt, dann ist man tot.

Alfie will weglaufen, obwohl ich ihn festhalte und streichle. Ihm ist egal, dass ich traurig bin. Ich lasse nicht los, aber er kratzt mich und erwischt meine schlimme Hand. Also stoße ich ihn vom Bett. Dann fang ich ihn wieder ein und will mich wieder mit ihm vertragen, aber er windet sich in meinen Armen. Er will nach unten. Ich bin ihm EGAL.

Ich mache die Tür auf und trage ihn zur Treppe.

Würden keine Menschen mehr geboren, würde Gott vielleicht auch weniger sterben lassen. Die Erwachsenen sollten einfach aufhören, Babys zu machen, so wie Mum und Dad auch damit aufgehört haben. Was heißen könnte, dass sie vielleicht doch nicht sterben müssen.

Ich schleiche mich ganz langsam die Treppe runter; Alfie versucht jetzt erst recht zu fliehen, weil er denkt, ich würde ihm wieder eine Flugstunde geben.

Ich glaube, wenn Mum und Dad sterben, dann bitte ich Gott darum, mich auch sterben zu lassen. Oder darum, dass wir alle zusammen im Bett beim Fernsehgucken sterben.

Dad lacht laut über irgendeine Komödie. Er ist so glücklich, dass er heute bestimmt sogar über die Nachrichten lacht. Ich halte Alfie fest, und er macht sich ganz steif, fährt die Klauen aus. Ich öffne die Waschmaschine, aber jetzt will er auf meinem Arm bleiben, klammert sich an mir fest, aber ich steck ihn rein, schließe den Deckel und halte fest. Von drinnen klingt sein Miauen ziemlich komisch.

Ich lese mir die Waschprogramme durch, versuche, mich zu entscheiden, und drehe ganz leise am Regler, damit Dad kein Klicken hört. *Feinwäsche* ist sicher am besten. Also stelle ich *Feinwäsche* ein, stelle die Maschine aber noch nicht an, weil Alfie Schaum braucht, aber seit Dad im Haus das Kommando hat, ist nichts mehr da, wo es sein soll. Ich kann das Waschpulver nicht finden.

Dunkelheit ändert Normales in magisch Böses, so wie wenn ich mitten in der Nacht aufwache und da kauert ein Monster, das jeden Moment zuschlagen will, am Morgen aber sind es wieder bloß die Schultasche und ein Fußball.

Alfie weint jetzt, genau wie ich. Mum kommt morgen nach Hause, was eigentlich gut sein sollte, aber ich werde wieder all die Gefühle haben, die ich habe, wenn Robert und Mum zusammen sind.

Denn Mum und Robert zusammen, das ist, als wäre man im Dunkeln.

Vielleicht bin ich ein Fuchs. Füchse weinen nachts auch allein. Ich kann sie manchmal hören, und es klingt schrecklich traurig, trauriger noch als Möwen.

Die Welt ist so traurig, dass sogar Tiere weinen.

17

Ich werde von Alfies Schnarchen geweckt, dabei ist sie wach. Ihr Kopf ist ganz nah vor meinem, das Geschwür größer als ihre Nase, und mir wird klar, dass ihr Schnarchen als Donner und Bärengebrumm in meine Träume drang.

Es scheint schon spät zu sein, doch weigere ich mich, den Schlaf aufzugeben, ich lasse die Augen geschlossen, bleibe still liegen und zwinge mich, wieder abzutauchen, doch muss ich daran denken, dass ich die Katze gestern aus dem Sack gelassen habe. Und ich frage mich, ob Mums verwirrtes Hirn die freigelassene Katze gleich wieder zurück in den schwarzen Sack gestopft hat. Was bedeuten würde, dass ich vielleicht die Erleichterung erleben darf, endlich einmal darüber reden zu können, ohne die Scham erleben zu müssen, dass sie Bescheid weiß.

Oder den Schmerz geteilten Wissens ohne die Freiheit, die Last nicht mehr tragen zu müssen.

Mum ist gestern im Garten neben mir eingeschlafen und wurde auch nicht mehr richtig wach, also habe ich sie ins Haus getragen, aufs Sofa gelegt, zugedeckt und diese Fremden von den Wänden genommen.

Je länger ich liegen bleibe, desto nervöser werde ich, also scheuche ich Alfie von der Decke, stehe auf und sehe in Mums Schlafzimmer nach, nur für den Fall, dass sie gestern Abend noch vom Sofa aufgestanden und ins Bett gegangen ist.

Leer.

Leise tapse ich zurück, schalte das Treppenlicht aus, das ich für sie angelassen hatte, bleibe oben stehen und lausche auf ein Lebenszeichen.

Stille, bis auf Alfies Nachahmung von Darth Vader.

Ich ziehe mich langsam an; mein Bett ist jetzt kühl und die Katze verschwunden. Ein Blick auf das Handy – keine Patricia. Ich lege die kanadische SIM-Karte ein, um zu sehen, ob von drüben Liebesgrüße gekommen sind. Noch mehr Stille.

Unten werfe ich einen Blick vom Flur ins Wohnzimmer. Mum liegt in sich zusammengerollt auf dem Sofa, die Decke auf dem Boden. Alfie ist jetzt bei ihr, prustet unaufhörlichen Lärm.

»Mum?«, frage ich von der Türschwelle aus und mustere sie, stirnrunzelnd, in Fötushaltung, schweißnass.

Ich gehe ins Zimmer, hebe die Decke auf, lege ihr eine Hand auf die Schulter. »Mum?« Ich suche ihren Puls, die Haut ist klamm, der Puls aber zu fühlen. Ich schüttle sie, und sie legt eine Hand an die Stirn.

»Kopfschmerzen?« Ein leichtes Nicken. »Ich hol dir deine Medizin«, sage ich und eile in die Küche. »Und Schmerztabletten.«

Ich suche erst gar nicht nach der »Tage der Woche«-Schachtel, sondern schütte mir gleich eine Handvoll Steroide aus der riesigen Pillenflasche in die Hand und gebe noch ein paar Paracetamol hinzu. Dann schnappe ich mir ein Glas und dreh den Hahn auf, halte das Glas drunter, und das Wasser spritzt mir über die Klamotten.

Obwohl ich mir ihren Kopf so behutsam in den Schoß lege, als bestünde er aus lauter abgebrannten Streichhölzern, stöhnt sie vor Schmerz. Und da sie zwischendrin immer wieder würgen muss, dauert es eine Ewigkeit, bis sie alle Tabletten geschluckt hat – der Druck im Hirn presst sie an diese weißen unbeweglichen Schädelwände.

Ich fange an, die Notrufnummer zu wählen, lege aber wieder auf und probiere es stattdessen bei der Pflegerin, auf deren Visitenkarte sich Aufzählpunkte wie Einschusslöcher aneinanderreihen:

Sind Sie sicher, dass Ihre Frage nicht auf unserer Website beantwortet wird?

Ist Ihr Anruf unbedingt notwendig? Sie könnten einen Anrufer mit einem echten Notfall blockieren.

Nach dem Anruf bringe ich Alfie mitsamt ihrem nasalen Erdbeben und einer Schüssel Milch nach draußen, gehe dann ums Haus herum nach vorn, rauche eine Zigarette, laufe im Garten auf und ab, sehe durchs Fenster nach Mum – und laufe auf die Straße, um nach der Pflegerin Ausschau zu halten, die gesagt hat, dass sie sofort kommen würde.

Die Hecke ist noch immer nur bis zur Hälfte geschnitten, da ich mir gesagt hatte, die obere Hälfte würde ich später machen, dann aber doch nur getrimmt hatte, was sich vom Boden aus erreichen ließ.

Es dauert lang, bis der kleine Wagen knapp fünfzehn Meter vom Haus entfernt anhält. Ich laufe zum Tor und will ihr schon entgegengehen, als ich sehe, wie sie sich zum Rückspiegel vorbeugt, das Make-up erneuert und ihre Frisur richtet. Dafür braucht sie gut zwei Minuten. Und obwohl es sich um einen *echten Notfall* handelt, regt sich mein Dödel bei diesem Anblick.

Sie steigt aus, und ich laufe rasch ins Haus, ziehe die Tür leise ins Schloss und frage mich, warum ich mir die Mühe mache, so zu tun, als wüsste ich nicht, dass sie da ist. Eine dieser typischen Notlügen, für die wir so anfällig sind. Als hätte man eine Verabredung, käme als Erster, warte sehnsüchtig auf die anderen, um dann, kaum dass man sie entdeckt hat, so zu tun, als hätte man sie nicht bemerkt und wäre in die Lektüre einer Zeitung, der Speisekarte, eines Buches vertieft. Notlügner sind wir doch alle.

»Die Pflegerin ist da, Mum.«

Ich sehe sie durch den Türspion über den Gartenweg zum Haus kommen. So sieht sie noch volllüstiger aus als durchs Fenster. Dads Wort, nicht meins. Ihm sind volllüstige Frauen stets aufgefallen, geheiratet aber hat er das Gegenteil.

Ich verfolge durch das Guckloch, wie sie sich auf der Schwelle über das Haar streicht, auf ihren Busen schaut, einen Blusenknopf öffnet, dann wieder schließt, in den BH greift und die Titten ein wenig höher rückt. Schließlich drückt sie auf die Klingel, und ich warte ein bisschen mit klopfendem Herzen.

»Vicky! Gerade dachte ich schon, Sie kommen nicht mehr.« Ich weiche kaum einen Schritt zurück, weshalb sie sich an mir vorbeiquetschen muss. Erst will sie mir die Vorderseite zukehren, dreht sich dann aber umständlich um und schiebt sich mit dem Hintern an mir vorbei.

Ich kann's kaum erwarten.

»Ich war noch bei einem Patienten.«

»Sie ist im Wohnzimmer.«

Ich sehe ihr nach, wie sie davonwatschelt, ehe ich die Haustür schließe.

»Hallo, Mary. Dir geht's nicht so gut, wie? Dann wollen wir uns das mal genauer ansehen.«

Vicky hockt sich auf den Sofarand, und ich sehe, dass Mum sich übergeben hat, während ich draußen auf und ab gelaufen bin.

»Könnten Sie mir bitte eine Schüssel oder einen Eimer holen?«

Ich ziehe los, und mein Herz schlägt mit neuer Dringlichkeit. Kaum habe ich die Schüssel gebracht, übergibt Mum sich erneut; Vicky hält sie vornüber und umfasst behutsam ihre Stirn. Was kommt, ist grün, dazu trockne Würgelaute, doch Vicky streichelt, beruhigt – kein Anzeichen von Ekel, nur Zärtlichkeit für eine Fremde. Vicky ist ganz nah an etwas dran, von dem ich mir nicht sicher bin, ob ich es ertragen könnte, dabei geht es um meine eigene Mum. Vielleicht wäre Vicky nicht so besonnen, wenn es um ihre eigene Mum ginge. Keine Ahnung. Ich weiß nur, dass Pflegerinnen erstaunliche Menschen sind.

»Ich brauche auch ein paar Taschentücher«, sagt sie im selben zärtlichen Ton, mit dem sie zu Mum gesprochen hat. Ich gehe, um Taschentücher zu holen; Alfie hockt so nah am Fenster, dass die Scheibe beschlägt. Auf dem Fensterbrett liegt dieser Klumpen Glimmerstein.

Michaelfels, hat Dad ihn genannt.

Mum liegt lang ausgestreckt und keucht, als ich mit den Taschentüchern zurückkomme, Vicky streichelt ihr die Stirn. Sie tupft Mums Mund ab und gibt mir die Schüssel. Ich kann nicht hinsehen, fasse sie mit spitzen Fingern an, trage sie ins Bad, drehe mich um und kippe den Inhalt mit angehaltenem Atem aus. Vielleicht spritzen ein paar Tropfen zu Omas Blut auf dem Krümmer. Ich spüle und bringe Vicky einen Eimer.

»Kannst du mich hören, Mary?«, ruft sie laut, als müsste sie den Lärm der Abrissbirne in Mums Kopf übertönen. »Ich gebe dir deine Medizin jetzt mit einer Spritze, Mary. Dann fühlst du dich gleich besser. Und noch was gegen die Übelkeit.«

Sie öffnet ihre Tasche; mit einer Hand hält sie stets Mums Hand fest, und Mum lässt sie auch nicht los.

Und da bin ich, einige Schritte abseits vom Sofa. Von hier aus könnte ich Mums Hand nicht halten.

»Sie hat vorhin von mir schon ein paar Schmerztabletten und Steroide bekommen, Vicky.«

»Das habe ich gesehen«, erwidert sie.

Nach der Spritze hebt sie Mums Augenlider und strahlt sie mit der Taschenlampe an.

»Warum machen Sie das?«

»So kann ich sehen, wie die Pupillen reagieren, erkenne aber auch die Verzerrung des Sehnervs durch den intrakranialen Druck, also durch den Druck im Schädel. Könnten Sie mir einen Gefallen tun? Holen Sie Ihrer Mum doch ein paar Eiswürfel, die sie in den Mund nehmen kann; sie dürfte jetzt durstig sein. Und setzen Sie bitte auch den Kessel auf, ja? Sie ist nicht die Einzige, die jetzt ein kleines Tässchen vertragen könnte.«

Als sie mit ihrer Untersuchung fertig ist, macht sie sich ein paar Notizen, bleibt dann noch einen Moment lang sitzen und streichelt Mum die Stirn; im Zimmer ist es so still, dass man nur uns drei atmen hört.

Ich unterhalte mich jetzt kurz mit deinem Sohn, Mary, aber eine Weile sollte es dir nun auch gut gehen. Ruhe dich einfach aus und bleib auf der Seite liegen. Hier steht ein Eimer, falls dir wieder schlecht wird, aber die Medizin wirkt ziemlich schnell. Und wir sind nicht weit weg.«

Als wäre sie ein schlafendes Baby, schleichen wir uns von ihr fort.

Ich habe die Hintertür aufgemacht, um ein wenig frische Luft einzulassen, Vicky und ich am Küchentisch, dampfender Tee. Ich nehme das Handy aus der Hosentasche, um Platz zu machen, lege es auf den Tisch.

»Was Steroide angeht, ist sie jetzt auf Maximaldosis. Dadurch wird ihr Zustand aber nicht unbedingt stabil, wir müssen einfach abwarten. Trotzdem mache ich mir Sorgen.

Hatten Sie schon Gelegenheit, sich die Hospiz-Broschüre anzusehen, die ich Ihnen dagelassen habe?«

Ich nicke. Ich höre ihr aufmerksam zu. Ehrlich. Aber mittlerweile finde ich selbst ihren südafrikanischen Akzent attraktiv, den Busen weich und einladend. Meine Lust wird von Gewissensbissen überschattet, weil ich an so etwas denken kann, während Mum nebenan krank auf dem Sofa liegt. Aber welcher Augenblick eignete sich besser für ein wenig Trost? Und welch besseren Trost könnte es geben?

»Es wäre also in Ordnung, wenn ich anrufe, damit ein Bett für sie bereitgestellt wird? Ich glaube nicht, dass sie noch lange zu Hause sein kann. Das wäre für Sie beide auch nicht fair. Wäre das System besser, gäbe es schon früher mehr Unterstützung ...« Sie hat schöne Hände. Die Hand, die nicht ihre Teetasse hält, liegt beinahe vor mir auf dem Tisch, kein Ehering, auch kein Bräunungsstreifen, weil sie ihn vor der Arbeit abgestreift hat. » ... Jedenfalls ist Ihre Mum in einem Stadium, der sie für einen Platz qualifiziert, und das Santa Christi ist wirklich nett, das schwöre ich. Sie machen sehr ...« Mein Herz ist wie ein abgeknickter Schlauch, die gute Hand ist bereit, ihre Brust ein wenig entblößt »... was meinen Sie? Auch jemanden, der Sie ein wenig unterstützt?«

Mir kommt es vor, als wäre ich von einem elektrischen Feld umgeben, als ich nach ihrer Hand fasse, meine über ihre lege, die Miene ernst, und so ist mir auch zumute.

»Ich möchte Ihnen dafür danken, wie Sie mit meiner Mum umgehen. Ehrlich.«

Die Berührung lässt sie erstarren, und sie schlägt die Augen nieder, sieht in ihren Tee, setzt sich auf, meine Hand auf ihrer Hand, mein brennender Blick auf ihrem Haar, ihrem Busen. Die Hand wandert ihren Arm hinauf, und ich kann sehen, wie sich ihr Kittel hebt und senkt, hebt und senkt, weil sie so tief atmet, aber das ist mir egal, ich fahre mit der Hand über ihre Schulter, streichle ihren Nacken, und die Grenze ist überschritten, liegt schon weit hinter mir. Ich bin draußen im Niemandsland und sehe die glorreiche Ziellinie. Jetzt schaut sie mich an, rot im Gesicht, vom Verlangen gepeinigt, wir beide keuchen. Wie erbärmlich.

Drück einen Knopf ...

»Du siehst noch besser aus als auf den Fotos«, sagt sie atemlos, schüchtern. »Aber das hier ist ganz gegen ... « Mein Körper ist bis zum Platzen gespannt, meine streichelnden Finger nähern sich ihrem Busen, und als ich eine Brust in die Hand nehmen will, kommt mir ihr Mund entgegen, schon weit geöffnet, ihre Zähne schlagen auf meine Lippen, das tut weh, der Speichel überreich, warm, dann finden wir zusammen, finden einen Rhythmus, küssen uns im Stehen, ihre Hüfte schlägt an den Tisch, verschüttet Tee, überall Hände, die Münder aufeinander gepresst, mein Mund gibt ihren auch nicht frei, als ich die Knie weit genug beuge, um eine Hand unter ihren Rocksaum schieben zu können, dann richte ich mich wieder auf, mein Handy beginnt zu klingeln, was uns beide kichern lässt, doch saugt sie so fest an meinem Hals, dass es mir vor Schmerz den Mund aufzwingt, ihre Hände an meinem Gürtel, *Patricia* lese ich auf dem Bildschirm meines klingelnden Mobiltelefons, und ich wäre beinahe rangegangen, doch sind wir in diesem fleischlichen Taumel gefangen, der Tisch wummert gegen die Wand.

18

Mum liegt oben im Bett, kämpft gegen den Flächenbrand in ihrem Kopf an, die Hospiz-Broschüre liegt auf dem Tisch zwischen den leeren Bierdosen. Ich laufe auf und ab, in meinem Bauch schwappt das Bier, der Fernseher läuft, allerdings leise, der Teppich ist feucht, die Schweinerei aufgewischt.

Ich habe eine Verabredung mit Patricia, wenn auch erst in einigen Stunden; außerdem sollte ich eigentlich nicht ausgehen. Ich kann nicht im Haus bleiben und kann nicht raus; mir ist, als juckte es mich mitten im Hirn, ein Juckreiz, den auch der Alkohol nicht stillen kann.

Ich gehe nach oben und mache mich schick, dann sehe ich nach Mum und hoffe, sie liegt zugedeckt und friedlich im Bett, damit ich ausgehen und spielen kann.

Sie liegt im Bett, das stimmt, aber ordentlich zugedeckt ist sie nicht, und das Gesicht ist mit perfekten Schweißperlen benetzt.

Ich plumpse aufs Bett, öffne meinen oberen Hemdknopf und will mich damit abfinden, dass ich zu Hause bleibe – ein ruhiger Abend mit dem Geschrei in meinem Kopf.

Ich seufze; der Blick wandert zum Telefon, das still auf ihrem Nachtschränkchen steht.

Bingo.

Ich nehme den Hörer von der Gabel und rufe mich auf dem

Handy an. Sobald es klingelt, lege ich den Hörer neben das Kissen, mache mich auf die Suche nach meinem klingelnden Mobiltelefon und antworte.

Kontakt! Solange der Hörer nicht auf die Gabel zurückgelegt wird, bleibt ihr Telefon mit meinem Handy verbunden, dem besten tragbaren Babysitter der Welt.

Ich hüpfe fast die Straße entlang, das Telefon warm in der Brusttasche, das Aufladekabel dabei, eine qualmende Fluppe im Mund. Eine dieser Zigaretten, die man wirklich genießt, eine jener seltenen, die einem nicht wie eine Selbstverstümmelung, wie knechtische, sinnlose Abhängigkeit vorkommen.

Ich greife nach dem Handy und lausche der Anrufstille. Trotzdem, wenn sie nach mir ruft, kann ich sie hören.

»Ich habe mal wieder zu viel getrunken, Mum.«

Es ist jetzt dunkel, mitten am Abend, und bis halb zehn, bis zu meiner Verabredung mit Patricia dauert es nicht mehr lang. Es war ihre Idee, sich so spät zum Essen zu treffen. Nett und spät. Ich weiß genau, was sie sich dabei gedacht hat, und es gefällt mir.

Noch habe ich keine Ahnung, wohin ich bis dahin gehen soll, aber wenigstens bin ich in Bewegung; außerdem besteht wieder die Aussicht auf ein wenig körperlichen Trost; das Hemd ist bis oben zugeknöpft, um den bedauerlichen Knutschfleck zu verbergen, den mir meine kleine Pflegerin vermacht hat. Hinterher bekam sie die totale Panik, weil sie doch eine Grenze überschritten hatte.

Wie leicht es ist, Vergnügen zu leugnen, sobald man es gehabt hat.

Vor mir taucht ein weiteres Emblem meiner Unansehnlichkeit auf, das Fotostudio, der Bürgersteig davor vom Ladenlicht hell erleuchtet. Noch um diese Stunde.

Ich kann der Versuchung nicht widerstehen, einen Blick

durchs Schaufenster zu werfen, und sehe Gary, Bill, Don Vincenzo oder wie immer er heißt. Er ist um die vierzig. An den Wänden neue Familienfotos. Die Schaufensterscheibe ist neu. Er sitzt am Tisch, arbeitet an einem Bild. Was es darstellt, kann ich nicht erkennen, aber es ist ein großes Foto, eines ohne geschminkte Gesichter. Kein vorgetäuschtes Glück. Nur Farben und Formen. Sieht aus, als hätte er es gerade gerahmt; er fährt mit einem Tuch über das Glas, die Miene ruhig, zufrieden.

Bei dem grellen Licht drinnen kann er mich hier draußen nicht sehen. Ich halte das Handy ans Ohr und horche auf Mum, während der Fotograf einen Schritt zurücktritt, um sein Werk zu bewundern, und sich dabei kurz mit dem Tuch die Hände abwischt.

»Soll ich, Mum?«, frage ich und starre ins Fotogeschäft, das ich so übel zugerichtet habe, während ich dem Klang der Ferne lausche, dem Rufsignal, das sicher viel größere Entfernungen zurücklegt als bloß die tatsächliche Distanz. Töne, verwandelt in binäre Information, auf dass sie durch Luft und Leitungen fliegen, damit ich hier stehen und Mums Einsen und Nullen lauschen kann.

Ich klopfe an die Studiotür, ein *Geschlossen*-Schild starrt mich an; mein Innerstes tobt. Mit zusammengekniffenen Augen blinzelt er nach draußen ins Dunkel, wo wir sind, Mum und ich. Dann kommt er. Ich bin nervös, öffne den Kragenknopf, schließe ihn wieder.

Er stiert durch das Glas, eine Hand an der Stirn, um die Augen vor dem Licht in seinem Rücken abzuschirmen. Ich setze mein bestes, beruhigendes Lächeln auf und versuche nicht zu schwanken, das Telefon noch am Ohr.

Er schließt die Tür auf, dreht das *Geschlossen*-Schild umständlich auf *Offen* und sieht mich mit breitem Grinsen an, während er den Kopf durch die nun offene Tür steckt und

gleichzeitig der Geruch von Marihuana nach draußen dringt.
»Kann ich Ihnen helfen?«
»Sind Sie der Besitzer?«
»Bin ich. Stimmt was nicht?«
»Ist das eine Ihrer Aufnahmen, die Sie da rahmen?« ich zeige zum Bild auf dem Tisch.
»Wie bitte?«
»Diese künstlerische Aufnahme. Die ist anders als die anderen. Haben Sie die gemacht?«
Er mustert mich, der Blick angezogen vom Handy in meiner unsicheren Hand. »Ja, habe ich, nur ...«
»Wie viel wollen Sie dafür haben?«
»Sie können es von hier doch kaum sehen. Warum sollten Sie ...?«
»Ich habe gesehen, was mit Ihrem Schaufenster passiert ist. *Schrecklich.*« Ich gebe mich aufrecht empört und schüttle missbilligend den Kopf. »Kinder, wie?«
Ich stelle mir Mum vor, wie sie im Schlafzimmerdunkel liegt und uns zuhört, fasziniert, mit offenen Augen. Als lieferte ich ihr eine sensationelle Liveübertragung. Der Fotograf starrt mich an, er und diese retuschierten, gerahmten, verlogenen Gesichter in seinem Fenster.
»Wäre es Ihnen recht, wenn ich mal einen Blick riskiere? Ich bin Kunsthändler«, sage ich und klopfe dabei auf meine Taschen. »Habe im Moment leider keine Visitenkarten dabei, aber ... diese frisch-fröhlichen Grinsebilder im Fenster interessieren mich jedenfalls überhaupt nicht. Sie haben doch bestimmt noch mehr, die so gut sind wie das, was Sie gerade gerahmt haben, oder?« Ich hebe eine Hand, um ihm zu zeigen, dass ich in Frieden komme, und halte dann mit einem Finger die Sprechmuschel zu. »Und mich interessiert, was Sie da rauchen ...«

Inzwischen haben wir es uns bequem gemacht, überall auf dem Tisch leere Bierflaschen; ich drehe uns einen Joint, er gibt aus. Wir beide mit dem körperlichen Laisser-faire der Zugedröhnten – hingeflegelt auf angekippelten Stühlen, die Arme schlaff. Das Handy liegt auf einem Regal an der Tür. Ich will nicht, dass Mum das hier hört.

»Hey, ich habe übrigens gelogen; ich bin kein Kunsthändler.«

»Was Sie nicht sagen. Trotzdem sind Sie mein erster Käufer«, sagt er und strahlt das Bild an, das ebenfalls neben der Tür liegt. »Jedenfalls der erste für eines von meinen.«

»Ich werde nicht der letzte sein«, versichere ich ihm und blicke vom Blättchen auf, das ich gerade anlecken wollte. »Waren Sie versichert?«

»Versichert?«, fragt er zurück und polkt geistesabwesend an etwas herum, das sich zwischen seinen Backenzähnen verfangen hat.

»Das Fenster.«

Er nickt, Finger noch im Mund, während seine Blicke hin und wieder verstohlen zu mir herüberwandern. Trotz all der bedueselten Kameraderie, die sich längst unter uns breitgemacht hat, hört er nicht damit auf und sieht mich immer wieder an, als wäre ich ihm irgendwie suspekt.

Ich sehe ihn auch heimlich an. Beobachte den Mann, dem ich Unrecht tat, wenn auch mit dem Gefühl, einiges wiedergutgemacht zu haben mit dem Vermögen, das ich gerade für sein Bild geblecht habe.

»Und was arbeiten Sie so?«, fragt er. Ich sehe mich zum Handy um – lege den halb fertigen Joint auf den Tisch und hole Mum. »Nichts. Ich habe meinen Job verloren«, antworte ich, sehe auf das Display und warte auf eine Reaktion.

In seinem Suff muss der Fotograf laut lachen. »Warum? Die Chefin gebumst?«

»Ach, das verstehen Sie doch nicht.« Ich bedaure es, mich mit ihm darauf eingelassen zu haben – und in meinem Gedärm rumort es leicht, während ich mich wieder auf den Stuhl fallen lasse. Mum lege ich auf den Tisch.

»Sie haben's getan, stimmt's, Sie geiler Finger«, sagt er lüstern und strahlt. »Mit diesem Gesicht haben Sie bestimmt jede Menge Ärger mit den Damen, möchte ich wetten. Wenn ich mir so Ihren Hals anschaue ...«

Ich schieb das Bier beiseite, verdränge meine Gefühle und sage mir, dass dies der letzte Zug, der letzte Schluck sein muss, wenn ich für Patricia noch in Form sein will.

»Es stört Sie doch nicht, wenn ich mir den für unterwegs aufspare, oder?«, frage ich, deute auf den Joint und werfe einen Blick auf seine große Grastüte. »Ich habe als Wachmann im Knast gearbeitet. Ein Pädophiler wurde erschlagen, und man gab mir die Schuld.«

»Die haben verdient, was sie kriegen«, sagt er nervös und beugt sich dann vor. »Und? Haben Sie's gemacht? Haben Sie ihn zusammengewichst?«

Ich stecke mir den Joint hinters Ohr und fühle mich plötzlich etwas beengt – stehe auf, spüre, wie zugedröhnt ich tatsächlich bin, greife nach seinem Vorrat und nehme mir noch eine Handvoll. »Ein kleiner Ausgleich für die viele Kohle, die ich gerade für Ihre neue Karriere hingeblättert habe?«

Er wischt meine Frage beiseite. »Von mir aus, aber was haben Sie nun mit ihm gemacht?«

Ich beuge mich über den Tisch, stütze mich ab. »Was würden *Sie* denn tun? Nicht, wovon Sie glauben, dass Sie es gern tun würden, sondern wozu Sie wirklich in der Lage wären. Mit diesen hier.« Ich zeige ihm meine Hände, halte ihm die

Narbe hin. »Eingesperrt auf drei mal zwei Meter, nur Sie und ein verängstigter alter Mann. Ohne irgendwelche Folgen.« Ich richte mich wieder auf, schaue ihn an.

Ich sage ihm (und Mum) nicht, dass es der Knast war, der mich bei der Stange hielt. Wie sehr ich es geliebt habe, Teil dieser derben Bruderschaft zu sein. Ich habe es wirklich geliebt. So engstirnig und brutal sie sein konnte, war es eine Zeit lang doch alles, was ich hatte.

Ich verrate ihm nicht, wie naheliegend es ist, dass jemand wie ich mit den Schuldigen arbeitet.

»Und was«, fahre ich fort, ruhiger jetzt, während ich mir etwas Tabak und ein paar Blättchen einpacke, »würden Sie tun, wenn Sie allein im Zimmer mit der Person wären, die Ihre Schaufensterscheibe eingeschlagen hat?«

Ich stecke mir den Joint an, die Flamme wärmt kurz mein Gesicht, lässt den Raum verschwinden; meine Hände zittern.

»Was, wenn es ein achtjähriger Junge gewesen wäre? Würden Sie einen Achtjährigen bestrafen?«

Ich blase Rauch aus, nehme noch einen tiefen Zug, verschlucke die Tränen – Kinder sehen mich von den Wänden an, alle in piekfeine, kratzige Klamotten gezwängt, das Haar zurückgekämmt, angeklatscht, platt gedrückt.

»Ich verstehe Sie nicht«, sagt er, eng an den Stuhl gepresst, langes Schlucken.

»Ich war wütend, aber ich wollte ihm nicht wehtun. Es war ein Unfall. Selbst Robert wusste das. Ich habe nie vorgehabt, jemandem wehzutun.«

Wieder ist es ihre Reaktion, auf die es mir ankommt, nicht seine. Meine verberge ich, indem ich zur Tür gehe, sie öffne und mit Mühe das riesige Bild hindurchbugsiere.

»Bis später, Kumpel«, sage ich in der offenen Tür zur Straße, kehre ihm den Rücken zu. »Das mit dem Fenster tut mir leid.«

19

Dad singt *Der beste Freund meiner Frau ist zurück* und lacht noch mehr als sonst über seine eigenen Witze, also ziemlich viel. Plus, er putzt wie ein Irrer und gibt mir tausend Aufträge. Robert muss nichts tun, und das ist nicht fair, aber Dad sagt, entweder erledige ich meine Arbeiten oder er sagt Mum, dass ich versucht habe, Alfie in der Waschmaschine zu waschen.

Lauch oder Brokkoli.

»*Wo ist das Waschpulver, Dad?*«, sagt er und sieht mich streng an, doch schimmert seine gute Laune durch. »Erwische ich dich noch mal mit der Katze, mache ich Hackfleisch aus dir, kapiert?«

Ich erledige meine blöden Aufgaben, dabei sollte ich eigentlich mit meinem Transformer in meiner Löwenhöhle liegen. Heute ist Monstertag.

Wenn ich mal groß bin, habe ich überhaupt keine Gefühle. Dann bin ich ein Computer oder ein Roboter. Und ich kann auch alles, genau wie die Computer im Fernsehen, die sich mit einem unterhalten oder ein Raumschiff fliegen, während sie gleichzeitig Riesenprobleme lösen. Anders als Dad, der sogar langsamer redet, wenn er nur über eine Kreuzung fährt.

Robert will mitfahren, um Mum aus dem Krankenhaus abzuholen, aber Dad kratzt sich nur am Kopf und lächelt.

Jetzt sitzen Robert und ich am Küchentisch und hören,

wie Dad rückwärts fährt, was irgendwie grässlich klingt, vielleicht, weil ich es sonst nur höre, wenn ich morgens aufstehen muss.

Robert hat Mühe, still zu sitzen. Mein Bauch auch.

»Soll ich dir was machen?«, fragt er und zeigt auf den Küchentresen.

Ich schüttle den Kopf und verwandle meinen Transformer aus einem Monster in einen Roboter und wieder in ein Monster. Meine Hand verheilt gut, sieht aber immer noch ein bisschen wie fürs Leben gezeichnet aus.

»Welcher bist du und welcher bin ich?«, sage ich, zeige ihm den Roboter und hebe dann einen Finger, damit er kurz wartet. So schnell ich kann, verwandle ich den Roboter wieder, ohne dabei die Zunge rauszustrecken. Robert wirkt beeindruckt.

Ich zeige ihm das Monster.

Er zuckt die Achseln. »Was glaubst du?«

Ich weiß es nicht. Ich bin zu sehr damit beschäftigt, mir anzusehen, wie glücklich und aufgeregt er ist. Ich verwandle das Monster zurück in den Roboter. Mittlerweile ist es echt still im Haus, fast, als wären wir Tiefseetaucher in einer dieser Dekompressionskammern, in denen die tagelang hocken müssen. Als hätten ich und Robert die Taucherkrankheit.

Das ganze Haus ist wie so eine Dekompressionskammer aus Metall mit Nieten, die uns jeden Moment um die Ohren fliegen können.

Ich stehe auf, um von meinem Bauch wegzukommen, gehe in die Küche, drehe den Gasbrenner auf und zünde eine Flamme mit diesem Extra-Anzündding an. Wenn Mum nicht zu Hause ist, spiele ich gern mit dem brennenden Gas.

Ich lasse den Roboter direkt über dem Feuer schweben, ziehe ihn wieder weg, befühle sein Gesicht und spüre, wie warm es ist. Auch ein bisschen klebrig. Ich mache es gleich noch mal, ganz aufgeregt, halte Roboter-Robert mit dem Gesicht nach unten in die blaue Flamme, und er läuft purpurgrün an. Schwarzer Rauch. Das Gesicht brennt. Das gefällt mir. DAS GEFÄLLT MIR.

»Was ist das für ein Gestank?« Robert kommt herein.

Ich verstecke den Roboter hinter meinem Rücken. »Ich drehe eine Runde mit dem Fahrrad.«

Ich fahre total schnell unseren Hügel rauf, so als würde ich von Feinden gejagt oder wäre in einem Film. Oder als ob Dad meine Zeit stoppen würde.

Vielleicht könnten Dad und ich ja zusammen weggehen und Mum und Robert allein zurücklassen. So wie ich manchmal weglaufe, Wasser und Obst mitnehme und voll lange wegbleibe, damit sie sich Sorgen machen.

Manchmal verkrieche ich mich auch bloß im Wäschekorb oder gehe in den Garten und klettere auf den Pflaumenbaum, wenn es Sommer ist und die Blätter mich verstecken. Falls die Pflaumen nicht reif sind, denn dann gibt es zu viele Wespen. Bienen sterben, wenn sie einen stechen.

Normalerweise wird mir bloß langweilig, und wenn ich nach Hause komme, fühlt sich keiner bestraft und keiner scheint mich vermisst zu haben. Aber wenn Dad und ich zusammen abhauen, würden wir schwer vermisst, und mir wäre nicht langweilig, und einsam wäre ich auch nicht, so wie wenn ich allein weglaufe. Wir kämen erst Wochen oder Monate später zurück, Jahre später, und Mum würde flennen und mich umarmen, und Robert würde mir die Hand geben und sagen: »He, Kleiner, hab dich echt vermisst, weißt du.«

Vielleicht wäre er auch gar nicht mehr da, weil seine Eltern irgendwie begriffen haben, dass die heiße Zeit längst vorbei ist.

Ich fahre durch den Malfour-Park und überlege, ob ich die Tauben mit Steinen bewerfen soll, fühle mich aber mutig genug für den Bombenkrater.

Der Bombenkrater ist eine Doppelgrube von einer Gasexplosion, aber Dad tut gern so, als wäre sie noch aus dem Krieg. Bomber, die Bomben abwerfen.

Ein Kraterloch ist größer als das andere, so wie Ohren größer als Augen und Titten größer als Eier sind.

Ich hab ein bisschen Schiss vor dem Krater und bleibe deshalb erst mal oben am Rand sitzen. Lote ihn aus. Drei-Lippen-Macavoy hätte keinen Schiss.

Unten liegt neuer Müll, aber auch noch die alten Kühlschränke und Metallbehälter, als hätten die Bomber Müllbomben abgeworfen.

Hätte ich bloß nicht meinen Roboter verbrannt. Ich verwandle ihn wieder ins Monster, aber das wurde auch angebrannt. Roberts Schuld. Ich fahre in den Krater, obwohl er ziemlich steil ist, und ich kann keine Luft holen, bis ich unten bin, dann geht's die andere Seite wieder hoch bis fast ganz nach oben, so viel Tempo hatte ich drauf.

Ich setze das Monster auf einem alten Kühlschrank ab, damit es auf mich aufpasst, dann fahre ich wie ein Stuntfahrer um die Kraterwand. Ich rase sogar den Everest runter, anschließend einmal über rund um die Welt, diesen großen Rundweg mit einem Baum in der Mitte. Monster sieht zu, und mein Bauch fühlt sich an, als wäre da auch Müll drin. Altes, rostiges Metall, Drahtenden und Kühlschrankstückchen, die aus meiner dünnen rosigen Bauchhaut pieken.

Beim Krater stellen sich mir die Nackenhaare auf. Ich lasse das Rad fallen und halte die sich drehenden Reifen an. Es könnte sich wer in einem Kühlschrank verstecken und kleine Jungen fangen, also trete ich eine Beule in einen der Kühlschränke. Dann noch mal, die Beule wird größer, und der weiße Lack blättert ab; drunter ist es rostig.

Ich fahre mit meinem Monster nach Hause, so schnell ich kann, weil ich Angst habe, Mum ist schon da, und Robert grinst und macht einen auf typisch Robert; und alle umarmen sich und gehen ins Haus, und Mum fällt nicht auf, dass ich fehle. Sie schließen die Tür, und der Türklopfer klappert genauso laut, wie wenn man ihn anhebt und damit klopft, zumindest je nachdem, wie fest man damit an die Tür pocht.

Sie sind drinnen, und ich sitze draußen fest und sehe hinein.

Schneller als der Blitz jage ich durch den Malfour-Park, über mir rasen Flugzeuge dahin, Bomben fallen und ringsum landen Kühlschränke und Metallbehälter, löchern das Gras, Erde spritzt, und ich schlängele mich durch, über den Lenker gebeugt, während das Monster in der Tasche meinen Bauch anpiekst. Pfeilschnell sause ich an den Parkbänken vorüber, auch am Ententeich, auf dem eigentlich keine Enten mehr sind, die Metallbomben explodieren, und ich kann die Piloten in ihre Funkgeräte sprechen hören.

Ich bin der Oberkriegsschurke, hinter dem alle her sind, und Mum und Dad umarmen Robert, der in ein Buch zeigt, wobei Mum und Dad aussehen wie aus einer Reklame, so glücklich sind sie über das, was Robert ihnen sagt. Ich bin der Einzige, der weiß, dass Robert ein Roboterspion ist, aber die Bomben fallen um mich herum, nicht um Mum und Dad und Robert, die ins Bett gehen, sich aneinanderkuscheln und zusammen fernsehen. Delfine am Bildschirm.

Ich fahre durch das Parktor; eine Frau muss mir aus dem Weg springen und sagt irgendwas, schimpft. Sie hat keine Ahnung von Robert und den Bomben.

An der Kreuzung halten, warten an der Ampel, Flugzeuge

brausen über mich hinweg. Wenn jetzt ein Kühlschrank mitten auf die Straße kracht, direkt vor so einer schicken Karre. Muss man sich mal vorstellen.

Nun mach schon, Ampel.

Ich zapple so nervös, als müsste ich auf die Toilette oder hätte Ameisen in der Hose; außerdem tu ich, als könnte ich Bombenrauch riechen wie Feuerwerksqualm.

Es wird grün, und weiter geht's durch den Krieg, Flugzeuge im Sturzflug, und Mum kommt nach Hause.

Oben auf unserem Hügel halte ich an, die Schuhe schrappen über den Asphalt. Selbst der Krieg hat aufgehört, denn unten kann ich unseren Garten sehen und die blitzende Trittleiter; der Trimmer macht ein leises Geräusch. Das Monster und ich sehen zu, wie Roboter unten Dads Hecke trimmt.

Die Schlange ist jetzt so dick, dass mir fast der Bauch aufplatzt und gleich sämtliche Krispies über den Boden kullern.

»Das hast du prima gemacht«, wird Dad zu Robert sagen, wenn sie nach Hause kommen, und Mum wird schwer beeindruckt sein, wie erwachsen und lieb Robert ist.

Robert steht auf der Leiter und ich oben auf dem Hügel, den Mund sperrangelweit offen, als wäre grade wer gestorben. Als läge Oma da unten und verblutete in unserem Bad mit herausgeschlagenem Gebiss, während Dad aufwischt und wischt und wischt.

»Das darfst du nicht, Roboter«, sage ich.

Das ist Dads Hecke, und er kommt nach Hause, und Mum ist auch gleich hier, und dann sagt Dad, Robert, das hast du gut gemacht. So wie er das über meine Bilder sagt, wenn ich einen Gang einlege oder wenn ich Mist gebaut habe. Die Trittleiter blitzt so sauber, als stünde sie Reklame für Trittleitern.

»Das darfst du nicht!«

Ich lasse die Bremsen los und trete wie wild in die Pedalen, das Monster pikt mich an, und jede Menge Wind pustet los, als hätte ich mir hundert Trompetenschnecken an die Ohren geschnallt, alle Ozeane dieser Welt. Ich fliege so dermaßen blitzschnell den Hügel runter, dass mein Bauch ganz hart wird, und ich kann keine Luft mehr holen, wenn er so wird. Ich werde nur rot und verkrampft, der Asphalt verschwimmt bei diesem Tempo, der Trimmer klingt in meinem Kopf lauter als die Wespen im Pflaumenbaum.

Ich fahre auf die Straße, wo der Bürgersteig flacher wird, als wäre nachts ein Monster gekommen und an dieser Stelle drübergelaufen. In allen Städten gibt es abgeflachte Bürgersteige, wo Monster nachts langgelaufen sind, um böse Kinder zu stehlen.

Ich vergesse sogar, mich nach Autos umzusehen, weil ich nicht in mir drin bin, sondern oben in einem Hubschrauber, aus dem ich mich filme. Wie die Aufnahmen, die man bei großen Sportveranstaltungen direkt von oben überm Stadion macht. Ich mag das, will aber, dass irgendwann mal die Kamera runterfällt, damit alle sehen, wie es ist, wenn man bis nach unten fällt und auf dem Fußballplatz aufschlägt.

Ich umklammere den Lenker, fliege durchs Tor, wütend auf die Trittleiterbeine, und schließe die Augen, während der Heckentrimmer läuft und läuft, und ich halte nicht an.

Dann PENG, bleibe ich stehen, das Vorderrad kriegt eine Delle, eiert gegen die Leiter, und ich flieg fast über den Lenker. So nahe ist der Trimmer sehr laut, seine Zähne fressen Luft, und Robert schwimmt da oben, wie ein großer Stahlbaum wackelt die Leiter. Sein Gesicht.

Baum fääälllt!

Das gefällt mir gar nicht.

Er lässt die elektrische Heckenschere fallen, und sie knallt mit teurem Krachen auf den Boden, aber die Zähne schnappen weiter wie bei einem Barrakuda. Barrakudas haben sogar auf der Zunge Zähne.

Roberts Gesicht ist weit offen. Es dauert ewig. Und dann dieser Lärm, als die Trittleiter ein Scheppernd-auf-den-Boden-schlag-Geräusch macht, und Robert macht sein Kopf-schlägt-auf-den Boden-Geräusch.

Dann nur noch der Lärm der Heckenschere.

Ich sehe Robert nicht an, lege nur mein Rad hin und drücke auf den orangeroten Alarmknopf am Trimmer; die Zähne bleiben stehen. Dad wäre stolz auf mich. Ich halte mir die Augen mit den Händen zu, und bis auf mein Keuchen ist es ganz still.

»Robert?«

Ich schiel unter den Händen vor, und Robert hat die Augen offen, sieht in die Wolken. Wie sein Bein unter ihm liegt, das muss unbequem sein, aber er wirkt ganz friedlich. Gar nicht böse auf mich. So richtig böse ist er ja nie auf mich. Eigentlich ist er sogar ganz nett.

Ich lasse ihn sich ausruhen, gehe und hebe die Leiter auf, die echt schwer ist, also mache ich jede Menge Lärm, damit er hört, wie sehr ich mich anstrenge, gut zu sein.

»Dad wird stinksauer auf dich sein, Robert. Das ist schließlich sein Job, nicht deiner. Du solltest hier draußen nicht mit seinem Kram spielen, auch wenn du schon dreizehn bist. Du bist nämlich *erst* dreizehn.«

Ich stelle die Leiter hin, aber sie ist auf einem Bein jetzt ein bisschen wacklig, da, wo mein Rad ... Gleich starrt Robert nicht länger in die Wolken, steht auf und geht ins Haus.

»Robert.«

Flennen macht alles nur noch unheimlicher. Plus, ich muss dringend aufs Klo, also will ich reingehen, aber der Trimmer hat einen gigantonomischen Erdbebenriss in seinem rotweißen Plastikgehäuse.

Und das ist der Moment, in dem Robert auf dem Boden einen Breakdance hinlegt, wie der Typ in der Werbung, der vor Strom warnt. Dad sagt, die Werbung soll Angst machen, aber wir kriegen fast immer einen Lachanfall, weshalb Mum meinen Dad so komisch ansieht und er sich mit der Hand das Lachen aus dem Gesicht wischt und ich versuche, es mit meiner wieder reinzuwischen, wobei sein Gesicht ganz kratzig ist, weil er sich den ganzen Tag nicht rasiert hat.

Robert macht den Werbungsfritzen total gut nach und beißt die Zähne zusammen; in seiner Kehle sind Geräusche gefangen. Er sabbert. Die Geräusche machen Schiss; sie klingen, als würde er erwürgt. Das Stromkabel liegt unter ihm.

»Robert?«

Durch die Hose halte ich mir den Dödel, ums Klo zu stoppen. Er guckt in die Wolken.

»Robert?«, wispere ich. »Robert!« Ich weine ein bisschen, versuche aber, damit aufzuhören, laufe hin und her, die Hand auf dem Dödel. »Mum ist bald zu Hause, Robert. Du petzt doch nicht, oder? Ich höre auch auf, Zeugs in deinem Zimmer zu verstecken, und lass dich bei mir fernsehen.«

Er macht immer noch auf Breakdance, und Schaum brodelt aus ihm, als würde sein Mund mit Seife gewaschen. Plus, der Trimmer ist geplatzt, und vielleicht sieht Roberts Hinterkopf wie ein gekochtes Ei aus, dem man einen Hieb mit dem Löffel verpasst hat, ehe man dann die Kappe abschlägt und den ganzen Glibber daraus auflöffelt.

»Ich bring nur mein Rad weg, Robert.«

Er macht immer noch diese Geräusche! Und ist stellenweise total verkrampft. Kein einziges Mal hat er geblinzelt. Ich lass das Rad fallen, laufe ins Haus und ziehe den Stecker vom Trimmer raus, für den Fall, dass er das Kabel durchtrennt hat. Als ich zurückkomme, zappelt er immer noch und vibriert, wie wenn man in der Hüpfburg auf dem Boden liegt, während alle anderen rumspringen.

Ich verstecke nie wieder was in seinem Zimmer, dabei hat er kein einziges Mal was gesagt. Hat sie einfach glauben lassen, er sei ein viel schlimmerer Messie, als er es tatsächlich ist.

Dann beruhigt er sich ein bisschen, das Blasenwasser trocknet auf seinem Gesicht, und er macht sich in die Hose.

Dieser Fisch-und-Chips-Geruch.

Ich hole das Monster raus, verwandle es blitzschnell in den Roboter und stelle ihn neben Robert hin, damit er ihm hilft. Dann hebe ich mein Rad auf. »Bin gleich zurück.« Er sieht überhaupt nicht wie Robert aus. Ich denke, sicher hat er sich beim Sturz verletzt. Und wie er sein Bein hält, das sieht in dieser Stellung echt unbequem aus. Er sollte die Lage ändern.

»Stell dich nicht so an, Robert. Ist nicht nett, so ein Theater zu machen. Außerdem hast du dich eingepisst. Mum ist doch bald zu Hause.« Ich halte zurück und bin ganz hibbelig von dem vielen Pipi in mir. Ich schieb das Rad an die Hausseite, das Vorderrad dreht sich komisch, eirig, wie es ist.

Ich stelle es in den Schuppen, wie Mum es immer will, was mich aber meist nicht kümmert. Ich schieb es ganz nach hinten, dann renne ich wieder raus, weil mir der Schuppen unheimlich ist.

Wieder vorn sehe ich nach Robert. Er ist noch da, Mums und Dads Auto nicht, aber das kommt bald. Ich laufe zu ihm und öffne den Kragen vom schicken Hemd, das er extra für Mum angezogen hat. Ich knöpfe es auf, wie man's im Fernsehen immer macht.

Ich schüttle ihn und beuge mich über ihn, damit er keine Wolken mehr sieht, wedle mit der Hand vor seinen Augen, aber er blinzelt nicht. Er sieht einfach nur glücklich und zufrieden aus. Die Augen sind offen, er ist nicht tot, aber die

Augen sehen ziemlich merkwürdig aus, das schwarze Loch in dem einen riesig groß und offen, als könnte man ihm dadurch bis ins Hirn gucken, das andere voll klein. Ich glaube, er hat sich beim Sturz ein Auge gebrochen.

Ich lege die Leiter wieder hin. Sie ist schwer, und es ist nicht einfach, aber ich lege sie so wieder hin, wie sie nach dem Sturz war. Wie sie war, als Robert fiel. Ich lege sie so hin, wie sie lag, als ich ihn fand. Ich war im Park. Dann gehe ich in eine andere Ecke vom kleinen Garten, verkrieche mich unter einem Busch und sehe ihn an. Mein Pipi kann ich kaum mehr halten. Er liegt immer noch da.

Vielleicht haben Robert und ich Meningitis. Deshalb ist er gestürzt. Vielleicht bin ich krank. Ich laufe und hole etwas Obst. Mum sagt, Obst ist gesund. Ich lege ihm eine Banane hin, gleich neben den Roboter, der auf ihn aufpasst, behalte aber eine Banane für mich – und einen Apfel.

»Robert, du solltest etwas Obst essen!« Und ich tanze den Pipi-Tanz, während ich darauf warte, dass er mir antwortet.

Ich renne ins Haus, knalle die Tür zu, rase die Treppe rauf und hechte in die Löwenhöhle. Ich habe die Taschenlampe vergessen, also keuche ich im Dunkeln, das Geräusch von meinem eigenen Atem macht mir Angst. Wie in der Gefriertruhe. Ich weine ein bisschen, dann höre ich auf. Mir ist nicht nach essen, trotzdem schieb ich mir ein Stück Banane in den Mund, und mir wird ganz kotzig. Ich kann Krispies schmecken.

Ich halte meinen Dödel und bete zu Oma und Gott, dass Robert sich beim Sturz nichts getan hat. Ich bete, weil mir das Bettnässen leidtut und auch, dass ich ihren Bluttropfen beglotze, und ich verspreche, ihn abzuwischen, wenn sie uns hilft. Ich wische ihn ab und mache nie wieder was Böses.

Ich konzentriere mich darauf, völlig still zu sein, denn ich bin die ganze Zeit hier gewesen.

Als Nächstes höre ich eine Autotür zuschlagen, und Mum macht diesen gewaltigen grässlichen Lärm, und ich kann nicht mehr, alles kommt raus; wenn ich nicht so hoch über mir im Hubschrauber wäre, müsste ich weinen. Der Fisch-and-Chips-Gestank hier bei mir drinnen, voll aufgedreht.

Ich fühle mich winzig.

Mum hört auf zu schreien, und dann sind da wieder nur mein Keuchen und der Gestank. Die Haustür knallt zu, und Dad brüllt.

Ich höre, wie er den Hörer auf die Gabel knallt, und er bellt meinen Namen.

Hört sich wie Donner an.

Als er kommt, wechselt die Kamera zur Nahaufnahme, und ich fange an zu heulen, als müsste ich richtig viel aufgesparte Heulerei loswerden. Dad öffnet den Reißverschluss der Löwenhöhle und zieht mich an sich. Sein Gesicht sieht völlig anders aus. Dann hält er mich ein bisschen von sich, damit er mich ansehen und gucken kann, ob ich noch in einem Stück bin. Ich kann spüren, wie er zittert, während Mum Robert ruft und ruft, als sollte er ins Haus kommen. Das Abendessen wird kalt, und morgen ist Schule.

Wenn doch bloß Abendessenszeit wäre.

Dad zieht mich total schnell aus, stellt mich unter die Dusche und seift mich ein von Kopf bis Fuß. Ich kann ihn nicht hören und auch nichts sagen. Ich bin hoch oben, hinter der Kamera. Dann raus aus der Dusche, und alles an mir wackelt, als er mich mit dem Handtuch fix abrubbelt, dann Haar trocknen, und alles wird dunkel; wenn es bloß so bleiben könnte.

Als das Gerubbel aufhört, kann ich die Sirenen hören.

»Wo ist Robert, Dad?«

»Er ist von der Leiter gefallen und hat sich den Kopf

schlimm aufgeschlagen. Wir bringen ihn jetzt ins Krankenhaus, damit er wieder besser wird.«

Ich nicke. Robert wird wieder besser.

»Meinst du, du könntest mir erzählen, was passiert ist?«, fragt Dad.

Ich schüttle den Kopf. »Ich war im Park.«

Die Sirenen sind jetzt richtig, richtig nah, dann sind sie still, Türen schlagen, ich höre Stimmen, und Mum muss heulig schreien. Plus, weit weg kann ich noch mehr Sirenen hören, als ob wir alle einen Krankenwagen bräuchten.

»Zieh dich an«, sagt Dad, und ich sehe, dass sein Gesicht so aussieht, als ob er gleich weinen würde.

Mum kommt mit meinem Roboter in der Hand, steckt mir ihren Zeigefinger fast in die Nase und zieht ein Gesicht wie ein Boxer, der gerade einen Kampf verloren hat. »Was hast du GETAN?«

Dad packt sie. »Raus!« Wurzelstrünke im Nacken. »RAUS!« Jetzt schreit er wirklich; Mum zieht ab, sie hört sich wie eine Sirene an.

Das ist der Moment, in dem die Krispies rauskommen.

20

Patricia verspätet sich. Allerdings komme ich gern zu früh zu einer ersten Verabredung. Komme ich als Erster, biete ich ihr zwar die Chance zu einem großen Auftritt und wecke den Eindruck, sie habe mich warten lassen, was sie bestimmt gut findet, doch bedeutet es eigentlich nur, dass sie mein Terrain betritt.

Meist ziehe ich es vor, der Erste zu sein, denn auch wenn es mich übereifrig wirken lässt, bin ich es doch, der den Platz mit dem besten Blick auf die Bar/das Restaurant aussuchen kann. Und meinem Rendezvous bleibt nur übrig, mich oder die Wand anzustarren. Ich bin es auch, der den Kellner ruft, ich gebe den Ton an. Wenn man drüber nachdenkt, ist es eigentlich ganz einfach, und doch sehe ich Männer oft auf dem falschen Platz sitzen.

Hier bin ich also, sitze im Rendezvous-Fahrersitz, und Patricia gehört offensichtlich zu denen, die zu spät kommen. Wie könnte man auch pünktlich sein, wenn man so sehr fürchtet, jemanden zu enttäuschen? Wie will man da rechtzeitig aufbrechen? Was heißt, dass sie vermutlich genau das macht, was sie mit aller Macht verhindern wollte.

In mir vibriert noch alles vom Fotografen. Alkohol und Gras lassen meine Gedanken taumeln. Mum ist immer noch am Telefon.

Ich sollte überhaupt nicht hier sein; das riesige, blöde Bild, das ich gekauft habe, lehnt neben mir an der Wand. Ich sollte bei Mum sein, aber ich verspreche, morgen bin ich den ganzen Tag mit ihr zusammen, und am Montag kommt dann ein Krankenwagen, diesmal ohne Sirene und Blaulicht, und bringt sie in ihr letztes Bett.

Ich habe mir schon die Speisekarte reichen lassen und entschieden, was ich nehme, dann die Karte zurückgegeben. Patricia kommt zu spät, wird aufgeregt sein und muss sich dann entscheiden, was sie essen will, während sie *gleichzeitig* versucht anzukommen; ich aber bin mit beidem bereits durch. Allerdings schlage ich trotzdem noch einmal die Speisekarte auf – damit es aussieht, als stünden wir beide vor demselben Problem, nur werde ich eben besser damit fertig.

Ich lege das Handy auf den Tisch und fische das Aufladekabel aus der Tasche. Hinter mir ist eine Steckdose. Ich stöpsle das Gerät ein, damit Mum geladen bleibt.

Ich sollte zu Hause sein, sitze aber hier in meinem besten lässigen Outfit, das im Moment allerdings nicht allzu lässig aussieht, da ich das Hemd bis oben zugeknöpft tragen muss, um den Himbeerfleck am Hals zu verbergen, wo die Pflegerin mein Blut saugen wollte.

Meinem zweiten doppelten Wodka geht es auch nicht mehr allzu gut.

Patricia hat uns ein halb hübsches Restaurant ausgesucht, nicht zu edel, nicht zu schäbig. Gewienerte Dielen, auf dem Tisch Leinen, zwar keine ganze Decke, dafür aber Platzdeckchen aus Stoff und richtiges Besteck.

Der Wodkageschmack im Mund erinnert mich an meinen Drink, und ich nippe einige Male daran. Stell das Glas wieder hin. Rück es ein wenig beiseite, auf dem Leinen ein kleiner, feuchter Ring. Also tausche ich mein Deckchen mit ihrem. Schieb den Drink erneut beiseite. Wische mir wieder die Hände an der Hose ab, fummle an meinem Kragen.

Sitz still! Hände in den Schoß! Füße auf den Boden! *Ellbogen vom Tisch. Und danke auch, aber wir wollen nicht sehen, was du gerade isst.*

Ich nehme den letzten Schluck, kippe das Glas an, Eis fällt mir auf die Lippen, der Kopf reglos, der Drink kopfüber, ein paar letzte Wodkatropfen perlen vom Eis in den Mund.

Ich stelle das Glas heftiger als geplant wieder ab, und alle Blicke richten sich auf mich. Ich gebe dem Kellner zu verstehen, dass er nachschenken soll, und stiere herausfordernd die Leute an, die sich gedämpft unterhalten, ein Spritzer Soße auf den Tellern, Messer und Gabel beim Kauen gesenkt.

Der nächste Drink kommt, und Kellner-Kerl nimmt das leere Glas mit, wirft mir einen scheelen Blick zu und wackelt in seinem Pinguinkostüm von dannen – stellt sich zur Kellnerin an die Kaffemaschine, und wie ein Taschendieb die Menge absucht, hält er Ausschau nach Geschirr, das er abräumen könnte.

Ich nehme einen Schluck und denke ans Hospiz. Trotz Hochglanzbroschüre und wohlüberlegter Adjektive gleichen Hospize diesen dreckigen Tellern mit halb gegessenen Portionen, die dahinten auf den Geschirrspüler warten. In Hospizen gerinnen die ungewollten Essensreste, bis sich irgendwer drum kümmert und sie in den Müll wischt.

Mein Mund ist ein bisschen taub geworden, der dritte Drink halb leer. Oder halb voll, je nachdem. Es ist allein Patricias Schuld, dass ich hier sitze und an solche Sachen denke.

Patricia, dieser Name. So *nett*. Am Ende abgerundet durch diesen snobistisch klingenden ›ah‹-Laut. Patriciaaah. Ist doch krank. Warum nicht Trisch? Oder Trischa? Alles, nur nicht diese obernette Nettigkeit. Aber nein, sie stellt sich als

Patriciaaah vor. Ich könnte wetten, sie hasst es, wenn man ihren Namen abkürzt.

Ich bestelle mir noch einen Wodka und beginne mich zu fragen, ob auch nur eine hauchdünne Chance besteht, dass sie mich sitzen lässt. Ich mache es mir bequem, hole hoch, was zu tief nach unten gerutscht war – eine neugierige Kleine ertappt mich beim Zurechtrücken, aber was will man machen.

Der Drink kommt, und ich lasse den Kellner warten, während ich mir wieder das leere Glas an den Mund halte, die Eisklumpen gegen meine Lippen fallen und die letzten Tropfen Tauwasser und Wodka in mich hineinrinnen.

Seien wir ehrlich, Wodka schmeckt wie Haarspray.

Nur zögerlich tausche ich mein leeres Glas gegen einen frischen Wodka und sehe dem Kellner nach, wie er geschmeidig davongleitet, eine Schnecke auf Schlittschuhen.

Ich nehme einen Schluck und stelle das Glas dann weit von mir fort auf den Tisch, auf die andere Seite. Ein Rendezvous mit einem Drink.

Sie kommt SPÄT. Weshalb ich hier sitze und notgedrungen denke, ich sollte zu Hause sein bei dem, was von meiner Nemesis noch übrig ist. Außerdem macht mich Trischi-aas Verspätsamkeit so betrunken, dass ich bestimmt jenseits von Gut und Böse bin, wenn Madame es endlich für opportun hält, hier zu erscheinen. Was nur bedeutet, dass sie versucht, die Oberhand zu gewinnen.

Raffinierte Schlange.

Im Augenblick bin ich so gerade noch al dente, alkoholisch gesprochen, aber nicht mehr lange, und ich bin weichgekocht.

Al bedudelt.

Je mehr ich darüber nachdenke, desto klarer wird mir, dass sie dies vermutlich mit Absicht macht. Und wenn ich wütend werde, trinke ich schneller. Was mich noch betrunkener macht. Was mich noch wütender macht. Außerdem spüre ich langsam einen Anflug von Wuthunger.

Ich bin wuthungrig.

Ich stelle das Glas unter den Stuhl, schmatze mit den Lippen, um sie ein wenig aufzuwecken, und gurgle stattdessen mit einem Schluck Edelblubberwasser. Streiche das Hemd glatt, das Haar. Prüfe nach, ob der Hemdkragen noch den Makel bedeckt.

Ich lange nach dem Glas unter dem Stuhl, halte dann aber inne.

Sie sollte längst hier sein und entscheiden, was sie essen möchte, während ich urbane Belanglosigkeiten von mir gebe, auf die sie liebenswürdig und mit einem gelegentlichen Nicken reagieren muss, während sie mich zugleich nicht warten lassen mag, indem sie zu lange braucht, um ihre Wahl zu treffen.

Leute brauchen einige Augenblicke, um tatsächlich irgendwo anzukommen, also wird sie mich vermutlich fragen: Wissen Sie schon, was Sie möchten? Was nur bewirken soll, dass ich aufhöre zu reden/sie abzulenken/sie herauszufordern, dass ich den Mund halte und mein Essen auswähle. Aber ich habe die Speisekarte längst wieder geschlossen, nachdem ich nur einen flüchtigen Blick darauf geworfen hatte. Das vermehrt ihre Panik, und sie beeilt sich, sieht nur noch Wörter, kann sie aber nicht mehr aufnehmen: *Seezunge, angedünstet, angebraten, Himbeersoße, Filet, blanchiert ...*

Man kann ein Restaurant anhand der dort verwandten Adjektive beurteilen.

Und doch ist sie nicht da, nicht wahr? Dabei sollte sie hier sein. *Ich* aber sollte es nicht, wo doch meine Mum zu Hause schon aus dem letzten Loch pfeift.

Bloß bin ich da, klar? Sitze hier und suche Trost und Beifall, ein Volltrottel erster Güte allein mit nichts zur Gesellschaft als einem gigantischen Bild im Rahmen und einem Handy. Alle Welt sieht mich an, als wäre ich ein tickender Attachékoffer auf dem Flughafen.

Selbst mein Drink unterm Stuhl starrt mich an.

Scheiß drauf. Ich lange nach dem Glas, heule mit den Wölfen.

Man *kann* ein Restaurant nach den Adjektiven beurteilen. Man schlage die Speisekarte auf, und man weiß, was einen erwartet. Ist es eine vor Adjektiven strotzende Speisekarte, in der keine simplen Wörter vorkommen, müssen sie gefedert oder gekitzelt sagen. Na ja, keines von beiden, aber Karten, in denen alles wie liebevoll drapierte, aromatisch angerichtete, herzhaft gefüllte Broccoliröschen oder dergleichen klingt.

Wieder ist das Glas leer, und ich könnte heulen, als hätte ich versehentlich einen lang vermissten Freund verschluckt. Er fehlt mir jetzt schon, mein lang vermisster Wodka.

Ich halte das Handy ans Ohr, und die Leute sehen mich an, allein, mit einem leeren Rate-mal-wer-sitzengelassen-wurde-Stuhl vor mir.

Speisekartenadjektive sind eigentlich nur ein Tarnmanöver für den großen Tritt in die Eier, der mit der Rechnung kommt. Seien wir ehrlich, Adjektive sind ein Ersatz für gute Küche.

Oder wenn man sich die Haare schneiden lässt, und sie legen einem eine dieser blöden Zwangsjacken um, aber plötzlich heißt es dann: Dürfen wir Ihnen einen Drink spendieren, mein Herr?

Spendieren? Dass ich nicht lache. Also sitzt man da in seiner Frisörzwangsjackenkluft, und der Drinkspendiermoment kommt, und ich denke jedes Mal, na klasse: Scheiße-Kacke-Pisse – die Vollverarsche.

Eines Tages sage ich denen: Nein, ich möchte keinen Drink,

allerherzlichsten Dank auch, aber Sie dürfen ihn vom Preis abziehen, und wo Sie schon dabei sind, könnten Sie endlich auch aufhören, meinen Hintern anzustarren.

Die Tür geht auf, ein Pärchen kommt herein.

Ich will mit den Fingern schnipsen, um den Kellner an den Tisch zu holen, muss sie aber erst anlecken, ehe es mit dem Schnipsen klappt, doch der Kellner-Pinguin guckt bloß rüber und segelt dann eisig weiter, um sich den neuen Kunden anzuliebdienern.

Ich nippe wieder an meinem Freund, aber er ist immer noch tot.

Meine Serviette habe ich mir als zusammengerolltes Serviettenknödel zwischen die Beine geklemmt. Das mache ich immer so. Bei manchen Leuten ist die Serviette selbst nach dem Essen noch flach und glatt, aber meine sieht immer aus wie ein Altmännersack.

Ich gebe mir Mühe, meiner Serviette dies nicht anzutun, weil ich weiß, dass es wohl kaum eine unverhohlenere Metapher für mein Seelenleben gibt. Und ich habe versucht, mir diese Macke auszubügeln, bin aber offenkundig gescheitert.

Heute ist es Trischas Schuld. Ich lege meine halb glatt gestrichene, halb zerknüllte Serviette unter ihren Stuhl und stibitz mir die von ihrer Seite des halb leeren oder halb vollen Tischs und lege sie mir elegant in meinen hoffentlich bald vögelnden Schoß.

Der Wodkageschmack lässt mich erneut nach meinem Glas greifen, was der Barista-Bande nicht entgeht, die gleich aus den Mundwinkeln miteinander zu reden beginnt. Scheint, als wäre ich heute Abend die Hauptattraktion. Die Show.

Ich schnippse wieder mit den Fingern und winke sie zu mir. Kellner-Kerl hat mich vergessen, nachdem er das Paar an den Tisch gebracht hatte. Außerdem hockt die männliche Hälfte dieses Paares mit über den Schultern drapiertem Pullover da. Ich hasse das. *Hasse* das. Zieh deinen Pullover an oder lass ihn aus. Bist doch nicht Batman.

Ich schicke den Pinguinen erneut Signale, aber sie sehen jetzt absichtlich nicht mehr her. Ich wische mir mit dem Handrücken über die Lippen und knalle die Faust auf den Tisch, dass das Besteck hüpft. Pinguin sieht Barista-Girl an, sie aber zuckt mit den Schultern, und wie ein Hund hinter einem Ball zieht sie los, einen leeren Teller zu holen. Wuff!

Mein Kopf fühlt sich an wie ein Rummelplatz am Freitagabend.

Der Kellner trägt die Haare nach hinten geklatscht und einen Schnäuzer – eine Karikatur seiner selbst. Er schleimt sich zu mir an den Tisch, und ich meine zu sehen, dass er auf dem Boden eine glitzernde Spur hinterlässt; aus seinem Haar stieren mich Schneckenaugen an.

Jetzt ist er da, eine Hand hinterm schmierigen Rücken, die andere sammelt mein leeres Glas Haarspray ein. »Sind Sie sicher, dass Sie nicht lieber auf Ihren Gast warten möchten, ehe Sie noch einen Drink bestellen, Sir?« Er hat diese Art Lächeln im Gesicht, das die Augen unberührt lässt. »Oder sind Sie ein wenig hungrig? Ich könnte Ihnen etwas Brot und Olivenöl bringen, auch Knoblauchbrot. Nur um die Zeit zu überbrücken.«

»Vielleicht könnten Sie mir auch meinen verfluchten Knoblauchdrink bringen?«

»Wie bitte?«

Wie einen Furz wedle ich meine Bemerkung beiseite. »Egal« – *Hände in den Schoß, sitz aufrecht.* »Sehe ich etwa aus, als könnte ich kein Gläschen mehr vertragen?«

»Darum geht's nicht, Sir. Ich dachte nur, Sie könnten vielleicht hungrig sein. Sie warten ja auch schon ziemlich lange«, sagt er und zieht bei diesen Worten ein verständnisvolles Gesicht.

»Man hat mich nicht sitzen gelassen, falls Sie das andeuten wollen. Ganz bestimmt nicht! Allerdings bin ich ein bisschen wählerissscch und im Moment eher durstig als hungrig. Einen Wodka, Kellnerchen, und zwar dalli.«

»Ich kümmere mich drum, Sir«, sagt er und entfernt seinen schleimigen Rote-Bete-Kopf.

Das habe ich doch verdammt gut hingekriegt.

Im selben Moment geht die Tür auf, und die Frau der späten Stunde kommt herein. Ich mache Anstalten aufzustehen, behalte meine (ihre) gut gebügelte Serviette in meinem hoffentlich bald vögelnden Schoß und stoße leicht an den Tisch, weshalb ein Messer, eine Gabel oder ein Löffel knappe anderthalb Stunden lang scheppernd zu Boden fällt.

Ich setze mich wieder, will meine Aura der Souveränität nicht gefährden. *Keep it cool.* Ich hebe das Messer auf. Mir bleiben ungefähr zwei Stunden, sie zu mir nach Hause abzuschleppen und dann nach Mum zu sehen. Bingo.

Sie sieht ziemlich gewagt aus, unsere Patrisch. Schicke Frisur und so ein hübsches Blusenetwas, dazu Rock und Strumpfhose. Bemüht lässig. Kleines Handtäschchen, gerade groß genug für einen Lippenstift, den sie nicht trägt, nur Lipgloss, was sie aussehen lässt, als hätte sie unterwegs fettige Pommes gegessen.

Sie beugt sich vor, und ich lasse sie meine Wange küssen. »Tut mir leid, dass ich so spät komme«, sagt sie, wobei mich ihr Parfüm liebkost. Plötzlich ist es in Ordnung, dass sie so spät kommt. Völlig in Ordnung.

Sie will sich setzen, pflückt aber vorher die zusammengeknüllte Serviette vom Stuhl und hält sie zwischen Zeigefinger und Daumen hoch. Ich lege eine Hand an den Mund und flüstere übertrieben laut: »Ist kein besonders doller Laden. Bisschen schmuddelig.«

Der schleimige Pinguin kommt und bietet sich an, Paschrischs Mantel aufzuhängen, sie aber lehnt ab und reicht ihm stattdessen den Altmännersack, den er entgegennimmt, als wäre es eine warme Windel.

Er wirft mir einen ganz speziellen Blick zu, dann tauscht er das fallen gelassene Messer gegen ein sauberes aus.

»Was wollen Sie trinken, Trisch? Ich habe mir gerade was bestellt.«

Der Pinguin wirft mir wieder, diesmal einen leicht anderen, ganz speziellen Blick zu, während Patsy, die immer noch steht, sich krampfhaft überlegt, was sie trinken soll.

»Was trinken Sie denn?«, fragt sie – die Angewohnheit entscheidungsschwacher Menschen.

»Haarspray.«

»Ähm, ich glaube, da halte ich lieber nicht mit. Weißwein – einen Sauvignon Blanc?«

Der Pinguin nickt und zieht mit der warmen Windel davon. Trisch nimmt indessen Platz und sieht mich prüfend an. Ich zupfe den Hemdkragen über meinen vampirgeschädigten Hals, während sie sich dem großen Fotografenbild zuwendet, das an der Wand neben unserem Tisch lehnt; anschließend dreht sie sich mit hochgezogenen Augenbrauen wieder zu mir um.

»Hab ich grad gekauft, Tri – Patrischa. Ist Kunst, angeblich.«

»So weit würde ich nicht gehen«, sagt sie und tippt mit manikürtem Fingernagel an mein Glas. »Sie haben ja schon einen ordentlichen Vorsprung.«

»Anstrengender Tag im Büro.«

»Ach, Ihre Mum. Wie geht es ihr?«

Während ich ihr nur das unbedingt Notwendige erzähle, hängt sie den Mantel über ihren Stuhl und macht es sich bequem. Wie ich schon sagte, die Leute brauchen eine Weile, bis sie ankommen.

Die Getränke und die Speisekarten werden gebracht, wir prosten uns zu und schlagen sie auf. Ich werfe nur einen Blick hinein, klappe sie wieder zu und lege sie hin. Dann setze ich mich auf meine Hände, um nicht wieder zum Glas zu greifen, aber die Knöchel tun mir weh, und ich brauche eine freie Hand, um den Sitz des Kragens zu überprüfen, damit sie den Knutschfleck nicht sieht. Warum macht man das bloß? Ich *hasse* Knutschflecke. Eklig.

Weil die übrigen Gäste geglaubt haben, man hätte mich sitzen gelassen, habe ich für sie bloß noch einen blasierten Blick übrig. Pah!

Mein Telefon zeigt auf dem Bildschirm *zu Hause* an und eine Uhr, auf deren abgedunkeltem Zifferblatt man die stetig zunehmende Dauer des Anrufs erkennen kann. Ich lege mir das Handy auf den Schenkel und stelle mir vor, wie seine Strahlung sich in meinem Körper ausbreitet – Mum, die mir noch ein Loch ins Herz brennt.

»Worüber lachen Sie?«, fragt Patrisch.

»Über mich«, antworte ich und reiß mich zusammen, »ich lache nur über mich selbst«, und ich frage mich, ob mir noch andere zügellose Gedanken entgangen sind.

Ich halte das Handy hoch, damit sie es sehen kann, mitsamt dem Ladekabel. »Falls Mum sich meldet.« Dann lege ich es auf den Tisch.

Mir kommt der Schweiß, während Pat von ihrem Tag erzählt und ich mir die auffälligeren Details dessen, was sie sagt, zu merken versuche und gleichzeitig darauf achte, dass sie mich nicht ertappt, wie ich ihre auffälligeren Details begutachte. Sie sieht prima aus – erzählt irgendwas über die letzten Wochen von einem Kurs, den sie machen muss, ehe sie diesen neuen tollen Job anfangen kann. Neurophysioirgendwas. Gehirne angucken.

»... eigentlich Leute, die das haben, was Ihre Mum hat«, sagt sie, als wir über die Grippe reden. Die Speisekarte liegt aufgeschlagen vor ihr, mein Zeigefinger hält einen Moment lang das Handymikro zu. Ist ein bisschen unsensibel, unsere Trisch.

»Verstehe«, sage ich und nehme einen Schluck; diesmal haben sie mir einen einfachen, keinen doppelten Wodka gebracht. Und Batman drüben hat immer noch sein selbst gestricktes Cape um.

»Wissen Sie schon, was Sie bestellen?«, fragt sie und sieht mich an, während ich mich anstrenge, den Wodka nicht ex zu trinken. Dann murmelt sie vor sich hin, Blick in die Speisekarte – liest nicht, überfliegt nur die Adjektive, wird nervös.

Das bessert meine Stimmung.

Nur fängt mein Hirn an, in meinem Kopf träge Vorwärtsrollen zu veranstalten, weshalb sich der ganze Raum leicht zu drehen beginnt. Ich fasse mir an den Kragen, setze mich aufrecht hin und versuche, meinem Körper mitzuteilen, dass sich hier nichts dreht. Würde ich bloß auf ihrem Platz sitzen und die Wand anstarren können, statt diesen Whirlpoolsaal. Außerdem hält der Kellner-Kerl alle fünf Augen auf mich gerichtet. Genau wie Patricia.

»Alles in Ordnung?«, fragt sie aus knapp einem Kilometer Entfernung.

»Klar, mir geht's gut.«

»Was ist mit Ihrem Hals?«

»Toilette«, sage ich und taumle hoch. »Ein Muttermal, Patrisch. Eines von denen, die kommen und gehen. Wenn der

Pinguin antanzt, können Sie mir dann ...« Ich sehe auf die geschlossene Speisekarte. »Bestellen Sie mir ... *Verdammt!*«

»Was ist?«

»Vergessen ... Ich nehme, was Sie nehmen, okay?«

»Den *Cäsarsalat?*«

Aber ich stehe nur da und halte meine zweite zerknüllte Serviette in der Hand.

Ich werfe sie auf den Tisch und wanke auf der Suche nach einer Toilette davon; mein Hirn schlägt einen Purzelbaum nach dem anderen.

Sucht man in einem unbekannten Etablissement nach der Toilette, ist es genetisch verboten, stehen zu bleiben und sich umzusehen. Man wagt einen verzweifelten, dringlichen Versuch und muss unter allen Umständen die einmal eingeschlagene Richtung beibehalten, sagt sich, hier entlang sieht es am toilettigsten aus, holt tief Luft und hofft auf das Beste.

Ich gehe an Batman vorbei und kann der Versuchung nicht widerstehen, ihm den Pullover von den Schultern zu streifen. »Sie haben Ihr Cape fallen lassen, Kumpel. Hier, ich hänge es Ihnen über den Stuhl.« Es dauert eine Weile, ihm den Pullover zwischen Stuhllehne und Rücken zu stopfen – Kellner-Kerl schleimt herbei, bereit, das Schlimmste zu verhüten.

Ich mache mich wieder auf den Weg. Nur nicht stehen bleiben. Geh weiter, geh weiter.

Da ist ja die Toilettentür. Gepriesen sei der Herr! Nichts wie hinein – und ich bin draußen.

Eine Außentoilette?

Ich laufe um die Ecke, eine kleine, kopfsteingepflasterte Gasse entlang und lehne mich an die Mauer.

»Hatte zu viel«, sage ich zu den Wolken, doch gefällt mir dies taube Gefühl.

Ich sollte zu Hause sein. Nur sind Mum am Handy und

Patricia am selben Tisch. Bisschen früh für sie, die Eltern kennenzulernen.

Ich ändere immer wieder die Positur und versuche, den Kopf an der richtigen Stelle zu halten. Ich presse ihn gegen die Ziegel, hämmere einige Male mit der Stirn dagegen.

Jetzt reibt meine Hand den Hinterkopf, mein Magen kriegt seine Zuckungen. Ich schlucke alles runter, hole tief Luft, denke an meine sterbende Mum.

Und ich denke an Trauer. Wie angsteinflößend Trauer ist, weil man nicht weiß, wie stark sie sein wird. Ob sie einen mit Haut und Haar verschlingt. Ich habe solchen Schiss vor Gefühlen.

Vorwärtsbeugen, atmen, nicht kotzen. Die Übelkeit überkommt mich, wie mich Gefühle überkommen.

Und ich denke daran, wie gut es mir gefällt, dass es den Selbstmord gibt. Ist wie ein Feuerlöscher an der Küchenwand; man möchte nie, dass es so weit kommt, trotzdem ist es wichtig, dass einem der Selbstmord bleibt. Nur für den Fall der Fälle.

Der Kellner kommt. Was haben Kellner denn draußen zu suchen?

Er gibt mir Handy und Aufladekabel. »Ich glaube, es ist am besten, wenn Sie nicht wieder reinkommen, meinen Sie nicht, Sir?«

Ich atme, halte die Übelkeit im Zaum. »Nein, zufälligerweise halte ich es nicht für das Beste. Zufälligerweise habe ich da drinnen eine Verabredung mit Patrischia. Und zufälligerweise ist es mein gutes Recht, zurück ins Restaurant zu gehen.«

Er scharrt mit den Füßen. »Mir wäre es lieber, Sie täten es nicht, Sir.«

»Jetzt hören Sie auf, mich *Sir* zu nennen. Und was geht Sie das überhaupt an, ob ich zurückgehe oder nicht?«

Er mustert mich spöttisch. »Nun, es ist mein Restaurant, also kann ich bestimmen, wer reinkommt und wer nicht.«

»Quatsch, das ist nicht *Ihr* Restaurant.«

»Na ja, es gehört mir nicht, aber ...«

»Nein, es gehört Ihnen nicht.«

Er macht ein müdes Gesicht, aber irgendwas in ihm heizt sich auf. Das lernt man, wenn man mit Kriminellen arbeitet – mit den gefährlichen. Wie man ihn findet, diesen kleinen Faden, an dem man ziehen muss, damit alles auseinanderfällt. Wichtiger noch ist, dass man weiß, was man tunlichst vermeiden sollte.

»Sie kommen mir nicht zurück ins Haus, und das ist mein letztes Wort, *Sir*.«

Wir stehen voreinander, unsere unterschiedliche Körpergröße ist nicht länger zu übersehen, doch in diesem Moment kommt Trisch, schwer beladen mit dem Bild.

Ich mustere den Kellner-Pinguin, dann werfe ich einen Blick auf mein Handy, auf dem seine blöden tollpatschigen Flossen *#9* aufleuchten ließen.

»Egal, Happy Feet. Was auch immer.«

»Was ist so schlimm daran, wenn man ein bisschen betrunken ist?«, fragt Patricia, während wir durch die Straßen mäandern. »Haben Sie ihm erzählt, wie krank Ihre Mum ist?«

Ich schüttle den Kopf. Die Laternen zerstören die Nacht mit orangefarbenem Licht, die Straße steht voll mit geparkten Autos, abgelaufenen Parkuhren. Das Fotografenbild ist selbst für einen Nüchternen ziemlich unhandlich, für einen Bedudelten aber ein Unding – Mum hängt trotz Tollpatschigkeit des Kellners immer noch am anderen Ende der Strippe.

»Ich wette, der würde sich auch die Hucke volllaufen lassen, wenn seine Mum so krank wäre.«

»Ich hätte weniger getrunken, wenn Sie pünktlich gewesen wären«, erwidere ich, lächle sie an und bekomme zur Antwort einen sanften Schulterschubs, der mich dermaßen aus dem Gleichgewicht bringt, dass ich mich erst wieder an der nächsten Mauer fange. Sie prustet los, hält sich aber rasch eine Hand vor den Mund.

»Trotzdem«, sagt sie schließlich, »ein paar Gläschen sind kein Verbrechen, oder?«

Ich mag es, dass sie für mich einsteht, frage mich aber, ob sie's auch tun würde, wenn sie Bescheid wüsste.

»Was ist mit Ihrem Dad? Lebt er noch?«

Ich schüttle den Kopf und sehe zum Himmel auf. »Und wie sieht's bei Ihnen aus?«

»Beide noch fit. Und noch zusammen. Tut mir leid, das mit Ihrem Dad.«

»Geschwister?«

»Einzelkind.«

»Ich auch, gewissermaßen.«

»Die Leute glauben immer, dass man als Einzelkind verwöhnt wird«, bringt sie lebhaft vor. »Dabei ist man zwischen beiden Eltern gefangen. Was meinen Sie mit *gewissermaßen?*«

Ich seufze, und sie bietet mir an, beim Tragen zu helfen, also halte ich ihr ein Bildende hin; das Glas zeigt jetzt nach oben, spiegelt zwischen uns das Licht der Laternen.

»Gewissermaßen?«, fragt sie erneut, allerdings etwas sanfter.

»Ist eine lange Geschichte.«

Danach herrscht Schweigen, und ich bedaure bereits, so zurückhaltend gewesen zu sein. Wir gehen ein bisschen weiter, und ich würde ihr gern erzählen, dass ich ein Pflegekind bin und meine wahren Eltern nicht kenne. Möchte ihr alles über meinen Gefängnisjob erzählen. Wie toll das Leben in Kanada ist.

Den ganzen üblichen Standardmist.

»Hey, lassen Sie uns da reingehen«, sagt sie und zeigt zum Malfour-Park. Ich lächle eigens für sie und gebe mir Mühe, begeistert zu wirken, dabei will ich sie bloß nach Hause bringen und mir etwas heilenden Trost besorgen, ehe ich mich dem letzten Tag mit Mum stellen muss.

Am Parktor überkommt uns beide ein Giggelanfall, als wir versuchen, das Riesenbild durchzuschieben.

Wir verziehen uns auf die Schaukeln, Patricia streift die Schuhe ab, wir schwingen uns beide in die Höhe, und ganz oben am Schwungbogen fliegt ihr Haar steil auf. Sie schaukelt viel höher als ich, mein Magen ist noch ziemlich empfindlich, und in Gedanken bin ich halb bei Mum. Die andere Gedankenhälfte aber freut sich, hier zu sein, und immer wieder grinse ich diese Frau an.

Ich scharre mit den Schuhen über den gummibeschichteten Beton, halte die Schaukel an und stütze mein Kinn in die Hand, da, wo sie die Schaukelkette umspannt – sehe Patricia zu, wie sie vor und zurück schaukelt.

Sie hört auf, Schwung zu holen, lässt die Schaukel langsamer werden. »So still plötzlich?«

»Tut mir leid.«

»Ist okay. Erzählen Sie mir von Ihrem Job. Gefängnis, richtig? Muss ja echt hart sein.«

Sie gibt sich ganz leger, atemlos. Ist vielleicht glücklich, wieder auf einer Schaukel zu sitzen – so etwas wie Kindheitsnostalgie. Angesichts ihres Glücks spüre ich die schmerzhafte Trennung zwischen allen Menschen. Ihr Glück lässt es sinnlos erscheinen, das zwischen Patrisch und mir. Lässt mich daran denken, wie viel Einsamkeit nur der Gewohnheit der Gefühle geschuldet ist, sich nicht im Gleichklang zu befinden. Zuneigung, Zufriedenheit, Traurigkeit, Liebe. Wir sind mit unserer je eigenen Stimmung so oft allein, als würden Patricia und ich nur per Brief miteinander kommunizieren. Jene Verzögerung zwischen dem Moment, in dem ich meine Gefühle fühle, und jenem, in dem Patricia darauf reagiert.

»Ich arbeite nicht im Gefängnis. Keine Ahnung, warum ich das gesagt habe. Ich habe meinen Job vor drei Monaten verloren.«

»Ist ein richtig gutes Jahr für Sie, wie?«

Ich lasse ein leises, mattes Lachen hören, versuche, mich ihrer Stimmung anzupassen. Ihr zumindest entgegenzukommen.

»Wie haben Sie ihn verloren?«

»Ach«, seufze ich, der Alkohol in mir zieht die Handbremse an. Ich sehe nach dem Handy in meiner Brusttasche. »Ein paar Wärter planten, einen klapprigen alten Kerl zu lynchen. Er hatte versucht, ein Kind zu missbrauchen; das Problem war nur, dass es dabei um ein Kind ging, das einer der Gefängnisbeamten kannte. Der Mann muss der Pädophile mit dem größten Pech der Welt gewesen sein. Jedenfalls wurde er geschnappt, und die Polizisten haben es so gedeichselt, dass er bei uns bis zum Prozessbeginn in Untersuchungshaft saß. Ich hatte genug davon, immer beide Augen zuzudrücken, wenn die Wärter mal wieder was mit den Gefangenen anstellten, also habe ich den Behörden diesmal einen Tipp gegeben. Das war's.«

»Wie schrecklich gut von Ihnen.« Und ihre Stimme verrät die Anspannung, mit der sie sich zurücklehnt, um wieder höher hinaufzuschaukeln. »Sich für das einzusetzen, was doch nur gerecht war, meine ich.«

Mir wird schwindlig, wenn ich zusehe, wie sie hin und her fliegt, und jedes Mal umweht mich ein parfümierter Lufthauch. Der Schmerz wird noch ein bisschen schlimmer – sie findet, meine Story ist keine große Sache.

»Geändert hat es nichts; er kam sowieso in Untersuchungshaft zu uns. Offiziell beging er Selbstmord, aber ich weiß, was er durchgemacht hat. Stundenlang allein mit Gefängniswärtern, die Dinge in ihn reinstecken.« Ein plötzliches Gefühl dafür, was mich dieses Bedürfnis gekostet hat, dieses Bedürfnis, der Bruderschaft anzugehören, droht, mir Tränen in die Augen zu treiben. Wie oft hatte ich in all den Jahren weggesehen, nur um dazuzugehören? Die paar Sachen, die ich gemacht habe, als ich noch neu war, zu jung, zu isoliert und bedürftig, um es besser zu wissen. »Sie haben ihm vermutlich Schlimmeres angetan, als er dem Mädchen je angetan hat, und sie haben dafür gesorgt, dass alle Insassen wissen, was er getan hat. Und dann haben sie ihn noch die ganze Nacht hängen lassen, ehe sie Alarm schlugen. Ich wollte mich an dem Tag krankmelden, aber man fand heraus, dass ich die Selbstmordwache hatte.«

Sie hörte auf zu schaukeln, ihr Schwung nimmt ab. »Was für eine Schande! Aber wieso verlieren Sie den Job, wenn Sie einen noch nicht verurteilten Pädophilen beschützt haben?«

»Ich habe schon Schlimmeres getan.«

»Ich *meine* ja gar nicht, dass es was Schlimmes war.«

»Na ja.«

»Sie glauben, was Sie getan haben, war falsch?«

Ich sinke langsam tiefer in mich zurück. »Nicht so falsch wie die vielen Male, wo ich nicht Alarm schlug, nur um ein Teil von ihnen zu sein. Aber ich war weit weg von zu Hause.«

Sie bewegt sich nicht mehr, sitzt jetzt still auf der Schaukel neben mir, streckt eine Hand aus und legt sie mir auf den

Arm. Ich muss den Blick abwenden, weil sie mich ansieht, als wäre ich irgendwie seltsam. Als wüsste sie nicht, warum ich ihr dies erzähle.

Doch kann ich mir Mum vorstellen, wie sie zusammengerollt im Dunkeln liegt und eine stolze Träne über ihr Gesicht rinnt.

21

Ich will nicht mehr Wetteransager werden, wenn ich mal groß bin; ich will Müllmann werden. Jeden Freitag leeren sie die Mülltonnen vor unserem Haus; okay, das ist ein stinkiger Frühaufsteherjob, aber dafür muss ich auch nur freitags arbeiten. Sechs Tage die Woche frei! Voll popelig! Jedenfalls um Klassen besser als Schule, und dabei soll Schule einfacher als Arbeit sein.

Immer wenn ich nicht zur Schule gehen will, sagt Dad: »Lass uns tauschen. Du machst, was ich mache, und das bis heute Abend um sieben; ich dagegen lege die Füße hoch und höre irgendeiner sexy aussehenden Lehrerin zu.« Was ich total blöd und völlig daneben finde, weil ich ja nicht zwischen Arbeit und Schule wählen will, sondern zwischen Schule und zu Hause, eine Wahl wie zwischen Lauch und Schokolade. Er aber will mich zwischen Broccoli und Lauch wählen lassen. Keine Spur von Schokolade.

Allerdings bloß Bitterschokolade, denn Robert geht's nicht besser.

Wenn sie nicht bei Robert im Krankenhaus ist, nimmt Mum mich mit in die Kirche. Dad muss zu Hause bleiben und sich eine Arbeit suchen. Er blinzelt mir zu, während Mum nach oben geht und mit ihren Tabletten rasselt. Er sagt, die Küche sei jetzt sein Büro.

Wenn er kocht, isst er immer, sagt aber, er würde nur abschmecken. Und wenn er sich dann an den Tisch setzt, sagt er, er sei schon pappsatt vom Abschmecken, zuckt aber mit den Achseln und isst dann trotzdem seinen Teller leer. Mein Dad ist ziemlich dick geworden.

Ich gehe gern zu ihm, wenn er Fernsehen guckt, und ziehe sein T-Shirt hoch, damit ich meinen Bauch an seinem Bauch rubbeln kann. Haut ist in Haut verliebt. Deshalb fühlt es sich so gut an, wenn wir Bäuche reiben.

Mum kommt mit einer Handvoll Tabletten nach unten und bittet ihn um ein Glas Wasser; er bringt es ihr, sagt aber: »Willst du die heute nicht mal weglassen?« Sie sieht uns an, gibt sie Dad und geht wieder nach oben.

Dad hat sich schon mit Essen bekleckert, aber das kommt bloß, weil er so ausladend geworden ist. Manchmal stelle ich mir vor, sein Bauch fängt an der Gasflamme Feuer, und er verliert massig Gewicht. Die Wampe brennt voll weg, und er ist wieder gesund.

In der Kirche werden Mum und ich angestarrt. Simon hat mir erzählt, die Leute würden Mum hinter ihrem Rücken Heilige Maria nennen. Ich hab's Mum gesagt, damit sie bessere Laune kriegt, aber sie hat gemeint, das sei nicht nett, was die Leute sagen, sondern was Sarkastisches, und sie versuche auch gar nicht die Welt zu retten, egal was die Leute behaupten.

Ich finde, Erwachsene sind ziemlich durcheinander, deshalb kann was Gutes plötzlich schlecht sein und was Schlechtes gut.

Sie presst die Augen fest zusammen, und ihre Lippen bewegen sich total schnell, obwohl sie doch eigentlich dem Priester vorn zuhören soll. Er sagt, wir würden alle als Sünder geboren, was bedeutet, dass nur schlechte Leute in die Kirche gehen.

Mum sagt, es sei genau umgekehrt, aber ehe Robert krank wurde, hat sie sich auch nie die Mühe gemacht.

Ich schiebe mir Comics unters Hemd, wenn wir zur Kirche gehen, weil die Comics voll mit Bildern sind, und das macht es für Gott schwerer, in mein Innerstes zu gucken.

Gott ist unheimlich, das merkt man schon seinem Haus an. Die Augen all dieser Statuen und die brutal bemalten Buntglasfenster mit Dornen und Jesus, der wegen unserer Sünden blutet. Ich mag das Gefühl der Comics unterm Hemd, auch wenn ich ganz schwitzig werde und hinterher Bilder auf der Haut habe, als hätte ich Buntglashaut.

Die Comics jucken, und der Priester redet endlos von Sünden Sünden Sünden und davon, dass man den Teufel in sich trägt. Ich kann ihn in meinem Bauch fühlen, und mir gefällt's nicht.

Dass er in meinem Bauch ist, weiß ich wegen der Zeit, die Adam und Eva im Paradies lebten, da war nämlich der Teufel auch dabei, und er war eine Schlange. Also weiß ich, dass der Teufel in mir steckt. Er ist die Schlange, nur habe ich keine Ahnung, wie ich ihn rauskriegen soll.

Ich greife nach Mums Hand, und sie wacht aus ihren Träumereien auf, zuckt zusammen, dreht die Ringe an den Fingern, weil ich ihr wehgetan habe, so fest habe ich zugedrückt, und lässt meine Hand los.

Sie hat einen Ring für Geburt und Ehe, für Willst-du-mich-heiraten und für richtige Geburtstage, und ich frage mich, ob Dad ihr auch einen Ring schenkt, wenn Robert stirbt. Nur kann er sich bestimmt keinen Ring mehr leisten, seit sein Büro in der Küche ist.

Mum tätschelt mein Bein, gibt mir einen Kuss auf den Kopf und sieht sich nach den Leuten um, die uns anstarren. Selbst der Priester verschlingt uns mit den Augen, und alle bunten Fenster glotzen. Ich bete, dass die Comics funktionieren, aber bestimmt kommen Gebete wegen der Comics auch nur schlecht durch. Dann bete ich, dass Mum und Dad die Untersuchung nicht verlieren oder ins Gefängnis müssen.

Sie untersuchen uns, seit Robert sich verletzt hat. Ich frage mich, was Drei-Lippen-Macavoy täte. Würde ihnen bestimmt die Hölle heißmachen.

Ich krempele den Ärmel auf und male mir mit dem Kuli weiter den Arm an. Das macht Spaß. Ich male den ganzen Arm an, male mich vielleicht sogar von oben bis unten an, denn vom Handgelenk bis zum Ellbogen bin ich schon ganz blau. Mir geht's besser, wenn ich mich schwarz und blau anmale, und nächste Woche habe ich dann eine total neue Farbe.

Mum schlägt den Kuli von meinem Arm und sieht mich mit einem Mega-Stirnrunzeln an.

Der Priester erzählt gerade von einem Mann, der sich so sehr um die Ernte seines Nachbarn kümmert, dass irgendwas mit der eigenen Ernte passiert und seine Familie hungern muss. Während der Priester redet, frisst er Mum mit seinen Blicken, und kaum ist er fertig und ein Lied fängt an, beugt Mum sich vor und sagt: »Komm, wir gehen.«

»Aber das Singen ist das einzig Gute!«

Sogar die Wolken sehen wütend aus, weshalb wir an der Bushaltestelle warten.

Der Bus kommt und macht dieses Zischen, das ich so liebe, fast, als hätte er keinen Bock mehr, Menschen zu tragen, und bliebe stehen, um zu verschnaufen. Wie Pferde, wenn sie mit den Lippen prusten, und es klingt wie »Scheiße, bin ich müde« auf Pferdisch.

Busse sind die modernen Pferde. Mum und ich steigen ein, der Bus seufzt erneut, und dann geht's klippklapp die Straße hinab. Ich mag's, wie die Fenster das Draußen zittern lassen, sooft der Bus sich anstrengt, und wie's zu zittern aufhört, wenn ein Gang eingelegt wird. Vielleicht lässt mich der Fahrer das ja mal machen. Sieht jedenfalls so aus, als ob es jede Menge Gänge gäbe.

Mandy, die Sozialarbeiterin, ist gestern gekommen und hat die Polizei mitgebracht. Weil die Polizisten da waren, weiß ich, dass es Ärger gab, plus, als sie kamen, hatten alle drei ihre Lippen versteckt.

Ich habe von oben durchs Treppengeländer spioniert. Mum hat ewig viel geweint und geschrien. Und Dad ist immer wieder los, um den Kessel aufzusetzen, hat aber keinen Tee gemacht. Dann ist er wieder rein und wieder raus, als ob er aufs Klo müsste oder so. Während der ganzen Zeit ist die Stimme der Sozialarbeiterin nicht nach links und nicht nach rechts abgewichen, nicht rauf und nicht runter. Sie konnte nur geradeaus, als wäre sie hoch oben auf einem gefährlichen Gebirgspfad.

Mandy hat Augen wie die Statuen in der Kirche. Bestimmt kann sie auch durch Comics durchsehen.

Dann fällt ganz oft mein Name, also ziehe ich los, verkrieche mich in meiner Löwenhöhle und bete zu Oma. Unterm Bettlaken ist jetzt wieder eine Plastikdecke, und die macht so Knistergeräusche, wenn ich mich umdrehe, fast, als würde man über Schnee laufen.

»Zwei Schritte vor, drei zurück«, hat Dad gesagt.

Ich bete jetzt oft zu Oma und bitte sie, dass die Albträume aufhören. Dad versucht es gelassen zu nehmen, dass ich wieder ins Bett mache. Früher ist er immer voll gelassen geblieben, aber jetzt hat er oft eine Stachelfrisur, weil er vor dem Fernseher schläft. Plus, er schreit mich viel an und weint dann, wenn ich weine.

Ich frage nicht, wie die Untersuchung wegen Roberts Unfall läuft, aber es könnte sein, dass er uns weggenommen wird. Mandy hat mich sogar nach Roberts Unfall gefragt, aber ich weiß ja nichts, weil ich doch im Park war.

Außerdem laufe ich einfach weg, wenn sie versuchen, mich in ein neues Zuhause zu bringen. Und wenn Mum und Dad ins Gefängnis müssen, komme ich eben mit, und dann schlafen wir auf Pritschen, wird bestimmt ganz lustig.

Dad sagt, Gefängnisse machen es einem schwer, sich hinzusetzen.

Mum schläft auf dem Sofa, statt bei Robert im Krankenhaus zu sein. Ich gehe in die Küche, um ihr eine Tasse Tee zu machen. Mit Milch, ein Löffel Zucker.

Obwohl ich groß für mein Alter bin, muss ich auf den Stuhl klettern, um an die Teesachen zu kommen. Erst der Beutel, dann das heiße Wasser, zum Schluss die Milch, so weiß ich genau, dass er die richtige Farbe hat. Mum mag's, wenn er genauso aussieht wie bei der Werbung im Fernsehen. Ich krieg's perfekt hin, wische auch alles auf und gieße den Tee sogar in Dads Boss-Tasse ein.

Dann gehe ich leise zu ihr; die Zeitung liegt neben ihr auf dem Boden, und sie hat sich die Lesebrille in die Stirn geschoben, dabei schläft sie. Ich stelle die Tasse auf dem Tisch neben ihr ab; der Tee dampft.

In ihrem Haar ist ein bisschen Grau, und ich frage mich, ob es schon immer da war und es mir nie aufgefallen ist oder ob es neu sein könnte, so wie wenn Leute bei Scooby Doo ein Gespenst sehen.

Die Brille könnte kaputtgehen, wenn sie damit schläft. Also strecke ich eine Hand aus und greife danach, halte aber die Luft an, damit ich sie nicht aufwecke oder mein Atmen die Hand zittern lässt.

Ich bin ein Spion, und in dieser Brille steckt ein Mikrofilm. Ich ziehe vorsichtig, aber sie hängt hinter den Ohren fest, die durchs Ziehen ein bisschen vorklappen.

Sie schnieft, und ich höre auf. Ich drehe den Kopf beiseite und atme einige Male tief ein. Ich kann den heißen Tee riechen.

Mit dem anderen Arm stütze ich mich auf den Ellenbogen auf und strecke dann wieder die Hand nach der Brille aus, passe aber auf, dass ich nicht aufs Glas fasse, so wie sie mir immer sagt, ich soll nicht auf die Linsen fassen, wenn sie mich hochschickt, sie zu holen.

Ich ziehe, und ein Bügel rutscht übers Ohr. Ich höre auf. Hätte fast Alarm ausgelöst. Wenn ich im Kampfeinsatz sterbe, gibt es ein Staatsbegräbnis ohne Leiche, und Mum wird da sein und richtig, richtig viel weinen, weshalb man sie fortführen und nach Hause bringen und ihr Tabletten geben muss, solche wie die, die sie nimmt, seit Robert den Unfall hatte. Tabletten, die sie wie eine Schlittschuhläuferin durchs Haus gleiten lassen.

Manchmal könnte ich weinen, wenn ich nur daran denke, wie traurig Mum bei meiner Beerdigung sein wird. Sie ist dann sooo erschüttert.

Ich greife wieder nach ihrer Brille, und plötzlich sieht ihre Stirn aus, als müsste sie dringend mal gebügelt werden. Ich ziehe ein bisschen fester, das Ohr wackelt, und sie schreckt auf, fuchtelt mit den Armen, wirft den Tee auf den Teppich, und die ganz verquollenen roten, gruseligen Augen sehen mich eine Sekunde lang an, ehe sie schreit: »Was zum Teufel treibst du da? Ich versuche zu schlafen.«

Ich weiche zwei Schritte zurück: »Ich habe dir Tee gemacht.«

»Sehe ich aus, als ob ich einen Tee brauche? JA? Ich brauche Schlaf!« Sie stößt einen lauten, tiefen Seufzer aus. »Und was wolltest du mit meiner Brille?«

»Sie hätte runterfallen und kaputtgehen können.«

Sie steht auf und schnauft davon, ich ihr nach. Sie holt den Putzlappen, hält ihn unter den Hahn, wringt ihn aus und schnappt sich ein Geschirrtuch. Dann will sie zurück, sieht mich und bleibt stehen. Ihr Haar steht ihr in allen Richtungen zu Berge, was sie noch gruseliger aussehen lässt.

»Was ist?«, fragt sie. »Was glotzt du mich so an?«

Ich senke den Blick, schüttle den Kopf; ihr kleiner Zeh sieht wie ein winziges Stück Schorf aus. Wie das allerletzte bisschen, das sich ablöst, wenn man sich das Knie aufgeschlagen hat.

Sie geht an mir vorbei. »Verschwinde einfach und komme mir eine Weile nicht in die Quere!«

Mission gescheitert, wiederhole: Mission gescheitert!

Ich gehe ganz langsam nach oben.

Dies ist das erste Mal, dass ich in Roberts Zimmer bin, seit er den Unfall hatte. Ich sitze auf seinem Bett, sehe mir alles an. Er hatte den Unfall, weil ich wieder ins Bett mache. Und weil ich mir die Hand verbrannt habe. Weil ich schlecht bin. Und jetzt müssen Mum und Dad ins Gefängnis, und ich werde fortgeschickt.

Eines Tages kriege ich den Dreh raus und kann so gut wie Robert mit Menschen umgehen. Vielleicht, wenn ich so alt bin wie er. Vielleicht.

22

Patricia sieht mich an, als sie die Tür aufmacht: »Ist nicht besonders sauber.«

Während sie eifrig Drinks und Knabberzeugs bereitstellt, mache ich mich daran, den perfekten Joint zu bauen, streusle ihn randvoll, damit sie sich entspannt, aber auch nicht zu voll, damit sie mir nicht völlig abturnt. Inzwischen fahren unsere Körper bestimmt irgendwelche Systeme hoch. Und unsere Gedanken gelten den Gefühlen, durchsieben Aufmerksamkeit, Angst, Zurückhaltung und schlechtes Gewissen – oder mit welchem Cocktail wir auch immer anreichern, was letztlich bloß ein schlichtes, animalisches Bedürfnis ist. Drück den Knopf.

»Es ist unerzogen, die Zunge rauszustrecken«, sagt sie und stellt den Wein aufs Kaffeetischchen.

»Ohne meine dritte Lippe kann ich mich nicht konzentrieren«, erwidere ich, ringe mir ein Lächeln ab und konzentriere mich wieder auf den Joint.

Kaum ist sie wieder weg, fische ich das Handy hervor, das vom langen Anruf noch ganz warm ist, sich aber in der Tasche irgendwie aufgehängt hat. Der Bildschirm ist schwarz.

Ich stehe auf, laufe durchs Zimmer, der Bauch ganz kribbelig vor Sorge.

Patricia kommt zurück, in der einen Hand eine Kerze, die

andere Hand schützt die Flamme vorm Luftzug. »Gehen Sie nicht zu hart mit mir ins Gericht«, scherzt sie und weist mit einem Kopfnicken auf das Bücherregal, vor dem ich so tue, als würde ich mir die Titel ansehen. Sie geht wieder, und ich setze mich, wusle mir kräftig durchs Haar und finde mich damit ab, dass ich höchstens noch eine Stunde bleibe, ehe ich wieder zu Mum gehe – in meiner Brust rennt ein Hamster in seinem Rad.

Ich lecke über den Joint, zünde ihn an der Kerze an und lasse meine Schuhe auf den Boden fallen – halte mir noch rasch einen Fuß an die Nase, um auf Käsegeruch zu prüfen.

»Wie nett«, sagt sie von der Tür her.

»Checke nur, wie sauber der Teppich ist.« Nun bin ich dran mit dem Rotwerden, sie mit dem Lachen. Sie setzt sich neben mich und kuschelt sich an mich, aber wohl nur aus lauter Verlegenheit. Ich nehme sie in den Arm, genieße aber erst einmal den Joint und versuche, meinen Atem unter Kontrolle zu bringen. Bestimmt kann sie auch mein Herz hören.

Sie riecht schwach nach Alkohol; bestimmt hat sie sich in der Küche ein Schlückchen gegönnt. Die unvermeidliche Maschinerie geölt.

»Ich versteh's nicht«, sage ich, reiche ihr meine Rauchwarenkreation, gehe ein wenig auf Abstand, ziehe die Füße aufs Sofa und umarme die Knie – eine Gewitterfront zieht über ihr Gesicht, weil ich von ihr abrücke. Sie nimmt einen Zug, bewundert den Joint und lässt ihren Blick drüberwandern.

»Was gibt es da zu verstehen?«

»Warum Sie mich hier haben wollen. Sie haben offenbar was übrig für verkrachte Existenzen.«

»Ach, quatsch«, erwidert sie. »Wir sind alle verkrachte Existenzen. Als wir uns kennenlernten, wusste ich doch außerdem gar nicht, was in Ihrem Leben läuft. Ich fand Sie also attraktiv, bevor ich's wusste.«

»Bevor Sie was wussten?«

»Warum sind Sie plötzlich so?«

Ich strecke die Hand nach dem Joint aus, sie gibt ihn mir, ich nehme einen Zug. »Wie?«

»Aggressiv.«

Ich zucke mit den Achseln. »Wenn ich Sie wäre, würde ich mich nicht hier haben wollen, das ist alles.«

»Tja, Sie sind aber nicht ich. Außerdem habe ich Sie nur auf einen Drink eingeladen und Sie nicht gebeten, mich zu heiraten.«

Ich atme aus, blase Rauchringe.

»Ich bin nicht blöd, wissen Sie. Oder meinen Sie, ich falle auf Ihr ›sexy einsamer Wolf‹-Getue rein? Jedenfalls weiß ich mehr über Sie, als Sie glauben. Und wir haben eine gemeinsame Bekannte, Sie und ich.«

Ich will ihr gerade den Joint geben, halte aber mitten in der Bewegung inne und warte.

»Sind Kleinstädte nicht schrecklich?«, sagt sie ganz aufgeregt, weil sie weiß, was ich nicht weiß. »Meine Mum hat Sie unterrichtet! Als Sie an der Wilson's waren. Erinnern Sie sich an Mrs Stevens?« Sie mustert mich, ist sich ihrer Sache jetzt sicher, und die Kleinwelthaftigkeit dieses Augenblicks zaubert ein Strahlen in ihr Gesicht.

Ich nicke dem Teppich zu. »Lang war ich nicht da. Nicht mal ein Schuljahr.«

»Aber Sie haben mir einen anderen Vornamen genannt. Oder haben Sie den geändert?« Sie beugt sich vor, ich weiche zurück. »Viel hat sie mir nicht erzählt. Nur die Sache mit der Pflegefamilie und etwas von einem Unfall. Klingt tragisch. Ihre Mum war offenbar eine erstaunliche Frau.«

»*Ist* eine erstaunliche Frau.«

»Natürlich, tut mir leid. Mum bedauert es sehr, dass es Ihrer Mutter so schlecht geht. Sie lässt ihre besten Wünsche ausrichten.«

»Okay.«

Mein Blick klebt selbst dann noch an diesem Stück Teppich, als Patricia es riskiert, mir näher zu kommen und mich in die Arme zu nehmen. Ich bin wie erstarrt, doch hebt sie meine Arme und legt sie so um sich, als würde ich ihre Umarmung erwidern.

»Mach schon«, sagt sie. »Ich komme in Frieden, *sexy boy*.«

Ich stehe vom Sofa auf, nur fort von ihrem widerlichen Mitgefühl.

»Ach, scheiße!«, sagt sie, zieht die Knie vollends an und stützt ihr Kinn darauf.

»Wieso?« Aber ich weiß, wieso, und ich will ja auch nicht, dass es passiert, tue es aber trotzdem – ein über Glatteis rutschendes Auto, sämtliche Bremsen angezogen, dennoch schlittert es langsam, unaufhaltsam ...

»Jetzt machen Sie nicht auf unschuldig«, sagt sie.

»Warum erzählen Sie es mir nicht, wo Sie doch sowieso schon alles über mich zu wissen meinen?«

»Vergessen Sie's.« Sie kommt jetzt in Fahrt, rotgesichtig und beleidigt. »Verarschen Sie jemand anderen mit Ihrem falschen Namen und den deprimierenden Geschichtchen über einen Job, den Sie gar nicht mehr haben.«

Bockig will ich am Joint ziehen, aber der ist erloschen, was ihre Wut in Gelächter umkippen lässt, und ich stimme ein, aber nur kurz; mein Herz pumpt alle Leichtigkeit wieder fort.

»Jetzt kommen Sie schon«, sagt sie sanft. »Oder sind Sie bloß auf reinen Sex aus – *ich Tarzan, du Jane* – und kommen sonst nicht klar?« Sie will mich mit ihrem Lachen anstecken, aber ich lasse sie hängen, denn ich starre in ihr Gesicht und stelle mir vor, wie es wäre, jemandem wie ihr etwas über jemandem wie mich zu erzählen.

Ich greife nach Handy und Jacke. »Sie haben recht, Trisch. Vergessen wir's. Ich nehme alles zurück, okay? *Alles.*«

Sie steht auf, meint eine Chance zu spüren. »Was? *Was* wollen Sie zurücknehmen?«

Doch ich habe begriffen, dass dies *ihre* Jagd ist. Sie gibt den Ton an. Ich bin das Wildpferd auf der Weide, sie hält die Zügel in der Hand.

Aber ich gehe durch; sie ruft mir nach, doch laufe ich schon hinaus in die Nacht, hinter mir knallt die Haustür zu, und gleich darauf bin ich bereits fünfzig Meter weit fort, auf nassen Socken, die Füße kalt, der Joint ausgegangen. Keuchend stehe ich in diesem elenden kleinen Park, beobachte ihre Tür. Fühle mich eins fünfzig groß. Fürchte, dass sie mir nachläuft, fürchte, sie tut's nicht – der immer gleiche, weltweite Konflikt zwischen der unerträglichen Hitze der Intimität und der Kälte der Einsamkeit. Als gäbe es in meinem Sonnensystem nichts als die Wahl zwischen Merkur und Pluto.

Lauch oder Broccoli.

Ich gehe zu einer Bank am Parkrand, unweit vom Weg – die Nacht ist still. Meine Brust hebt und senkt sich, die Arme habe ich um mich geschlungen, gebe mir die Umarmung, die ich ihr hätte geben sollen.

Wieder draußen im Kalten, ein Trottel mit Gänsehaut.

Ich nehme auf der Bank Platz, lausche den Sirenen in der Ferne. Offenbar bin ich nicht der Einzige in Not.

Ein alter Mann spaziert den Weg entlang, schlurft durch die Lichtpfützen um die Laternenpfosten, sein Hund voraus, die Krallen machen leise klickende Geräusche; an jedem Pfosten bleibt er stehen, um zu schnüffeln, und manchmal auch, um zu pinkeln.

Als der alte Mann näher kommt, bitte ich ihn um Feuer, und er tastet seine Taschen ab, die Augen wässrig im orangefarbenen Straßenlicht; er wirkt irgendwie traurig, hat aber auch ein wenig von jener Furchtlosigkeit, wie man sie manchmal bei alten Männern findet. Als wären sie zu alt, als dass Gewalt ihnen jetzt noch etwas anhaben könnte.

»Mache mit Rocket nur unseren Abendspaziergang«, sagt er, immer noch die Taschen abklopfend. Der Border-Collie sieht sich nach ihm um und wedelt mit dem Schwanz, als würde er gern weiterlaufen, hätte aber jene ungeschriebene Distanz zum Herrchen erreicht, die er nicht überschreiten mag, weshalb er mit dem Schwanz hoch in der Luft hin und her trottet und mir seinen Hintern zeigt. Eigentlich ein ganz erfreulicher Anblick, finde ich.

»Rocket«, sage ich wie probehalber.

»Jepp, so heißt er«, sagt der Mann, Liebe in der Stimme. »Wenn ich abends nicht mit ihm ausgehe, weckt mich die feuchte Nase von diesem kleinen Racker mitten in der Nacht.«

Er findet seinen Tabakbeutel, öffnet ihn, gräbt das Feuerzeug aus, reicht es mir, und ich stecke mir den Joint an, danke ihm und halte ihm das Feuerzeug wieder hin. Er nimmt es nicht, bemerkt es nicht, also stehe ich mit ausgestreckter Hand da und blase den Rauch so, dass er nichts abbekommt. Er klemmt sich den Beutel unter den Arm, häuft sich geschickt Tabak aufs Papier und spuckt dann, nachdem er die Gummierung angeleckt und die Zigarette gedreht hat, einen Faden Tabak von der Zunge, einfach so.

»Sie holen sich hier draußen den Tod«, sagt er und weist mit einem Kopfnicken auf meine Socken. Werk vollbracht, sammelt er die Zutaten wieder ein und steckt den Beutel zurück in die Tasche.

»Krach mit der Alten«, sage ich, rolle mit den Augen und lade ihn zu einer kleinen Verschwörung gegen die Frauen ein.

»Ach ja, das schöne Geschlecht.«

Wieder klopft er sich die Taschen ab, runzelt die Stirn, eine Hand fischt den Tabakbeutel heraus. Er sieht nach, steckt ihn zurück, klopft wieder, die Augen nach oben verdreht, damit seine Hände besser fühlen können.

Ich gebe ihm das Feuerzeug, und er lacht leise, steckt sich die Selbstgedrehte an und gibt mir das Feuerzeug zurück.

»Danke«, sagt er.

»Behalten Sie's, es ist Ihr's.«

»Nein, sehr freundlich von Ihnen, aber das kann ich nicht annehmen. Ich hab mein eigenes. Irgendwo.« Wieder klopft er sich die Taschen ab.

»Nein, im Ernst, das gehört Ihnen.«

»Ach so, ja!« Er lacht lauter, als alte Menschen gewöhnlich lachen; er lacht so richtig. »Es geht bergab. Sie wissen schon, das Alter. Fühle mich heutzutage schon zu optimistisch, wenn ich mir nur grüne Bananen kaufe.«

Ich lache mit ihm. »So alt sind Sie nun auch wieder nicht.« Ich sehe zu Patricias Tür hinüber, nehme einen Zug, hüpfe ein wenig auf und ab und versuche, warm zu werden.

Er richtet sich auf, als stellte er sich für ein Foto in Positur. »Was schätzen Sie, *wie* alt?«

»Das Spiel spiele ich nicht.«

»Jetzt kommen Sie, ich vertrag's. Wie alt?«

Rocket bellt uns an, der Mann beschwichtigt ihn.

»Dann müssen Sie zuerst mein Alter erraten. Das ist nur fair.«

»Oh«, sagt er.

»Genau. Ein blödes Spiel.« Ich nehme noch einen Zug,

er auch, dann sieht er mich an, irgendwas leuchtet plötzlich in ihm auf.

»Nein, scheiß drauf«, sagt er. »Ich errate Ihr Alter. Nur einen Moment, muss mich erst mal orientieren. Je älter man wird, desto schwieriger wird es, das Alter anderer Leute einzuschätzen. Heutzutage haben die Leute Sex ja schon mit zwölf, kommt mir jedenfalls so vor.« Er tritt einen Schritt zurück, streicht seinen großen, dicken Mantel glatt. »Und kriege ich dann einen Zug aus dem großen Ofenrohr, oder was?«

Ich sehe das Lächeln auf seinem Gesicht, den Wolf, der in den Hautfalten lauert, dieser Tarnung. Die junge Seele ist immer noch da unter all dem alten Äußeren. Ich grinse ihn an. »Sicher, dass Sie das vertragen können, alter Mann? Würde ungern Ihren Kopf an den Haaren hochziehen, wenn Sie sich übergeben müssen.«

»Was für Haare?«

»Da haben Sie auch wieder recht.« Ich gebe ihm den Joint und er gibt mir seine Selbstgedrehte, damit ich drauf aufpasse, das Ende vom Sabber ganz braun. Er nimmt einen Zug und begutachtet die Verarbeitung, weiß die Unterschiede zu schätzen. Dann ruht sein Blick auf mir, und ich versuche, ihn zu erwidern, doch wird meine Aufmerksamkeit wiederholt von Patricias Haustür angezogen.

»Ich würde sagen, mein Hübscher, Sie sind um die fünfundzwanzig. Allerdings haben Sie noch manches vor sich, bis Sie erwachsen sind. In Ihrem Alter war ich schon drei Jahre verheiratet. Sind Sie verheiratet?«

Ich schüttle den Kopf.

»Und? Wie war ich?«, fragt er und nimmt noch einen Zug.

»Dicht dran. Ich bin achtundzwanzig. Wieso sagen Sie, ich hätte noch manches vor mir, bis ich erwachsen bin?«

»Sie sind nicht verheiratet.«

»Muss ja nicht jeder heiraten. Ist doch ein alter Hut.«

»Tja, Sie leben Ihr Leben nicht, ehe Sie es nicht aus der Hand geben. Alles wird einfacher, wenn Sie aufhören, sich auf den eigenen Kram zu konzentrieren. Und der eigene Kram, der nimmt sowieso kein Ende.« Er gibt mir den Joint zurück und greift nach seiner Zigarette. »Danke. ROCKET!«

Ich sehe mich um, als der Hund mit hängender Zunge aus einem Garten angetollt kommt. Er springt an seinem Herrchen hoch, dann auch an mir. Ich kraule ihn hinter den Ohren, spüre, wie der Mann mich beobachtet.

Vielleicht sollte ich mir einen Hund anschaffen. Hunde sind gute Gesellschaft.

»Er mag Sie«, sagt er. »Wissen Sie, Tiere können Seelen erkennen. Wie Kinder. Ich sage mir immer – Reg, sage ich mir, wenn einer für Rocket okay ist, dann ist er es auch für mich.«

Reg.

Ich bücke mich und lasse Rockets Zunge über meinen Hals schlecken, dann ist es direkt in meinem Ohr feucht und warm; mein Mund klappt auf, die Augenlider pressen sich zusammen. Ich komme wieder hoch, wische das Feuchte ab. »Man kann unmöglich an was anderes denken, wenn einem ein Hund das Ohr ableckt. Jemand sollte eine entsprechende Maschine patentieren lassen.«

»Stimmt«, sagt er. »Ist die Tüte an Ihrer Hand festgewachsen?«

Ich nehme noch einen Zug und gebe ihm den Joint. Unsere Begegnung scheint zu Ende zu sein, und doch stehen wir noch da und warten auf irgendwas – hoffen auf eine Wahrheit.

»Mach ich also auf Sie den Eindruck, als wäre ich eine gute Seele?«, frage ich, während mein Blick kurz auf ihn fällt.

Er stößt den Rauch aus, inspiziert den Stummel, hält ihn anders, um ihn besser in den Mund nehmen zu können, und sagt resolut: »Das tun Sie, ja!«, ehe er wieder zieht, ausatmet. »Also, wie alt bin ich? Nun machen Sie schon.« Wieder plustert er sich auf wie für ein Gruppenfoto.

»Wird es nicht irgendwann egal, wenn man über siebzig ist?«

»Scheiße, nee, wer sagt denn, dass ich auch nur einen Tag älter als sechzig bin?«

Er bricht in ein stürmisches Gelächter aus, das droht, jeden Augenblick in heftiges Asthma umzuschlagen – Geröll in der Lunge.

Kaum hat er sich erholt, steht er wieder gerade, wartet, lässt den Joint ins Gras fallen, tritt ihn aus. Ich gehe um ihn herum, mustere ihn von oben bis unten.

Sicherheitshalber ziehe ich ein paar Jahre ab. »Achtundsechzig.« Er verarbeitet das und lächelt auf eine Weise, die weder Zufriedenheit noch Enttäuschung erkennen lässt. »Ich fürchte, jongliert man erst mit solchen Zahlen, sind ein paar Jahre weniger kein großes Kompliment mehr, oder?« frage ich grinsend.

»Ziemlich dicht dran«, sagt er. »*Ziemlich* dicht. Haben Sie übrigens noch mehr von dem irren Stoff?« Seine Augen sind jetzt noch blutunterlaufener und blitzen im Straßenlicht.

»Habe ich.«

»Wollen wir?«, fragt er und sieht hinüber zur Bank – ein stiller Ort für schlafhungrige Mütter, zu dem sie frühmorgens den Kinderwagen fahren können. Für Teenager, um im Dämmerlicht mit der Liebe zu fummeln. Für Männer, um nachts hinterm Rücken ihrer Gattin zu rauchen. Oder um ihre Geliebte anzurufen.

Ich baue uns einen Joint und spüre den Beginn eines Lächelns. Wir sind hier bar aller Erwartung, Fremde bloß, die durch Gras einen Moment zusammenfinden. Ich könnte ihn *umarmen*.

»Also, worum haben Sie sich denn mit Ihrer Herzensdame gestritten? Oder trete ich Ihnen mit der Frage zu nahe?«

»Lange Geschichte.«

Rocket knurrt, legt sich aber Reg zu Füßen, den Kopf wachsam gereckt, die Ohren auf Geräusche ausgerichtet, die wir nicht hören können.

»Nun, falls Sie damit sagen wollen, ich soll meine Nase nicht in Sachen stecken, die mich nichts angehen, okay. Falls nicht ...«, er sieht mich an, »ich habe Zeit.«

Ich konzentriere mich auf den Joint. Irgendwo im Park fällt eine Tür ins Schloss, und ich blicke auf, aber von ihr keine Spur.

»Haben Sie von der Chemiefabrik gehört?«, fragt er.

»Nein.«

»Hat Feuer gefangen. Brennt noch. Ziemlich schlimm. Ist im Fernsehen.«

Und bei diesen Worten steigt eine glühende Blase in mir auf und platzt heraus: »Meine Mum stirbt.«

Er versteift sich. Ich sehe nicht zu ihm hin, wende mich sogar ab, während er in eine unbestimmte Ferne blickt.

»Tut mir leid«, sagt er ruhig und sehr leise. »Woran? Wenn ich fragen darf.«

»Krebs.«

»Ach, diese Pest. Tut mir wirklich leid, Junge.«

»Na ja, Sie wissen, wie es ist.« Ich lecke den Joint an.

»Wie alt ist sie?«

Und ich muss nachdenken, arbeite mich an Ereignismeilensteinen in meinem Leben rückwärts vor. »Zweiundsechzig.«

Ich gebe ihm den Joint, offeriere ihm die Ehre des ersten Zugs.

Er sieht mich an, nimmt den Joint nicht, wendet sich ab, starrt ins Leere und sagt: »Nach Ihnen, Junge. Nach Ihnen.«

Junge.

»Wie heißt Ihre Mum?«

»Mary.«

»Reg«, antwortet er und reicht mir die Hand.

»Michael.« Diese Lüge habe ich Patricia erzählt, nicht, dass ich damit durchgekommen wäre. Reg lächelt, wendet den Blick erneut ab und spricht nun aus der Leere zu mir. »Was für einen Krebs? Oder schmerzt es zu sehr, darüber zu reden? Wir können uns auch übers Wetter unterhalten. Ich kann ewig und drei Tage über gar nichts reden. Das lernt man in meinem Alter, wenn es erst einmal genug gibt, über das man nicht reden kann. Ist man erst vierundsiebzig, passiert einem zu viel, als dass man nicht gut darin sein müsste, es umschiffen zu können.«

»Vierundsiebzig? Hätte ich nicht gedacht, Reg«, sage ich und lächele, er aber wartet auf meine Antwort. »Hirntumor. Raubt ihr die Sprache. Sie hat offenbar den aggressivsten Krebs, den es gibt. Reines Pech.«

Er saugt Luft durch sein Gebiss ein und schüttelt missbilligend den Kopf. »Und Ihr Vater? Weilt der noch unter uns?«

»Herzinfarkt.«

Bei der Antwort sackt Reg ein wenig in sich zusammen. »Und wie alt war *er*?«

Ich begreife, dass alte Leute ständig danach fragen. Passiert irgendwas, wollen sie wissen, wie alt der Betreffende war, als besänftigte es ihre Angst, dass es sie hätte treffen können. Alle drehen es immer so, als ginge es um sie selbst.

»Wenn er noch leben würde, wäre er jetzt etwa in Ihrem Alter. Vierundsechzig. Starb vor sieben Jahren. Eines Morgens saß er vor Arbeitsbeginn da und sagte zu meiner Mum, sie sähe hübsch aus. Mum ging nach oben, um irgendwas zu holen, kam ein, zwei Minuten später wieder, und er war tot. Er war ein Frustesser – damals groß wie ein kleines Haus. Als er starb, bin ich ab nach Kanada. Hatte genug. Aber nicht übel, seine letzten Worte, oder? ›Du siehst hübsch aus.‹«

»*Vierundsechzig?*« Er lässt den Rauch aus, und die leise Ahnung eines Hustens kitzelt ihn, aber er bezwingt den Reiz.

»Bestimmt sind Sie richtig froh, Reg, dass Sie mich kennengelernt haben, nicht?«

Mit einem matten Lächeln erwidert er: »Nur die Guten sterben jung.«

»Dann müsste ich ewig leben.«

Beide genießen wir einen Moment der Stille, Wolken ziehen über uns hinweg.

»Und? Warum haben Sie sich nun mit Ihrer Liebsten gestritten? Sie haben ziemlich viel durchgemacht.«

»Streit kann man es eigentlich nicht nennen. Weiß nicht. So lange kennen wir uns auch noch nicht.« Ich starre weiter zu ihrer Haustür hinüber und halte ihm die Hand mit dem Joint hin.

»Haben Sie Geschwister?«

»Nein. Es gibt nur mich. Bis vor einigen Jahren hatte ich einen Bruder. Robert. Doch bin ich ein Pflegekind, also stimmt das mit dem Bruder nicht so ganz. Ich meine ...« Ich seufze. »Ich meine, Robert war ein Pflegekind. Ich war ...« Rocket fängt an zu bellen, und Reg schaut mich an, die Augen voll mit Salzwasser, woran aber auch sein Alter schuld sein könnte.

Er starrt mich an, und es ist, als schaute ich der Zeit selbst ins Gesicht – die vielen Jahre, Hautfalten, Altersflecken – und mitten drin zwei blitzende blaue Tupfen. So viel Erfahrung, und doch ist er ebenso durcheinander wie ich. Die Augen verraten es. Vierundsiebzig. Unzählige Momente, und bald kommt er ans Ende seines Parcours, aber das alles macht ihn immer noch sprachlos.

Eigentlich ist seine Hoffnung sogar größer als meine, dass alles in Ordnung kommt. Was aber nicht stimmt. Nichts kommt in Ordnung. Alles ist falsch. Er wird sterben. Vielleicht allein. Wahrscheinlich ist er *jetzt* schon allein. Nichts ist ihm geblieben, nur diese Spaziergänge und ein paar Zigaretten, ein paar gute Joints, die er nicht mehr alle genießen wird, vielleicht nicht einmal mehr einen einzigen. Ihm bleibt bloß noch, sich auf einige jener befangenen kleinen Momente zu freuen, in denen das Leben Sekunden lang mit den Flügeln flattert und die Dinge sich richtig anfühlen. Momente, in denen man einen Wimpernschlag lang dieses Okay-Gefühl spürt.

So wie gestern die Umarmung mit Mum. So wie Reg hier, der Interesse zeigt – Freundlichkeit. Wie nachher, wenn ich durch den Park gehe, an Patricias Tür klopfe und sie mich einlässt, in mehr als einem Sinne. Dann nach Hause gehen und nach Mum sehen.

»Haben Sie jemanden, der Ihnen hilft, Junge? Der sich um Ihre Mum kümmert?«

Das also bleibt vom Leben, diese kurzen Okay-Momente. Vielleicht lässt sich ein Leben ja daran bemessen, wie viele es davon gab. Und wenn wir uns dem Selbstmord überlassen, dem Alkohol, der Gewalt oder der Verbitterung, dann deshalb, weil wir in einen der Abgründe zwischen diesen Okay-Momenten gestürzt sind.

Und da hinein ist offenbar auch mein achtjähriges Ich gefallen.

Aus irgendeinem Grund finde ich es nicht beängstigend, dass dieser vierundsiebzigjährige Mann sich ebenso verloren fühlt wie ich. Es gibt mir Kraft. »Nein, niemanden, Reg. Ich sollte jetzt besser zurück.« Ich halte ihm die Hand hin; Rocket schlägt wieder an, ein Bellen, das durchs Dunkel hallt. Dann schüttle ich Regs Hand, ergreife sie mit beiden Händen, denn Tatsache ist, wenn er die Antworten mit vierundsiebzig nicht kennt, dann kennt sie niemand. Was wiederum heißt, dass meine Antworten so gut wie die Antworten von sonst irgendwem sind. Fühlt man sich verloren, ist jede Karte gut genug. Außerdem ist meine Karte alles, was ich habe.

Ich gehe, aber er ruft mir nach, steht da und stottert, weil er weiß, er braucht noch was, nur weiß er nicht, was es ist oder wie er es sich beschaffen soll.

»He«, sagt er, und tief in der tabakfleckigen Kehle schwingt zittriger Zweifel mit. »Sagen Sie Bescheid, wenn Sie wen brauchen. Vielleicht kann ich ja helfen. Oder Ihnen wenigstens, was der Himmel verhüten möge, mein Beileid aussprechen ... Sie wissen schon.«

Ich wende mich von Patricias warm leuchtendem Fenster ab, als brächte der Gang zu ihr mir einen glücklichen Tod oder als wäre ich ein Außerirdischer, der zurück ins Licht des Raumschiffes tritt, um aus dieser irdischen Wirrnis fortzufliegen.

»Haben Sie nicht bereits genügend Beerdigungen mitgemacht, Reg?«

Ich bedaure meine Bemerkung, denn sie ändert sein Gesicht. Es ist meine Schuld, dass sich noch ein kleiner Flecken Trauer in ihm ausbreitet. Dieser Flecken tut mir leid, und ich gehe auf ihn zu. Als er meine Miene sieht, sieht, was ihn erwartet, richtet er sich ein wenig gerader auf.

Ich nehme ihn in die Arme, und er ist so bebend dürr wie ein Spatz. Ich kann sie fühlen, seine zerbrechliche Sprödigkeit – vierundsiebzig Jahre haben ihn zu diesem Federgewicht verschlissen. Das Leben könnte ihn fortpusten. Noch eine

Tragödie mehr, eine Beleidigung. Er riecht nach Bratfett und Zigaretten, und ich spüre in ihm ein minimales Vibrieren, als wäre er ein Quarz, und man könnte die Uhr nach seiner Melancholie stellen.

Dabei ist es Dad, den ich umarme.

Dann lasse ich ihn los, damit er sich erholt. Schuhelos laufe ich durch den Park davon, bleibe aber noch einmal stehen und rufe ihm zu: »Das wird dann in der St. Margaret sein, Reg.«

Er hebt grüßend eine Hand, und Rocket schusselt vor ihm durchs Gebüsch, den Schwanz gereckt, als schickte er damit Infos zurück an den Planeten Erde.

Ich kann Patricias Umarmung schon fast spüren, doch als ich zu ihrem Haus komme, lehnt das Bild draußen am Geländer, ein Schuh liegt auf der oberen Türstufe, den anderen hat sie auf den Bürgersteig geworfen.

Ich klopfe trotzdem, wenn auch nicht besonders laut.

Nach langer Stille nicke ich der geschlossenen Tür zu, ziehe einen Schuh an, hüpfe die Stufen hinab und ziehe den zweiten an; das Bild lasse ich stehen, nur für den Fall.

Ein letzter Blick, dann haste ich nach Hause, in der Ferne glüht orange die brennende Chemiefabrik. Das Heulen der Sirenen.

23

Robert kommt heute aus dem Krankenhaus. Plus, die Polizei ist wieder da, zusammen mit Mandy, der Sozialarbeiterin.

Dad lässt sich nicht blicken. »Jede Menge im Haus zu tun.«

Er macht alles robertfest. In der Dusche gibt es jetzt extra für Robert einen runterklappbaren Sitz, aber ich stelle mich gern darauf, weil dann kommt der Duschstrahl fast direkt auf meinen Kopf, und das ganze Wasser lärmt in meinem Gehirn, als wäre ich in einer Coladose, die geschüttelt wird. Plus, ich kann nicht richtig über irgendwas nachdenken, wenn das Wasser so laut gegen meinen Kopf kracht.

Rund um Roberts Bett ist jetzt auch so ein Metallding, genau wie im Krankenhaus. Damit er nicht rausfällt. Dad nennt ihn den robertfesten Zaun.

Ich glaube, mir macht es nichts aus, dass Robert nach Hause kommt. Nur kommt er vielleicht gar nicht, wenn nämlich die Untersuchung sagt, es war unsere Schuld, dass er von der Leiter gefallen ist.

Ich gehe in sein Zimmer, und überall auf dem Boden liegen Kabel und Werkzeug; Dad steckt mit dem Kopf unter Roberts Bett, und ich kann den Ansatz seiner Poritze sehen. Normalerweise muss ich dann lachen.

»Dad?«

Er dreht sich kurz zu mir um, dann macht er mit dem weiter, was er tut. »Hi«, sagt er.

»Warum rasierst du dich nicht mehr? Ist das, weil du traurig bist?«

Einen Moment lang erstarrt er, dann bewegt er sich wieder. Sieht aus, als würde er sämtliche scharfen Kanten von Roberts Bett mit so flauschigem Zeugs bekleben. Offenbar kriegt Robert jetzt ziemlich oft einen Anfall. Und zur Schule muss er auch erst mal nicht mehr, zu seiner alten Schule schon gar nicht, dabei haben wir ihm gerade erst die Schuluniform besorgt. Bleibt mir nur übrig, da jetzt reinzuwachsen.

»Kannst du nicht rausgehen und irgendwas spielen? Dein Dad hat noch jede Menge zu tun, und Robert wird bald da sein. Hast du alles erledigt, was Mum dir aufgetragen hat?«

Ich nicke.

»Hast du?«

»Ja.«

»Alles?«

Ich nicke. »Ja.«

»Braver Junge.«

Ich starre die Bohrmaschine an und will nicht, muss mir aber trotzdem vorstellen, wie ich mir in die Hand oder in den Kopf bohre. Oder ich stelle mir vor, wie ich den Bohrer aufhebe und ihn plötzlich und ganz aus Versehen in Dad reinstoße, wie er sich genau zwischen diese Rückgratknubbel mitten auf seinem Rücken bohrt, die so ein bisschen aussehen wie die von Dinosauriern. Die zeigen sich, wenn er sich vorbeugt.

Wenn ich an so was denke, werde ich immer ganz nervös und fahrig und halt meine Hände fest, als müsste ich sie daran hindern, es zu tun. Ich will's nicht. Vielleicht aber will's mein Körper.

»Dad?«

Er seufzt und hört auf zu arbeiten, dreht sich aber nicht um. Das meiste von seinem Kopf steckt noch unterm Bett.

»Ich rasiere mich nicht, weil ich im Moment nicht dafür bezahlt werde, mich zu rasieren, okay? Zumindest bis ich eine neue Arbeit gefunden habe.« Er dreht sich mit aufgesetztem Lächeln um und grient mich kurz an. »Gefällt dir mein Bart nicht?«

Ich schüttle den Kopf, und er zuckt die Achseln, arbeitet weiter.

»Was machst du?«

Seine Stimme klingt härter, als er antwortet: »Ich befestige Schaumstoff am Bett, falls ich denn jemals irgendwo den Bohrer einstöpseln kann. Es gibt in diesem verdammten Haus einfach keine Steckdosen.«

Schimpfwort! »Aber wird er wieder gesund?«

Seine Schultern beben, als hätte ich ihn zum Lachen gebracht, obwohl ich das gar nicht wollte. Er bleibt noch ein bisschen unterm Bett und holt tief Luft. Dann krabbelt er drunter vor und wischt sich übers Gesicht, was in eine große Haarrubbelaktion übergeht.

»Soll ich dir eine Tasse Tee machen, Dad? Wie wär's?«

Er schüttelt den Kopf, Blick zum Boden gesenkt.

Ich krieg Schiss, wenn wer weint. In letzter Zeit weinen alle, ständig; ich frag mich, wie viele Millimeter.

Ich zucke zusammen, als er den Bohrer einschaltet; Holzgeriesel landet auf Roberts Laken. Dad hört auf, sagt ein schlimmes Wort und reißt das Laken runter; auf Roberts Bett haben sie auch eine Gummimatte gelegt.

Er fängt wieder mit der Bohrerei an. Dann hört er auf, dreht sich halb zu mir um.

»Ich nehme die Tasse Tee.«

»Okay!« Schwarz, ohne Zucker, wegen seinem Gewicht. Ich ziehe los.

»Gönne deinem Dad ruhig ein bisschen Milch und ein paar Stückchen Zucker, wegen der Kraft. Und sieh auch zu, ob du nicht einen Keks raufschmuggeln kannst. Oder drei.«

»Okay.«

Er wendet sich ab, beugt sich über die Stelle, an der er bohren will, und hat den Bohrer bereits angesetzt, als er noch eine Bemerkung macht. »He ...«, sagt er.

»Ja?«

»Ich habe gestern dein Rad repariert, läuft wieder wie geschmiert. Musst du Mum aber nichts von erzählen.«

Ich will noch was sagen, aber die Bohrmaschine lärmt schon wieder.

Robert kommt, und er sieht aus wie ein anderer Mensch, obwohl er doch bloß auf den Kopf gefallen ist. Als hätte man ihn durch wen ersetzt, einen Spion. Außerdem zieht er ständig Grimassen, als wäre er eine Marionette, und irgendwer kommt mit den Fäden durcheinander. Selbst sein Haar ist anders, und am Hinterkopf hat er eine große Narbe mit so grässlichen Metallklammern, die mir richtig Angst machen. Ihm wurde ein bisschen Haar abrasiert, und Dad riskiert einen Frankenstein-Witz, aber Mum kriegt einen Wutausbruch.

Robert kann nicht stillsitzen, macht ewig Geräusche und wirkt glücklicher als früher. Er regt sich jetzt schnell auf und stellt immer was mit seinem Mund an, so als würde er auf der Zunge oder auf seiner Backe rumkauen. Beinahe wie Mum, wenn sie böse ist, bloß eben glücklich.

Er kann sogar wütend werden, das ist neu. Und er weint und regt sich auf, was auch neu ist. Der Schlag auf den Kopf muss alles gelockert haben, was vorher in ihm festsaß und nicht rauskonnte.

Selbst seine Lautstärke wurde aufgedreht.

Er verlangt jetzt Mums ganze Aufmerksamkeit, aber irgendwie ist mir das nicht mehr so wichtig. Ich sehe viel fern. Mum und Dad sagen, ich muss jetzt mehr auf mich selbst aufpassen, brav und leise sein und überhaupt schneller erwachsen werden. Was bestimmt auch die Wachstumsschmerzen erklärt.

Mum und Robert gehen jetzt um dieselbe Zeit ins Bett. Ich bleibe länger auf als die beiden. Ich frage Dad, ob es mit Robert eigentlich besser geworden ist, aber er gibt mir keine richtige Antwort, obwohl er doch die Politiker an der Glotze ständig anschreit und ruft: ›Er hat die Frage nicht beantwortet!‹ Manchmal wirft er dann sogar mit seinem Pantoffel nach dem Fernseher. Was heißt, dass ich ihn zurückholen muss. Nur damit er ihn gleich wieder werfen kann.

Wenn er das tut, quiekt Robert meistens. Robert quiekt oft. Manchmal, wenn er glücklich ist, und manchmal, wenn er wütend ist. Manchmal auch, wenn er traurig ist. Manchmal, wenn er alles drei auf einmal ist.

Morgens wecken mich jetzt Roberts Geräusche, nicht mehr Dad, wenn er den Rückwärtsgang einlegt.

Seit er seine Arbeit verloren hat, muss Dad sich einen neuen Job suchen. Irgendeinen Job. Er braucht jetzt nicht mal mehr die Finanzen zu machen. Mum sagt, er lässt sich hängen. Plus, sein Bart ist ziemlich lang, was vielleicht erklärt, warum sie ihn nicht mehr küssen will.

Mein Bettnässen macht alle wütend, dabei ist es nicht meine Schuld. Ist die von Gott.

»Wag es ja nicht!«, hat Mum geantwortet, als ich ihr das gesagt habe. »Wage. Es. Ja. Nicht.« Und dann hat sie mich so fest in die Arme genommen, dass mir die Augen ausgefallen sind.

Meist sehe ich auf meinem Zimmer fern. Normalerweise liege ich dann in der Löwenhöhle, die Augen am Reißverschluss, weshalb es mir vorkommt, als würde ich durch schwere Wimpern durchgucken, als wäre ich Madonna.

Ich bin oben, und Dad sitzt im Wohnzimmer und isst. Wenn Robert im Bett liegt, sieht Mum oft noch mit Kopfhörern fern auf dem kleinen Apparat, der vor Roberts Zimmer steht. Sie liegt dann im Flur auf einem Sofa, das eigentlich zu groß ist, weshalb man sich ziemlich dran vorbeiquetschen muss. Am liebsten renne ich drüber weg. Manchmal liegt Mum morgens noch da, wenn sie nicht im Bad mit Robert kämpft. Und manchmal, wenn ich schon halb eingeschlafen bin, flüstert Dad spätabends mit ihr und versucht, sie von irgendwas zu überzeugen.

Sie machen sich nicht mehr die Mühe, ins Auto zu gehen, um sich zu streiten.

Robert trägt neuerdings Windeln, und Mum und Dad müssen sie wechseln. Sie sind riesig, aber er zieht sie sich ganz oft aus, was Mum aufregt und wütend macht. Das passiert jetzt häufig, dass sie sich aufregt und zugleich wütend wird. Als wäre sie durcheinander. Robert zieht die Windeln aus, aber Mum muss aufpassen, wie sie damit umgeht. Einmal hat er ihr einen Kopfstoß verpasst, und sie hatte ewig ein Veilchen.

Robert ist jetzt jünger als ich, obwohl er älter ist. Ich bin der Älteste, und das gefällt mir.

Dad sagt, mit der Zeit wird alles besser.

Kurzmeldung! Wenn ich eine Woche nicht ins Bett mache, kann ich mir ein Spielzeug aussuchen, egal, was es ist, und ich will unbedingt so ein ferngesteuertes Auto wie Ralph und Simon eins haben. Das hat eine irre coole Federung und ist total schnell, bloß die Batterien halten nicht lang.

Mum und Dad lassen mich nach fünf Uhr nachmittags nichts mehr trinken, und manchmal werde ich wahnsinnig durstig, aber Dad meint, nach fünf trinken ist total blöd, da könnte man gleich den Zwischenhändler ausschalten und die Flüssigkeit ins Bett gießen.

Mum fährt ganz schön oft mit Robert ins Krankenhaus. Wegen seiner Anfälle. Vielleicht muss man bei ihm die Hirnhälften durchschnippeln, damit die eine nicht mehr mit der anderen redet. Dad hat's mir an einem Blumenkohl gezeigt. Er macht echt die allerbeste Käsesoße.

Diese Woche habe ich es drei Nächte hintereinander geschafft, nicht ins Bett zu machen, aber heute kommen Roberts Eltern.

Ich bin der einzige Achtjährige, den ich kenne, der eine Waschmaschine bedienen kann. Ich werde eben schnell erwachsen, und im Garten gibt's extra für mich sogar eine kleine Trittleiter, damit ich die Laken aufhängen kann. Ich steige aber lieber auf einen Stuhl.

Nicht ich mach ins Bett, sondern meine Blase, aber als ich Dad das sage, meinte er: »Gut, dann hau nicht ich dich, sondern meine Hand.«

Ich darf neuerdings auf meinem Zimmer vorm Fernseher essen und kann mir selbst auf dem Herd was machen. Was ich mache, sieht wie kleine Käse-Omeletts aus, und manchmal schmecken sie sogar ohne Ketchup ganz gut.

Roberts Eltern sind gleich da, und Mum sieht in ihrem Kleid aus wie Frau Frankenstein, weil doch jetzt alles für Robert draufgeht. Ich schlaf mit Papiertaschentuchfetzen in den Ohren, damit ich Roberts Albträume und Geschrei nicht hören muss. In letzter Zeit ist es im Haus wahnsinnig laut oder ziemlich leise. Robert hilft mir auch nicht mehr bei den Hausarbeiten.

Plus, Mum will heute nicht, dass ich mich selbst um meine nasse Bettwäsche kümmere; sie schreit mich an, ich soll mich zusammenreißen, ich sei doch schon acht, und mit acht hätte sie nicht mehr in ihr verflixtes Bett gemacht. Nur sagt sie nicht verflixt, sie sagt das Schimpfwort, nimmt mich dann aber in den Arm, während Dad reingestürzt kommt, die Hände ganz braun von Roberts Windel, und Mum lässt mich einfach los, sackt vor der Waschmaschine zusammen, greift nach der Bettwäsche und fängt an zu weinen.

»Weine nicht, Mum«, aber ich weine auch.

Jetzt kann ich sie sogar aus meiner Löwenhöhle hören, wie sie sich unten anschreien.

Unter Wasser kann ich vierzig Sekunden lang die Luft anhalten. Wenn ich im Schwimmbad bin, muss ich mir aber die Ohren zuhalten, weil sonst der Schädel vollläuft und ich untergehe. Der Kopf ist jetzt schon das schwerste an mir. Bis auf die Füße vielleicht. Köpfe wiegen eine Menge.

Allmählich wird es Zeit für Roberts Eltern, und ich hocke auf der Toilette, als Mum reinplatzt, ein paar von ihren Schlittschuhgleittabletten holt und wieder verschwindet.

Als sie kommen, hocke ich oben auf der Treppe und spioniere. Da ist die Sozialarbeiterin, die dicke Mandy, die Leiterin von diesem ganzen Theater, und ich muss leise kichern, weil ich weiß, wenn sie wieder weg ist, sagt Dad das mit den ›Zeppelin-Titten‹.

Zeppelin war im Krieg eine berühmte Frau.

Hinter der Zeppelin-Frau sind Roberts Eltern. Ich kenne sie noch von der Intensivstation. Es sind dünne Leute, ganz blass und so verdächtig wie die Bösen im Film. Sie sehen mich, was seltsam ist, denn normalerweise merkt keiner von denen, die zu uns ins Haus kommen, dass ich hier oben auf meinem Spionageplatz sitze. Die sehen mich jedenfalls, und am liebsten würde ich weglaufen, tu's aber nicht. Schließlich sind sie diejenigen, die an allem schuld sind; und dass sie wissen, wo wir wohnen, macht mir Angst, denn vielleicht kommen sie wieder und stehlen ihren Robert. Oder mich.

Die Mum hat große Ähnlichkeit mit Robert, der Dad überhaupt nicht, obwohl er doch ein Mann und Robert ein Junge ist. Wie auch immer, Robert sieht jedenfalls aus wie seine Mum. Dad hat die Tür aufgemacht, Mum ist mit Robert im Garten.

Nachdem sie unter mir durch sind, renne ich von der Treppe ins Schlafzimmer und steige mit den Schuhen aufs Bett, weil es nämlich nicht bezogen ist, nur die glitschige Gummimatte liegt auf der Matratze, und Mum ist draußen und hat Mühe, Robert stillzuhalten, eine Packung Kekse in der Hand, aber Robert ist ganz glitschig, als wäre er auch aus Gummi.

Ich habe Angst, dass Mum weint, aber irgendwie will ich es auch, denn dann verprügelt Dad Roberts Eltern, und Dad sieht aus, als könnte er es mit Roberts Dad aufnehmen, falls der kein Messer hat, was ihm zuzutrauen wäre, so wie der aussieht.

Ich laufe nach unten, um Dad zu warnen, renne vorher aber noch in die Küche, um ein Messer zu holen, damit es ein fairer Kampf wird. Meist steht der Messerblock gleich neben der Spüle, aber als ich hinkomme, ist er weg. Ich sehe mich um und denke, sicher haben sie ihn fortgeräumt, damit die Eltern nicht auf dumme Gedanken kommen.

Dann entdecke ich die Messer ganz oben, außer Reichweite. Dad sagt, ich sei groß für meine Größe. Das sagt er immer, weil er einmal sagen wollte, ich sei groß für mein Alter, aber sich verhaspelt hat, und jetzt sagt er es immer falsch. Ich mag's, dass ich groß bin für meine Größe.

Ich hole einen Stuhl, schieb ihn mir richtig hin, klettere hoch und höre draußen schon Geschrei, dabei hat Dad noch kein Messer. Mum sagt: »Es geht nicht ums Geld. Wie können Sie es WAGEN, mir das zu sagen! Es geht um ROBERT!«

Der Stuhl ist nicht hoch genug, um an die Messer auf dem Schrank zu kommen, also stelle ich mich auf die Zehenspitzen, und im nächsten Augenblick kippelt der Stuhl. Ich fühle nur noch diese Schärfe und den Lärm im Kopf, sehe einen purpurroten Blitz und liege auf dem Boden. Gleich springe ich wieder auf, hüpfe herum und halte mir den Dödel, halte die Blase zu, hopse zehenspitzig, bis der Weißlichtschmerz aufhört, aber er will nicht aufhören. Das Bein tut echt weh, oben am Innenschenkel, gleich bei meinen lebenswichtigen Organen, und ich fürchte, ich habe mich am Heißwasserhahn verbrannt, denn aus dem läuft's ein bisschen.

Mein Bein ist feucht.

Schnell schreibe ich auf einen Zettel HAT VIELLEICHT EIN MESSER. Drei-Lippen-Macavoy kennt sich mit so was aus. Ich falte das Papier zusammen, renne nach draußen, und die Frauen stehen dicht an dicht, strecken Finger aus; die Dads sind ein Stück weit weg, reden und sehen zu. Robert isst Kekse und schaut in die Wolken, liegt auf dem Rücken im Gras, die allerglücklichste Miene im Gesicht, und ich springe über ihn weg und halte mir dabei den Dödel. Ich renne zu Dad, und Robert ist ganz quiekig, weil ich über ihn weggesprungen bin. Ich gebe Dad den Zettel, wie's manchmal bei den Nachrichten gemacht wird, gebe dem Nachrichtensprecher die Notiz. Ich sag, er soll ihn lesen. Dann springe ich wieder über Robert weg, und er quiekt, weshalb ich gleich noch mal und noch mal über ihn drüberspringe, bis ich völlig aus der Puste bin. Seine Mum schreit so laut, dass man sie gar nicht mehr verstehen kann, und Mum lacht ihr ins Gesicht, und Dad geht dazwischen; er hat meinen Zettel nicht gelesen. Er zückt sein Scheckheft.

Mein Bein tut weh und ist feucht, aber ich sehe nicht nach.

Dann kommt die Zeppelin-Sozialarbeiterin aus dem Haus; man hört die Toilettenspülung; und Mandy stellt sich in die Mitte und dröhnt mit lauter Lehrerinnenstimme: »Jetzt setzen Sie sich endlich hin und reden wie ERWACHSENE miteinander.«

Sie hat diese Stimme, weshalb alle so tun, als wollten sie sich hinsetzen, bloß tun sie's dann doch nicht. Die Mum will Robert aufheben, aber er weint und streckt die Arme nach meiner Mum aus.

Das ist so ein Augenblick wie im Fernsehen, wenn Mum immer eine Hand über den Mund legt.

Stattdessen hebt Mandy ihn auf, und ich merke ihr an, wie schwer er ist, weil sie aussieht, als würde sie was zerreißen. Sie reicht ihn weiter an seinen Dad.

»Geh rein!«, sagt Dad zu mir, und ich sprinte ins Haus, hüpfe herum, halte mir die Blase zu und habe Schiss vorm Schmerz im Bein. Ich sehe nach; die Hose ist ein bisschen rot. Dann flitze ich nach oben, stelle mich aufs Bett und sehe, wie die Münder sich bewegen; es wird viel geweint.

Wie

Viele

Millimeter?

Im Handumdrehen beschlägt mein Fenster, und wie es aussieht, sind Mandy und Robert die Einzigen, die nicht weinen. 21 zeigt mein Thermometer an; die böse Mum steht auf und geht, aber Dad sagt was zu ihr, und sie dreht sich halb wieder um und schreit ihn an. Sie sieht hässlich aus.

Dann ändert sich ihre Miene, und sie streckt dem bösen Dad die Hand hin; der gräbt in seinen Taschen und gibt ihr was. Sie sieht Robert an wie Dad Mum ansieht, dann geht sie aus unserem Haus.

Ich renne mit Karacho nach vorn, reiße Vorhang und Fenster auf, und da kommt Roberts Mum auch schon und stellt sich genau auf die Stelle ... und sie raucht.

Zigaretten sind Todesstängel, sagt Mum. Ich steck den Kopf weit raus, und ich kann ein bisschen von dem Rauch riechen, nur riecht er anders als sonst Zigarettenrauch. Ich halte die Luft an, weil ich nicht sterben will.

Roberts Mum weint, als wäre es das Ende der Welt. Und sie läuft hin und her und raucht irre schnell. Erwachsene sehen komisch aus, wenn sie weinen, weil sie aus der Übung sind.

Ich sehe von oben direkt auf sie runter. Sie blickt hoch, und ich knall mit dem Kopf ans Fenster, weshalb ich ihn ganz eifrig reiben muss, da man nichts anderes machen kann, wenn man sich den Kopf stößt. Und die Stirn runzeln.

»Wie heißt du?«, fragt sie und wischt sich mit beiden Händen über die Augen, dabei hält sie in der einen noch die Zigarette, weshalb ich denke, gleich steckt sie sich das Haar in Brand.

»Hast du Robert lieb?«

Wieder fließen Tränenbäche, und sie nickt, das Gesicht komisch verzogen. Dann formen ihre Lippen Worte, aber es kommt kein Ton. Ich sehe ihr an, dass sie versucht, »ja, sehr« zu sagen. Ihre Lippen machen diese Bewegungen.

»Warum bist du dann nicht seine Mum, wenn du ihn lieb hast?« Was sie aussehen lässt wie einen Baum, an den die Säge ein letztes Mal ansetzt, und dann kommt dieser winzige Moment, ehe er fällt. Ich mag es, ihrem Gesicht das anzutun.

»Bin ich doch«, sagt sie mit ganz hoher Stimme, so als sänge sie im Chor oder quetschte sich die Eier.

»Du bist schuld, dass er so krank ist.«

Baum fäääällllt!

Manche Leute sehen voll hässlich aus, wenn sie weinen. Und diese Mum sieht älter aus als meine Mum. Wenn Leute älter aussehen, als sie aussehen sollten, sagt Dad immer, dass sie als Kinder eine total schlimme Runde als Zeitungsausträger hatten. Das ist der Grund.

Ihr Gesicht sieht aus wie Zitronengeschmack.

Sie wischt sich wieder über die Augen, und ihr Bauch macht diese Zuckungen. »Ich kann gerade nicht jeden Tag für ihn als Mum da sein, das ist alles«, sagt sie mit weinerlicher Stimme.

»Warum nicht?«

Diesmal denkt sie lange nach, die Arme um sich geschlungen, damit sie nicht mehr so zittert. Jetzt könnte die Zigarette ihre Kleider in Brand setzen. Würde mir gefallen. Dann sieht sie hoch. »Manche Leute haben es im Leben schwerer als andere. Und nicht alle haben es so gut wie deine Eltern, haben keine silbernen Löffel. Für manche ist der Teller eben einfach zu voll.«

»Meine Mum sagt, alle haben einen vollen Teller, aber manche Leute haben nicht genug Appetit.«

Sie sieht mich an, schnieft und lächelt dieses bestimmte Lächeln.

»Und keine Tischmanieren«, sage ich, weil mir der Rest von ihrem Spruch wieder einfällt.

»Ich denke, Robert ist krank, weil man ihn allein zu Hause gelassen hat, du eingebildetes kleines Stück Scheiße.« Sie wischt sich die Augen.

»Was für ein unanständiges Wort«, sage ich. Hier oben bin ich mutiger als sonst. »Glauben Sie vielleicht, Sie leben immer noch in den Sechzigern?«

»Was?«

»Dad sagt, du und Roberts Dad, ihr glaubt …«

Zeppelin-Mary taucht auf und blickt hoch, um zu sehen, wohin die böse Mum sieht, woraufhin ich mir wieder den Kopf stoße, reingehe und ihn ganz doll reibe. Meine Jeans sind jetzt noch feuchter und klebriger.

Ich laufe auf mein Zimmer, höre aber einen riesigen Krach, also renne ich wieder zum Fenster und sehe, wie der böse Dad in den Vorgarten stolpert. Dad läuft hinterher, die Ärmel aufgerollt; Mandy ruft irgendwas und versucht, die beiden auseinanderzuhalten. Die böse Mum reißt dem bösen Dad einen Scheck aus der Hand und wirft ihn meinen Eltern zu, aber der sichelt nur langsam auf den Rasen runter, und der böse Dad sieht ziemlich blöd aus, als er versucht, sich das Papier zu schnappen, was ihm aber erst gelingt, als es auf dem Boden landet, und ich hüpfe auf und ab, schwinge die Fäuste und kämpfe für Mum und Dad.

Ich rase nach unten, um zu helfen, und durchs Fenster kann ich Robert sehen, der immer noch rücklings auf dem Rasen liegt und in den Himmel grient. Mum knallt die Haustür zu, und Dad marschiert schnurstracks an mir vorbei und brüllt: »Was für eine Unverschämtheit! Wie können die es wagen!« Er hat ein total rotes Gesicht und diese Flecken am Hals, und Mum sieht voll zerknittert aus.

Dann lachen sie, und ich glaube schon, sie wollen gar nicht mehr aufhören, als Mums Lachen in Weinen umschlägt und Dad endlich anfängt, sie zu trösten.

Ich umklammere ihre Beine und halte sie fest, damit wir von dem vielen Wasser nicht fortgespült werden. Erwachsene sollten nicht weinen.

24

Ich gehe den Hawke Street Hill hinauf, den Kopf gesenkt und außer Atem, so sehr versuche ich, mich wieder nüchtern zu laufen. Der orangerote Brand am Horizont ist nur noch ein schwaches Glühen.

Ich bleibe stehen und rieche die Nachtluft, stehe ziemlich genau da, wo ich damals auf meinem Rad Robert auf der Leiter beobachtete.

Ich sehne mich nach diesem Tag, wie man sich angeblich nach einer vermissten Geliebten sehnt. Wünsche mir, ich könnte ihn noch einmal leben. Viele Male habe ich ihn in Gedanken schon umgeschrieben, und ich frage mich immer wieder, wo ich heute stünde, hätte ich es gekonnt.

Ich ziehe meine Schuhe und die feuchten Socken aus; der kühle Beton fühlt sich gut an, die stille Vorstadtnacht hüllt mich ein – hinter all diesen identisch aussehenden Fenstern schlafen Leute in ihren Betten. Vorhänge senken sich.

Ich stecke mir eine Zigarette an und versuche, mich in den Verstand eines Achtjährigen zurückzuversetzen, in ebenjenen Hirnzustand, der damals an dieser Stelle existierte. Ich knie mich hin, damit mein Kopf auf der Höhe ist, auf der seiner gewesen sein muss. Als könnte das Raum-Zeit-Kontinuum durchbrochen werden und ich die Gedanken beeinflussen, die einmal dort – hier – gedacht worden sind.

Ich kann die Hecke sehen. Hinter mir der schläfrige Malfour-Park, die Zirruswolken leicht gerötet vom Brand in der Chemiefabrik. Wahrscheinlich kommen die Leute im Morgenmantel aus ihren Häusern, die Gesichter schlafzerknautscht.

Ich gehe durch unser Gartentor, und im Vorübergleiten langt die schlecht geschnittene Hecke nach mir. Ich gehe an der Tür vorbei ums Haus herum, stöbere im dunklen Schuppen, finde einen übrig gebliebenen Stuhl und setze mich.

Ich bin zu ihr zurück nach Hause gerannt, und jetzt verharre ich am äußeren Rand.

Ich zünde eine Kerze an, um mir bei ihrem Licht einen Joint zu bauen, mir etwas Vergessen zu drehen – rauche auf dem Rasen, kipple vor und zurück.

Mit dem glimmenden Joint noch im Mund scheppere ich durch den Schuppen, hoch zum Rad, grabe die Verlängerungsschnur aus und den Trimmer, die Leiter – stolpere hin und her und stelle alles im Vorgarten auf.

Ich drücke den Joint aus, atme den Rauch aus und sehe zu, wie er in die Nachtluft aufsteigt und verfliegt. Die Wolken haben sich erneut verformt, gleiten stumm übers Haus hinweg. Die Dämmerung dürfte keine Millionen Kilometer mehr weit fort sein.

Ich habe Robert oft beobachtet, wie er zum Himmel aufsah, habe zu sehen versucht, was er sah, versucht, mich darüber so zu freuen, wie er es tat.

Ich rolle das Kabel ab und finde eine klobig reparierte Stelle – schwarzes Isolierband, x-fach um das dünne orangerote Kabel gewickelt.

All dies Gerede vom idiotensicheren Orangekabel. Ich starre das Isolierband an, als wäre es ein Stück von Dad. Unter all dem klebrigen Band könnten noch seine Fingerabdrücke sein. Wieder sehe ich zum Himmel und streiche dabei mit dem Daumen über die reparierte Stelle.

Niemand verschwindet spurlos. Sie sind in uns verankert, ihre Gedanken überall.

Ich muss unwillkürlich daran denken, wie traurig oder einsam er sich gefühlt haben muss. Dass er sein Leben vielleicht für tragisch gehalten hat. Mein Dad, dessen Leben in jener Eiszeit zu Ende ging, die mit dem Einschlag des Kometen begann. Und ich, ich war der Komet.

Ich halte die reparierte Stelle fest und möchte wegen der vielen Male weinen, bei denen ich Trauer in ihm säte. Wegen der Momente, in denen ich ihn irgendwie beleidigte. Wegen der Wutanfälle, die ich bekam. Wegen der vielen Gelegenheiten, bei denen ich zu Mum statt zu ihm gelaufen bin. Wegen jedes einzelnen Augenblicks, in dem er das Gefühl hatte, mir nicht zu genügen. Und wenn *ich* glaubte, er sei mir nicht genug.

Sowie für jenen Moment, in dem ich – dieser Achtjährige – nicht genügte.

Aber welcher Achtjährige kann schon genügen? Heute bin ich achtundzwanzig und immer noch nicht genug.

Dad liegt längst unter der Erde, doch würde ich alles dafür geben, wenn er noch einmal die Arme nach mir ausstrecken könnte. Nie wieder würde ich ihn zurückweisen. Etwas in mir will das Isolierband ablösen, es unter UV-Licht legen und im Klebstoff das Fett seiner Fingerabdrücke bloßlegen. Wenigstens ein kleines bisschen möchte ich von ihm zurück.

Vielleicht könnte man mit UV-Licht auch die Stelle bestrahlen, an der Robert von der Leiter gestürzt ist, und man würde etwas sehen, einen schwarzen Fleck dort, wo er mit dem Kopf auf dem Boden aufschlug.

Ich hole den Schlüssel, öffne die Haustür und ziehe das Kabel am Stecker hinter mir her. Bei diesem Haus stellen sich mir die Haare auf. Drinnen ist es dunkel, und ich bin bekifft, nervös. Ich suche eine Steckdose, weil ich den Trimmer einstöpseln will, doch ein Geräusch lässt mich erstarren – ein Geräusch wie eine knarrende Tür, nur durchdringender, heiserer. Es kommt aus der Küche. Dieses Japsen und Würgen. Meine Hand, die noch den Stecker hält, fährt zum Mund.

Sie muss sich übergeben; der Tumordruck im Hirn ist für ihren Körper zu viel, weshalb er sich nur noch leeren kann. Ich stecke mir die Finger in die Ohren, schließe die Augen, sperre mich ein in Dunkelheit, die Laute meines eigenen Lebens pumpen jetzt heftiger in mir.

Robert hat solche Würgelaute gemacht. Nach dem Unfall war sein Magen ein echter Schwächling. Wir mussten ihn mit Kinderbrei füttern, mit pürierten Karotten und Süßkartoffeln – der Mixer war ständig an, und trotzdem machte Robert diese Geräusche. Im Spülbecken stand immer der Mixbecher, randvoll mit Wasser und schmierigen Gemüse- oder Obstresten. Das ganze Haus drehte sich um das Chaos in seinem aufgeschlagenen Kopf.

Wenn wir ihn nicht stillhalten konnten, kamen gut eine Stunde nach dem Essen diese Würgelaute. Ich drehte dann meinen Fernseher lauter, schloss die Tür. Dumpfe Laute, tief aus der Kehle, vor denen Mum panische Angst hatte. Sie und ihre Kotzphobie.

Jetzt macht sie dieselben Geräusche wie Robert damals, und ich gehe in die Hocke, halte den Atem an, das Kabel schlängelt sich noch um meine Hand. Finger in den Ohren. Ein Würgen geht ins nächste über, in den Sekunden dazwischen schnappt sie nach Luft – versucht krampfhaft, auf stürmischer See nicht unterzugehen. Wieder spült eine Woge heran, die sie erneut unter Wasser drückt. Gleich darauf ringt sie nach Luft, doch schon folgt eine weitere Welle – und noch eine. Sauerstoffmangel setzt ihr zu.

Wieder kommt sie hoch, spuckt Brocken vom Meeresgrund aus. Der eigene Leib zwingt sie aufs Neue hinab, macht sie – wie mich – zum bloß keuchenden Zeugen. In mir laufen die Schwungräder an, schrappend, elektrisch – die Panikturbinen fahren hoch. Denn für sie gibt es kein »Habe bloß was Falsches gegessen«. Für sie gibt es kein »Morgen geht's dir besser«.

Krebs ist nichts, was man umschiffen kann.

Diese schwarze Walnuss drückt gegen ihre Schädelwand, Nagelschuhe treten ihr ins Hirn, stoßen sie vom Hocker, vertreiben sie aus dem eigenen Kopf.

Ich stöpsle den Stecker ein, nur, damit ich das Kabel nicht länger halten muss, und werfe noch einen Blick auf die Isolierbandstelle, um zu sehen, ob sie elektrisch aufleuchtet, mir im Dunkeln Dads Fingerspuren zeigt – einen Abdruck seiner Hand, den ich halten kann.

Sie schreit auf, und ich renne los; in der Küche schlägt ihr Gestank über mir zusammen. Kein Licht, Dunkelheit, ich rutsche auf Feuchtem aus, plappere auf diese Mum-förmige Gestalt im Dunkeln vorm Spülbecken ein. Ich kann ihr Gesicht nicht sehen, jedenfalls nicht richtig, nur ein Funkeln, wo die Augen sein müssen. Die Kontur ihrer erbärmlichen Hilflosigkeit.

Ich kann nicht glauben, dass ich diese gebrochene Frau bestraft habe.

Ich knie mich neben sie, der eigene Magen rebelliert. »Wo sind deine Tabletten, Mum? Du hast bestimmt bloß deine Tabletten vergessen.«

Sie greift nach meiner Hand; sie hat sich wieder alle Ringe angesteckt, obwohl die Finger viel zu geschwollen sind. All die

Erinnerungen, die die Pflegerin ihr nehmen wollte, zurück auf die Finger gezwängt, bis kurz über den ersten Knöchel. Bestimmt der Ring, den Dad ihr zu meiner Geburt gekauft hat. Und den vom Abend auf der Rennbahn, damals, als er ihr seinen Antrag machte.

Den schlichten Goldreif, den er ihr an jenem Tag aufsteckte, den ich von Bildern kenne. Sorglose Bilder, doch droht irgendwo im Hintergrund, unsichtbar, dieser Monstertruck. Der Truck, der in allen Fotos von glücklichen Tagen verborgen ist, der mit seiner Ladung Realität auf uns zudonnert. Jetzt ist er da. Hier ist der Truck, hier in der Küche bei Mum und mir. Schon ist das Zischen zu hören, mit dem die Handbremse angezogen wird.

»Nein, Mum, noch nicht!«

Ich grapsche nach ihren Händen, ein Ring fällt ab, und obwohl Krämpfe ihren Leib schütteln, tastet sie suchend über den Boden. Ich helfe ihr, meine Hände finden den Ring, wischen ihn ab, stecken ihn ihr auf den Finger. Den Hochzeitsfinger. Der Ring, den sie selbst dann noch trug, als ihre ganze Ehe bereits durch das Loch in Roberts Kopf ausgelaufen war.

Ich stehe auf, stelle den Fernseher an, tröstliche Geräusche – und ein bisschen Licht. Zuckend erwacht der Bildschirm, und irgendwo findet ein Cricketspiel statt; Kommentatoren brabbeln ins Mikrofon. Irgendwo ist es ein sonniger Tag.

Wieder schreit sie und greift mit beiden Händen nach mir, kniend, den Kopf gesenkt, darauf konzentriert, ein wenig Kontrolle über das zu behalten, was in ihr vorgeht. Als versuchte sie, an Deck eines wogenden Schiffs das Gleichgewicht zu bewahren.

»Soll ich einen Krankenwagen rufen, Mum?« Teils, weil ich einen telefongesprächlangen Augenblick fort von alldem hier brauche. »Soll ich, Mum? Soll der Krankenwagen kommen?«

Aber ich knie wieder neben ihr. »Bitte nicht. Es tut mir *so leid!*« Wie Axthiebe krachen die Worte auf meinen Brustkorb.

Sie greift nach meiner Hand, zappelt aber auf diesem Schiffsdeck wie ein gefangener Fisch. Ich umklammere sie, während ihr Mund nach Leben ringt. Mein Leib versucht, für ihren zu atmen. Wir sind beide weit draußen inmitten eines düsteren, launigen Ozeans. Niemand sonst ist bei uns. Niemand kommt zur Hilfe. Wir sind allein mit den grundlegenden, einsamen Tatsachen des Lebens. Allein mit diesem Truck. So allein, wie wir alle sind. Alleinsam. So wie ich Mum nicht helfen kann, obwohl ich bei ihr bin. Cricket im Fernsehen. Die Spieler in strahlendem Weiß. Die Kommentatoren, die mit ihren gepflegten, ruhigen Stimmen das Sterben meiner Mum kommentieren.

Speiend kriecht sie auf meinen Schoß, und ich wiege sie hin und her in unbeholfener Halbumarmung. Sie hört auf zu zappeln, blickt nur mit ihren großen blauen Fischaugen zu mir auf, in denen sich die Fernsehsonne spiegelt. Das Publikum applaudiert, die Cricketspieler laufen, einer springt und reckt direkt über dem Wicket den Schläger in die Luft. In meinen Armen dieser müde, aufgequollene Fisch, der auf den Bildschirm starrt. Im Bullaugenfenster eine erste Spur von Morgenröte.

Die Kommentatoren lachen. Der Schlagmann rückt mit großem Handschuh sein Gemächt zurecht – spuckt aus.

Jetzt schaut sie mich an, irgendwas klärt sich, rastet wieder ein. Dann gibt sie einen Laut von sich, kämpft mit einer Bewegung, einer Veränderung. Vielleicht eine letzte Umordnung. Sie gibt diese Laute von sich, doch ist ihre Miene ruhig, die Kehle macht die Töne, die Lippen bleiben geschlossen. Rund um unser kleines Schiff beruhigen sich die Wellen, und Mum ist dieses schöne schimmernde Etwas. An ihrer Schläfe pulsiert eine Ader, Ringe an allen Fingern, die Küchenwände plötzlich grün von einer Nahaufnahme, die zeigt, wie der Cricketball über den Platz zur Spielfeldgrenze fliegt. Applaus. Das Gesicht nichts als Bedauern. Ihr Ausdruck besagt überdeutlich: Wie kann es sein, dass ich dich verlasse?

Ich vergrabe meinen Kopf an ebendem Hals, an dem ich als Kind so oft geweint habe. Dort, wo ich ihn vergrub, wenn sie mich todmüde und völlig verausgabt ins Bett trug. Dort, wo so vieles heilte. Und so vieles ausgeschabt wurde und vernarbte.

Die Schultern zucken, wie ein Kran oder Auslegerbaum schwingt ihr Arm langsam heran und landet schlicht und einfach auf meinem Rücken. Umschlungen in ungelenker Umarmung, das Hämmern unserer Herzen. Irgendwo, weit fort, auf trocknem Land, jubelt die Cricketmenge.

Ihr Arm sackt herab, und ich rutsche zum Telefon, wähle die Nummer so schnell, dass ich zu viele Ziffern eingebe und wieder auflegen muss. Erneut tippe ich die Nummer ein, doch statt einer Antwort nur Schweigen. Hastig drücke ich auf den Knopf, um den Anruf zu beenden, lausche wieder. Stille.

Ich stürze aus dem Zimmer, poltere nach oben, zum Telefon am Bett, der Hörer noch nicht aufgelegt. Ich wähle die Notrufnummer von hier aus, lege aber wieder auf und renne zurück, wie von weit fort Applaus aus dem Fernseher.

»Bin gleich bei dir, Mum.«

Nüchtern fragt eine Stimme, und ich sage: »*Krankenwagen*«, das Wort wie Glibber im Mund, und die Menge jubelt, als der Schlagmann trifft, der Ball fliegt, der Spieler winkt und losgeht, um sich auf halber Strecke mit seinem Mannschaftskameraden zu treffen; der Ball landet auf der Zuschauertribüne.

Gleich darauf die Wiederholung, zehnmal langsamer, der Schlagmann holt aus, die Lippen zusammengekniffen, zieht den Ball in die Luft, die Augen beim Aufprall geschlossen, dem Ball hinterher, der Kameramann ein Genie, so sicher folgt er der Flugbahn vor blauem Himmel – so viel Luft und nur ein kleiner roter Ball; sekundenlang färben sich Küchenwände und Fenster himmelblau.

In diesem Moment steht alles auf Kippe.

Ich sehe wieder zu Mum hin; Brust eingesunken, Augen verschwunden; und der Ball ist verloren inmitten der vielen ausgestreckten Hände.

»Krankenwagenbereitschaft. Was können wir für Sie tun?« Die vielen entmutigten Notrufstimmen, die er am Telefon hört. Für ihn ist es nur eine von vielen Nachtschichten, auf dem Schreibtisch eine dampfende Tasse Tee, ein Bild von seiner Frau. Wie kann er sich nur Nacht für Nacht all das anhören, ohne nach Hause zu laufen und sie nicht mehr aus den Armen zu lassen?

»Meine Mum stirbt. Sie hat Krebs.« Das Bild von einem kleinen Tonband, das dies Gespräch aufzeichnet.

»Atmet sie noch?«

Ich beobachte ihre Brust im Fernsehzwielicht; die Kamera ist auf eine tief über der Stadt hängende schwarze Wolke gerichtet, die am Spielfeldrand aufzieht; und die Kommentatoren senken ihre Stimmen, reden über die reglose Brust meiner Mutter.

Wie viele von uns sehen eine Brust dergleichen tun, einfach nur verharren? Bewegungslos. Mum ist im Wasser ertrunken.

»Mum?«

Die nüchterne Stimme an Land fragt »Sir?«; der Fernseher zeigt einen Mann in der Menge, der den Ball hochhält. Er sieht aus wie Dad. Da steht er und lächelt mir zu.

Wieder wechselt die Küche die Farbe, denn wir sehen die plötzliche Dynamik der Werbung, ein grelles Flimmern.

»Mum!« Ich lege auf und gehe zu ihr, zögerlich, dann beuge ich mich herab, berühre ihr Gesicht, drücke den Stummschalter der Fernbedienung, mache die Werbung mundtot. Plötzliche Stille umgibt uns; die Wände ändern die Farbe mit jedem Schnitt der temporeichen Verkaufsclips. Ihr bewegungsloser Körper; auf ihrem Gesicht nur noch dieser Ausdruck sanften, liebevollen Bedauerns.

Ich sitze auf dem Boden und lege mir ihre Hand in den Schoß; das Telefon meldet sich, hämmert seinen Appell in die Stille – klingelt und klingelt.

Dann hört es auf.

Nach einer Weile kommen die Tränen. Langsame, leere Tränen, mit denen ich so recht nichts zu tun habe. Ich sitze einfach nur da und streichle ihre Stirn, obwohl sie längst schläft.

25

Tante Deadly sagt, für böse Kinder gibt es in der Hölle einen ganz besonderen Platz, und der Teufel kommt jeden Tag nach der Arbeit, um sie zu verbrennen. Plus, die Eltern können einen nicht besuchen.

Als wir zu Deadlys Haus kommen, hilft Dad, meine Sachen auszuladen, und umarmt mich nicht richtig. Tante D. steht in der Tür, füllt sie aus. Ich mag Dads Umarmung nicht, obwohl er schmusiger wird. Sie ist wie eine seiner Umarmungen nach einem schlimmen Arbeitstag. Man konnte ihm die schlimmen Arbeitstage ansehen, denn dann war sein Haar immer viel stacheliger.

In letzter Zeit ist sein Haar ständig stachelig, obwohl er überhaupt keine Arbeit mehr hat.

Plus, er lässt mich allein in Tante Deadlys Haus; ebenso gut könnte er mich im Haus eines Riesenhummers abliefern. Tante Deadly sieht nämlich aus wie ein Hummer, echt. Einer mit haarigen Achseln und einem Schnäuzer. Total groß und rosa, außerdem Glubschaugen und Scherenklauen statt Hände und eine harte Schale; bestimmt würde einem auch schlecht, wenn man sie essen wollte. Wie Dad von dem Hummer, den er gegessen hat, als wir im Urlaub waren, und er gekotzt hat wie ein Schwein.

Tahir aus der Schule hat nicht unseren Gott, sondern einen

muslimischen Gott. Tahir darf nicht kotzen wie ein Schwein. Er kotzt wie ein Schaf.

Ich kapiere das nicht, Tahir auch nicht. Er plappert bloß nach, was sein Dad sagt. Das ist voll doof.

Auf der Fahrt zu Tante Deadly hat Dad gesagt, wenn wir die Untersuchung gewinnen, dann würden wir versuchen, Robert zu adoptieren. »Wollte dir nur Bescheid geben«, hat er gesagt, »damit deine große, haarige Zauberbox das schon mal verarbeiten kann.« Und dann hat er mein Haar verwuselt.

Ich habe mich wieder gekämmt.

Ich dachte, ich würde was fühlen, als er das mit dem Adoptieren sagt, aber als ich meinen Gefühlsmessstab in mein Bäuchlein tunke, zeigt er nichts an.

»Die Verhandlung ist übermorgen, du bist also nur ein paar Tage bei der Tante. Jetzt guck nicht so, deine Mum und ich, wir brauchen einfach ein bisschen Zeit für uns. Du weißt ja, was ihr die Pflegekinder bedeuten. Also ist ein bisschen ruhige See angesagt, kein stürmisches Gewässer. Das Sozialamt hat uns auf dem Kieker, und wenn es bei der Verhandlung zum Schlimmsten kommt ...«

Tante Deadly zeigt mir mein Zimmer, das nach Blütenpotpourri riecht; auf dem Bett liegt ein rosafarbenes Handtuch mit Blütenmuster, und das einzige Fenster ist hoch oben – wie in einem Gefängnis. Nur ohne Gitter. Ich muss schlucken, als ich zum ersten Mal in ihr Haus komme, und bevor Dad geht, flüstert sie mit ihm.

Ich sehe seinem Auto hinterher und habe so ein Gefühl im Bauch, als würde ich ihn nie wiedersehen.

»Ich will NICHT, dass du mit deinen schmuddligen kleinen Grapschhänden meine Tüllgardine anfasst, bestendankauch!«

Mir ist zum Weinen. Je länger ich bleibe, umso schwächer wird Mums und Dads Liebe zu mir.

»Kann ich bitte wieder nach Hause, Tante Debbie?«

»Kommt nicht infrage. Hab Geduld und benimm dich!« Sie steckt sich eine Zigarette an und setzt sich, füllt den Sessel aus. »Du bist gut beraten, mein Junge, wenn du ein wenig die Zügel anlegst, solange du hier bist. Kapiert? *Sensibel* – dass ich nicht lache.«

Dad hat meinen Transformer eingepackt, obwohl ich gar nicht mehr damit spiele. Er bleibt halb umgebaut, teils verbrannter Roboter, teils verbranntes Monster.

Es ist Abendessenszeit, und ich muss sitzen bleiben, bis ich die Lauch- und Kartoffelsuppe aufgegessen habe. Das dauert ewig; die Suppe ist schon kalt, und ich habe erst die Hälfte geschafft. Tante D. ist längst fertig und sieht fern, behält mich aber trotzdem im Blick, weshalb ich nur die Suppe oder ein paar Bilder an der Wand anstarren kann, die Tante Deadly in kürzeren Kleidern zeigen, als sie noch keinen Schnäuzer hatte.

Manchmal macht Dad seinen »Was ist der Unterschied zwischen einer Walrosskuh und Tante Deadly«-Witz. Ich kriege immer einen Kicheranfall, und Mum verdreht die Augen. »Die eine hat einen Schnäuzer und stinkt nach Fisch, die andere ist eine Walrosskuh.«

Die Pointe sagen wir zusammen, sogar Robert hat immer mitgemacht.

Ich lege den Löffel auf den Tellerrand, um mich auszuruhen, aber Tante D. dreht sich um und schreit: ISS AUF! Ich schrecke zusammen, das Handgelenk trifft den Löffel, und der bespritzt mich mit Suppe.

Während sie mir Gesicht und T-Shirt mit demselben Lappen abwischt, mit dem sie bestimmt auch schon irgendwelche Fleischgerichte und sonstiges widerliches Zeug abgewischt hat, sagt sie: »Und ich rate dir gut, mach hier nicht ins Bett.

Reiß dich zusammen, mein Junge, bist schließlich kein Kleinkind mehr.«

Ich bin nicht ihr Junge. Werde ich nie sein.

Sie wirft den Lappen zum Waschbecken, er landet auf dem Boden, und sie sagt ein französisches Wort, nimmt dann ein Geschirrtuch und bearbeitet mein Gesicht, rollt mir die Unterlippe nach unten, drückt meine Nase platt. Durch das Geschirrtuch kann ich sie sagen hören, dass jedes Mal, wenn ich ins Bett mache, die Schlafensgehenzeit um eine halbe Stunde vorverlegt, die Weckzeit um eine halbe Stunde hinausgezögert wird, bis ich irgendwann den ganzen Tag auf meinem Zimmer eingesperrt bin, falls ich nur so lerne, mich zusammenzureißen.

Ich muss hier weg. Keine Frage. Je länger es dauert, desto größer ist die Gefahr, dass ich für immer bleibe. So wie eine Grimasse im Gesicht kleben bleibt, wenn man sie zu lange zieht.

Wenn ich hier bei Deadly bleibe, werde ich definitiv verrückt, dann führe ich Selbstgespräche und glaube, im Bett sind Ratten, die meine Haut anknabbern, bis runter aufs Knochenweiß, so wie bei Jimmy McGee, als der sich auf dem Spielplatz den Arm gebrochen hat und man sehen konnte, wie total weiß der Knochen unter all dem Blut ist. Als wäre der Knochen so weiß, weil er noch nie an der Sonne war. Was Dad ja auch von Tante Deadlys Möse behauptet.

Es ist Nacht, und sobald ich sie schnarchen höre, schlage ich die Decke zurück. TRARAA! Ich habe all meine Sachen schon an. Sie hat gute Nacht gesagt und nichts gemerkt.

Ich bin King.

Ich sehe nach, aber sie schläft tief und fest vor dem leise gestellten Fernseher. Also schleiche ich zur Haustür, öffne sie und riskiere einen Blick auf die Straße. Alles still und unheimlich; ich habe Schiss, nach Hause zu laufen, aber auch Schiss zu bleiben. Ich will bei Mum und Dad sein und nicht wie ein böser Junge einfach weggeschickt werden.

Mein Blick wandert die dunkle Straße rauf und runter und bleibt auf Tante Ds Auto direkt unter der Laterne liegen; mir kommt eine Idee.

Ich gehe wieder ins Haus, und da ist ihr Schlüsselbund mit dem Autoschlüssel dran. Ich ziehe die Tür nicht wieder zu; ich renne einfach nur weg von den Monsterpranken, die mich von hinten greifen wollen.

Tante Ds Auto riecht nicht gut nach Aschenbecher und ranzigem Joghurt, aber mir gefällt's, denn hier drinnen kann ich die Türen verriegeln. Plus, das ist eine ganz andere Art von Stille.

Bleibt nur das Problem, dass ich nicht viel von der Straße sehe, wenn die Füße bis an die Pedale reichen. Ich suche nach einem Erste-Hilfe-Kasten oder Ähnlichem, finde aber nur leere Zigarettenschachteln und Schokoladenpapier.

Ich schieb den Fahrersitz zurück, damit ich auf dem Rand hocken und durch die Lücke im Lenkrad gucken kann. Zum Glück bin ich groß für meine Größe, denn meine Füße kommen ...

Da sind nur ZWEI! Ein Blick auf die Gangschaltung verrät mir, dass dies ein Automatikauto ist. Typisch Tante D.

Ich versuche einfach, den Motor anzustellen. Mehr nicht. Nur mal ausprobieren.

Ich könnte kreischen vor Freude, ich, draußen in der Nacht, mit laufendem Motor. Ich check Deadlys Tür und die dunkle Straße. Drei-Lippen-Macavoy würde sich ein Streichholz am Stoppelbart anreißen und eine fette Zigarre in den Mund stecken.

Auf dem Ganghebel steht P, dann R, dann N, dann D,

dann 2, dann 1. Ich verdrehe den Spiegel, bis ich mich darin sehen kann, genau wie Mum es immer macht. Dann löse ich die Handbremse. Mehr nicht. Ich habe keine Ahnung, was die Buchstaben bedeuten, also lege ich die 1 ein, und das Auto läuft von ganz allein; ich muss nicht mal aufs Pedal drücken!

Ich kurble das Steuer wie wild, streife nur leicht den vor mir geparkten Wagen, und ich fahre ganz allein.

Ich lege die 2 ein, und ich fahre schneller, ohne mehr Gas zu geben.

Ich kann jetzt alles ganz allein. Mum sagt, niemand mag Leute, die was brauchen; am sichersten ist es, unabhängig zu sein.

Ein Auto fährt vorbei und hupt. Ich zeige ihm den Finger.

Ich habe echt Schiss und bin total glücklich, traurig und irre aufgeregt. Alles zugleich, genau wie Robert.

Bis ich vor mir den großen Kreisverkehr am Ende von Deadlys Straße sehe. Ich überlege, was Drei-Lippen-Macavoy machen würde, aber der führe bestimmt neunzig und steuerte mit den Knien.

Am Kreisverkehr halte ich an. Kreisverkehre kann ich nicht, und aussteigen und weiterlaufen kann ich auch nicht, weil ich auf die Bremse treten muss, denn sonst fährt das Auto von allein weiter; plus, die anderen Fahrer sind sauer auf mich. Mum und Dad spielen inzwischen mit Robert glückliche Familie, und keiner liebt mich mehr.

Hinter mir bildet sich ein Stau, und Autos hupen, Motoren brüllen, und ich weine und schreie sie alle an und trete auf die Bremse, dass mir das Bein schon wehtut, weil es so anstrengt, dieses Auto zu halten, das seinen eigenen Willen hat.

Dann fällt mir der Schlüssel wieder ein, und ich stelle den Motor ab, ziehe die Handbremse fest an, klettere nach hinten, Magen in der Kniekehle, und ich schließe wieder alle Türen ab, diesmal ohne Robert und ohne Mum und ohne Regen, um mich nur böse Fahrer und Dunkelheit.

Drei-Lippen wüsste, was bei Blaulicht zu tun ist. Er hätte gewinkt, sie sollen weiterfahren, tun sie aber nicht. Drei-Lippen fährt echt nicht schnell, aber sie bleiben hinter ihm, und das Blaulicht dreht sich im Auto, als wäre es eine Disco. Hätten sie es eilig, kämen sie schon an ihm vorbei. Er zeigt ihnen den Finger und klettert wieder nach vorn, auf den Beifahrersitz, nur für den Fall, dass er sich schnell aus dem Staub machen muss.

Drei-Lippen macht das Scheinwerferlicht an. Das hat er nicht vergessen, er blieb nur im Tarnmodus, bis er weit genug weg war vom bösen Hummer.

Jetzt kommt ein Riesenbulle auf Drei-Lippen-Macavoys Sportwagen zustolziert und versucht, durchs Fenster zu schielen. Drei-Lippen pafft seine Zigarre, ein cooler Hund. Er ist an einem total schweren Fall dran, da braucht er nicht auch noch das Gesetz auf den Fersen. Vielleicht geht's sogar um die Polizei selbst.

Der Bulle pocht ans Glas. Bestimmt will er bestochen werden. Aber Drei-Lippen-Macavoy ist unbestechlich. Er kurbelt das Fenster runter; der Beamte wirkt überrascht. Drei-Lippen nuckelt an der Zigarre, völlig relaxt.

»Verpiss dich, Bulle. Bin da an einem Fall dran.«

26

Die Hecke ist weg, nichts mehr zwischen mir und der Straße, bloß noch ein paar kleine Strünke. Schlaff liege ich im hellen Morgenlicht auf dem Rasen, um mich herum gefällte Hecke, als wollte ich in unserem Vorgarten nisten. In meinem Vorgarten. Die Leiter liegt auf der Seite, das orangefarbene Kabel krakelt übers Gras.

Ich stehe auf, bringe meine zerkratzten Hände ins Haus, grüne Flecken zwischen den aufgeschürften und blutenden Stellen. Drinnen hängt ein schwerer, süßlicher Geruch, irgendeine seltsame Anziehungskraft geht von ihrer Leiche auf dem Küchenfußboden aus.

Ich sitze am Familientisch, trinke Wodka aus der Flasche und sehe zu, wie meine vernarbte Hand zittert. Das Handgelenk liegt auf der Tischkante, trotzdem zittert die Hand. Ich sehe ihr zu. Etwas in mir sorgt dafür, dass sie zittert, etwas, zu dem ich nicht durchdringen kann.

Wen ruft man an, wenn jemand gestorben ist? Muss man bestimmte Regeln befolgen?

Ich gehe zu ihrer Leiche. Zu ihr. In meiner herabbaumelnden Hand hängt der Wodka, eine Faust bebt vor meinem Mund, die Handflächen tun weh von all den Heckenschnitten.

Still liegt sie da, aber mir fällt auf, wie ihre Brust sich regt, auf und ab, selbst meine Hand hört auf zu zittern. Ich suche nach weiteren Anzeichen von Bewegung.

»Mum?«

Jetzt fällt mir wieder ein, dass ich davon gehört habe. Nur eine dieser Geschichten bei der Arbeit, ein Thema aus dem Rede-Blödsinn-Katalog der Nachtschicht. Frank, ein Wärter, früher mal Krankenpfleger, erzählt, wieso man manchmal den Eindruck hat, ein Toter würde noch atmen. Das Gehirn ist es so gewohnt, das Auf und Ab der Brust zu sehen, dass es diese Bewegung von sich aus ergänzt. Jener fiktive Schritt, den wir abseits der Welt leben.

So wie wenn ich an die Kindheit zurückdenke und nicht mehr weiß, was wirklich war, die Eifersucht oder das Vernachlässigtwerden. Was ist wirklich passiert? War da nur meine Eifersucht oder bin ich tatsächlich vernachlässigt worden?

Ich stelle mir vor, wie ein Krankenwagen kommt und Männer mit Handschuhen sie mir nehmen. Keine Sirene. Kein Blaulicht.

Sie sieht aus wie ein Apfel, der zu lang in der Obstschale gelegen hat.

Ich kenne dieses Gesicht mein Leben lang, doch jetzt beginnt für mich ein neuer Abschnitt. Der Abschnitt ohne sie. Dies ist der Beginn meines Lebens ohne Mum. Eines Tages werde ich länger ohne sie als mit ihr gelebt haben. Und mit Dad. Eines Tages werde ich länger allein als Teil von etwas gewesen sein. Auch wenn es etwas Schmerzliches gewesen ist.

Ich male mir aus, wie die Männer kommen und sie fortholen, verdreckt und ungewaschen, wie sie ist. Wie ich als einziger Trauergast bei ihrer Beerdigung sitze, auf den Sarg starre und weiß, wie sie darin liegt, wie sie aussieht.

Ich stopfe die Hände in die Taschen, damit sie nicht länger zittern; die Kratzer tun weh. In meinem Kopf ist fast nichts los, also stöbere ich nach Gefühlen. Es sollten jede Menge da sein, doch spüre ich Leere, und nur der ein oder andere Gedanke blubbert aus der Betäubung auf. Hauptsächlich Gedanken daran, dass sie in dieser schmuddeligen Kleidung begraben wird. Dass sie so verwest. Ein Pantoffel an, einer aus.

Ich schlendere aus dem Haus, drehe mir im Schuppen eine Zigarette, die Vögel zwitschern, über mir das Rad.

Ich kann jetzt auch im Haus rauchen, also gehe ich zurück; die Zigarette qualmt mir ins geschlossene Auge. Ich stehe da und sehe sie an. Jetzt ist sie mein, endgültig. Ich kann ihr so nahe kommen, wie ich will. Ich kann sie *berühren*, so viel ich will. Und doch spüre ich, dass noch dasselbe Kraftfeld von ihr ausgeht.

Schluck um Schluck trinke ich den Wodka, schnipse die Zigarette ins Spülbecken, stelle die Flasche ab – stehe da und atme meine Sorge aus, die chemische Schärfe des Alkohols.

Ich fasse sie unter die Achseln, hebe sie an, der Kopf rollt nach hinten, der Mund hängt offen – die Augen. Ich lege sie wieder ab, die Füße nach außen gekehrt. Mit unsicherer Hand schließe ich ihr die Augen und nehme sie dann in die Arme, ohne sie anzusehen, Kopf zur Seite gedreht. Den Blick abwenden und doch unbedingt sehen wollen. Passe mit ihr nur seitwärts durch die Tür.

Unten an der Treppe bin ich versucht, sie auf die Straße zu tragen und laut zu brüllen, damit die Leute aufwachen und sehen, was passiert ist. Meine Mum ist tot, und sie schlafen.

Ich lege sie auf der ersten Stufe ab, sitze keuchend da und starre unbestimmt vor mich hin; um uns eine so endgültige Stille. Der Wodka vernebelt mir das Hirn.

Ich nehme sie in die Arme, hebe sie hoch und richte mich wankend auf; ihr Kopf hängt; mir platzt fast der Schädel vor Anstrengung.

Ich mache den vierten Schritt, den fünften, jedes Auftreten ein unsicherer Tritt auf dem Weg nach oben; das Innerste angespannt angesichts solcher Nähe. Das Morgenlicht wechselt nun rasch, Farbe füllt das Haus, ändert die Atmosphäre. Der Gesang der Vögel, welch sanfte Unhöflichkeit.

Ich taumle über den Treppenabsatz, kann sie aber nicht mehr halten und lege sie behutsam ab.

Im Bad drehe ich beide Hähne auf, setze mich auf den Wannenrand und lasse mir das kalte Wasser über Handgelenke und Hände laufen; ein bisschen von meinem Blut färbt das Wasser.

Das Wasser wird warm, und ich reguliere den Zufluss, damit die Temperatur gerade richtig ist für meine tote Mutter. Dann lasse ich es laufen, gehe zu ihr und knie mich vor sie auf den Treppenabsatz; wieder scheint sich ihre Brust sekundenlang zu bewegen. Mein Verstand spielt mir einen Streich. Das Wasser donnert aus den Hähnen in die Wanne.

»Dann wollen wir dich mal sauber machen.« Ich hebe sie an, richte mich mit Mühe auf und drehe sie auf den Füßen einmal um sich selbst. Wir taumeln beide und sind kurz davor, die Treppe hinunterzufallen, doch fange ich mich mit der Schulter an der Wand ab und torkle dann mit ihr ins Bad, setze sie neben der Wanne auf den Boden. Die Fenster beschlagen. Meine Brust wogt heftig.

Ich drehe die Wasserhähne zu, und da ist diese Stille wieder, nur irgendwie lauter, da ich sie mit dieser anwesenden Abwesenden teile. Ich wische mir über die Augen, wische Tränen fort, die mir immer noch nichts bedeuten. Ich fürchte die Tränen, die mir etwas bedeuten werden.

Auf dem Wannenrand sitzend, beuge ich mich wieder über sie, greife ihr unter die Achseln, hieve sie mir auf die Knie und muss dann unter ihr vorkommen, presse den Torso gegen die Wanne, sodass ihre Schulterblätter sich überm Rand verkanten und sie nicht wieder nach unten rutscht; meine Hand presst in ihren Bauch, um sie zu halten. Die Leiche ist noch nicht kalt. Ich beeile mich, die Beine anzuheben, und halte ihren Kopf, als sie ins Wasser gleitet, ein Fuß schlittert über die Hähne, dreht sie zu einem Tröpfeln auf – mein Gesicht und die Brust werden überschwemmt, als das Wasser in der Wanne auf und ab wogt, an den Seiten die Wände hinaufschwappt, dann über mich hinwegspült und aufs Linoleum flutet. Lautlos breitet es sich auf dem Boden aus und färbt den Teppich im Flur dunkel.

Ich halte ihren Kopf über Wasser, die Kleider wogen auf, als wollten sie davonschweben; ihre Augen sind wieder offen. Ich schließe sie erneut, ziehe die andere Hand unter ihrem Kopf vor und stehe auf.

Sie bleibt in dieser Haltung liegen, der Kopf ein wenig unbequem ans Wannenende gedrückt, fast rechtwinklig zu ihrem Körper, sodass ihr Kinn auf der Brust ruht und sie ihren Bauch anstarrt. Sich auf Meningitis prüft. Und ich kann mir nicht helfen, ich muss sie nachäffen, versetze mich an den Tag zurück, an dem sie ebenso butterfarben im Krankenhaus lag. Robert saß an ihrem Bett und sah aus, als liebte er sie maßlos, dabei gab er sich nur maßlose Mühe, geliebt zu werden.

Ich stolpere nach unten zum Wodka, der Geschmack lässt mich zusammenzucken, doch genieße ich seine Reinheit. Die Flasche und ich, wir kehren zurück, Stufe um schwere Stufe; auf halber Treppe liegt ihr Verlobungsring.

Wieder im Bad fahre ich bei ihrem Anblick zusammen. Ein Schluck aus der Flasche spült den Schrecken hinunter. Ich stelle den tröpfelnden Wasserhahn ab, hasse die nachfolgende Stille.

Mit Finger und Daumen ziehe ich ihr den einen Pantoffel

ab und stupse den Fuß an, damit er vom Rand ins Wasser gleitet. An ihrem Knöchel prangt ein wahrer Regenbogen blauer Flecke. Meine Hände zittern schon wieder.

Ich gehe in ihr Schlafzimmer und sehe die Garderobe durch, suche nach einem Outfit, das sie elegant finden könnte. Ich ziehe diverse Sachen heraus und lasse sie auf den Teppich fallen. Nehme ein Kleid, halte es mir an, der Größe wegen – werfe es beiseite und ziehe die untere Schublade auf, aber darin liegt nur ein großer Kleiderkarton, dahinter etwas Wäsche. Ich rücke den Karton näher heran; er ist schwerer, als er sein sollte, also hebe ich den Deckel ab, sehe nach und nehme dann das ganze Ding heraus.

Im Karton liegt meine Kindheit. Jedes Foto, jedes Zeugnis, selbst die schlechten, ein Babyheft mit ausgefüllten Abschnitten – Angaben über Gewichtszunahme, erste feste Ausscheidungen, das erste Krabbeln, eine Babyhaarlocke. Bilder von mir in der Wiege. Sieht jedenfalls aus wie ich. Auch eine Aufnahme vom großen Stein auf dem Friedhof, genau wie der schwarze Brocken, der immer noch unten liegt. Da ist sogar ein Milchzahn.

Sie hat jeden Tropfen meiner Kindheit aufgefangen. Mein Alleinsam-Gedicht, noch mit den Knitterfalten vom Zusammenknüllen. Medaillenbänder von Sportveranstaltungen. Ich schiebe weitere Bilder beiseite, Kritzeleien, selbst gemachte Geburtstagskarten, und da kommt ein Reisebuch über Kanada zum Vorschein, das wie von selbst auf der Seite meiner Stadt aufschlägt. Ich finde sogar eine Broschüre über die Karriereaussichten im Gefängnisdienst.

Bei dem Gedanken daran, wie sehr sie versucht hat, mein Leben zu verstehen, gebe ich unwillkürlich einen Ton von mir. Der Gedanke, dass sie hier allein gelebt hat, traurig. Ich drüben, allein und traurig. Und eingeschnappt.

Ich entdecke auch den Entwurf eines Briefs an mich – aufgegebene Anfänge, durchgestrichene und überschriebene Wörter. Ich kann gerade mal den ersten Satz lesen, ehe die Schrift vor meinen Augen verschwimmt, und ich muss den Deckel erst einmal wieder auf den Karton legen. Ihr halb geschriebener Brief verschwindet in meiner Tasche.

Ich will den Karton zurückstellen, finde hinten in der Schublade aber das Video mit Robert, sitze da und starre es an, starre auf die Bandspulen, die man durch das Plastikfenster erkennen kann, dann stehe ich auf, nehme es mit und lege es oben auf die Treppe.

Der Schreck, als ich wieder ins Bad komme, ist diesmal noch größer. Sie liegt mit dem Gesicht unter Wasser, offene Augen starren mich an, einige Blasen blubbern aus ihrer Nase. Ich knie mich auf den nassen Boden, tauche die Arme ein und hebe sie wieder nach oben – streiche ihr Haar beiseite; ein Rinnsal läuft ihr aus dem Mund.

Ich ziehe die Vorhänge zu, sperre das Morgenlicht aus, nehme noch einen Schluck aus der Flasche und fange an, sie auszuziehen.

Als ich mit ihr fertig bin, ist das Wasser kalt und wolkig und in der Wodkaflasche nicht mehr viel übrig. Ich fasse zwischen ihre Füße, ziehe den Stöpsel raus und muss unwillkürlich zusehen, wie das Wasser abfließt; der Abfluss schlürft widerlich, ihr Leib sackt in sich zusammen. Als würde die Luft aus ihm abgelassen. Eine ihrer Hände ist zur Faust geballt.

Ich decke sie mit einem Handtuch zu, gehe dann mit Wodka und Video nach unten, stelle mir zur Gesellschaft das Radio an und lasse im Waschbecken heißes Wasser in einen Eimer laufen. Anschließend drehe ich das Radio wieder ab, erwecke den alten Videorekorder zum Leben und schiebe das Band ein.

Ich wische den Küchenboden auf und gehe immer mal wieder zum Fernseher, um mir anzuschauen, wie Robert da am Rand des riesigen Himmels sitzt und sein Haar wie verrückt im Luftzug flattert.
»Eins«
Was für eine unbändige Freude in diesem tragischen Leben.
»Zwei«
Ich wische rund um Mums liegen gebliebenen Pantoffel, bis ich schließlich klein beigebe, ihn herausfische und auf den hinteren Rasen werfe; vom Haus dringt Roberts aufgenommenes Gekreisch herüber, fast wie damals, als er noch lebendig war, als wir es alle noch waren.

Ich gebe Putzmittel in den letzten Eimer und spüre, wie das in mir eine Wärme entfacht – die Illusion, eine gewisse Kontrolle wiederzuerlangen und ihren Erwartungen endlich zu genügen, auch wenn es sich zu spät anfühlt.

Im Dämmerlicht der Küche, eingehüllt vom Putzmittelgeruch, halte ich inne, das Kinn auf dem Schrubbergriff; das Video ist zu Ende, der Bildschirm flimmert nur noch, und mein Blick wandert zum Fenster hinaus. Tränen rinnen mir langsam über die Wangen, als wären es die Tränen eines Fremden.

Ich nehme ein Tuch, tunke einen Zipfel ins Putzwasser, gehe ins Bad und zum verblassten ockerfarbenen Flecken an der Wandseite des Krümmers. Zu Omas Flecken.

Mein Dad ist in dieser Enge auf die Knie gegangen und hat lieber all ihr Blut aufgewischt, als Mum mit der Wirklichkeit zu konfrontieren. Oder um sich die Konfrontation mit ihrer Wirklichkeit zu ersparen. Ich knie mich dahin, wo er in dieser schmalen Enge gekniet hat, und führe den Job für ihn zu Ende; der alte Fleck widersteht eine Weile, dann löst er sich in Flocken ab.

Wohl zum dreißigsten Mal an diesem Tag wasche ich mir

die Hände; die Haut ist so krisselig wie nach einem langen, wohltuenden Bad.

Oben bleibe ich erneut in der Tür zum Bad stehen und erwarte fast zu sehen, dass eine Gänsehaut sie überzieht, aber da ist kein Leben mehr, nur die Haut verliert noch langsam ihre Farbe. Das Haus erstickt an der Stille.

Sie aus dem Bad herauszubugsieren, ist gar nicht so einfach. Vor allem, weil sie jetzt schwerer ist; Wasser gluckert in ihr, sooft ich innehalte, um Atem zu schöpfen. Was mich daran erinnert, wie ich als Junge Unmengen Wasser getrunken habe, um es in mir herumschwappen zu hören, wenn ich mit dem Bauch wackele.

Als sie endlich angezogen ist und im Bett liegt, bin ich völlig durchgeschwitzt, und das Kleid scheint ihr nicht richtig zu passen. Irgendwie sieht sie jetzt sogar noch schlimmer aus – wie eine Wachspuppe.

Und obwohl sie im Bett liegt, sieht sie nicht so aus, als läge sie im Bett. Sie ist da, und das Bett ist da; das ist alles.

Einen Moment lang bleibe ich auf dem Rand sitzen, dann haste ich nach unten und drücke am Videorekorder auf den Auswurfknopf, aber das Band bleibt hängen. Immer wieder hämmere ich auf den Apparat, drücke *Eject*, und der alte Motor jault. Dann endlich spuckt er das Band aus; ich drücke es an mich und eile zurück zur Treppe, sehe auf dem Fensterbrett aber den Glimmerstein. Also nehme ich ihn auch mit und gehe nach oben, lege den Stein und das Video auf ihr Bett – drücke ihre Faust zur offenen Hand auf.

Es tut gut, sie mit diesen wichtigen Dingen ihres Lebens zu sehen. Ich glätte die Sorgenfalten aus ihrer Stirn und lege mich zu ihr.

Sie riecht sauber, die Haut ist weich und glatt. Mein Kopf liegt an ihrer Schulter, doch zögere ich, ihn an ihrem Hals zu vergraben – draußen die Geräusche erwachenden Lebens. Und ich liege da, ihr so nah wie nie zuvor, obwohl sie jetzt so weit fort ist wie nie. Im Zimmer ist es still, ruhig und friedlich, an der Wand die Familienbilder – sonnige Sonnentage blitzen aus allen Rahmen, voll mit fliegendem Konfetti, mit Lächeln und Zähnen. Die festgehaltenen Momente, die wir aufhängen, um das Leben verständlicher zu machen. Annehmbarer. Um es zu feiern.

Ich liege in dieser besonderen Art Stille und spüre in mir nun auch eine unvertraute Ruhe. Nur draußen löchern hin und wieder ein Auto oder eine Stimme das Gefühl, die Welt wäre in ihrem Lauf angehalten worden.

Irgendwann gehe ich nach unten und in den rückwärtigen Garten, lasse ihre schmutzigen Kleider auf den Rasen fallen. Dann gehe ich nach vorn, schleppe Heckenschnitt zurück, lasse ihn neben ihren nassen Kleidern fallen, hole anschließend noch mehr Hecke.

Als ich damit fertig bin, führt eine Blätterspur vom Vordergarten nach hinten. Ich staple alles auf einen Haufen, hole einen alten, leeren Düngerkarton aus dem Schuppen und reiße die von den Chemikalien noch fettige Pappe in Streifen. Chemikalien, die beim Anstecken blaugrün brennen.

Allerdings will die Hecke nicht brennen, sie qualmt und knistert nur, also gehe ich zurück in den Schuppen und wühle ein bisschen herum, bis ich einen roten ausgebleichten Benzinkanister mit einem Rest Rasenmähersprit finde. Der Wodka lässt mich taumeln und stolpern.

Ich kippe den Kanister über dem Haufen aus, dann noch eine fast volle Flasche Olivenöl aus der Küche hinterher, damit das Feuer langsamer brennt. Noch ein Schluck Wodka, dann kippe ich die Flasche auch aus, angewidert vom Geschmack und meiner Sauferei, von meinem Versteckspiel.

Ich fische einen Stock aus dem Haufen und stecke die Mischung aus Benzin und Öl an einem Ende an – werfe ihn zurück auf den Haufen und *wusch*! Ich lächle. Werfe die geklauten Bilder von Familien, Bräuten und Paaren gleich hinterher: Langsam fressen sich die Flammen über ihre Gesichter; die vergoldeten Rahmen brennen grün. Narrengold, genau wie die Familie.

Mit einem anderen Stock hebe ich Mums nasse Sachen auf und schleudre sie ins Feuer, wo sie zischen und sich beklagen. Eine weitere Verbindung mit ihr dahin. Ganz oben qualmt ihr Pantoffel.

Während das Feuer nur langsam um sich greift, kehre ich auf der Suche nach Brennbarem ins Haus zurück und sammle die echten Familienbilder ein – das von Robert im orangeroten Overall. Alle haben dieses Bild geliebt, das Bild von seinem großen Tag – der auf dem Video. Ich schnappe mir das Foto von mir und meinem neuen Rad auf dem Weg vor dem Haus. Und das von mir am ersten Schultag. Von Robert, festgeschnallt auf dem Stuhl, der Mund verschmiert mit Schokoladenkuchen. Und das vom anderen Robert an seinem Geburtstag in neuer Schuluniform und von Mum, die ihren Arm um ihn legt; beide geköpft. Das Bild von Dad, der Mum verliebt anschaut, während sie strahlend und vertrauensvoll in die Kamera blickt. Und dann das von uns beim Fotografen, von dem Achtjährigen in kratzigen Klamotten vor verwirbeltem Ölgemäldehintergrund.

Ich streiche mit rußgeschwärztem Finger über sein Gesicht. Dieser Junge mit dem verhältnismäßig übergroßen Kopf läuft immer noch irgendwo in mir herum. Er ist in unserer Familie die kleine Sicherung, die durchgeknallt ist. Der empfindlichste Teil im Stromkreislauf, weshalb danach die ganze Familie nicht mehr funktionierte. Er war der Einzige, der zum

Ausdruck brachte, was ansonsten keinen Ausdruck fand. Also ist er die Wut unserer Familie. Ihre Zerrüttetheit. Ihre Vernachlässigung.

Was aber bin ich dann?

Ich weiß es nicht, weiß nur, dass ich alles bin, was übrig blieb.

Ich schäle mich aus meinen feuchten Sachen und werfe sie ebenfalls ins Feuer. Die Morgensonne fühlt sich freundlich an auf meiner Haut, doch kann ich nur daran denken, dass Mum sie nicht mehr spürt. Dass sie nie wieder eine Morgendämmerung sehen wird. Sie kann auch diesen Rauch nicht riechen, kann sich von ihm nicht an herbstliche Sonntage, an Pullover und Dämmerungen erinnern lassen. Dad, der Blätter zusammenrecht, um sie dann mithilfe von Hand und Harke auf das Feuer zu werfen, woran es fast erstickt. Der dann aus dem Rauch taumelt, die Wangen aufgebläht, die Augen fest zusammengepresst. Der verhalten flucht. Lacht. Geschirr, das im Spülbecken klappert; im Bauch schon die Vorahnung von Montagmorgen und Schule.

An so vielen Tagen meiner Kindheit hatte ich diesen Sonntagabendbauch.

Die Schuppenfenster starren mich an, ein Fleck im Staub an jener Stelle, an der sich Mum gestern den Kopf gestoßen hat, als sie sich die Wolken ansehen wollte, zu denen ich hinaufzeigte.

Das also bleibt, nur Flecken, die Lebende hinterlassen.

Ich liege draußen wieder im Gras unter unserem Himmelsausschnitt, oben eine fedrige Wolke, mittenmang im allerhöchsten böigen Blau. Sie lässt mich an die Röntgenaufnahme von einem Knochen denken. Ich sehe zu, wie sie auf ihrem Weg nach Osten langsam zerschnippelt wird, und versuche, mir etwas Neues unter ihrer Gestalt vorzustellen, ehe sie völlig verschwunden ist. So wie Robert es getan hätte. So wie er es tat.

Sie wird nie wieder eine Wolke sehen.

27

Der Sonnenschein verrät, wie unbedeutend dieser Todesfall ist. Keine Wolke am Himmel. Ich sitze da und rauche eine ätzende Zigarette, während picklige Beerdigungsunternehmer Anstalten treffen, Mum fortzuschaffen. Männer, die aussehen, als sollten sie sich in Billardhallen herumtreiben oder dort, wo Drogen verscherbelt werden. Sie erzählen vom Feuer in der Chemiefabrik, als wäre das für mich an einem Tag wie diesem die große Sensationsmeldung.

»Ich weiß, ich war wach.«

Sie nicken verständnisvoll. Natürlich, sagen ihre Mienen.

Wir warten darauf, dass der Arzt kommt und mir sagt, was ich schon weiß. Während er drinnen ist, ein ganz normaler Arbeitstag für ihn, rauchen die Männer eine Zigarette. Stehen auf dem Bürgersteig wie Mahnmale des Todes, verkünden ihn der Straße mit ihren billigen Anzügen und schwarzen Schlipsen, die Knoten klein und straff – am Ende des Tages über den Kopf gestreift, nie wieder gelöst.

Der Arzt kommt aus dem Haus und sieht aus, als hätte er nur eben vorbeigeschaut, um Zigaretten und Milch zu besorgen. Er erklärt mir, wie ich den Totenschein bekomme, und reißt dann ein von ihm ausgefülltes Blatt von einem Block ab. Die Beerdigungsunternehmer bekommen ein Exemplar in Rosa, meins ist blau. Der Arzt behält das weiße, braust in seinem noblen Schlitten davon, und die Männer des Todes gehen mit Trage und Tüte ins Haus.

Ich warte draußen, stochere im Feuer herum.

»Entschuldigen Sie. Sollen Stein und Video bei ihr bleiben?«

Ich nicke, und er weicht einen Schritt zurück, ehe er sich umdreht und wieder ins Haus geht.

Ich habe überall nach ihrem Testament gesucht, aber den Gefallen hat sie mir wohl nicht getan.

Im Schuppen sehe ich zum Fahrrad hoch und hole es schließlich herunter, wirble Staub auf, der mir in die Augen dringt, im Sonnenlicht flirrt. Ich trage das Rad nach draußen, halte es feierlich hoch über den Kopf und stoße unwillkürlich einen Laut aus, als ich es aufs Feuer werfe. Funken stieben.

Ich höre eine Autotür zuschlagen, und einer der fast platten Reifen lässt ein fades *Plop* fahren.

Ich gehe ums Haus herum, während einer der Männer vom Transporter zurückkehrt, in dem Mum auf dem Rücken liegt und zu nichts mehr hinaufsieht.

Mir wird ein Klemmbrett gereicht, darauf ein bedrucktes Blatt mit mehreren Durchschlägen, teilweise bereits ausgefüllt, damit ich nicht zu lang warten muss. Selbst diese Männer haben die Kunst perfektioniert, sich angesichts der Trauer nur auf Zehenspitzen zu bewegen. Ihre Perfektion ist auch vonnöten, da ihre Kunden so ungeübt sind. Tag für Tag haben sie mit Menschen zu tun, die etwas verarbeiten müssen, das unfassbar weit vom Tagtäglichen entfernt ist.

Wir stehen am Transporter, und ich meine, es drinnen leicht vibrieren zu spüren oder summen zu hören. Wie ein elektrischer Zaun. Ich unterschreibe etwas, und einer der Männer fragt, wo sie war, als sie verschied. Das hat er gesagt. *Verschied*. Als wäre es ein Test.

»Im Bett.« Was geht ihn das denn an?

Er gibt mir den rosafarbenen Durchschlag, legt den Block in den Wagen, schließt leise die Tür und kommt zurück.

»Ich frage nur, weil sie Wasser in sich hat«, sagt er und riecht dabei nach Zigarettenqualm. Beide verschlingen sie mich mit den Augen.

»Soll ich sonst noch was unterschreiben?«

»Nein, Sir, das wäre dann alles.«

Sir?

»Noch einmal unser herzlichstes Beileid«, sagt der andere, während die Federung unter dem Gewicht der einsteigenden Männer ächzt. »Wir melden uns dann später bei Ihnen, um letzte Begräbniswünsche abzusprechen.«

Im Abstand vom Bruchteil einer Sekunde schlagen zwei Türen zu. In einem Jahr oder so wird dies bestimmt im Gleichklang geschehen. Dann haben sie so lange zusammengearbeitet, dass sie sogar die Türen im selben Moment schließen.

Der Wagen springt an, und ich trete beiseite; der Auspuff stößt eine schwarze Wolke aus, und unter der blitzenden Haube stottert der Motor. Ich sehe Mum nach, und das Gesicht des Fahrers wird für kurze Zeit größer, als er sich zum Seitenspiegel vorbeugt, um mir noch einen Blick zuzuwerfen.

Ich sehe sie davonfahren. Der kleiner werdende Transporter, der den Hawke Street Hill hinaufrollt; oben geht der Blinker. Bestimmt haben sie längst das Radio angestellt. Niemand im Verkehr weiß, dass eine Leiche durch die Straßen gefahren wird. Die Sonne scheint. Meine Mum und das ganze Wasser, das hinten auf der Ladefläche herumschwappt.

Ich gehe zum Haus, ertrage jetzt aber nur den Anblick des Gartens, sinke am Feuer auf den Boden, ziehe das T-Shirt aus und lasse mich von Sonne und Glut wärmen. Langsam sondert das Heckenholz seine Feuchtigkeit ab und verbrennt; ein tief liegender, feuchter Rauch zieht über den Rasen. Das Rad ist verkohlt, bewahrt aber seine äußere Gestalt.

Mich weckt das in meiner Tasche klingelnde Handy. Ich brauche einen Moment, um mich zu orientieren, bin ich doch gestern Nacht irgendwann in meinem alten Schlafsack im Schuppen eingeschlafen. Ich suche nach dem Handy, da es Patricia sein könnte, doch ist der Anrufer ein Mann vom Bestattungsinstitut, der vor der Haustür steht.

Das Feuer qualmt noch, das geschwärzte Rad liegt in der Asche, die Speichen vom Reifen abgeplatzt, der Sattel nur noch ein klebriger Stumpf.

Ich bitte den Mann vom Bestattungsinstitut nicht ins Haus, sondern lasse ihn in seinem düsteren Anzug vor der Tür stehen, während ich hineingehe, den Kessel aufsetze, mein Gesicht im Küchenbecken wasche, mir durchs Haar fahre und mit zwei Esstischstühlen wieder nach draußen komme, sie in den Vorgarten stelle und ein schlechtes Gewissen habe, weil Mums gute Stühle nun draußen sind. Aus den Teetassen steigt uns der Dampf entgegen.

Ohne Testament kann ich nur raten. Ich entscheide mich für das Krematorium, will ihre Asche verstreuen wie die von Dad und Robert. Ich könnte wetten, dass mehr Frauen als Männer verbrannt werden. Eine letzte Eitelkeit. Besser rasch verbrennen als langsam verrotten.

Ich sitze immer noch da, vor mir ein leerer Stuhl und eine Tasse kalter Tee, die der Bestattungsunternehmer nicht angerührt hat, als vorm Haus ein Streifenwagen hält.

Ich drehe den Joint zu Ende, den ich nicht drehen sollte, und klopfe mir das Ende mehrere Male gegen den Fingernagel, damit der Inhalt nicht rausfällt. Die Wagentür geht auf;

ich stecke mein Kunstwerk in die Hemdtasche und schlage die Beine übereinander. Stelle sie wieder nebeneinander.

Ein Typ im Anzug steigt aus, schließt den Wagen ab und kommt mit gleichfalls verschlossenem Gesicht auf mich zu. Er ist glatt rasiert, um die vierzig, sieht gut aus und weiß es auch. Ein Hai in Zivil.

An der Tür prüft er die Hausnummer, kommt über den Weg, den einst Hecken säumten, tritt dann über die Stummel und mustert sie mit übertriebenem Blick. Nennt mich Mister und tut so, als meinte er es respektvoll, dabei ist die Macht mit ihm.

Er gibt mir nicht die Hand, zeigt mir nur seinen Ausweis, den ich mir nicht näher ansehe, nur ein flüchtiger Blick, als wäre ich im Examen und drehte bloß ein Blatt um.

»Gibt es einen Grund, warum Sie nicht zurückgerufen haben?«

»Ich habe den Anrufbeantworter nicht abgehört.«

Er nickt und scheint mehr zu verstehen, als ich gesagt habe. »Wäre Ihnen ein wenig Privatsphäre nicht lieber? Wollen wir ins Haus gehen?«

Ich schüttle den Kopf.

»Macht es Ihnen was aus, wenn ich mich setze?«, fragt er und setzt sich.

»Tasse Tee?«, erwidere ich und zeige auf die vom Bestattungsunternehmer nicht angerührte Tasse.

Der Beamte schaut mich an, beugt sich vor, hebt die Tasse mit Daumen und Zeigefinger an und stellt sie so ab, dass er sie nicht aus Versehen umstößt. Er möchte seinen ersten Eindruck offensichtlich nicht ruinieren.

»Zuallererst«, sagt er. Schon geht's los; mein Gedärm fühlt sich an, als hätte mir jemand einen Staubsauger in den Arsch geschoben und angemacht, »möchte ich Ihnen mein Mitgefühl in dieser für Sie so schwierigen Zeit aussprechen.«

»Schön, aber warum sind Sie hier?«

Sein Anzug ist von sattem Blau. Der Mann sieht echt gut aus. Ich nicht. Ich ändere meine Haltung, stehe gerade so weit auf, dass ich mir die Hose richtig hochziehen kann. Er schlägt ein kleines Buch auf. Polizisten lieben Requisiten. Aus seiner Jackentasche erscheint ein edler Stift.

Klick-klick.

»Ich fürchte, es gibt da einige Fragen im Zusammenhang mit dem Tod Ihrer Mutter. Überwiegend reine Verfahrensfragen, aber bitte haben Sie Verständnis dafür, dass wir sie trotzdem stellen müssen. Sicher nichts, weshalb Sie sich Sorgen machen müssten.«

»Und was genau meinen Sie?«

»Es gibt da einige Unstimmigkeiten, die wir ausräumen möchten.«

»Krebs im Endstadium gehört bestimmt zu Ihren schweren Fällen.«

Besänftigend streckt er eine Hand aus, Fingernägel maniküret. »Ehe Sie etwas sagen, muss ich Sie darüber informieren, dass ...«

Während er seinen offiziellen Anspruch-auf-rechtlichen-Beistand-Sermon vom Stapel lässt, löst das in mir all diese Konflikte aus. Ein Teil von mir kennt keine Angst – Mum ist tot, wen kümmert da schon, was die Regierung, die Polizei oder irgendein Verfahren will. Nichts geht über den Tod, der Tod ist der niedrigste gemeinsame Nenner.

Ein Teil von mir hat Schiss.

»Mir ist bewusst, dass Ihre Mutter Krebs hatte, doch wenn ich mich nicht irre, haben Sie den Bestattungsunternehmern erzählt, sie sei im Bett gestorben?«

»Nein, habe ich nicht.«

Er bewegt sich unruhig auf seinem Sitz, sieht mich an, wartet.

»Glauben Sie, ich hätte eine tote Frau umgebracht?«

»Es geht jetzt nicht um irgendwelche Anklagen. Ihre Mutter scheint Wasser in sich gehabt zu haben. Und das ist Anlass genug, ein paar Fragen zu stellen.« Er schweigt und mustert mich. »Halten wir doch mal die Fakten fest und versuchen nicht, uns mit vorläufig noch unwichtigen Fragen zu befassen, okay? Die Autopsie sollte jegliche Unklarheiten beseitigen. Falls sie Wasser in der Lunge hatte ...« Ich könnte ihn hinten im Garten begraben. Könnte ihn schnell erledigen, ihm mit der Schaufel den Schädel einschlagen, den schicken blauen Anzug mit Blut besudeln. Oder ihn zum Fahrrad aufs Feuer werfen.

»Ich habe in keine Autopsie eingewilligt; niemand hat mir was von einer Autopsie gesagt. Sie hatte einen Hirntumor.« Mein Körper verrät mich, ich werde zappelig, ziehe wieder die Hose hoch – setze mich erneut, schlage die Beine übereinander.

Er beobachtet mich und zückt dann, fast mit der Geste eines Zauberers, ein Formular, und seine Stimme wird wieder monoton. »Ich bin verpflichtet, Sie darauf aufmerksam zu machen, dass Sie dieses Formular nicht zu unterschreiben brauchen. Sollten Sie eine Autopsie jedoch ablehnen, sehen wir uns gezwungen, einen entsprechenden Antrag bei Gericht zu stellen, dem nahezu ausnahmslos stattgegeben wird, was meist aber darauf hinausläuft, dass sich die Beerdigung Ihrer Verwandten verzögert und ...« Ich könnte ihn in der Wanne ertränken. »... höheres Strafmaß, sollte es zur Anklageerhebung und zu einer Verurteilung kommen. Diese Verzögerung kann es dem Rechtsmediziner zudem erschweren, ein klares Bild von der Todesursache zu gewinnen, was wiederum das nachfolgende Strafverfahren erschweren könnte. Ich bin verpflichtet, Sie darauf hinzuweisen, dass Sie belehrt wurden, aber das Recht haben ...«

Ich sehe ihn an, Gefühle schwappen in meinem Bauch, lenken mich ab. Mittlerweile hält er mir auf seinem geschlossenen Notizbuch das Formular hin; die andere Hand bietet mir seinen Stift an.

Ich lasse beides im Raum vor uns schweben, verschränke die Arme. »Klingt nicht so, als ob ich das unbedingt unterschreiben müsste.«

Sein Blick bleibt stetig. »Ihnen wird nichts vorgeworfen, und dies hier ist keine strafrechtliche Ermittlung. In Ihrer Lage würde ich allerdings unterschreiben und ein paar Fragen beantworten. Dann ist bald wieder alles im Lot, da bin ich mir sicher. Schließlich bin ich nicht gekommen, um diese schwierige Zeit für Sie noch schwieriger zu machen. Anklage wird selten erhoben, aber wir müssen uns nun mal an die Vorschriften halten.«

Er legt das Formular neben sich auf den Rasen und wirft den Ausweis darauf, damit das Blatt nicht wegweht, behält aber sein kleines Notizbuch in der Hand. »Lassen wir die Sache mit der Autopsie mal für den Augenblick beiseite, okay? Konzentrieren wir uns darauf, was genau geschah, als Ihre Mutter starb. Waren Sie da, als es passiert ist?«

Nein, war ich nicht. Ich hing wie ein Feigling am Telefon. Habe sie in ihrem letzten Augenblick der Not im Stich gelassen. »Ja.«

»Wie bitte?«

»*Ja.*« Ich stopf mir die zerkratzten Hände in die Taschen, der Schmerz lässt mich zusammenzucken.

»Und wo war Ihre Mutter zu diesem Zeitpunkt?«

»In der Küche, zusammen mit Professor Plum.«

Er drückt den Knopf an seinem Stift, lässt die Mine zurückfahren, klopft sich dann sanft damit an die Lippen. Attraktive Lippen. Ich krame meinen kleinen Joint hervor und tippe mir damit wieder auf den Fingernagel. »Was dagegen, wenn ich rauche?«

Er schüttelt den Kopf und beobachtet die kleine Show, mit der ich meine Tüte anzünde. Ich gebe mich lässig, lege das Feuerzeug des Fotografen beiseite und blase den Rauch über die Schulter, aber der Wind weht ihn zu mir zurück und ihm direkt ins Gesicht. Seine Nase zuckt, nimmt das Aroma wahr. Ich beobachte ihn, das Herz hämmert mir in der Brust – nehme noch einen Zug, wische mir nichts von der Hose und lehne mich auf dem Stuhl zurück, fasziniert von der eigenen trotzköpfigen Dämlichkeit.

Er blickt mich eine Weile an. »Wenn Sie bitte die Ereignisse beschreiben könnten, die dem Tod Ihrer Mutter unmittelbar vorausgingen, sowie den Augenblick selbst. Und lassen Sie bitte nichts aus.«

Ich schnipse die Asche ab, sehe sie fallen. »Ich hatte ein Date.«

»Mit wem?«

»Müssen wir sie da mit hineinziehen?«

»Das Beste ist, Sie erzählen mir alle Einzelheiten.«

»Sie können immer noch nach der Autopsie darauf zurückkommen, nicht? Und ohne Autopsie haben Sie nichts in der Hand.«

»Aber wenn Sie nichts zu verbergen haben ...«

»Ich kam gegen eins nach Hause; die Chemiefabrik brannte lichterloh – Brandstiftung?« Er zuckt die Achseln. »Mum lag auf dem Küchenboden und hat sich übergeben.« Ich nehme einen Zug, achte aber nicht mehr darauf, ob der Rauch zu ihm weht. Er wedelt ihn mit einer Hand beiseite;

auf der Stirn pocht eine Ader, und aus irgendeinem Grund beruhigt mich das ein wenig. »Also habe ich einen Krankenwagen gerufen, aber während ich ...«

Er blickt von seinem Notizbuch auf. »Sie haben einen Krankenwagen gerufen?«

»Ich habe angerufen, aber während ich am Telefon war, ist sie ...« Mein Körper lässt mich wieder im Stich.

»Haben Sie vom Festnetz oder vom Handy angerufen?«

»Festnetz.«

»Das habe ich doch irgendwo, oder nicht?« Er blättert sein Buch durch, wirkt jetzt ein bisschen nervös.

»Sie haben mir gesagt, Sie hätten eine Nachricht hinterlassen ... Richtig, gut. Um welche Uhrzeit war das ungefähr, das mit dem Krankenwagen?«

»Keine Ahnung.«

»Nun, haben Sie gleich angerufen, nachdem Sie zu Hause waren?«

»Tut mir leid, ich war betrunken.«

»Und bekifft?«

Ich lächle selbstbewusst, verderbe mir aber den Spaß, weil ich im selben Moment rot anlaufe, drücke den Joint zu früh aus und stecke mir den Stummel in die Tasche, damit er nicht als Beweis gegen mich verwendet werden kann. Der Typ sieht mir zu, grinst zufrieden.

»Mr Rossiter und« – er sieht im Notizbuch nach – »Mr Marchant sagen, sie hätten die Leiche aus dem Schlafzimmer abgeholt. Wie ist die Leiche nach oben gekommen, wenn Ihre Mutter doch in der Küche starb?«

Es klingt komisch, wenn er diese Typen Mister und mit Nachnamen nennt. Für mich waren sie Kev und Jonno, zumindest irgendwas in der Art – schmuddelige Wohnung, schwangere, rauchende Frau.

»Ich habe sie nach oben getragen und im Bad gewaschen, weil ich nicht wollte, dass sie so dreckig beerdigt wird. War bestimmt illegal.« Ich halte ihm die Handgelenke hin. »Sie sollten mich jetzt besser verhaften, Officer.«

»Ich bin Detective.« Er schließt das Buch und sieht mich lange an. »In dieser Situation stehen mir mehrere Möglichkeiten zur Verfügung, da das Gesetz es mir erlaubt, gewisse Einschätzungen vorzunehmen. Das sollten Sie möglichst nicht vergessen. Ich könnte Sie in Gewahrsam nehmen, bis das Ergebnis der Autopsie feststeht. Ich bin mir relativ sicher, dass Ihre Mutter ertrunken ist, und davon ausgehend könnte ich ...« Seine Lippen bewegen sich, aber ich höre nur den Tinnituslärm der Panik. Alles in mir bricht zusammen bei der Erinnerung an die Blasen, die aus ihrem Mund kamen, daran, dass ich ihre Augen immer wieder schließen musste. »... dies ist für Sie natürlich eine schlimme Zeit, weshalb ich zu gewissen Zugeständnissen bereit bin, doch ist meine Geduld keineswegs grenzenlos.«

Er wendet sich wieder seinem Notizbuch zu und fährt fort: »Es dürfte nicht leicht gewesen sein, sie nach oben zu tragen. Waren Sie allein? Oder waren noch andere Verwandte anwesend?«

»Sie sind alle tot.«

Er blickt auf.

»Und nein, ich habe sie nicht umgebracht.« Habe ich doch. Es war meine Schuld. Ich habe sie getötet.

Drei zu eins, nur ich bin übrig.

»Und als Sie Ihre Mutter oben hatten, was haben Sie dann getan?«

»Sie gebadet.«

»Verstehe. In der Wanne?«

Ich nicke.

»Und gab es da einen Augenblick, in dem Wasser in sie hätte eindringen können?«

»Ich habe sie eine Sekunde lang allein gelassen, und als ich zurückkam, lag sie unter Wasser.«

Er macht sich eine Notiz und blättert in seinem Notizbuch einige Seiten zurück. »Es ist durchaus nicht unmöglich, selbst nach dem Ableben noch Flüssigkeit aufzunehmen, falls der Körper unter Wasser liegt. Ihre Mutter scheint allerdings ziemlich viel Flüssigkeit in sich zu haben. Außerdem wären da noch einige blaue Flecken, ein verknackster Knöchel sowie einige Schürfstellen.« Er sieht auf. »All das hat sie sich beim Bad zugezogen, nehme ich an?«

Ich starre auf seine glänzenden Schuhe, fahre mir mit den Händen durch die Haare. Ich höre, wie er umblättert.

»Dann haben Sie Ihre Mutter angezogen, deshalb waren ihre Kleider trocken?«

Ich nicke seinen glänzenden Schuhen zu, schließe die Augen.

Er schlägt das Buch zu. »Haben Sie sich davon überzeugt, dass Ihre Mutter tot war, ehe Sie sie in die Wanne gelegt haben?«

Ich schaue zu ihm auf. Sein Mund möchte lächeln; zum ersten Mal wirkt er unruhig.

»Was?«

Er wiederholt seine Frage, glaube ich.

Ich schüttle leicht den Kopf. »Habe ich ...?«

Er lächelt tatsächlich. »Nun ja«, sagt er strahlend, »woher wussten Sie, dass Ihre Mutter tot war, ehe Sie sie gebadet haben? Haben Sie das gründlich geprüft? Vielleicht hatte sie ja nur einen Schlaganfall. Haben Sie ihren Puls abgetastet, die Atmung geprüft?«

»Sie hat nicht mehr geatmet.« Ich schon. Ich atme noch.

Mums Brust hebt und senkt sich ebenfalls. Ihr Gesicht unter Wasser, die Augen offen.

»Nun, woher haben Sie das gewusst?« Er starrt mich an, sieht in mir das Feuerwerk explodieren, genießt das Schauspiel.

»Ich ... Sie hat nicht mehr ... Sie war tot. Sie war ganz ...« Ich stehe auf, hinter mir fällt der Stuhl um. »Ich weiß, wie jemand aussieht, wenn er tot ist!«

Doch kann ich sehen, wie ihre Brust sich hebt und senkt, dann Frank, der mir von seinen Erfahrungen mit Toten erzählt, die noch zu atmen scheinen.

Der Detective wendet den Blick nicht ab, ein Bein noch immer nonchalant über das andere geschlagen, der Kopf leicht angewinkelt, nun, da ich stehe. Langsam sagt er dann: »Verstehe. Aber Sie verstehen gewiss auch, dass die Fakten ebenso ein anderes Bild ergeben können? Eine Leiche mit Wasser in der Lunge, dazu blaue Flecke und Schürfstellen. Ein Sohn, der sich allein um die leidende Mutter kümmert und bereits wegen Körperverletzung verwarnt wurde.«

Ich weiche einen Schritt zurück, komme wieder.

»Also? Haben Sie nach ihrem Puls gefühlt?«, fragt er.

»Bitte, machen Sie das nicht.«

»Entschuldigung?«

»Sie *wissen*, dass ich es nicht getan habe! Sie war TOT. Und wenn nicht, was sie aber war, dann hätte ich es nicht gewollt, dass ... Sie ist vor meinen Augen gestorben. Ich war am Telefon, um einen Krankenwagen zu rufen. Sie sollten den Anruf auf Band haben. Hören Sie die Bänder ab! Gegen zwei, drei Uhr morgens. Bestimmt können Sie so den genauen Zeitpunkt erfahren. Reden Sie mit Patricia, der Frau, mit der ich zusammen war.«

»Was hätten Sie nicht gewollt?«, fragt er so sanft und leise, als wäre dies einer der wenigen Höhepunkte seiner Arbeit, sieht man einmal vom Papierkram ab.

Auch meine Stimme wird leiser. »Sie war tot.« Ich ziehe meinen Stuhl wieder heran, lasse mich darauf fallen.

»Patricias Adresse?«

Ich nenne ihm die Straße, die Hausnummer ist geraten. Und wieder eine Romanze futsch!

Er hebt das leicht feuchte Autopsieformular vom Rasen auf und hält es mir mit dem Stift zusammen hin. »Sie hätten den Bestattungsunternehmern sagen sollen, dass Sie Ihre Mutter nach oben bringen mussten. Dass Sie sie gebadet haben.«

»Und Sie sollten sich um echte Verbrechen kümmern, Sie ...«

»Was?«, fragt er, das Kinn herrisch vorgereckt. »Was bin ich?«

Ich wende den Blick ab.

»Übrigens«, sagt er und erhebt sich zum Gehen, jetzt, da meine Unterschrift unter seinem blöden Formular steht. »Was für eine Beziehung hatten Sie eigentlich zu Ihrer Mutter?«

28

Vor Kirchen laufen Menschen anders. Sie reden auch leiser, damit sie die Toten nicht wecken, die auf dem Friedhof schlafen. Singen macht Tote aber nicht wach. Das Singen ist an der Kirche das Beste.

Ich war das letzte Mal auf einer Beerdigung, als Oma starb, bloß durfte ich damals nicht zugucken, wie der Sarg in die Erde kam.

Opa wurde verbrannt, mit Sarg und allem Drum und Dran, und da durfte ich mit, obwohl ich doch damals noch viel jünger war. Bei Oma aber musste ich nach der langweiligen Kirchenandacht mit Tante Debbie nach Hause, und das ist viel schlimmer, als dabei zuzusehen, wie wer unter die Erde kommt.

Diesmal darf ich von Anfang bis Ende dabeibleiben, bloß ist das heute keine Beerdigung, sondern ein Gedenkgottesdienst. Plus, es gibt keine Leiche, denn die wurde schon vor Jahren zerstückelt und verbrannt. Im Dienste der Wissenschaft.

Letzten Monat haben diese Leute wegen Michael angerufen. Mum hat nach dem Anruf geheult, und Dad hat gewollt, dass sie sich von ihm umarmen lässt. Robert hat währenddessen mit Topf und Löffel einen Heidenlärm veranstaltet. Um nichts in der Welt kann man Robert einen Löffel wegnehmen.

Höchstens, wenn man ihm Eiscreme gibt, aber dann braucht er ja einen Löffel. Dafür wurde übrigens das Schulterzucken erfunden, für genau so was.

Am Telefon waren diese Leute von der Wohlfahrt und haben gesagt, nach langem Suchen hätten sie jetzt herausgefunden, wo das Krankenhaus sie damals hingebracht hat, und wenn wir wollten, könnten wir zu einer kleinen Gedenkfeier kommen. Die findet heute statt, und meine Sachen sind kratzig und viel zu eng; außerdem darf ich mir kein Gel ins Haar machen, bloß Wasser.

In der Kirche sind nicht viele Leute und fast nur Frauen in Mums Alter, ein paar noch älter. Die meisten tragen dunkle Kleider, aber ein paar lassen die Kirche aussehen, als könnte sie ebenso ein Supermarkt sein.

Wir singen *All Things Bright and Beautiful*, was für ein Kirchenlied gar nicht mal so übel ist.

Hinterher geht's zum Friedhof, also müssen wir fahren, und Robert muss nach hinten in seinen Riesenkindersitz, fest angeschnallt. Er wird nie wieder auf dem Beifahrersitz fahren, was mir für ihn leidtut, aber wenn wir ihn nicht anschnallen, reißt er beim Fahren schon mal gern die Handbremse hoch.

Dad fährt, und Mum hält eine Hand vor den Mund, das Gesicht nahe am Fenster. Das Radio läuft, aber so leise, es könnte ebenso gut aus sein.

Im Auto bin ich neuerdings immer nervös, weil es Mum und Dad daran erinnert, sauer auf mich zu sein. Auch wenn Dad sagt, es sei seine Schuld, weil er so ein Softie ist und mir beim Vornsitzen alles beigebracht hat.

»Aber bei allen Autos, in die du hättest hineinfahren können, musste es ausgerechnet ein MERCEDES sein?«

Wir mussten für die angebufften Autos bezahlen. Auch für

Deadlys Auto. Dad sagt, als er Tante von meiner Spritztour erzählt hat, hätte sie fast einen Bruch gekriegt.

Das ist, wenn einem das Gedärm in die Hose rutscht.

Immerhin durfte ich im Polizeiauto fahren. Ich mag die Polizei. Vielleicht werde ich mal Polizist, wenn ich groß bin.

Als wir zum Friedhof kommen, der weit draußen am Stadtrand liegt, haben da schon jede Menge Leute ihre Autos abgestellt. Ein paar parken so, dass sie mehr als einen Platz brauchen.

Mir fehlt meine Glotze, aber Dad sagt, mir würden bald auch meine Eier fehlen, wenn ich nicht aufhöre, deswegen zu jammern. Dann hat er mich abgesetzt und mir gesagt, ich bräuchte kein schlechtes Gewissen haben, nur weil das Sozialamt über die Sache mit dem Autounfall Bescheid weiß.

Von jetzt an ist Schluss mit Pflegekindern, und ich weiß, es ist meine Schuld, aber Dad sagt, das ist es nicht.

Als Mum das hörte, hat sie Robert zu Tante D gebracht und ist wochenlang nicht wieder nach Hause gekommen.

Allerdings können wir Robert adoptieren. Er ist unser Trostpreis. Bestimmt, weil es fürs Sozialamt zu teuer ist, sich um ihn zu kümmern. Plus, seine echten Eltern wurden schon nicht mit ihm fertig, als er noch ein richtiger Junge war, von jetzt ganz zu schweigen.

Es dauert ewig, einen Parkplatz zu finden; Dad hat diesen kleinen Knoten am Kinn, und selbst Robert ist still, Finger im Mund. Dad sagt ihm auch nicht, dass er sie bestimmt auflutscht, wenn er nicht aufpasst, und Robert lacht nicht.

Auf dem Friedhof ist ein Haufen Leute und Kinder, und die Sonne scheint. Die Kinder sind glücklich, nur die Eltern gucken traurig. Ich habe ein schlechtes Gefühl im Bauch.

Mitten auf dem Friedhof liegt ein großer schwarzer Fels, der extra für heute hingebracht wurde. Plus, die Sonne scheint so richtig, als wäre ihr die Traurigkeit der Leute ganz egal.

Dad nimmt Robert aus dem Weg, und Mum ist Hundertmillionen Kilometer weit weg. Sie hat ihre Zombiemiene aufgesetzt, und das Gesicht ist blutleer. Wahrscheinlich, weil sie keine Pflegekinder mehr haben darf.

Wenn keiner zugegen ist, nennt Dad mich manchmal Ayrton Senna. Ich glaube, insgeheim ist er stolz auf meine Fahrkünste. Nur Mum weiß, wie schlecht ich bin.

Dad sagt, wir hätten sowieso schon genug um die Ohren, und Robert sei wie zwanzig Pflegekinder.

Einundzwanzig mit mir.

Ich finde es komisch, dass ein großer schwarzer kantiger Fels an die vielen toten Babys erinnern soll. Warum baut man ihnen zu Ehren keinen Spielplatz auf dem Friedhof, hübsch angestrichen und mit einer Rutsche, dann können die Priester predigen, und die Kinder schaukeln. Ich nicht, ich bin für so was zu alt. Schaukeln ist was für Babys. Den Kindern würde das bestimmt gefallen.

Ich war zwei, als Michael geboren wurde, aber er hat nur dreiundzwanzig Stunden gelebt. Mum hat ihn nicht mehr gesehen, als er tot war. Dad schon.

Michael hat nicht einmal eine Geburtsurkunde bekommen. Dafür muss man nämlich einen ganzen Tag lang leben, weshalb ihm eine Stunde zur Geburtsurkunde gefehlt hat – als wäre er durch eine Prüfung gefallen.

Dad war es, der Michael gesehen hat, nachdem er gestorben war, aber bevor er aufgeschnitten wurde, weil die im Krankenhaus nachgucken wollten, was kaputt gegangen war. Bestimmt haben sie ihn dann ins Feuer geworfen.

Alle Krankenhäuser haben Schornsteine, und der Rauch ist aus Leuten gemacht.

Dad sagt, die Welt hätte schließlich nicht gerade erst begriffen, was zu machen ist, wenn so ein winziges Baby stirbt;

das Krankenhaus hätte es besser wissen müssen. Sie haben ihn einfach weggenommen.

Es gibt Minigräber für die Babys, nicht bloß den großen Fels. Auf den meisten steht allerdings nur ein Datum. Kein von bis, wie auf Omas Grab. Bloß ein Datum.

Und einige haben nicht mal lang genug gelebt, um einen Vornamen zu haben. Michael schon. Auf den Steinen ohne Vorname steht dann Baby Greene oder Baby Jones oder so.

Eins heißt Baby Strong.

Der Fels zur Erinnerung an die Babys hat scharfe Kanten und Glitzerstücke, die in der Sonne funkeln. So was heißt Mica oder Katzengold, sagt Dad, der ganz außer Puste ist vom Nichtstun.

Michaels Fels.

All die Mums hier, die ein Baby verloren haben. Eine nett aussehende Mum in einem blauen Mantel steht ganz allein da. Sie wirkt irgendwie besonders. Dad ist weit weg mit Robert und einer Packung Kekse. Mum ist hier, aber doch nicht hier.

Alle Familien sind irgendwie weit auseinander, nicht eng beisammen, und der Priester sagt, kommt näher, und wir rücken auf, kommen uns aber trotzdem nicht näher. Manche der jüngeren Kinder schon, sie laufen direkt bis nach vorn und setzten sich vor den Fels und sind aufgeregt; der Priester bittet sie sanft um Ruhe. Heute ist ein Tag, an dem man nett zu Kindern ist.

Eines der Mädchen hat ein großes Muttermal auf der Stirn; es sieht aus wie eine Himbeere.

Dad sagt, er wünscht sich, er hätte wenigstens ein Foto von Michael gemacht, aber in meinem Kopf sieht er wie ein Alien aus, denn so sind Babys im Bauch, wenn man sie im Fernsehen sieht, wie Aliens, denen wer auf die Finger getreten ist; außerdem haben sie Rosinenaugen. Plus, Michael muss am ganzen Körper Schnitte von den Experimenten gehabt haben, die hinterher mit ihm veranstaltet wurden, um nach dem Warum zu forschen. Als wäre er ein Alien von einem anderen Planeten gewesen, der auf der Erde nicht überleben konnte, also hat man ihn aufgeschnippelt, um mehr übers Weltall zu erfahren.

Manchmal glaube ich, ich stamme von einem anderen Planeten. Und manchmal glaube ich, man hat mich im Krankenhaus verwechselt. Als ob das erste Baby von meiner Zombie-Mum auch irgendwie gestorben wäre, und man hat gedacht, es sei das Baby von einer anderen Frau gewesen. Was bedeuten könnte, dass meine echte Mum hier irgendwo ist und um mich weint, als wäre ich tot. Aber wenn meine echte Mum hier ist, dann wäre es nett, es wäre die in dem blauen Mantel.

Selbst der Priester weint jetzt. Ich nicht.

Die Mum im blauen Mantel hat Strähnen im Haar, und ihr Gesicht ist ein bisschen aufgequollen, trotzdem sieht sie nett aus und hat ganz blaue Augen. Sie weint, aber nur ein bisschen, so als trüge sie was Zerbrechliches auf dem Kopf. Die Frau neben mir, meine offizielle Mum, die weint nicht. Sogar der Priester weint. Vielleicht hat er auch ein Baby unterm Fels verloren.

Er sagt, die toten Babys spielen jetzt im Himmel, und ihre Schönheit leuchtet von dort oben und schimmert vielleicht noch in den kleinen Lichtflecken in diesem Stein. Was totaler Blödsinn ist, denn der Fels ist viele Millionen Jahre alt, und die Babys wurden nur ein paar Stunden jung.

Er sagt, die Babys wurden getragen, aber nie gehalten, und dass sie immer geliebt werden würden, auch wenn man sie nie im Arm halten konnte. Er sieht uns alle an und versteckt seine Lippen. »Geliebt, aber nie im Arm gehalten.« Er klingt, als hätte seine Platte einen Sprung.

Dann ändert er den Ton und hört sich an, als würde er uns ein Geheimnis verraten. Er sagt, er wisse, es stecke auch in jeder Mutter ein Stein. Und er wisse, der Stein sei dort in ihrem Bauch, wo einmal ein Kind war. Und dass sie tapfer seien, weil sie diesen Stein trügen. Dass sie immer diesen Stein in sich tragen würden für das Kind, das sie verloren haben.

Als er das sagt, weinen die Frauen noch mehr. All diese Mums mit einem Stein im Bauch, die da zusammen und doch allein stehen.

Ich glaube, der Priester ist noch ein Anfänger, besonders fröhlich macht er die Leute nämlich nicht gerade.

Dann sagt er, Gott wird ihnen mit diesen Steinen helfen, nur ist mir nicht klar, warum Gott nicht gleich den Babys geholfen hat. Dann blicke ich zum Himmel und sage »Tschuldigung«, nur für alle Fälle.

Ich hätte mir meine Comics einstecken sollen.

Die nette Mum mit dem blauen Mantel weint und hat die Arme um sich geschlungen. Sie sieht einsam aus. Meine Zombie-Mum steht neben mir, und ich habe überlebt, habe die Prüfung bestanden, aber sie ist voll verliebt in ein totes Kind, das sie nie auch nur in den Arm genommen hat und das nicht mal einen einzigen Tag lang lebte.

Ich grab die Fingernägel in die Handballen und reiß mich zusammen, weil meine Augen feucht werden. Robert weint auch, aber nicht wegen der Babys; er hat Keksschmiere im ganzen Gesicht. Dads Haar ist total stachelig, und er läuft Robert über die Gräber nach, was die Leute von früher zusammenzucken lässt. Über Gräber laufen lässt die Leute von früher nämlich zusammenzucken.

Ich laufe ein bisschen durch die traurige Menge, um mir die Dame mit dem blauen Mantel näher anzusehen. Ich würde ihr gern von der Verwechselung erzählen. Dann würde sie mich mit ihrem Mantel umhüllen, meine Hand halten und vielleicht mit mir zu sich nach Hause gehen.

Ich könnte wetten, dass ihre Hand ganz wohlig warm ist.

Ich gehe noch näher ran, und ihre Augen sind total blau, und mir bleibt das Herz stehen. Die Atmung. Alles.

Mum.

Sie sieht ein wenig verschwommen aus, vielleicht wegen der Tränen in meinen Augen. Ich wische sie weg wie ein großer Junge und stelle mich direkt neben sie, obwohl ich Schiss habe, ihr so nahe zu kommen.

Sie lächelt, und ich lächle so breit zurück, dass sich meine Ohren bewegen.

Ich sehe auf ihre Hand, und der Priester erzählt was aus der Bibel; er weiß auswendig, was er sagt, hat das Buch aber trotzdem parat. Dad ist hinter einem Grabstein, und Robert muss direkt auf dem Grab von dem Toten sein. Dad versucht, ruhig zu bleiben und ihn im Zaum zu halten, aber ich sehe ihm an, dass er Robert am liebsten anschnauzen würde, weil der diese peinlichen Geräusche macht und die Leute ständig mit gerunzelter Stirn zu ihm hinsehen.

Man kann einen Spasti nicht zum Schweigen bringen.

Dad hält ihm einen Keks hin, und Roberts Hand taucht hinter dem Grabstein vor und schnappt sich den Keks.

Der Dame mit dem blauen Mantel hängt die Hand aus dem blauen Ärmel, ein Ring am Finger, und sie weint sich die Augen aus, so sehr vermisst sie mich.

Ich greife nach ihrer Hand.

Sie ist echt wohlig warm, plus, ich darf sie halten. Ich sehe die Frau nicht an, kann aber ihren Blick auf mir spüren. Jeden Augenblick wird sie mich erkennen, mein Körper summt, und mir stehen die Haare zu Berge wie die Stacheln von einem Igel, einem Stachelschwein oder einem Stegosaurus.

Stego-sau-stuss, sagt Dad.

Ich habe die Augen halb geschlossen, meine Hand hält ihre fest, und der Priester muss lauter reden, weil Robert solchen Krach macht. Die Leute scharren mit den Füßen und wischen sich die Augen, aber ich rühre mich nicht, atme nicht, tue gar nichts. Ich kann spüren, wie meine neue Mum mich anguckt, aber ich sehe das Mädchen mit dem Muttermal an. Ich denke, sie hat das Muttermal, weil sie neun Monate lang mit der Stirn auf dem traurigen Stein im Bauch ihrer Mum gelegen hat.

Dann sagt der Priester »Lasset uns beten«, und die Frau zieht ihre Hand fort, lächelt mich eine Sekunde lang an und dreht mir den Rücken zu, ihren großen blauen Rücken. Dann geht sie um den Fels herum.

Sie hat keine Ahnung von der Verwechselung.

Ich guck auf meine Hand. Ein bisschen Wärme muss noch dran sein, also balle ich sie fest zusammen.

Ich hätte ihr nicht meine fürs Leben gezeichnete Hand geben sollen.

Jetzt geht eine Frau von der Kirche mit einem Tablett rum, auf dem kleine Steinbrocken liegen, die genauso aussehen wie der große Mica-Fels und die an die toten Babys erinnern sollen.

Jede Mum darf sich einen Brocken zum Behalten nehmen, und alle lächeln sie an, wischen sich die Augen. Die Tablettfrau hat ihre Lippen versteckt.

Ich will nicht mehr klein sein, aber erwachsen will ich auch nicht werden.

Wenn ich doch mal groß werde, mache ich was Erstaunliches aus meinem Leben und werde bestimmt ein berühmter Wetteransager, aber nur im Sommer, damit ich kein schlechtes Wetter vorhersagen muss und die Leute mich immer lieben.

Oder ich werde Müllmann, weil die nur einmal in der Woche kommen, und die übrigen sechs Tage habe ich frei, gönne mir meinen Spaß und bin nett zu meiner Familie.

Ich werde ganz bestimmt Kinder haben, denn dann brauche ich nicht mehr allein zu spielen. Es sollte verboten werden, nur ein Kind zu haben wie in China. Mit Robert kann man nicht spielen.

Und wenn ich groß bin, lebt nichts mehr in meinem Bauch und die Leute werfen aus Versehen Spielzeug und ihre Schätze in den Müll. Das wäre klasse.

Ich werde ein Piratenmüllmann mit einem Goldzahn und einer fürs Leben gezeichneten Holzhand und fahre auf dem Mülllaster, als stünde ich an Deck eines großen Schiffs. Möwen umsegeln uns. Ich habe zehn Goldzähne und werde reich durch all die Schätze, die von den Leuten weggeworfen werden, und ich und meine Familie, wir gucken jeden Abend im Bett fern, und mein Bauch schikaniert mich nicht länger.

Jetzt denke ich, vielleicht hat die Tablette, die ich mal aus Mums Handtasche stibitzt hab, mich auch zu einem Zombie gemacht, denn ich will weinen, kann es aber nicht. Ich stehe ganz allein da und denke, dass der Zombie drüben tatsächlich meine echte Mum sein muss. Vielleicht werde ich also auch zum Zombie, wenn ich mal groß bin. Bestimmt sind wir eine Zombie-Familie. Mein stachelhaariger Dad und Robert mit seinem kaputten Hirn. Wir sind die lebenden Toten.

Dann sagen alle Amen, nur Mum nicht.

29

Ich wache im Schuppen auf und gehe nach draußen, um zu pinkeln; die schlechten Träume der letzten Nacht wirken sich auf meine Blase aus, obwohl sie in meiner Erinnerung bereits verblassen.

Ich riskiere einen Blick ins Haus; Alfie liegt lang ausgestreckt auf dem Wohnzimmerboden; sie atmet langsam und schwer; das Gurgeln und Schnarchen klingt laut wie nie.

Ich hebe sie hoch; sie wimmert vor Schmerz.

Ich bin froh, wieder aus dem Haus zu sein; tiefe Wolken hängen am Himmel; die Katze wärmt mir die Brust. Nichts an den Füßen; bestimmt stehen mir die Haare stachelig vom Kopf.

Alfie fühlt sich gut an, aber ihr Atem geht schwer und schwach, erinnert mich an Reg.

Plötzlich kommt mir die ganze Welt schwach und zerbrechlich vor. Leute sitzen angeschnallt in ihren fahrenden Autos; der graue Himmel spiegelt sich in der Windschutzscheibe; die Reifen haften und alle Herzen schlagen, noch. Alles wird allein vom schwachen Schlag unserer Herzen zusammengehalten.

Ich gehe quer durch den Malfour-Park und rede mit Alfie; meine nackten Füße fühlen sich gut an im kühlen Gras. Ich laufe an den längst zubetonierten Kratern vorbei, bei denen

Skater mit langem Haar und laschen Posen herumlungern – fahren abwechselnd in die Senke. Everest. Rund um die Welt.

Hinterm Park laufe ich über die Straße; die Autos halten größeren Abstand als gewöhnlich, weil sich nicht übersehen lässt, wie krank Alfie ist. Vorm Laden des Zeitungshändlers steht auf einem Plakat der Regionalzeitung: *Brand in Chemiefabrik – 11 Tote.*

Ich gehe in den Laden, ein schriller Summer ertönt, und der alte Ladenbesitzer starrt mich an. Hinter Kondolenzkarten, Geschenkpapier und glitzernden Schokoladentafeln liegen die Schreibwaren. Ich bücke mich, um mir einen dicken Filzstift zu nehmen; Alfie jault vor Schmerz.

Ich werfe einen Geldschein auf den Tresen und gehe hinaus, wieder schrillt der Summer, und der Ladenbesitzer ruft mir hinterher, weil er mir mein Wechselgeld geben will.

Die Knie knacken, als ich mich bücke, die *11* auf dem Plakat durchstreiche und eine *12* drüberschreibe.

Ich muss mich durch die Menge auf der Hauptstraße schlängeln, weil so viele ihren Geschäften nachgehen, stehen bleiben, um über ihre Kinder zu schwatzen, über das Feuer, darüber, wofür sie Zeit und Geld ausgeben. Wenn sie Alfie in meinen Armen sehen, werfen sie mir ihren *ach wie süß*-Blick zu.

Ich laufe weiter, die Filzstiftspitze unter der Nase, und ihr giftiger Geruch bringt nach und nach meine Teenagerjahre zurück. Erinnerungen ans Schulschwänzen, daran, wie ich mich hinters Bushaltehäuschen zwänge. Meine Graffiti über die ganze Stadt verstreut, kodierte Notsignale.

Ich komme an einem weiteren Laden vorbei und mache wieder eine *12* aus der *11*; Leute bleiben stehen, irgendwer fragt mich, ob über Nacht noch jemand gestorben sei. Ich richte mich auf, und mit offenem Mund bleiben die Leute vor mir stehen. Plötzlich wollen sie unbedingt mit diesem heruntergekommenen Mann reden, denn vielleicht springt was für sie raus – eine pikante Neuigkeit. Sie sind willens, mich zu einer Autorität zu machen, falls ich ihnen ein Drama versprechen kann.

»Meine Mum ist gestorben.«

Eine Frau fragt ihren Mann oder Freund, was ich gesagt habe. Ich stehe vor ihr, aber sie fragt ihn, was ich gesagt habe, als wäre ich im Fernsehen und sie könnte sich nicht direkt an mich wenden. Ich bin eine Show. Als ihr Begleiter antwortet, wendet er den Blick nicht von meinem Gesicht ab und sagt nur aus den Mundwinkeln: »Er sagt, seine Mum sei auch bei dem Brand gestorben.«

Ich gehe in die Tierarztpraxis, strapazierfähiges Linoleum, der Geruch nach Desinfektionsmitteln. Ich drehe die Hacke hin und her, aber da ich barfuß bin, quietscht das Linoleum nicht.

Die Tierpflegerin hinterm Tresen erfasst die Situation mit einem Blick und lächelt mitfühlend.

Ich setze mich und warte; wenn ich Alfies Kopf nicht festhalte, sackt er mir kraftlos auf den Schenkel – ihr geht das Fell aus, überall Haare auf meiner Kleidung. Die Brust hebt und senkt sich. Ein kleiner Hund wimmert hinter der Gittertür seines Weidenkorbs; die Besitzerin liest Zeitung, während ich mich auf einen Diamant Sonnenschein am Boden konzentriere, denn draußen verziehen sich die Wolken. *Wieder* ein sonniger Tag.

Null Millimeter.

Ich streichle sie, und da ist dieses Gefühl in meiner Brust, das mir kommt, wenn ich ein Tier streichle – sanft wie eine Umarmung. Ich überlasse mich dem Gefühl, streichle sie behutsam, den Kopf zu ihr hinabgebeugt.

»Der Doktor hat jetzt Zeit für Ihre Kleine.« Die Pflegerin ruft uns das nicht einfach von ihrem Tisch aus zu, sondern kommt eigens her, um uns das zu sagen. Ich folge ihr in ein schmales Zimmer mit einem hohen Tisch und dem strengen Geruch von Desinfektionsmitteln. Sie geht, der Doktor kommt. Er sieht aus, als gehörte sein Foto auf die Titelseite einer Zeitschrift, glatte Haut und hohe Wangenknochen.

»Hallo«, sagt er und gibt mir die Hand, dann streichelt er Alfie sanft in meinen Armen. »An dich kann ich mich gut erinnern. Bist ein liebes Mädchen, nicht? Ja, das bist du. Ich schätze, bei unseren vorherigen Begegnungen hat Ihre Mum sie gebracht?«

»Das stimmt.«

Er nimmt sie mir ab, und wir beide geben uns Mühe, behutsam vorzugehen. Trotzdem entweicht ihr ein Klagelaut.

Wangenknochen macht eine Show aus der Untersuchung, doch hechelt sie in seinen Armen noch schneller als zuvor. Er und ich, wir wissen beide, was hier geschieht, dennoch gibt er sich den Anschein, sehr gründlich vorzugehen, auch wenn die Pflegerin nebenan bestimmt schon den Ofen schürt. Noch einen Scheit auflegt.

»Hören Sie«, sagt er schließlich leise, »Ihre Mum wollte Alfie immer am Leben halten, und das konnte ich bislang gut verstehen, aber jetzt hat ihre Krankheit ein Stadium erreicht, in dem das Tier mehr als nötig leiden muss. Es hat zweifellos große Schmerzen, und der Krebs hat sicher schon Metastasen gebildet.«

Ich nehme Alfie wieder an mich, streichle sie und nicke. Sie sieht so schön aus, schwach und zerbrechlich, wie sie ist. Tiere besitzen eine Unschuld, die Menschen niemals erlangen werden. Wer sind wir denn, dass wir es wagen, dies mit unseren Nadeln auszulöschen? Außerdem kann ich in ihrem Gesicht einen Hauch von Mums Unschuld wiedererkennen.

»Okay.«

Wangenknochen nickt. »Möchten Sie erst noch Ihre Mum anrufen?«

»Das wäre ein teures Ferngespräch.«

»Wie bitte?«

»Nein, ist schon okay.«

»Dann lasse ich Ihnen und Alfie noch einen Augenblick«, sagt er, legt mir kurz eine Hand auf die Schulter und gleitet dann davon; irgendwas in mir würde ihm am liebsten ein Bein stellen. Er schließt die Schiebetür, und ich erhasche einen Blick auf die Gummischuhe, die er unter dem weißen Kittel trägt.

Ich sehe mir die Poster an, die für Wurmbehandlung und Halsbänder werben; eine Reihe versammelter Tiere schaut in die Kamera.

Auf Wiedersehen ist nicht für die Sterbenden, sondern für jene, die sich am Abend oder zu Beginn einer neuen Woche trennen. *Auf Wiedersehen* heißt bis bald. *Auf Wiedersehen* ist nicht für jene, die man nie wiedersehen wird. Dafür brauchen wir ein größeres Wort.

Ich vergrabe mein Gesicht in ihrem Fell; sie riecht nach zu Hause – auch nach all dem Guten, was passiert ist, nicht bloß nach dem Schlechten. Nach Augenblicken des Lachens, des Verstehens. Nach dem Positiven, das geschieht, wenn keiner damit rechnet. Nicht unbedingt bloß an Geburtstagen oder an Weihnachten, sondern etwa dann, wenn Dads Wagen in Reparatur war und wir ihn alle auf dem Weg zur Schule bei seiner Arbeit absetzten. Oder wenn ich krank war oder ein Gewitter tobte und ich zu ihnen ins Bett und die Wärme der Erwachsenen in Stereo aufsaugen durfte.

Oder wenn wir Bekannte in Mums Heimatstadt besuchten und ich nach Einbruch der Dunkelheit im Schlafsack aus deren Haus getragen wurde, um, eingemummelt und gemütlich, auf der Rückbank zu liegen und durch die Nacht gefahren zu werden, das Innenlicht die reinste Magie. Und dann so zu tun, als schliefe ich noch, damit man mich, immer noch im Schlafsack, ins Bett trug.

Über der Tür hängt eine kleine Uhr, und Wangenknochen kommt mit einer Nierenschale zurück, über der ein kleines Tuch liegt. Er stellt sie so ab, dass wir sie nicht sehen können, und wir gehen zum sterilen Untersuchungstisch.

»Denken Sie, sie weiß Bescheid?«, frage ich, und meine Knie treiben ihre üblichen Spielchen.

»Was? Dass sie krank ist?«

»Nein, was wir mit ihr machen werden. Denken Sie, es ist für sie okay?«

Während er nachdenkt, beugt er sich über den Tisch und streichelt Alfie. »Tiere haben einen guten Instinkt. Ich schätze, wenn sie Bescheid weiß, dann versteht sie es auch. Sie wird uns sicher vergeben.«

Dann fällt sein Gesicht in sich zusammen, als er sieht, was mit meinem geschieht. Ich wische mir über die Augen, immer wieder, aber für Alfie möglichst unauffällig. Der Arzt gibt sich beschäftigt und redet über irgendwelche Nichtigkeiten.

»Kann ich sie halten, wenn es so weit ist?«

Er blickt mich an und nickt. »Ich muss sie nur noch ein bisschen vorbereiten.«

Ich lächle ihn an, aber mein ganzer Körper macht sein eigenes Ding. Und ich muss an den ersten Alfie denken, an Alfie, der mit Hängeohren unter der Dusche hockt und mit den Pfoten an der Duschtür kratzt. Wie er dann abends trotzdem zuließ, dass ich ihn streichelte. Wie er mir immer und immer wieder vergab – sich immer und immer wieder dem Schmerz geöffnet hat.

Wie Robert. Endlich hatte er in meiner Mum die Liebe gefunden, die er brauchte, aber ich konnte sie nicht mit ihm teilen, nicht einmal einige Monate, in denen er darauf wartete, dass sein Leben wieder ins Lot kam.

Robert McCloud, unschuldig wie ein Tier.

Der Arzt deckt einen Teil der Nierenschale auf, nimmt eine Spritze, hält Alfies Bein und redet beschwichtigend auf sie ein, als er die Nadel unter ihre Haut schiebt. Sie jammert nicht. Sie bemitleidet sich nicht so, wie ich es getan habe.

»Okay, Sie können sie jetzt auf den Arm nehmen, aber am besten setzen Sie sich hin – in den Stuhl da.«

Ich nehme sie hoch, habe Mühe, sie zu umfassen. Sie ist so warm; mit offenem Mund ringt sie nach Luft. »Auf dem Boden. Ich muss sie auf dem Boden halten.«

»Was?«

»Bitte.« Ich setze mich zwischen Tür und Tisch auf den Boden. »Hier, genau so. *Bitte!*«

Er sieht mich an und seufzt tief. Ich lächle, doch meine Augen schwimmen schon wieder.

Wangenknochen hat die Nadel jetzt mit Tod aufgezogen. Er spritzt nicht kurz, um Luftbläschen zu entfernen. Das ist nicht nötig. Er hält die Nadel verborgen, aber mein Blick hungert danach.

»Sie drücken sie zu fest; versuchen Sie, sich zu entspannen.«

Er kniet sich hin und wendet sich dem Beistelltisch zu, um alles auf unsere Höhe zu bringen. Dann fragt er: »Okay?«, sticht aber bereits mit der Nadel zu, hält die Kanüle mit einer Hand fest und führt die lange, dünne Nadel ein; wir sind in Position und bereit; ihre Augen sehen mich an, der Blick verschwimmt, aber noch ist sie bei mir. So rein in ihrer offenäugigen Verletzlichkeit. Sie ringt nach Luft. Kämpft vergebens.

Sein Daumen zwingt den Kolben auf seine zwei Zentimeter lange Reise, die Alfie eine Unendlichkeit weit fortführen wird. Wie Robert, als er am Rand sitzt, festgeschnallt an diesen Mann, höre ich auf zu zittern und verfolge mit weit aufgerissenen Augen jeden Tropfen – der Moment, den ich verpasst habe.

Sie sackt in sich zusammen, als würde der Kolben nicht den Tod in sie hineindrücken, sondern das Leben aus ihr heraussaugen. Die Zunge gleitet ihr aus dem Mund, in den Augen verlöscht das Licht. Robert mit Wolken in den Augen. Ohne ihr mühsames, halb ersticktes Atmen, ohne ihr Leid ist es still im Zimmer. Mein Leib bewegt sich auf und ab in seinem eigenen stummen Verfall. Wangenknochen arbeitet zügig, holt das Stethoskop, horcht sie ab, die Augen auf einen fernen Punkt an der Wand gerichtet. Mir bleibt ebenfalls die Luft weg, als ich sein Gesicht beobachte, warte.

Er setzt das Stethoskop ab, nimmt es aus den Ohren und nickt, ohne meinem Blick zu begegnen.

»Sind Sie *sicher?*«

Er nickt erneut, zieht die Kanüle heraus und greift nach einem Wattebausch, um jedes aufdringliche Detail dieses Todes abzuwischen, der hier so offensichtlich passiert ist.

Er legt alles zurück in die Nierenschale und sagt beinahe unhörbar leise, es tue ihm leid, ehe er die Tür hinter sich zuzieht und mich in diesem zellenkleinen Raum mit dem Kummer in den Armen sitzen lässt.

30

Barfuß sitze ich auf der Bank im Park und sehe zu Patricias Haustür hinüber. Alfies Halsband habe ich mitgenommen; am Leder hängen noch ein paar Haare; und manchmal blicke ich mich um, ob Reg nicht kommt, mit Rocket, dessen Schwanz steil in die Luft ragt.

Ich habe den Ärmel aufgerollt und mir mit dem Filzstift den Arm schwarz angemalt, vor lauter Konzentration schiebt sich mir die Zunge zwischen die Lippen. Nur manchmal muss ich innehalten, um aufzustehen, zu einem Baum hinter mir zu gehen und Schweiß und angesammeltes Hautfett von der Stiftspitze zu wischen – auf mehreren Blättern verunstalten schwarze chemische Streifen das reine Grüne.

Das Bild ist von Patricias Türstufen verschwunden, und etwas in mir möchte hingehen, durch ihr Fenster blicken und sehen, ob es nicht irgendwo an der Wand hängt.

Ich habe sie gestern Abend noch angerufen und mich für den Besuch der Polizei entschuldigt, falls sie denn bei ihr war. Habe ihr von der Beerdigung erzählt, falls es denn eine gibt. Habe sie gebeten, mich zurückzurufen, falls sie möchte.

Letzte Nacht hatte ich wieder denselben Albtraum – Mum liegt aufgebahrt in der alten, piratenkoffergroßen Gefriertruhe, in die sie mich damals gesteckt hat. Ein Neonlicht über der Truhe blinkt und macht dieses typische Geräusch, das

Klimpern gläserner Augenwimpern. Mum sieht ganz eingefallen und blau unter dem Make-up aus, das an das Make-up einer Zwölfjährigen oder eines Transvestiten erinnert.

Im Tod sieht sie aus, wie sie aussähe, wenn ich sie gerade erst kennengelernt hätte. So wie Robert bei der ersten Begegnung ausgesehen haben muss. So wie sie vermutlich für die Kassiererin im Supermarkt aussah oder für den Arzt, der sie am Hirn operiert hat. So wie ein Gesicht eben aussieht, ehe man es liebt. Ehe all die Gefühle, die gemeinsame Geschichte und die Vertrautheit es überlagern. Und doch kann man Jahre, nachdem man es zu lieben begann, gelegentlich immer noch das Gesicht heraufbeschwören, wie es war, als man sich noch nicht kannte.

Das aber ist das Einzigartige an Eltern, nicht wahr, dass man nie von jenem Gesicht heimgesucht wird, das sie hatten, als sie noch Fremde waren. Deine Eltern sollten schon immer deine gewesen sein.

Im Traum streckte ich eine unsichere Hand aus und knöpfte Mums Bluse auf; die Autopsienarbe verlief quer über ihren Leib, zackig und unnötig. Man hatte Mum irgendwelche Standardkleidung angezogen, weshalb sie nicht trug, was ich ihr ausgesucht hatte.

Ich nahm ein Augenlid zwischen zitternden Zeigefinger und Daumen, hob es an und fuhr erschrocken zurück – die Pupille war unverändert. Geweitet.

Ich schleppte Mum in die Küche, um die Größe ihrer Pupillen beim Licht des Fernsehers zu untersuchen, in dem ein Cricketspiel lief.

Dann war ich wieder mit ihr auf der Treppe, und wir beide schrien, während ich sie Stufe um Stufe nach oben und zurück in die Wanne schleppte, in der grüne Erbsen schwammen und Hühnchen Kiew.

Und ich versuchte, ihre Pupillen auch im Badlicht zu untersuchen, um zu wissen, wo sie war, als ihre Augen nicht mehr auf Licht reagierten. Um zu wissen, wo sie war, als sie starb.

Damit ich mir ausrechnen konnte, ob ich noch schlecht war.

So sitze ich hier auf der Parkbank, und mein Herz rast bei der Erinnerung an meinen Traum, während ich es nicht schaffe, meinen Arm auf der Unterseite anzumalen, also fange ich mit dem anderen an, wobei mir ein wenig übel wird, aber ich hoffe, es kommt nur von den Chemikalien im Filzstift. Die Spitze färbt meinen Arm schwarz, und in Gedanken male ich mir aus, dass Reg *tatsächlich* kommt und mich zu sich einlädt und wie sich dann herausstellt, dass er einen Sohn verlor, so wie ich einen Dad verlor. Unsere jeweiligen Verletzungen ergänzen einander.

Ich habe Mums angefangenen Brief schon unzählige Male gelesen. Es ist weniger ein Brief als eine Reihe aufgegebener Ansätze und Absätze.

Du bist jetzt ein Wanderer, und ich gebe mir daran die Schuld. Du gibst mir auch die Schuld, und damit finde ich mich ab. Kinder zu haben bedeutet, Verantwortung zu akzeptieren.

Eine Mutter zu sein fühlt sich wie ein steter Akt der Reue für Sünden an, die man nicht vergeben kann. Für das, was ich dir in schlichten, menschlichen Augenblicken antat. Nur formen diese kleinen Momente unser Leben. Wenn etwas unfair ist, dann dies. Es ist kaum vorstellbar, wie wir die Elternschaft mit solchen Unsicherheiten ertragen sollen.

Michael ist der kleine Moment, der Leben formte. Er und mein Vorderrad, das gegen eine Leiter stieß. Und Roberts Unfähigkeit, auf die Füße zu fallen. Der Schmerz seiner Mutter. *Ihrer* Mutter Schmerz. Und ihrer Mutter Schmerz vor ihr. Es sind die verletzten Menschen, die Menschen verletzen.

Manchmal droht mir bei deinem Schmerz das Herz stehen zu bleiben.

Ich ziehe das Hemd hoch und beginne, meine Brust einzuschwärzen. Dämmerung fällt, die Straßenlampen gehen an, aber Patricias Fenster liegen noch im Dunkeln.

Bei der Einsamkeit in mir geht's nicht bloß ums Alleinsein. Es geht um das, womit ich allein bin, wenn ich allein bin. Und ich weiß nicht, wie ich mit alldem allein sein soll, mit dem ich allein bin.

Ich habe mich immer gefragt, ob ein Kind bei der Geburt gut ist, doch ich weiß, du warst es. Ich glaube jetzt an das Gute in dir. Ich werde nie aufhören, daran zu glauben. Es tut mir bloß leid, dass ich es nicht immer geschafft habe, es in dir lebendig zu erhalten.

Das Handy vibriert, und meine Blicke huschen zu Patricias Haus hinüber – mir stellen sich die Haare auf, und Adrenalin jagt durch meine Adern wie seit Tagen, wenn mein Telefon klingelt.

Ich gehe ran, und alle Bewegung in mir erstarrt beim Klang der Stimme des Polizeibeamten am anderen Ende. Er lässt mich nicht warten.

»Sie sind aus dem Schneider.«

»Was?«

»Der Coroner hat grünes Licht gegeben. Keine Anklage. Alles okay.«

Ich lege den Kopf in den Nacken und sehe zu den Baumwipfeln über mir auf. »Heißt das, Sie können nicht beweisen, dass sie ertrunken ist? Was ist mit der Autopsie?«

Es folgt eine Pause, Stille, das Telefon wird warm am Ohr.

»Ich denke, wenn wir zufrieden sind, dürfen Sie es auch sein«, antwortet er.

Einfach so. Als könnte der Coroner mit einem Federstrich all meine Hässlichkeit beiseitewischen. Abrakadabra.

»Aber ich muss es wissen.«

Ein Seufzen kommt übers Telefon. »Ich habe Ihnen doch gesagt, dass diese Angelegenheiten selten bis zu Ende verfolgt werden. Tiefer zu graben wäre sinnlos. Wir sagen, dass alles in Ordnung ist.«

Ich beuge mich vor, lasse mich ins Gras gleiten, das noch warm ist vom sonnigen Nachmittag, und halte mir das Handy weiterhin ans Ohr, während der Beamte sich in sanftestem Ton für die Unannehmlichkeiten entschuldigt und auch für gestern – sagt, er schicke den Bestattungsunternehmern ein Fax *und* rufe sie an, damit wir den ursprünglichen Beerdigungstermin noch einhalten können. Er sagt, das mache er, sobald er auflege. Dann kann er der Versuchung nicht widerstehen und erwähnt noch einmal die Vorschriften, hofft, dass ich Verständnis habe. Aber ich hasse ihn, weil er eine neue Wunde aufgerissen hat. Ich schaue in den Himmel, und die dahintreibenden Wolken schauen zu mir zurück.

Einmal schwamm das Ungeheuer von Loch Ness vorbei.

Bald wird es dunkel. Ich kann nicht länger auf Reg und Rocket warten und gehe zu dem Weg, den sie täglich nehmen, bücke mich und versuche, mit dem Filzer auf den Asphalt zu schreiben, aber das schafft der Stift nicht. Ich sehe mich um und finde einen Stein, der weiße Kratzspuren auf dem Weg hinterlässt.

Drüben, unter einer Laterne, damit meine Nachricht zu lesen ist, gehe ich in die Knie und kratze gigantische Buchstaben auf den Weg.

Dann laufe ich durch den kleinen Park, wie beim letzten Mal ohne Schuhe, und knie mit dem Stein in der Hand vor Patricias Haus.

31

In der Ferne ragen die Kirchtürme auf, und gut zehn Minuten Fußweg vor St. Margaret's stelle ich den Wagen neben einer Hecke ab, damit man das eingeschlagene Fenster und die verbeulte Tür nicht sieht. Ich knöpfe mir die zu große Anzugsjacke von meinem Dad zu und bleibe noch einen Moment im sicheren Kokon des geparkten Autos sitzen; um mich herum stille Vorstadtstraßen, während ich mit den Blicken die Decke nach Roberts Kulikritzeleien absuche.

Vielleicht ist heute der letzte Tag, an dem ich mich zusammenreißen muss; in Gedanken kalkuliere ich, wie vielen Zeugen ich meine Trauer zu zeigen habe.

Tante D hat die ganze Welt angerufen; das weiß ich von den Beileidsschreiben, die bei mir eingetrudelt sind.

Fester als beabsichtigt schlage ich die Tür zu und folge der Straße, den Blick beim Gehen in die Bäume über mir gerichtet, auf die Umrisse, die sie aus dem Himmel schneiden; die Schuhe knarzen über den Asphalt, Sand auf den Seitenstreifen, kleine Vögel hüpfen und zwitschern in den Bäumen. Lebendig nehmen meine Sinne alles wahr.

Der Kirchturm wächst aus den Bäumen hervor. Ich kicke einen Stein beiseite, ein Vogel fliegt auf mit warnendem Zwitschern.

An der Kreuzung wartet der alte, ausgetrocknete Teich,

und dahinter liegt der Anger, darauf ein Baum, darunter eine kleine Bank. Das erbärmliche Kriegsdenkmal erhebt sich als ein kaltes, steinernes Dankeschön an die Toten und Begrabenen – drum herum verstreut Flaschen und Zigarettenstummel, wo sich wohl Jugendliche treffen, vom Leben bereits enttäuscht, was sie zu den stumpfen Werkzeugen von Sex und Trunkenheit macht. Zu meinen Werkzeugen.

Roberts Beerdigung war in derselben Kirche, sechs Jahre nach seinem Sturz. Er verlor durch den Sturz nicht bloß den Verstand; er verlor auch seine Immunität. Am Ende holte ihn eine Lungenentzündung, dann der Krankenwagen. Kein Blaulicht, keine Sirene, keine Eile. Dad sah ihn fortfahren, streckte noch einmal die Hand aus und berührte den Wagen, ehe er davonfuhr. Mum war irgendwo im Haus.

Genauso war es mit Michael – auch damals war Dad groß genug und Mum irgendwo weit weg. Dad hat Michaels Leiche umarmt, Mum nicht.

Ich schätze, nur in den extremen Momenten erfährt man, wer man wirklich ist, da man dann nicht anders kann, als so zu sein, wie man sich wirklich fühlt.

Ich erinnere mich an Roberts Eltern während der Beerdigung, wie sie in der Kirche auf der einen, meine Eltern auf der anderen Seite saßen. Alle, die zu unserer Unterstützung kamen, setzten sich zu Mum und Dad, weshalb Roberts Eltern die halbe Kirche für sich allein hatten. Ich saß hinten und dachte, ich sollte bei ihnen sitzen. Die schlechten Eltern und ich, der schlechte Sohn.

Zur Beerdigung kamen jede Menge Leute, die seit dem Unfall aus unserem Leben verschwunden gewesen waren. Sie kamen, um uns anzustarren. Mum lehnte sich an Dad an, sie beide boten an diesem Tag ein Bild der Einigkeit. Seit einer Ewigkeit berührte Mum ihn zum ersten Mal. Ich weiß noch, wie eifersüchtig ich darauf war. Und wie ich zu hoffen wagte, dass sie mich auch einmal wieder berühren würde. Oder mich ansehen würde. Selbst mit dem Valiumschleier über den Augen.

Ich stieg über den niedrigen, halb verfallenen Zaun, schlenderte zum Friedhof hinter der Kirche und ging zu ihrem Grab – in Stein gemeißelt die Namen meines Vaters und meines Adoptivbruders. Nur stand da *Robert McCloud*. Und eine kleine Wolke war auch eingemeißelt worden.

Bei Dads Beerdigung musste ich vorn neben Mum sitzen. Als alle Trauergäste vom herabgelassenen Sarg fortgegangen waren – ein paar Hände Erde auf dem Sargdeckel, zuschlagende Autotüren, anspringende Motoren –, blieb ich auf dem Kirchenrasen, trank Bier, drückte mich vor dem Totenschmaus. Hasste alle, weil sie nach Dads Tod kamen, ihn im Leben aber im Stich gelassen hatten. War wütend auf die Trauernden, weil sie lebten und mein Dad von mir gegangen war.

Als ich spätabends ins Haus taumelte, wartete Mum im Morgenmantel auf mich und drückte mir einen Scheck in die Hand. Ich saß im Flugzeug, kaum dass ich den Scheck eingelöst hatte.

Ich steige wieder über den Zaun und laufe über den Anger; taufeuchtes Gras klebt an meinen glänzenden Schuhen. Der Anzug ist unbequem, der Hosenbund hinten zusammengesteckt, damit mir Dads Anzug halbwegs passt. Er wird ihn zu Roberts Beerdigung getragen haben.

Ich setze mich auf die kleine Bank unter dem Baum, fische den Tabak aus der Tasche und drehe mir eine Zigarette. Ein Rest Marihuana ist noch im Beutel, und ich frage mich, ob ich es riskieren soll.

Ich sitze da, schwebe in Gedanken hoch über der Kirche und blicke auf mich hinunter, zwergengroß unter der Eiche mitten auf diesem bisschen Grün – ein Mann im Anzug auf einer Bank unter einem Baum vor einer Kirche. Das ist die Wirklichkeit, nur laden wir sie mit so viel Bedeutung auf.

Auf der Bank klopfe ich den Tabak fest; Teenagernamen wurden ins Holz geritzt. Geständnisse unbezwingbarer Liebe, längst von Zeit und Moder überzogen.

Eines Tages wird all dies vielleicht so sein, in mich eingeritzt, aber gemildert durch die Elemente der Zeit.

Wolken sind unterwegs, eine sieht aus wie eine Libelle. Oder wie ein Doppeldecker. Als ich die Fluppe anzünde, taucht ein Kopf zwischen meinen Beinen auf.

»Rocket. *Alter Junge!*« Sein Schwanz wedelt über einen weißen Fellfleck an seinem Hintern. »Rocket«, die Hand im Rückenfell vergraben, dann spielt sie mit seinen Ohren.

Ich lange nach unten, hebe ihn hoch. Er knurrt unwillig, lässt es dann aber geschehen, macht es sich auf meinem Schoß bequem und gräbt mir die knochigen Gelenke in den Bauch. Ich beuge mich über ihn, suche den Kontakt, drücke mich an ihn und schließe die Augen, Gesicht im Fell.

Ein Mann auf einer Bank unter einem Baum vor einer Kirche umarmt einen Hund.

»Guter Junge. Und *wo* ist dein Herrchen?«

Dann entdecke ich ihn, mit schickem Anzug, aufrechtem Gang, Rauch hinter sich herziehend wie ein alter Dampfer.

Rocket springt von mir fort, eine Pfote in meinem Schoß, und schießt über den Anger, die Ohren angelegt.

Unwillkürlich stehe ich auf und komme unter dem Baum vor, damit Reg mich sehen kann. Ich winke, und er hebt unsicher eine Hand, kommt verlegen zu mir herüber.

Ich gehe wieder zur Bank und warte ungeduldig darauf, dass Reg endlich kommt. Rocket ist wieder da, bellt, läuft zwischen uns hin und her.

»Was treiben Sie denn hier?«, frage ich, als er ungefähr in Rufweite ist. Er bleibt wie angewurzelt stehen.

»Die Nachricht auf dem Weg war doch von Ihnen, stimmt's?«

Ich grinse ihn an, und er geht weiter, grinst zurück.

»Ich fand, ich sollte kommen. Meinen Respekt erweisen«, sagt er.

Er zieht an seiner Selbstgedrehten, aber die ist ausgegangen. Statt der Umarmung, die er mir geben wollte, gebe ich ihm mein Feuerzeug.

»Clever von Ihnen, das mit der Nachricht. Die hier funktionieren nämlich noch«, sagt er und deutet zufrieden auf seine Augen. »Außerdem habe ich regelmäßig die *Kirchennachrichten* durchgesehen. Mary, so hieß Ihre Mum doch mit Vornamen, nicht?«

Ich nicke.

Er zündet die Zigarette wieder an und steckt sich dann mein Feuerzeug ein, worüber ich lächeln muss. Er sieht fesch aus in seinem Anzug und mit, zumindest größtenteils, angeklatschtem Haar. Bei Tageslicht kommt mir sein Gesicht realer vor – verhärmter. Ich rücke beiseite; und er wischt über die Bank, setzt sich und schlägt ein Bein übers andere.

»Erinnert mich an Ghana, das Kraut, das wir geraucht haben. Handelsmarine. Achtzehn Jahre. Afrika, also da gibt es *Frauen*. Überall sonst auf der Welt gibt es Mädchen. Haben Sie Ihres geküsst und sich wieder vertragen?« Zum ersten Mal sieht er mich richtig an. »Wie geht's, Junge?«

Jetzt ist es an mir, den Blick abzuwenden.

»Schwere Zeiten, stimmt's? Schwere Zeiten«, sagt er, und wir beide stieren vor uns hin.

Ich hole meinen Krams vor und fange an, noch eine Zigarette zu drehen.

»Danke, dass Sie gekommen sind, Reg.«

»Nichts zu danken. Hätten mich gar nicht abhalten können.«

Ein Wagen fährt vor der Kirche vor, und Reg ruft Rocket zu sich.

»Rechnen Sie mit vielen Leuten?«, fragt er, und ich schüttle den Kopf. »Ach, ich habe Ihnen was mitgebracht.« Er richtet sich ein wenig auf, dann geht er seine Taschen durch. Noch ein Wagen hält vor der Kirche, sorgt für ein vertrautes Rumoren in meinem Gedärm – Reg sucht immer noch, holt den Tabakbeutel heraus und mein Feuerzeug, nimmt beides in die andere Hand, um besser seine Taschen durchwühlen zu können.

Schließlich fischt er ein sauber gefaltetes weißes Taschentuch heraus und gibt es mir. »Für den Notfall«, sagt er zufrieden mit sich.

»Danke, Reg.«

»Das trage ich schon elf Jahre mit mir herum.«

»Ich will hoffen, Sie haben es in der Zeit ein-, zweimal gewaschen.«

»Mir wurde es bei der Beerdigung meiner Frau gegeben«, sagt er und übergeht meinen Versuch, die Situation leicht zu nehmen, »von meinem Schwager. Ein schüchterner Mann, weshalb mir diese Geste umso mehr bedeutet. Seitdem habe ich es, und seither ist diese weiße Flagge oft geflattert. Hochzeiten sind in meinem Alter – den Beerdigungsjahren – eher die Ausnahme. Jedenfalls gehört es nun Ihnen. Und das anscheinend gerade im rechten Moment.« Als er kurz den Kopf abwendet, taucht Rockets feuchte Nase wieder in meinem Schoß auf. Türen schlagen, Leute strömen in die Kirche.

Noch ein Wagen fährt vor. Ich trockne meine Tränen, schaue auf die Uhr, der Magen meldet sich. Ist vor Mums noch eine Andacht? Mein Herz rast. Gibt es keine Zeugen, ist man unverletzlich. Ohne Zeugen ist es nur Trauer.

»Vergiss nicht, Junge, dass die Heilung schon begonnen hat. So ist's gut. Lassen Sie den Tränen freien Lauf«, sagt Reg und schaut stoisch in die Ferne. »Ach, Mist, Sie haben mich angesteckt.«

Zwei Männer auf einer Bank unter einem Baum weinen.

Der Leichenwagen kommt. Da ist sie. Reg steht jetzt mitten auf der Wiese und weiß nicht, was er machen soll, zu mir kommen, bleiben, wo er ist, oder in die Kirche gehen. Er fährt sich durchs Haar, aber da er keinen Hut absetzen muss, verschränkt er die Hände hinterm Rücken.

Die Leute, die sich draußen versammelt haben, gehen beim Anblick des Bestattungswagens in die Kirche, fort von der Leiche, die hinten aus dem Wagen gerollt wird.

Ich gehe über den Anger und lege Reg eine Hand auf die Schulter. »Würden Sie mir helfen, meine Mum zu tragen?«

Einen Moment lang blickt er verwirrt drein und sieht dann zum Leichenwagen hinüber, der mit aufgesetzter Feierlichkeit zum Kircheneingang gefahren wird. »Es wäre mir eine Ehre.« Er versucht, es mit einem Lächeln zu sagen.

Langsam steigen die Männer aus; ihre Anzüge passen so gut zu einem Gerichtsprozess wie zu einer Beerdigung. Dabei ist die Würde der Sargträger etwas Wunderbares. Ein Teil in mir wünscht sich, ich könnte einfach nur zusehen, wie diese Männer sie tragen – zusehen, wie Mum auf diese schlichte Weise geehrt wird. Wenn ich denn nicht das Gewicht auf meiner Schulter bräuchte, das einschneidende Holz.

Wir stehen hinter dem Leichenwagen, die Heckklappe offen, der Sarg ragt heraus. Einer der Männer erklärt Reg und mir, was wir zu tun haben; Reg hört aufmerksam zu, alle Farbe ist ihm aus dem Gesicht gewichen; seine Zunge leckt wiederholt über die trocknen Lippen.

Die Bestatter stellen ihn nach vorn, mich in die Mitte dahinter. Vielleicht, damit ich mein Gesicht besser verbergen kann.

Beim Sargtragen konzentriere ich mich auf Regs Rücken, meine Füße, meine Hand auf seiner Schulter, die Hand des Bestatters auf meiner. Reg zittert unter dem Gewicht; gelegentlich beugt er sich vor, stolpert.

Das simple Gewicht der Hand eines Fremden auf meiner Schulter lässt mich die Augen schließen; meine Wange möchte mich an sie schmiegen. Hier draußen sieht uns niemand, höchstens der an den Zaun gebundene Rocket, trotzdem gehen wir langsam, Schritt für Schritt, glänzende Schuhe auf dem Kiesweg, die Grabsteine hoch aufgerichtet, als wären sie unser Publikum.

Gleich darauf werden wir von den klammen Mauern des Kircheninnern verschlungen. Drinnen warten gut dreißig Leute über beide Seiten verteilt. Sobald wir den Mittelgang betreten, geben die Sargträger Reg und mir leise, ermutigende Hinweise.

Alle stehen jetzt auf, wobei sich meine Haare aufrichten, eine Gänsehaut vor lauter Stolz. Auf einer Schulter Mum zu spüren, auf der anderen die Solidarität eines Fremden; Regs Zittern, alle erheben sich für meine Mum, sind gekommen, sie zu ehren – Stolz erfüllt meine Brust, bis sie sich weitet und so groß wie diese Kirche wird. Buntglassonnenschein erhellt die Dunkelheit in mir. Ich kann sie spüren, diese Feierlichkeit, den Respekt. Alles für Mum.

Doch sie ist schwer, trotz dieses Augenblicks. Das sind wir beide. So schwer, dass ich fürchte, die Bodenfliesen könnten unter meinen Schritten zerbersten, den ganzen Mittelgang entlang.

Vorn wartet der Priester; die Trauergemeinde versucht, nicht zum Sarg zu sehen, starrt ihn aber dennoch an. Ein Kind ruft laut und wird von seiner Mutter besänftigt. Regs Rippen heben und senken sich. Halte durch, Reg, *halte durch*.

Wir kommen nach vorn, und während wir sie auf dem Podest abstellen, flüstern uns die Sargträger wieder Tipps zu.

Ich bedaure es, je schlecht über diese Männer gedacht zu haben, denn ohne sie brächte ich dies hier nicht fertig. Ich könnte hier nicht vor aller Augen stehen, am Sarg – was für ein drastisches Motiv für die Lebensrealität. Mich kümmert nicht mehr, wer diese Männer sind, woher sie kommen, wie es bei ihnen daheim aussieht oder wie gut sie buchstabieren können – sie helfen mir. Sie sind jene Leute, die diese schlichten Dinge in unseren ungeheuerlichsten Augenblicken erledigen.

Sie liegt auf dem Edelstahlpodest, und alle haben sich zurückgezogen. Reg geht durch den Mittelgang nach hinten und wischt sich über die Stirn; die übrigen Sargträger verschwinden in Richtung Seitenflügel, und ich bleibe vorn wie gestrandet stehen, weshalb ich meine, etwas sagen zu müssen, aber der Priester kommt, legt mir eine Hand in den Rücken und zeigt mir den Weg.

Auf beiden Seiten der Kirche sind die vorderen Reihen leer. Ich will nach hinten gehen und mir da einen Platz suchen, lasse aber zu, dass man mich dahin führt, wo ich mit Mum an Dads letztem Tag saß.

Heute habe ich die Reihe für mich allein, sitze auf der harten Bank, den Blick gesenkt, und warte darauf, dass der Priester anfängt, der aber beugt sich zu mir vor, hält die Robe mit den Armen zurück und sagt, er habe versucht, mich anzurufen, aber nichts von mir gehört, weshalb er selbst einige Choräle ausgesucht habe, außerdem habe jemand gefragt, ob sie einige Worte über meine Mum sagen dürfe, und ob ich selbst auch etwas sagen wolle.

Ich nicke, meine aber weder ja noch nein. Er legt mir eine Hand auf die Schulter, wendet sich ab und beginnt im Gehen mit der Zeremonie.

Ich suche nach Regs Taschentuch, rotze es voll, wische mir die Augen, sehe auf einen offenen Hemdknopf hinab und auf die bunte Titelseite eines alten Comics, der sich beruhigend an meine Haut schmiegt.

Draußen bellt Rocket, und ich spüre den seltsamen Drang zu lachen, unterdrücke ihn aber mit einem Blick auf den Sarg.

Alle stehen auf, und die Orgel setzt ein.

Ich erhebe mich zögerlich, greife nach dem Gesangbuch, finde die richtige Seite, und der Organist führt uns behäbig durch den Choral.

All Things Bright and Beautiful.

Ich singe mit und drehe mich manchmal mit verwirrtem Stolz zur Versammlung um – froh, dass diese Leute hier sind, auch wenn ich mich verwundert frage, *wer* sie sind. Dann entdecke ich Tante Deadly, die mich verschmitzt aus dieser fremden Menge ansieht. Dann Marcus. Mandy. Jetzt kann ich mir denken, wer diese Leute sind.

Nach dem Choral setzen wir uns alle hin; dann stellt der Priester Mandy vor und sagt, sie sei die Sozialarbeiterin, die Mary viele Jahre betreut habe.

Ich sehe mich nicht um, sitze steif da und starre vor mich hin, während Mandy nach vorn geht.

Sie trägt ein lilafarbenes Kleid und am Kragen eine seltsam verschlungene Brosche, die wie eine klebrige, in der Sonne schmelzende Süßigkeit aussieht, lässt die Stufen zum Rednerpult links liegen und bleibt davor stehen; alles an ihr gefasst, beherrscht. Einen Moment lang hält sie inne, in der Hand einige Blatt Papier.

Die Gemeinde kommt zur Ruhe; wie so oft zieht Mandy alle Aufmerksamkeit auf sich. Irgendwas in ihr verlangt das. Sie setzt die Brille auf und sieht uns zum ersten Mal an.

»Heute ist ein trauriger Tag, denn wir verabschieden uns von Mary. Doch ist dies zugleich ein Tag, der die Gelegenheit bietet, ihr Leben zu feiern. Mary war nicht bloß Mutter, Nichte, Gattin – so erstaunlich dies allein schon ist –, etwas, was nichts und niemand ändern kann, nein, Mary war auch eine Pflegemutter.«

Sie presst die Lippen zusammen, nimmt die Brille ab und sieht uns an; ein ganz besonderes Gefühl scheint sie zu überkommen.

Mit der Brille wieder auf der Nase wirft sie einen Blick auf die kaum merklich in ihrer Hand zitternden Blätter, blickt hoch und nimmt die Brille erneut ab. »Unser Vermächtnis ist das Einzige, was bleibt, wenn wir gegangen sind. Das und die Erinnerungen. Und natürlich die Liebe. Als ich hörte, dass Mandy ihren Kampf mit dem Krebs verloren hat, brauchte ich nicht lang zu überlegen, was ich sagen wollte.« Sie dreht sich zu mir um. »Und ich weiß diese Gelegenheit zu schätzen.« Sie lächelt, doch mir ist, als stünden mir alle Haare zu Berge, so schießt mir das Blut in den Kopf.

»Sind wir alle da?«, fragt sie, schaut in die Gemeinde und errötet leicht, nun, da sich ihre Aufmerksamkeit auf einzelne, noch nicht gesehene Trauergäste richtet. »Marcus?«

Die Bänke knarzen, als die Leute sich umdrehen und nach Marcus Ausschau halten, der sich halb erhoben hat, Hemd und Schlips zurechtrückt und dabei rot anläuft.

»Toby?«

Und ich erkenne den Mann wieder, der jetzt winkt; dieselben Sommersprossen und grauen Augen. Der Junge, der hinten im Schuppen ein Feuer angezündet hat.

Mandy wirft wieder einen Blick in die Papiere, die Brille unbeachtet in der Hand. »Ach, könnten nicht bitte einfach *alle* aufstehen? Sämtliche Pflegejungen von Mary, sofern sie hier sind?«, sagt sie und lächelt. »Nun machen Sie schon.«

Man hört Leute aufstehen, während andere sich umdrehen, um die sich aus der Menge erhebenden Männer anzusehen. Schließlich stehen sie da und reagieren ganz unterschiedlich auf die neugierigen Blicke.

»Mary hat sich um neun Jungen gekümmert«, sagt Mandy mit nur dem leichten Anflug eines Zitterns in der Stimme. »Was sich insgesamt zu drei Jahren Pflege rund um die Uhr summiert. Wobei ich die sieben Jahre gar nicht mitrechne, in denen sie sich um Robert kümmerte. Sieben schwierige Jahre.« Die Brille verschwindet wieder. »Ehemals vernachlässigte Kinder wurden von Mary aufgenommen, um von ihr und ihrer Familie entscheidende Hilfe und Unterstützung zu erhalten. Und jetzt sehen Sie sich die Jungen an. Allesamt stramme Burschen.«

Hinten beginnt Reg zu klatschen, doch da niemand einstimmt, hört er wieder auf. Hier und da wird gelacht.

»Pflegeeltern sind seltener als Schutzengel«, fährt Mandy fort. »Und in den Jahren nach Robert habe ich Mary sehr vermisst. Unser Amt hat sie im Stich gelassen – ein weiteres Versagen eines Systems, das nicht bloß wiederholt ebenjene Kinder enttäuscht, die seine Hilfe am dringendsten nötig hätten, sondern auch die Leute, die das Amt selbst am dringendsten benötigt. Dennoch hat Mary mit Robert weitergemacht, ließ sie doch nie viel zwischen sich und das kommen, was sie für ihre Lebensaufgabe hielt.«

Mandy setzt die Brille ab und lächelt. »Mary hat uns nun

verlassen, diese neun Jungen aber stehen wie Meilensteine für ein großartiges Leben ein. Für Marys Leben.«

Leises Schniefen und einige gefühlvolle Seufzer sind aus verschiedenen Ecken der Gemeinde zu hören. Mandy sieht mich an und bedeutet mir aufzustehen, doch ich schüttle den Kopf.

»Bitte«, sagt sie und sieht mich gütig an.

Irgendwie stehen meine Beine auf. Mandy kommt, doch ich kann nicht anders, ich weiche unwillkürlich vor ihr zurück bis ans Ende der Bank. Mandy senkt die Stimme, doch ihre Augen leuchten, und sie steht kerzengerade vor mir. »Ihre Familie hat Opfer gebracht, damit diese Leben gedeihen und selbst wiederum Familien gründen konnten. Ihre Mum hat wirklich Erstaunliches geleistet, ebenso aber Ihre ganze Familie. *Sie* haben Erstaunliches geleistet. Schauen Sie sich doch um.«

Sie legt eine Hand auf meine Schulter, dann umarmt sie mich, und ich klammere mich fest, denn wenn sie mich jetzt loslässt, können alle mich so sehen. Schließlich aber lässt sie mich los, und ich muss mich setzen, lehne mich ans unversöhnliche Holz der Bank; jemand klopft mir von hinten auf die Schulter. Leute putzen sich die Nase, Tante Debbie fällt der alten Dame neben sich um den Hals.

Ich blicke in all diese Gesichter.

»Nun, *das* nenne ich ein Vermächtnis«, sagt Mandy, faltet die Papiere und steckt sie weg. »Marys Vermächtnis.«

Ich blicke auf die Gemeinde, doch ist es Mums Leben, das meinen Blick mit blitzenden Augen erwidert. Kinder, die am Daumen nuckeln, bis er verschrumpelt. Das ist meine Mum. Diese Leute sind, wofür meine Kindheit war.

32

Ich sitze am Steuer, Reg neben mir. Er hat Rocket auf dem Schoß, der den Kopf aus dem eingeschlagenen Fenster hält; die Ohren flattern im Wind. Vor uns fährt der Leichenwagen.

»Also, wenn Sie mich fragen, Junge, dann war das ein sehr zu Herzen gehender Tribut für eine gute Frau.«

Ich wende den Kopf gerade so weit, dass er sehen kann, wie ich nicke, während ich Dads Schlips lockere und den Kragen öffne.

»Und wer war der heiße Feger, den Sie mir vor der Kirche vorgestellt haben?«

»*Tante D?*«

»Blödsinn! Frecher Hund. Ich rede von dem *anderen* heißen Feger. Letitia?«

»Patricia. Mit ihr hatte ich mich letztens gestritten. Sie ist bloß aus Freundlichkeit gekommen.«

Reg sieht mich an, aber ich verziehe keine Miene.

»Tja, Sie könnten lange warten, bis ich mich mit so einer streite. Bei mir würde sie ihren Willen kriegen.« Er saugt Luft durch seine falschen Zähne. »Nicht, dass sie viel von meiner Wenigkeit wollen würde. Aber zu meiner Zeit ...«

»Ich lege ein Wort für Sie ein, Reg. Wie wär's?«

»Und wie wär's damit, dass man das Gute im Leben niemals zurückweisen sollte?«

Beim Schalten knirscht leise das Getriebe, und Mums Sarg sieht vom Leichenwagen zu uns rüber.

»Tut mir leid«, sagt er, »aber ich kapier's einfach nicht.«

»Was?« Jetzt geht das wieder los.

»Was Ihnen so zu schaffen macht. Ich meine, entschuldigen Sie, wenn ich so offen rede. Sie machen eine wirklich schwere Zeit durch, keine Frage, aber da ist doch noch irgendwas. Nur kann ich nicht sagen, was es ist.«

»Ich möchte lieber ein andermal darüber reden, Reg.«

Wieder Schweigen. Reg zupft an einer Glasscherbe, die noch im Türrahmen steckt, während ich mich bei dem Gedanken, Reg davon zu erzählen, unruhig auf dem Sitzpolster winde. Allein die Tatsache, dass er etwas weiß, dass es etwas zu erzählen gibt, macht mich nervös.

»Die Kratzer auf Ihrer Hand, sind die vom Unfall?«, fragt er und zeigt auf die eingeschlagene Scheibe.

»Von der Gartenarbeit.«

Seine Miene erhellt sich. »Mein Garten ist der reinste Dschungel, und ich könnte gut etwas Hilfe gebrauchen. Ich zahle auch.« Er tätschelt Rocket, doch schlappt der ihm mit der Zunge durchs Gesicht, weshalb er den Hund beiseiteschiebt. »Also, Tarzan, was nehmen Sie die Stunde, wenn Sie sich um meinen Dschungel kümmern?«

Ich sehe den Schornstein, ehe ich das Krematorium sehe. Es steigt kein Rauch daraus auf, und ich frage mich, ob die Leichen nachts alle in einem Schwung verbrannt werden. Sonst kommt man zur Andacht, wenn noch der Rauch von der letzten aufsteigt. Wie ein Chirurg, der einen mit blutiger Schürze begrüßt.

Wir stellen den Wagen auf dem Parkplatz ab, der Leichenwagen fährt zum Hintereingang. Zum Eingang der Toten.

»Was soll ich tun?«, fragt Reg, als der Motor verstummt und plötzlich Stille herrscht.

Ich starre auf die geziegelte Kapelle des Krematoriums – ein langweiliges, rechtwinkliges, funktionales Gebäude, gebaut in den Sechzigern, Siebzigern, als Architekten noch mehr damit beschäftigt waren, enge Hosen zu tragen und Drogen zu nehmen, als sich um Ästhetik zu kümmern.

»Ich glaube, ich gehe allein rein.«

»Sie wissen, das müssen Sie nicht«, antwortet er.

Drinnen begrüßt mich ein Mann. Frankenstein im Anzug – freundlich, aber unheimlich.

»Sind Sie ein Verwandter der Verstorbenen?«

»Ihr Sohn«, sage ich und fühle mich auch so.

»Erwarten Sie noch jemanden?«

»Nein.«

Ich frage mich, wie viele einsame Menschen er bereits verbrannt hat. Vergessene alte Menschen aus Altersheimen. Oder jene, die man erst in den Wohnungen fand, als ihr Verwesungsgeruch die Nachbarn störte. Eines der vielen Anzeichen dafür, dass die Welt sich über den Kopf gewachsen ist.

»Ich bin berechtigt, eine kurze Zeremonie abzuhalten, wenn Sie dies möchten.«

»Nein, danke. Ich hätte gern nur ein wenig Zeit mit ihr, ehe ...«

Er nickt.

Einer der Bestatter taucht auf. »Das wäre es dann für uns. Falls Sie nichts mehr brauchen, machen wir uns wieder auf den Weg.«

»Danke. Vielen Dank.«

Seine Hand fühlt sich warm an, und ich sehe ihm nach, obwohl Frankenstein mich offensichtlich schnell abfertigen möchte.

Ich folge ihm in die Pseudokapelle – Bleiglasfenster und Sperrholzdecke. Religion in einer Kiste.

Er führt mich nach vorn, und sie liegt bereits auf dem Fließband, ein Vorhang wartet dahinter. Er führt mich nahe heran, der Sarg ist mir unangenehm.

»Wenn Sie so weit sind, drücken Sie einfach auf den Knopf und kommen heraus. Ich lasse Sie dann einige Papiere unterschreiben, und morgen können Sie die Asche abholen. Allerdings müssen Sie bis um halb fertig sein, da ich den Raum für die Nächsten vorbereiten muss.«

Er setzt ein Lächeln auf, das ihn allerdings nur noch hässlicher macht, dann verschwindet er durch eine Seitentür.

Man muss schon ein bestimmter Typ Mensch sein, um sich zu einer Arbeit hingezogen zu fühlen, die derart eng mit dem Tod verbunden ist. So wie man einem bestimmten Typ Mensch angehören muss, wenn man Pflegekinder großziehen will. Und wenn man richtig lieben kann.

Und vergeben.

Ich streiche mit der Hand über den Sarg, greife dann nach dem Deckel und probiere, ob ich ihn anheben kann. Wünsche mir, ich könnte die Lunge in der vordersten Bank ausbreiten und mich davon überzeugen, dass ich ihr nicht noch einmal wehgetan habe.

Der Deckel ist festgeschraubt, also setze ich mich in die zweite Reihe von vorn; das Licht ändert sich, als die Sonne hinter einer Wolke verschwindet.

Mein Husten wirft ein Echo zurück, und ich frage mich unwillkürlich, wer wohl zu meiner Beerdigung kommen wird. Ein Gedanke, der mich aufstehen und zurück nach vorn, zum Kopf des Sargs gehen lässt. Ich beuge mich vor und werfe einen Blick durch den Vorhang, hinter den sie verschwinden wird, im Kopf der Gedanke, dass ich den Himmel mit seinen Engeln sehen könnte, mit Dad und Robert, die auf sie warten, aber da sind nur das Fließband und ein weiterer Raum am anderen Ende.

Dieser Zeitpunkt scheint mir so gut wie jeder andere, also drücke ich auf den Knopf. Einen Moment lang passiert gar nichts. Ich wische mir über die Augen und drücke noch einmal.

Schließlich surrt es, und mit grotesker Feierlichkeit setzt sich der Sarg in Bewegung, ruckelt in Richtung Vorhang und verschwindet nach und nach in diesem Tunnel. Ein letztes Mal strecke ich die Hand nach ihr aus, berühre aber nur das harte Sargholz.

Der Vorhang fällt über meine Hand, dann ist Mum verschwunden.

Das Surren der Maschine hört auf, und ich sehe nach, sehe sie im Nebenraum stehen. Dann lasse ich den Vorhang fallen.

Das war's dann. Von nun an wird sie so sein, wie ich sie in meiner Erinnerung hege und pflege – welchen Blickwinkel ich wässere, welchen ich verdorren lasse. Dieser feine Unterschied zwischen dem, was Pflanze ist und was Unkraut.

Ich verlasse die Kapelle und bleibe noch im Foyer.

Draußen türmen sich schwere dunkelblaugraue Wolken, erste Regentropfen fallen. Reg tritt seine Zigarette aus und sucht im Volvo Zuflucht, obwohl dem eine Scheibe fehlt. Rocket hebt das Bein an dem einzigen Wagen, der noch auf dem Parkplatz steht, dann aber nimmt der Regen zu, und er flieht zu Reg.

Der Schauer trommelt aufs Kapellendach, und es wird dunkel, obwohl es doch Tag ist.

Ich kenne diesen Moment. Es ist der Moment unmittelbar davor, der Moment, in dem man Luft holt, ehe man weitergeht. Auch wenn ein Teil in mir es leid ist weiterzugehen – ein mutloser Teil, dem es reicht, von dieser anderen, wild entschlossenen, wütenden Version meiner Selbst durch den Dreck gezerrt zu werden.

Roberts Beerdigung war nicht wie die heute. Seine war keine Feier eines Lebens, weil er kein Leben gehabt hatte. An jenem Tag gab es nichts zu feiern, da gab es nur grau in grau. Mum schniefte, rang sich aber ein Lächeln ab, als sie das Video sah. Robert angeschnallt – ein breites, schlaffes Lächeln im Gesicht, mit dem er in die Kamera sah. Die gefilmten Augen sahen mich unmittelbar an. Irgendwer gab einen Kommentar darüber ab, wie großartig er doch in der orangefarbenen Kluft aussah.

Dann ein grober Schnitt.

Sein Haar flattert im Wind; er ist an den Mann mit der Sturmbrille gegurtet und kreischt vor Angst und Aufregung.

Die Kamerabewegung zeigt erst Robert, dann die Flugzeugwände, dann wieder Robert. Und durch die offene Tür die Wolken. Große, aufgebauschte Wolken am weiten Himmel. Die Kamera zeigt den Höhenmesser am Handgelenk. Robert McCloud in vierzehntausend Fuß Höhe.

»Eins«

Das Zittern hält an, die Augen lachen. Der Mann sagt Robert, er solle den Kopf in den Nacken legen, und seine Begeisterung platzt aus ihm heraus, lautes Gekreisch.

»Zwei«

Er hält ganz still. Ich weiß noch, dass das gesamte Zimmer erstarrte. Alle, die gekommen waren, ihn zu begraben, hielten den Atem an.

»Drei«

Dann springen der Kameramann sowie Robert und der Typ, an den er festgegurtet ist. Wir sehen den Himmel, die Wolken, Himmel, Wolken, dann Robert, der völlig still hält, das Gesicht aufgebläht und zum Haar hinaufverschoben, während er in die Tiefe stürzt. Mum, ich, Dad, wir alle weinen, das Buffetessen gerinnt auf den Tapeziertischen, und Robert fällt und fällt.

Plötzlich ist der Bildschirm völlig weiß.

Durch das Weiß kann man ein bisschen Orangerot erkennen und jede Menge von Roberts Begeisterung hören. Wir stürzen mit ihm durch die Wolken, Robert von den Wolken. Mit Sturmbrille und orangerotem Overall fällt er durch sie hindurch, und sein kaputtes Hirn überschlägt sich vor Freude. Nichts als ein weißer Bildschirm – und Freudengeschrei.

Nach wenigen langen Sekunden ist alles wieder Blau und Sonnenhell, Wolkentau wirft einen Regenbogen über das Bild der Kamera, deren Linse Sonnenstrahlen einfängt und sie in Farben ausfiltert. Robert lacht und lacht, trotz der Luft, die in ihn hineinstürmt, trotz der Regentropfen im Gesicht. Alle im Raum lachen mit ihm. Nur ich nicht. Ich muss weinen.

Und das war einer jener seltenen Momente, in denen Mum mich umarmte. Trotz allem, wovon sie überzeugt war. Trotz dem, was wir uns angetan hatten. Sie hielt mich mitsamt meinen Tränen, und ich vergrub das Gesicht an diesem ganz besonderen Hals – von ihr umschlungen, ich die Arme um sie gelegt, ihr Griff immer fester. Und durch ihr Haar hindurch, durch den Geruch nach Tee und heißem Bad konnte ich Robert lachen hören.

Dann zog der Mann an einer Schnur, und Robert war fort, schwebte davon unter einem herrlich weißen Baldachin.

Danke!

Meinen aufrichtigen Dank an Sam und alle Mitarbeiter von Serpent's Tail. Es ist für mich ein Traum, dass es dieses Buch nun in meinem Heimatland zu kaufen gibt und dass es in einem Verlag erscheint, der geradezu beispielhaft verkörpert, was mir am unabhängigen Verlagswesen so gut gefällt.

Dieses Buch verdankt Marika, Cherry und Julie sehr viel, da sie sich um mich kümmerten, ehe der Verlag Scribe sich meiner annahm. Aviva, Henry und allen Leuten bei Scribe meinen Dank und Respekt.

Juliet, Linda und alle Mitarbeiter bei A. P. Watt haben sich sehr für mein Buch eingesetzt (und einige meiner wenigen exzentrischen Verhaltensweisen geduldig ertragen). Danke.

Herzlichen und aufrichtigen Dank auch an Elena Lappin (im Wörterbuch findet man ein Bild von ihr unter dem Eintrag »Chuzpe«).

Ich frage mich, ob ich ohne meine Schwester überhaupt Schriftsteller geworden wäre, die mich schon sehr früh und zu einer Zeit ermutigte, in der man mich eigentlich nur für Schriftgröße und Papierverbrauch loben konnte. Sie unterstützt mich immer noch, und ich liebe sie. Dir, Jo, ist dieses Buch gewidmet.

Dank auch an Jane D. Sie las die ursprüngliche Geschichte und machte eine winzige Bemerkung, die mich auf eine lange

Reise führte; Dank an Karla und ihre Familie für den Nachmittag, an dem wir über sehr Persönliches redeten, an Jodie und B., die mir in Sachen Pflegeelternschaft stets den rechten Weg wiesen, an die Wilkinsons, einfach so, und großen Dank an Glen, der mir in meine Haut half.

Dank außerdem an eine ganze Reihe von Lesern, Schriftstellern und Künstlern, die dieses Buch auf die eine oder andere Weise großzügig unterstützt haben: J. M. Coetzee, David Malouf, M. J. Hyland, Cate Kennedy, Peter Goldsworthy, Peter Straus, Andrea Goldsmith, Kate Holden, M. P. Gracedieu, Tom, Lisa, Gemma, Ruby, *brudder* Zac, Phoebe, Tash, Hazey, Michelle, Nicole, Moo, Mal, Derek, Anne, Pierz, Stefania, Convery, Trudi, Jackson, Sahar, Jess, Dan, Helene, Mankymarkcuthbertyson, the Vampires, Margot (tief Luft holen) und zu guter Letzt meinem alten Herrn.

Möge dieser Roman all jenen nutzen, die ihre Kindheit noch in sich tragen.